Wird Ihnen die Zeit bis zum nächsten Ostfriesenkrimi mit Ann Kathrin Klaasen zu lange? Dann lesen Sie hier 13 neue Krimi-Erzählungen aus der Feder von Spiegel-Bestsellerautor Klaus-Peter Wolf. Ob Ann Kathrin in einem merkwürdigen Fall von Selbstmord ermittelt oder Rupert mal wieder einen Fall alleine gelöst haben will, diese Erzählungen sind die ideale Lektüre für den Sommer. Und wenn Sie mehr über das Künstlerpaar Klaus-Peter Wolf und seine Frau Bettina Göschl erfahren wollen, dann lesen Sie das große Interview am Ende des Buches, das der Journalist Holger Bloem, Chefredakteur des ›Ostfriesland-Magazins‹, mit beiden führte.

Klaus-Peter Wolf, 1954 in Gelsenkirchen geboren, lebt als freier Schriftsteller in der ostfriesischen Stadt Norden, im gleichen Viertel wie seine Kommissarin Ann Kathrin Klaasen. Wie sie ist er nach langen Jahren im Ruhrgebiet, im Westerwald und in Köln an die Küste gezogen und Wahl-Ostfriese geworden. Seine Bücher und Filme wurden mit zahlreichen Preisen ausgezeichnet. Bislang sind seine Bücher in 24 Sprachen übersetzt und über zehn Millionen Mal verkauft worden. Mehr als 60 seiner Drehbücher wurden verfilmt, darunter viele für »Tatort« und »Polizeiruf 110«. Sein Roman ›Ostfriesensünde‹ wurde von den Lesern der ›Krimi-Couch‹ zum »Besten Kriminalroman des Jahres 2010« gewählt. ›Ostfriesenwut‹ stand sechs Wochen lang auf Platz 1 der Spiegel-Bestsellerliste, insgesamt mehr als 30 Wochen unter den Top 20.

Weitere Informationen finden Sie auf www.fischerverlage.de

KLAUS-PETER WOLF

Mord am DEICH

13 Kurz-Krimis

FISCHER Taschenbuch

MIX
Papier aus verantwortungsvollen Quellen
FSC® C083411

Originalausgabe

Erschienen bei FISCHER Taschenbuch
Frankfurt am Main, August 2016

Satz: Dörlemann Satz, Lemförde
Druck und Bindung: CPI books GmbH, Leck
Printed in Germany
ISBN 978-3-596-03635-6

Okay, ich bin vielleicht ein Arsch, aber die Leute mögen mich, weil ich hinter Typen her bin, die noch viel übler sind als ich!
Hauptkommissar Rupert, Kripo Aurich-Wittmund

Hauptsache, der Deich hält!
Ostfriesisches Sprichwort

INHALT

MORD AM DEICH oder KLARER FALL

Rupert war zufrieden mit sich. Er hatte den Fall problemlos gelöst und sogar noch die Witwe getröstet. Er wischte sich den Lippenstift vom Kinn, griff sich in den Schritt und biss dann in sein Mettbrötchen.

Ann Kathrin Klaasen blätterte in der Akte. Seiner Meinung nach reine Zeitverschwendung.

Er grinste. Sie sollte, statt Akten zu wälzen, lieber öfter ins Fitnessstudio gehen, fand er. Ein paar Trainingsrunden auf dem Stepper könnten ihr guttun. Ihr Hintern geriet aus der Form, wurde langsam, aber sicher birnenförmig.

Weller stand an die Wand gelehnt und sah den beiden zu wie beim Pingpong. Er sprach kein Wort, stand nur da, lauschte und amüsierte sich.

»Warum guckst du so miesgelaunt? Läuft es nicht mehr zwischen dir und Weller?«

Ohne ihn eines Blickes zu würdigen, antwortete Ann Kathrin: »Meine Ehe macht mir keine Sorgen …«

»Und warum machst du dann so einen unbefriedigten Eindruck?«

Weller hatte Lust, ihm eine reinzuhauen, blieb aber ganz ruhig stehen.

Sie knallte die Akte zu.

Ein Zwiebelring segelte von Ruperts Mettbrötchen auf seine Computertastatur.

»Diese Akte hier stimmt mich nachdenklich.«

Rupert lächelte süffisant: »Warum? Der Fall ist gelöst.«

»Selbstmord?«

»Ja, ganz eindeutig. Er war allein im Haus. Keine Einbruchsspuren. Er lag im Wohnzimmer, die Waffe neben sich. Es war eine SIG Sauer, eine wunderbare Pistole. Schweizer Fabrikat. Neun Millimeter Parabellum. Stangenmagazin. Selbstlader. Wenn du mich fragst, da kannst du unsere Dienstwaffen dagegen vergessen. Heckler & Koch, herrje!«

Rupert fasste sich an den Kopf, als könne nur ein Idiot eine Heckler & Koch benutzen. Dann fischte er den Zwiebelring von der Tastatur und verspeiste ihn.

»Und du bist ganz sicher, dass es ein Selbstmord war?«, fragte Ann Kathrin Klaasen.

Rupert nickte, schob sich den Brötchenrest in den Mund und sprach kauend weiter: »Ich habe es mit eigenen Augen gesehen. Es geht nichts über den ersten Eindruck am Tatort, da kann man alle Akten vergessen.« Er lutschte seine Fingerkuppen ab. »Ihr hättet das sehen sollen, wie er dalag, in seinem Blut. Der Abschiedsbrief auf dem Schreibtisch. Handgeschrieben!«

Ann Kathrin stöhnte: »Rupert, wie darf ich mir das vorstellen? Er hat einen Abschiedsbrief geschrieben …« Sie suchte die Kopie in der Akte. »*Ich bereue alles, was ich getan habe … Blablabla.* Dann hat er sich mit seiner Pistole zweimal in den Kopf geschossen …«

»Zweimal? Wieso zweimal?«

Weller klatschte sich mit der flachen Hand gegen die Stirn. »Au Mann!«

Ann Kathrin klopfte sauer auf die Akte. »Steht alles hier drin, Rupert. Er hatte zwei Kugeln im Kopf. Zwei Einschusslöcher …«

Rupert setzte sich anders hin und wischte sich die Fingerkuppen an den Hosenbeinen ab. »Er lag so blöd, da konnte ich das nicht sehen.«

»Deshalb gibt es eine Obduktion. Und deshalb lesen wir diese Berichte – auch wenn sie manchmal schwer verständlich sind.«

Sie deutete mit dem Finger auf ihre Unterlippe, um Rupert darauf aufmerksam zu machen, dass er dort Mettkrümel kleben hatte.

»Dann ist das eben dumm gelaufen. Die erste Kugel saß nicht so richtig, und da hat er dann vorsichtshalber …«

Sie sah ihn nur an und ließ ihn noch eine Weile zappeln, bevor sie fortfuhr: »Und wenn ich deiner Theorie folge, dann hat er anschließend die Waffe abgewischt, alle Fingerabdrücke beseitigt und ist dann nach getaner Arbeit zusammengebrochen.«

Rupert sah seine ausweglose Lage ein. Er stieß sich vom Schreibtisch ab. Sein frisch geölter, ergonomischer Drehstuhl rollte ihn bis zur Kaffeemaschine. Er hob die Arme hoch über den Kopf. »Du hast leicht lachen. Du warst mit Weller auf den Kapverden!«

»Wir waren auf Fuerteventura, das gehört zu den Kanaren, nicht zu den Kapverden.«

»Ja, sag ich doch. Jedenfalls hatte ich das alles ganz alleine an den Hacken, und dann wurde auch noch meine Schwiegermutter siebzig … das war ein Tanz!«

Ann Kathrin sprach betont verständnisvoll, mit diesem Kindergärtnerinnenton, den er so hasste: »Na klar, und da hattest du natürlich keine Zeit, diese langweilige Akte zu lesen.«

»Herrgott, ich sag es doch, die Lage war eindeutig!«

»Jedenfalls müssen wir jetzt noch mal ran.«

Er goss sich nachdenklich Kaffee ein. »Die Ehefrau«, sagte er plötzlich, »war es jedenfalls nicht!«

Ann Kathrin klatschte die Hände zusammen. »Du hast mit ihr geschlafen!«

»Nein! Wie kommst du denn darauf?«

Sie zählte es an den Fingern auf: »Du weißt wie aus der Pistole geschossen, dass sie es nicht war. Du hattest keine Zeit, dich um den Tatort zu kümmern. Der Geburtstag deiner Schwiegermutter …«, sie deutete auf den Kalender an der Wand, »ist zwei Wochen her. Du hast Lippenstift am Hals und im Gesicht. Und du riechst nach einem Parfüm, davon würde deine Frau höchstens Ausschlag bekommen.«

Rupert hob die Hände und gab sich geschlagen. »Auch 'n Kaffee?«, fragte er.

Wieder benutzte Ann Kathrin ihre Finger für die Aufzählung: »*Ich* kaufe die Filtertüten. *Ich* kaufe den Kaffee. *Ich* mache die Maschine sauber. *Ich* habe den Kaffee aufgesetzt. Was denkst du? Will ich auch einen?«

Erleichtert sah er, dass noch genug in der Kanne war, und sagte: »Also, ich folgere jetzt mal haarscharf … du liebäugelst durchaus mit dem Gedanken.«

Er goss ihr ein, ohne etwas zu verschütten, ignorierte aber Wellers Wunsch nach einer Tasse.

»Ich kann sie ja zur Sache befragen«, bot er kleinlaut an.

Ann Kathrin konnte ihm ansehen, wie unwohl er sich bei diesem Gedanken fühlte. »Nein«, sagte sie, »das mache ich mit Weller. Du bist zu befangen.«

Sie schob ihm die Akte rüber. »Dir empfehle ich in der Zeit gründliches Aktenstudium.«

Weller löste sich von der Wand wie ein Besenstiel, der umfällt. »Vamos«, sagte er, um zu zeigen, wie rasch er auf den Kanaren Spanisch gelernt hatte.

Im Auto wurde Weller von einem Lachkrampf geschüttelt. »Zwei Kugeln im Kopf! Ich glaub es nicht! Wie kann einer nur so blöd sein?«

»Er denkt mit dem Schwanz, das ist das ganze Problem«, sagte Ann Kathrin.

Marion Jansen hielt sich aus verständlichen Gründen nicht in ihrem Haus in Marienhafe auf, sondern bei ihrer Schwester in der ältesten ostfriesischen Stadt, Norden, genauer gesagt, in Norddeich in der Tunnelstraße. Sie hatte eine Dachgeschosswohnung mit Blick auf den Deich, auf Studentenniveau eingerichtet. Vor dem Haus standen zwei windschiefe Birnbäume.

Frau Jansen war Mitte vierzig und von dieser betörenden Schönheit, die sich ihrer selbst nicht bewusst ist und deshalb ihr Gegenüber umso mehr verwirrt.

Die Jahre waren nicht spurlos an ihr vorübergegangen, die Falten gaben ihrem Gesicht die Ahnung von gelebtem Leben, die jede wahre Schönheit braucht, um nicht kindlich oder künstlich zu wirken.

An ihrer rechten Wange war eine alte, gut verheilte Narbe zu sehen, die sie mit Puder fast vollständig versteckt hatte und Ann Kathrin an den Schmiss erinnerte, den ihr Lateinlehrer stolz trug, als Zeichen, dass er einer studentischen schlagenden Verbindung angehörte.

In Wellers Augen sah Ann Kathrin, dass Männer dieser

Frau verfallen konnten. Ihre unwiderstehliche Ausstrahlung minderte für Ann Kathrin aber keineswegs Ruperts Versagen. Stattdessen wurde Ann Kathrin dadurch ein bisschen gegen sie aufgebracht.

In Ann Kathrin stieg eine Phantasie auf: Diese Frau hatte ihre Wirkung auf Männer voll ausgespielt und sich Joachim Jansen geangelt, den Selfmademan, Besitzer von zahlreichen Ferienwohnungen in Norden, Norddeich, auf Norderney und Wangerooge. Sie hatte versucht, einen Selbstmord vorzutäuschen. Die Sache war aus dem Ruder gelaufen, und um Schadensbegrenzung zu betreiben, hatte sie den ermittelnden Kommissar verführt. Fast wäre ihr Plan aufgegangen. Fast …

Marion Jansen nahm energetisch so viel Raum ein, dass ihre Schwester Daggi Wendt fast verschwand. Die Schwester war gut zehn Jahre jünger und bot Tee und Sanddornkekse an. Weller und Ann Kathrin wollten nur Wasser. Daggi Wendt füllte zwei Gläser aus dem Wasserhahn.

Weller nahm auf dem Sofa unter der Schräge Platz. Ann Kathrin betrachtete eine Yuccapalme, die kurz davor war, zu verdursten. Ähnlich ging es den kleinen Kakteen auf dem Fensterbrett. Die Orchidee existierte nur noch als blütenloser Stiel.

»Ein bisschen Wasser würde den Pflanzen guttun«, sagte Ann Kathrin, die nur mit Mühe den Impuls unterdrücken konnte, die Kakteen und die Yuccapalme mit ihrem Wasserglas zu gießen.

»Haben Sie die Leiche schon für die Beerdigung freigegeben?«, fragte Daggi Wendt.

Weller trank von dem Wasser. Es schmeckte abgestanden.

»Nein«, sagte Ann Kathrin. »Es gibt da noch ein paar Unstimmigkeiten.« Sie sprach Frau Jansen direkt an. »Ihr Mann wurde ermordet.«

Die Stimmung im Raum, die Ann Kathrin von Anfang an als feindselig empfunden hatte, wurde eisig.

»Und jetzt wollen Sie wissen, wo ich zur Tatzeit war, stimmt's?«, stellte Frau Jansen patzig fest.

Ihre Schwester sprudelte sofort los: »Bei mir. Wir waren den ganzen Abend zusammen. Erst haben wir einen langen Spaziergang auf dem Deich gemacht. So etwas tun wir oft. Ein Gespräch unter Schwestern, umhüllt vom Wind, wenn uns niemand zuhören kann ... Dann hat sie hier geschlafen, bei mir, auf diesem Sofa.«

Weller betastete die Sitzfläche, als könne er so nachträglich die Wahrheit erspüren.

»Wie hoch ist die Lebensversicherung Ihres Mannes?«, fragte Ann Kathrin.

Die Schwestern warfen sich kurze Blicke zu. Dann sagte Frau Jansen: »Zweihunderttausend, glaube ich. Aber vermutlich ist sie auch verpfändet oder sicherheitsübereignet oder wie das heißt. Ich habe noch keine Übersicht über meine Vermögensverhältnisse. Mein Mann hat aus geschäftlichen Dingen immer ein Staatsgeheimnis gemacht. Ich fürchte nur, er ist lange nicht so reich, wie alle glauben. Immer musste alles der Bank gegenüber als Sicherheit herhalten. Sogar das Haus in Marienhafe. Ich bin mir nicht sicher, ob mir überhaupt noch etwas gehört.«

»Er fand es toll, Frauen dumm zu halten«, blaffte die Schwester dazwischen. »Er wäre ein guter Taliban geworden. Auch das mit der Vielweiberei hätte ihm in den Kram gepasst. Nur dass die keinen Alkohol trinken, war eine unüberbrückbare Mauer zwischen ihm und denen.«

Marion Jansen starrte ihre Schwester beschwörend an. Die schwieg jetzt verbissen, brodelte aber innerlich.

»Sie hatten, wie ich Ihren Worten entnehme, kein besonders gutes Verhältnis zu Ihrem Schwager?«

Die Schwestern sahen sich intensiv an. Ann Kathrin spürte, dass sie ganz kurz davor war, die Wahrheit zu erfahren. Sie durfte jetzt nur keinen Fehler machen.

Sie entschied sich dafür, die Dinge laufen zu lassen. Sie galt als Verhörspezialistin, dabei gab sie den Menschen oft einfach nur Zeit und Raum, um zu reden. Die meisten, so hatte die Erfahrung sie gelehrt, wollten nur zu gern reden. Was ihnen fehlte, war die Initialzündung und die Atmosphäre, die eine Aussprache möglich machte. Polizeiinspektionen waren da nur sehr bedingt geeignet.

Ann Kathrin sagte sachlich: »Ihr Schwager war kein ganz armer Mann, wie wir vermuten dürfen. Ich sehe, dass Sie aber in eher bescheidenen Verhältnissen leben ...«

Treffer, versenkt, dachte Weller, noch bevor Daggi Wendt loslegen konnte.

»Ich würde lieber auf der Müllkippe schlafen, als etwas von seinem Geld zu nehmen! Der hält immer alle in Abhängigkeit. Finanziell. Seelisch. Hauptsache, abhängig! Mich hat er nicht gekriegt, mich nicht!«

Ann Kathrin wollte aus ihrem Wasserglas trinken, doch Weller deutete ihr gestisch an, sie solle es lieber bleiben lassen.

In Ann Kathrins Handtasche heulte ein Seehund. Sie fischte ihr Handy heraus und sah auf dem Display, dass Rupert versuchte, sie zu erreichen. Aber sie hatte keine Lust, jetzt mit ihm zu reden. Sie wollte diese geständnishafte Situation hier nicht zerstören. Sie drückte das Gespräch weg.

»Daggi, bitte!«, sagte Frau Jansen mit der Energie einer letztmaligen Zurechtweisung.

»Was soll's! Die wissen das doch sowieso längst alles! Jeder weiß es!«

»Was?«, fragte Ann Kathrin.

Daggi ging zum Schrank und öffnete die Schublade.

»Nicht!«, bat Marion Jansen, klang aber schon so resigniert, als hätte sie sich bereits mit allem abgefunden.

Daggi warf Fotos auf den Tisch. Auf jedem Bild war Frau Jansen. Sie sah schlimm aus. Ein blaues Auge, eine geschwollene Wange, ein Unterarm, auf dem Zigaretten ausgedrückt worden waren.

Marion Jansen blickte demonstrativ weg und biss sich auf ihre Unterlippe.

»Das«, sagte ihre Schwester, »war mein toller Herr Schwager. Das größte saufende Ekelpaket Ostfrieslands.«

Ann Kathrin sah den Aufnahmen an, dass mindestens die Hälfte zu einer polizeilich durchgeführten Beweissicherung gehörte. Der Rest hatte eher privaten Charakter.

»Es gibt«, stellte Ann Kathrin fest, »in Deutschland Scheidungsanwälte.«

Daggi zeigte auf ihre Schwester, die jetzt Tränen in den Augen hatte. »Nicht für sie«, sagte Daggi, »und erst recht nicht für unseren seligen Joachim. Der nahm das wörtlich: Bis dass der Tod euch scheidet. *Ich finde dich überall*, hat er gesagt. *Du gehörst mir.* Er hat sogar Filme von seinen Prügelorgien gedreht. Wollen Sie sie mal sehen?«

»Daggi, nicht!«, rief Frau Jansen.

»Das sind doch Fotos, die wurden in der Polizeiinspektion gemacht«, sagte Ann Kathrin. »Ist es denn nie zu einer Anzeige gekommen?«

»O ja«, spottete Daggi. »Ist es. Der Rechtsstaat wurde sofort aktiv, schützte wie immer den Täter und brachte das Opfer in demütigende Situationen.«

Ann Kathrin wandte sich an Frau Jansen. »Sie haben die Anzeige jedes Mal wieder zurückgezogen und behauptet, Sie seien vom Fahrrad gestürzt oder irgend so einen Mist?«

»Das kennen wir wie Ebbe und Flut«, grummelte Weller. Am liebsten hätte er die Frauen alleine gelassen. Er empfand sich als Störfaktor, und solche Gespräche schlugen ihm immer auf den Magen. Manchmal schämte er sich dann seines Geschlechts. Er sah aus dem Fenster. Eine Möwengruppe jagte auf dem Deich. Sie rissen einen Krebs in Stücke. Dabei flogen sie wild durcheinander und zankten sich um die Beute.

Ann Kathrin ärgerte sich, nichts über Frau Jansens familiäre Situation in den Akten gelesen zu haben. Sie hatten in Ostfriesland aus gutem Grund nicht einfach nur eine Mordkommission, sondern das K 1 war zuständig für alle Delikte gegen Menschen. So konnten Taten rasch zugeordnet werden. Wer fünfmal wegen Körperverletzung angeklagt worden war, galt als tatverdächtig, wenn sein Nachbar beim Grillfest erschlagen wurde.

Sie würde sich Rupert noch einmal gründlich vorknöpfen. Sie hoffte für ihn, dass er nur geschludert und die Akte nicht im Austausch gegen sexuelle Dienstleistungen gesäubert hatte.

»Im Grunde«, sagte Daggi Wendt vorwurfsvoll, »sind Sie an allem schuld.«

»Ich?«, fragten Ann Kathrin und Weller gleichzeitig.

Daggi drehte jetzt voll auf. »Jeder wusste doch Bescheid! Jeder! Und niemand hat ihr geholfen. Niemand! Kein Richter und keine Polizei! Der wurde immer nur verwarnt. Einmal musste er mal eine Nacht in der Ausnüchterungszelle schlafen. Herrje, der arme Kerl! Da hatte er sich an mir vergriffen. Ich hätte ihn drankriegen können, wegen Vergewaltigung, Körperverletzung und …«

»Daggi, hör auf!«, schrie Marion Jansen.

»Sie haben die Anzeige dann aber auch zurückgezogen …«, sagte Ann Kathrin.

Daggi nickte. »Hm. Wegen ihr! Sie hatte ja darunter zu leiden. An ihr hat er seinen Frust ausgelassen. Aber sie hat es nicht geschafft, ihn zu verlassen. Wahrscheinlich liebt sie ihn immer noch, die blöde Kuh.«

»Ich kann doch nichts dafür«, weinte Frau Jansen, und Weller musste sich schwer beherrschen, sonst hätte er liebevoll einen Arm um sie gelegt.

»Ich wollte ihn ja verlassen, ich wollte es! Aber dann …« Sie griff sich an den Hals. »Es ist dann so, als würde ich keine Luft mehr bekommen. Ich kriege Herzrasen und … Und außerdem kann er ja auch ganz lieb sein …«

»Und dann haben Sie ihn erschossen?«, fragte Ann Kathrin.

Frau Jansen stoppte mitten in der Bewegung wie eingefroren.

»Nein«, sagte Daggi, »ich habe ihn mit seiner Waffe gezwungen, ein Geständnis aufzuschreiben. Ich wollte verhindern, dass seine Rechtsverdreher wieder kommen und aus Schwarz Weiß machen und aus Böse Gut.«

»Ach, das war kein Abschiedsbrief oder Testament?«

»Nein, das sollte ein Geständnis werden. Er hat dann aber versucht, mich zu attackieren. Er hat meine Hand mit der Waffe gegen seinen Kopf gedrückt und immer geschrien und gelacht: *Dann schieß doch, du feige, kleine Schlampe! Schieß doch! Du traust dich doch sowieso nicht!*«

Marion Jansens Schockstarre löste sich. »Bitte, Daggi!«

»Waren Sie dabei?«, fragte Ann Kathrin.

»Nein«, antwortete Daggi für ihre Schwester. »Sie war Ferienwohnungen putzen. Sie hat sich die Finger wundgeputzt in seinen Scheißferienwohnungen. Nur dazu brauchte er Frauen: zum Vögeln und zum Putzen.«

»Warum haben Sie zweimal geschossen?«

»Keine Ahnung. Das ging so schnell. Ich wollte das gar nicht. Ich hatte ihn plötzlich tot im Arm, und dann habe ich ihn von mir weggestoßen. Ich hatte die Waffe aber noch in der Hand, und dann habe ich ihn einfach in seinem Blut liegen lassen, die Pistole abgewischt und bin zu ihr gefahren.«

»Ich war da noch am Putzen, ich war noch gar nicht fertig.«

»Und dann haben wir uns zum ersten Mal im Leben richtig frei gefühlt.«

Als Ann Kathrin und Weller zur Polizeiinspektion zurückfuhren, waren sie sich, wie so oft, wortlos einig.

Rupert empfing sie und legte fast prahlerisch die Fotos und die zusätzliche Akte auf den Tisch: »Es war kein Selbstmord«, sagte er. »Die Aktenlage ist ganz klar. Es war die Ehefrau. Er hat sie jahrelang misshandelt und gequält. Dann hat sie garantiert die Nerven verloren und … Man kann der Frau im Grunde nicht böse sein.«

»Irrtum«, sagte Ann Kathrin. »Ich glaube, Rupert, ich habe dir unrecht getan.«

»Du? Mir? Unrecht?«

»Ja. Es war Selbstmord.« Sie zählte es an den Fingern auf. »Es war seine Waffe. Es gibt keine Einbruchsspuren. Dann dieser Abschiedsbrief.«

»A … a … aber …«, stammelte Rupert, »ich denke, er hatte zwei Kugeln im Kopf?«

»Och«, sagte Weller, »das würde ich nicht überbewerten. Wenn wir diesen Bericht absegnen, wird kein Hahn mehr danach krähen, und wir können die Akten schließen. Wir haben doch genug zu tun.«

Rupert zuckte mit den Schultern. »Na, meinetwegen.«

Weller klopfte ihm auf die Schultern. »Geiles Gefühl, auch mal recht zu haben, was Rupert?«

DAS OSTFRIESISCHE RITUAL

1.

Leefke Schepker verdächtigte ihre Putzfrau. Sie redeten sich gegenseitig mit Vornamen an. Es klang, als würden zwei Freundinnen miteinander sprechen, aber Leefke traute der jungen Frau nicht. Sie duftete nach Patschuli, Vanille und einer exotischen Frucht. Kiwi oder Mango. Aufdringlicher Nuttenkram!

Die Räume rochen nach ihr, wenn sie dort saubergemacht hatte. Leefke Schepker lüftete nach jedem wöchentlichen Putztag ihr Haus gründlich, sobald Rita gegangen war. Der ostfriesische Wind ließ Türen und Fenster knallen, sauste wie der Atem eines unsichtbaren Drachens durch die Zimmer und vertrieb die fremden Gerüche.

Trotzdem ging es Leefke nach fast jedem Besuch der Putzfrau schlechter. Nachts bekam sie Hustenanfälle, als hätte sie auf Katzenfellen geschlafen.

Leefke war mit den Jahren empfindlich geworden. Früher war ihr Magen wie ein Mülleimer gewesen, geduldig verarbeitete er alles, was sie hineinwarf. Heute reichte eine Erdnuss, um sie in Atemnot zu bringen. Thunfisch war zu einem tödlichen Lebensmittel geworden. Sie hatte eine Hausstauballergie. Wie sich das schon anhörte! Das war doch peinlich. Als sei es bei ihr schmutzig! Und sie konnte der neuen Putzfrau ja viel vorwerfen, aber Rita Klatt machte wirklich gründlich sauber.

Am schlimmsten waren Katzenhaare für Leefke. Zuerst kam der irre Juckreiz auf der Haut, dann rasselten ihre Lungen wie Fischernetze im Sturm, und schließlich wurde ihr schwindlig. Sie musste dann sofort aus dem Raum.

Sie schämte sich zwar ein bisschen deswegen, aber seit dem Tod ihres Mannes liebte sie Spielfilme wie *Der weiße Hai* oder *Godzilla. King Kong* war ihr Lieblingsfilm, und *Die Hexen von Eastwick* sah sie sich jedes halbe Jahr einmal an. Es waren seine Filme. Er hatte sie gesammelt und meist erst angesehen, wenn sie schon ins Bett gegangen war. Damals waren ihr diese Filme zu aufregend gewesen. Heute war diese Filmsammlung eine Verbindung zu ihrem toten Mann. Tröstlich, nicht erschreckend.

Sie würde nicht von einem weißen Hai gefressen werden, kein Urzeitmonster aus der Tiefe des Meeres kam, um sie zu attackieren. Auch vor Riesenaffen war sie in Ostfriesland sicher. Sie musste sich vor Erdnüssen fürchten, vor Thunfisch, Hausstaub und Katzenhaaren.

All diese Krankmacher konnte sie meiden, aber da war noch etwas viel Schlimmeres in ihrem Leben: eine unbestimmte Angst, die plötzlich kam. Im Supermarkt, während sie in der Schlange an der Kasse darauf wartete, dranzukommen. Oder bei einer Geburtstagsfeier, während alle fröhlich waren, durcheinanderschwatzten und Kuchen aßen, da wurde sie mit einem Mal von einer Panik ergriffen, die nicht schlimmer hätte sein können, wenn die Siedlung bombardiert worden wäre.

Es war eine lähmende Angst. Sie wusste nicht, woher. Sie bekam dann kaum noch Luft, als hätte sie eine Katze gestreichelt oder Erdnüsse gegessen.

Die letzte Panikattacke war drei Wochen her. Bei einer goldenen Hochzeit in Wiesmoor. Es waren ein paar Golfer dabei gewesen, unter ihnen Gerd Martens. Sie kannte ihn. Sie war ihm in der Sparkasse Wiesmoor oft begegnet. Sie hob immer nur kleine Bargeldbeträge ab. Er grüßte sie jedes Mal freundlich. Gerd Martens hatte während der Feier bemerkt, dass es ihr schlechtging, und sie nach Hause gefahren. Er war höflich genug gewesen, ihr keine dummen Fragen zu stellen.

Inzwischen hatte sie Angst vor der Angst. Sie ging nicht mehr viel raus, mied Feiern und kaufte am liebsten ein, wenn nur wenige Menschen im Laden waren. In der Mittagszeit oder wenn ein wichtiges Fußballspiel im Fernsehen lief. Das waren ideale Situationen.

Sie hatte alles getan, um diese Angst loszuwerden. Vergeblich. Die Tabletten nahm sie nicht mehr. Die machten sie müde, und sie fühlte sich seelenlos dadurch. Außerdem bekam sie Kopfschmerzen und Verstopfung.

Nachdem sie die dreitausend Euro verbrannt hatte, war es ihr zunächst wirklich kurz bessergegangen. Sie hatte eine Linderung verspürt, aber nach dem nächsten Besuch der Putzfrau war es wieder schlimmer geworden.

Versteckte diese alleinerziehende Mutter etwa heimlich Katzenhaare in ihrer Wohnung? Warum jaulten jede Nacht in ihrem Vorgarten Katzen? Ihr Haus wurde regelrecht von dieser vorlauten Pest belagert. Sie konnte nie die Terrassentür offen lassen. Sie musste immer befürchten, ungeliebten Besuch zu bekommen.

Neulich hatte sie im Garten bunte Katzenkekse gefunden. Sie rochen nach Lamm und Huhn. Warf jemand abends Katzenfutter über ihre Hecke, um die Tiere anzulocken?

Der Verdacht war ungeheuerlich, aber er verdichtete sich langsam zur Gewissheit.

Sie konnte nur noch ihrer Freundin Maria trauen. In Marias Haus ging es ihr gut. Hier konnte sie frei atmen. Sie bekam keine Panikattacken, und die Räume waren garantiert frei von Katzenhaaren.

Schon zweimal hatte sie gemeinsam mit Maria ihre ganze Wohnung ausgeräuchert. Mit Myrrhe und Weihrauch. Mit glühenden Kohlen hatten sie alte Geister vertrieben, böse Geister, die im Gemäuer festklebten wie giftiger Schmierschmutz.

Ja, es gab Geistwesen, und Maria konnte mit ihnen reden. Sie hatte diese Gabe von ihrer Mutter vererbt bekommen und die von ihrer. Die geistige Welt suchte sich Menschen, um ein Tor zu schaffen zu uraltem Wissen.

2.

Manchmal bekamen die Menschen schockstarr vor Entsetzen kaum ein Wort heraus, stammelten wie schlecht vorbereitete Schüler bei der mündlichen Prüfung.

Ein Mord wurde normalerweise telefonisch gemeldet. Diesmal war alles anders.

Ann Kathrin Klaasen lehnte sich in ihrem ergonomischen Bürostuhl zurück und staunte. Das kleine Mädchen war selbstbewusst. Forsch forderte sie, die »berühmte ostfriesische Kommissarin« zu sprechen. Dabei hielt sie ihre rote Umhängetasche wie einen Schutzschild vor ihren Körper.

Rupert gab ihr mit einer betont devoten Geste den Weg frei. Er verbeugte sich sogar und machte ganz auf Kavalier. »Bitte schön, Madame.« Er zeigte auf Ann Kathrin Klaasen.

Die Kleine gab sich wenig beeindruckt. Sie nahm Ruperts Geste hin, als ob sie ständig so behandelt und angesprochen würde.

»Sie sind Kommissarin Klaasen?«

Ann Kathrin nickte. »Ja, die bin ich. Und wer bist du?«

»Ich heiße Jule Klatt. Ich bin aus Wiesmoor und möchte ein Verbrechen melden.«

»Ein Verbrechen?«

»Ja, ein ganz schlimmes sogar. Die Schepker hat meinen Tiger umgebracht.«

Rupert verdrehte die Augen, wünschte Ann Kathrin gestisch viel Spaß und verließ das Büro, um sich wichtigeren Dingen zu widmen: der verdienten Mittagspause.

Ann Kathrin nahm sich Zeit für das Kind. »Tiger? Ist das ein Stofftier oder ein echtes Tier?«

Jules Stimmung schlug um. Ihre Unterlippe begann zu zittern, und ihre Augen wurden feucht.

»Meine Lieblingskatze. Ich hab drei. Den Tiger, den Blacky und den Moritz.«

Ann Kathrin bot der Kleinen Kekse an, aber Jule wollte nicht.

»Ich fürchte«, sagte Ann Kathrin, »da kann ich dir gar nicht helfen. Du bist hier bei der Mordkommission, weißt du.«

»Das war ja auch Mord! Die Schepker hat meine Katze umgebracht!«

Das Kind tat Ann Kathrin leid, und sie spürte die enorme Wut des Mädchens. Gerade deshalb wollte sie sachlich bleiben. »Das ist wohl eher etwas für die Kollegen vom 3. Fachkommissariat. Die kümmern sich um Umweltdelikte. In deren Zuständigkeit fällt auch der Tierschutz.«

Die Unterlippe des kleinen Mädchens zitterte. »Der Tiger

war so lieb!« Jule Klatt schluckte und hielt Ann Kathrin ihr Handy hin. »Da, guck doch selbst!«

Auf dem Display sah Ann Kathrin eine Katze, die jämmerlich verrenkt an einer Stahlschlinge baumelte.

Das Kind stellte die Umhängetasche neben sich ab.

»Jemand hat deine Katze aufgehängt?« Ann Kathrin spie den Satz aus wie ein ranziges Stück Fleisch. Die Heftigkeit ihrer Reaktion tat ihr sofort leid, sie wollte das Kind nicht erschrecken. Aber das hier war nicht einfach die Tat eines Katzenhassers.

Es gab Menschen, die für Katzen oder Hunde giftige Nahrung verteilten, um die Tiere zu töten. Sie kannte einen, der hatte Rasierklingen in Frikadellen versteckt, um Hunde zu quälen.

Das hier war anders. Es sah aus wie eine Drohung, wie die Ankündigung einer schlimmen Tat.

»Und du weißt, wer das gemacht hat?« Ann Kathrins Stimme hörte sich kratzig an, als ob sich eine Sommergrippe ankündigen würde.

»Ja, die Frau Schepker. Leefke Schepker heißt die blöde Kuh.«

»Hast du sie dabei beobachtet?«

»Nein.«

»Und woher weißt du dann so genau, dass sie es war?«

»Das weiß doch jeder.«

»Jeder?«

»Ja, außer vielleicht der Bundeskanzlerin oder so …«

»Und woher weiß das jeder?«

»Weil die Schepker doch Katzen nicht leiden kann …«

»Und wenn das jeder weiß, warum kommen dann deine Eltern nicht hierher und zeigen die Tat an?«

Jule kaute auf der Unterlippe herum. »Das geht nicht, weil meine Mama doch bei der Schepker putzt, und wir brauchen das Geld, und deshalb darf sie auch nicht wissen, dass ich hier bin.«

»Und dein Papa?«

»Der ist ein Arsch und hat sogar meinen Geburtstag vergessen. Schon zweimal.«

Ann Kathrin nahm sich jetzt selbst einen Keks. Es war eine Verlegenheitsgeste. Sie kaute, um Zeit zu gewinnen.

»Und wie bist du von Wiesmoor hierher nach Aurich gekommen?«

»Mit dem Bus.«

»Mit dem Bus? Geht das überhaupt?«

»Ja, Frau Kommissarin, über Bagband.«

Jule machte eine Handbewegung, als müsse sie diese lästige Frage wie ein Insekt vertreiben. Dann fragte sie: »Verhaftest du jetzt die Schepker?«

Ann Kathrin antwortete mit einer Gegenfrage: »Was hast du mit der toten Katze gemacht?«

Für einen Moment befürchtete Ann Kathrin, die Kleine trage den Tierkadaver in der roten Umhängetasche mit sich herum. Doch Jule sagte leise: »Beerdigt. Ich habe Tiger bei uns im Garten vergraben.« Dann wischte sie über das Display ihres Handys und zeigte ein Foto vom Grab. Es stand eine Vase darauf, darin Heckenrosen.

3.

Maria hatte nie einen Beruf daraus gemacht. Sie schaltete keine Anzeigen in den Tageszeitungen, um für sich zu werben. Die Menschen fanden auch so einen Weg zu ihr.

Sie nahm für ihre Hilfe kein Geld. Manchmal erhielt sie kleine Geschenke. Einen Räucherschinken. Ein Pfund schwarzen Tee. Einen selbstgebackenen Kuchen. Blumen. Einmal erbte sie ein Haus in Norddeich mit drei Ferienwohnungen. Seitdem vermietete sie auch.

Leefke Schepker wollte zu ihr fahren, aber zu ihrem Entsetzen waren alle vier Reifen an ihrem Auto zerstochen.

Leefke ärgerte sich über ihre Reaktion. Im ersten Moment weinte sie. Warum, dachte sie, sind die Leute so gemein zu mir? Was habe ich ihnen getan?

Sie spielte schon mit dem Gedanken, hier wegzuziehen. Am besten ganz raus aus Ostfriesland, vielleicht ins Sauerland oder in den Schwarzwald. In Sachsen gab es günstige Häuser …

Dann setzte sie sich aufs Rad und fuhr zu Maria. Den ganzen Weg bis Wilhelmsfehn. Seit sie ein Fahrrad mit Hilfsmotor fuhr, machte ihr Gegenwind nicht mehr viel aus. Aber sie radelte auch viel schneller als sonst. Der Bremsweg wurde länger. Am Fehnkanal wäre sie fast gestürzt. Fast.

Ihre einzige noch lebende Verwandte, ihre Nichte Dörthe, hatte sie überredet, das teure Rad zu kaufen. Dörthe lebte in Aurich und kam leider viel zu selten vorbei. Sie hatte einen neuen Freund, Haak, der manchmal mit zu Besuch kam. Er liebte Apfelkuchen, das hatte sie sich gemerkt. Sie vertraute Männern, die gern Süßigkeiten aßen. In denen war das kleine Kind noch lebendig.

Hier, in Marias Räumen, konnte Leefke gut atmen. Die Luft war sauber wie am Deich. Keine Katzenhaare und kein Hausstaub. Maria nannte die Luft »energetisch rein«. Am liebsten wäre Leefke bei ihr eingezogen. Hier war alles so einfach und sauber und Maria selbst so verständnisvoll.

Es roch nach Roibuschtee, frischer Pfefferminze und nassem Holz. Maria trug weite Kleider aus Naturstoffen in gedeckten, erdigen Farben. Sie hatte überhaupt nichts Abgedrehtes oder Verrücktes an sich, sondern wirkte sehr geerdet.

»Die Wut, die dir entgegenschlägt«, sagte Maria sanft, »ist nur eine äußere Manifestation der Wut, die du auf dich selbst hast.«

Etwas an dieser Aussage traf Leefke bis ins Mark. So war es ihr oft bei Maria gegangen. Sie saßen kaum ein Viertelstündchen zusammen, und Leefke musste weinen.

Die Tränen taten meist gut. Sie trug einen tiefen, alten festsitzenden Schmerz in sich, und der musste raus. Während dieser Sitzungen wurde etwas aus ihrer Seele hochgespült.

Maria legte immer schon eine Packung Papiertaschentücher auf den Tisch neben die Schale mit den dicken braunen und weißen Kluntjes. Leefke nahm sich eins und schniefte hinein.

»Innenwelt«, sagte Maria, »ist gleich Außenwelt.« Zur Erklärung füllte sie dann ihr Wasserglas: »Die Frage ist doch, ist es halbleer oder halbvoll.«

»Aber warum«, fragte Leefke verzweifelt, »hasse ich mich so sehr, dass ich solche Dinge anziehe?«

Maria guckte auf diese berührend empfindsame Art, wie nur sie Menschen angucken konnte und die ihrem Gegenüber das Gefühl gab, verstanden, ja, mit all seinen Sorgen angenommen zu werden.

»Du kannst dir die Antwort selbst geben. Du weißt sie doch längst, Leefke.«

»Ja«, schluchzte Leefke, »wegen diesem verdammten Geld. Aber ich habe doch schon dreitausend Euro verbrannt, das sind sechstausend Mark! So viel Geld ...«

Maria lachte hellauf. »Du willst schummeln und verhandeln! Die geistige Welt lässt sich nicht betrügen. Du hältst weiter fest an Gier und damit an schlechter Energie und Schuldgefühlen. Kein Wunder, dass du Verstopfung hast. Das kommt vom Festhalten.«

»Festhalten? Ich habe gespart! Mein Leben lang habe ich gespart.« Leefke hatte das Gefühl, sich rechtfertigen zu müssen. Sie dachte an den ersten Weltspartag, an dem sie teilgenommen hatte. »Ich war so aufgeregt. Ich wusste natürlich bis auf den Pfennig genau, wie viel ich in meine Sparbüchse geworfen hatte ... Aber meine Großmutter stopfte manchmal, wenn sie vom Einkaufen kam, eine kleine Überraschung dazu. Einmal ... ich weiß es noch ganz genau, da habe ich es in der Blechdose nicht klappern gehört, daraus folgerte ich: es muss ein gefalteter Schein gewesen sein!

Oh, ich habe meine Oma so gelöchert, aber sie hat mir nichts verraten, und als dann in der Sparkasse die Dose geöffnet wurde, da hatte ich mehr als alle Klassenkameraden. 27 Mark und 91 Pfennige. Oma hatte einen Zehnmarkschein reingelegt und dazu einen Zettel:

Wenn kleine Münzen getreulich gehäuft werden, kommt ein Schatz zusammen.«

Leefke klatschte vor kindlicher Freude in die Hände. Sie fühlte sich zurückversetzt in die damalige Glückssituation.

»Ich war so unglaublich stolz! Ja, ich hatte einen Schatz zusammengespart. 27 Mark 91. Keine Prinzessin war reicher als ich. Von da an legte ich jeden Pfennig zurück. Ich warf eine Mark in die Spardose, statt ins Kino zu gehen. Ich nahm nur ein Eis zu zehn, statt wie die anderen eins zu dreißig mit Sahne. Und das übrige Geld ließ ich in meinem Sparschwein klingeln. Inzwischen hatte ich ein großes, grinsendes Schwein.«

Maria legte die Fingerspitzen zusammen. Sie faltete die Hände wie zum Gebet, spreizte dabei aber die Finger weit auseinander und berührte ihre Lippen mit den Mittelfingern. Sie sprach sehr bedächtig, wie in Trance: »Geld ist auch nur eine Energie, die man fließen lassen muss.« Dann schwieg sie.

Manchmal – jetzt zum Beispiel – sah sie aus, als würde sie einer inneren Stimme lauschen. Leefke wusste dann nicht, ob sie fortfahren sollte mit ihren Ausführungen oder ob es besser war, zu schweigen. Meist hatte sie dann fast andächtig den Mund gehalten. Heute aber sprudelte sie munter weiter.

»Danach habe ich mit dem PS-Sparen angefangen. Mein Gott, war das aufregend! Sparen und gewinnen! Ich habe meinem Glück einen Dauerauftrag erteilt. Gleich beim zweiten Mal habe ich gewonnen. Einen großen Korb mit Schinken und Doornkaat. Wegen irgendeiner Sonderauslosung. Und dazu noch fünfzig Mark.«

»Und in der Tiefe deiner Seele hast du dich für das Ersparte geschämt.«

»Nein, ich … ich … ich war stolz! *Spare in der Zeit, dann hast du in der Not.*«

»Ja, aber du warst nie in Not. Das Geld auf deinem Konto steht symbolisch für all das, was du dir geklemmt hast, für Geiz und Freudlosigkeit. Ein Mahnmal für das Verbot, Spaß zu haben.«

»D… das habe ich von meiner Oma gelernt …«

»O nein, jetzt tust du deiner Oma unrecht. Sie war eine großzügige Frau. Sie hat dir Geld in deine Sparbüchse geworfen. Sie gab gerne etwas her. Dabei hatte sie sicherlich selbst nicht viel …«

Leefke nickte nachdenklich. »Ja, sie war eine bescheidene, aber großzügige Frau.«

Maria öffnete einen Kasten aus rötlichem Sandelholz mit Intarsien aus Perlmutt. Sie fischte einen Fünfzigeuroschein heraus, hielt den Geldschein mit spitzen Fingern über ihren Teller mit Räuchermaterial.

»Was siehst du da, wenn du genau hineinspürst?« Maria beantwortete ihre Frage selbst. »Oberflächlich ist es ein Geldschein. Papier, nichts weiter. Doch beladen mit ungeheurer Macht. Dafür töten Menschen. Sie lügen, und sie betrügen. Sie definieren ihren Wert darüber und glauben, es mache sie frei. In Wirklichkeit legt uns dieser jämmerliche Fetzen Papier in Ketten. Macht Sklaven aus uns!«

Leefke rang ihre Hände. Die Knöchel traten weiß hervor.

»Du hast«, sagte Maria ruhig, »nicht einfach nur Geld gespart. Du hast schlechte Energie gespeichert. Was glaubst du denn, was dir deine Allergien sagen wollen?«

Maria zündete den Fünfzigeuroschein an und mit seiner Flamme dann vier Räucherstäbchen.

Über die Wirkung eines jeden Räucherstäbchens sagte sie etwas: »Salbei klärt unsere Auffassungsgabe. Lavendel entspannt und bringt den Ausgleich. Weihrauch unterstützt unser inneres Wachstum und die Reflexion. Myrrhe soll störende Einflüsse auflösen.«

Sie hob den Teller mit den Räucherstäbchen, verteilte den Duft im Raum und ging damit vor sich hin summend einmal um Leefke herum.

»Wir sind freie Wesen! Die geistige Welt will, dass wir uns frei machen von jeder Manifestation des Bösen.«

»Aber ich habe doch schon dreitausend Euro verbrannt«, jammerte Leefke noch einmal.

»Verhandle nicht mit deinem Schicksal. Der Weg zum Glück bedeutet, sein Schicksal anzunehmen und in Harmonie mit ihm zu leben, statt mit ihm zu hadern. Das macht uns nur krank.«

»Das heißt, wir müssen das Ritual wiederholen?«, fragte Leefke.

Maria sah sie nur an.

»Nein«, sagte Leefke, »das werde ich nicht tun. Das letzte Ritual hat nicht geholfen. Es geht mir jetzt schlechter als vorher.«

»Ja, weil du nicht ehrlich warst«, behauptete Maria und machte Leefke damit sehr traurig. »Es ist ein altes, ostfriesisches Ritual. Damit haben schon meine Mutter und meine Großmutter anderen geholfen. Es befreit die Seele.«

4.

Als Leefke Schepker verunsichert nach Hause radelte, blies der Wind von Nordwest, und sie wurde von einem kleinen, aber heftigen Regenschauer erwischt. Es tat gut, die nasse Kleidung auf der Haut zu spüren und die Regentropfen wie Tränen im Gesicht.

Sie sah schon von weitem, dass etwas nicht stimmte. Das Schlafzimmerfenster stand sperrangelweit offen. Eine Einladung für Diebe und schlimmer noch, für Katzen.

Sie sprang vom Rad, ohne vorher richtig gebremst zu haben. Sie lief in die Garage und holte sich den Reisigbesen. Damit wollte sie die Katze vor sich her aus dem Haus treiben.

Doch dann traute sie sich kaum in ihre eigenen Räume. Das Fauchen erschreckte sie und ließ ihre schlimmsten Albträume Wirklichkeit werden. In ihrem Schlafzimmer kämpften mehrere Straßenkatzen um ihre Beute. Jemand hatte einen triefenden Beutel voller stinkender Fischfetzen auf ihr Kopfkissen geworfen.

Sie sah die streitenden Tiere auf ihrem Bett, aber da mussten noch mehr sein. Etwas huschte durchs Wohnzimmer in den Flur.

Sie kreischte und schlug mit dem Reisigbesen, aber noch bevor sie die erste Katze aus dem Haus verjagen konnte, begann dieses Rasseln in der Lunge. Sie wurde kurzatmig, und dann lief ein Juckreiz vom Steißbein die Wirbelsäule hoch und breitete sich rasant über Arme und Beine aus. Am schlimmsten wurde es am Hals.

Am liebsten wäre sie in eine Badewanne voller Eiswürfel gesprungen. Aber weder ihre Gefriertruhe noch ihre Badewanne befanden sich im Moment in erreichbarer Nähe.

Es war, als wäre die Luft klebrig und zähflüssig geworden. Der enorme Luftwiderstand verlangsamte ihre Bewegungen. Sie sah ihren eigenen Arm wie in Zeitlupe. Langsam, ruckartig. Der Reisigbesen eisenschwer. Die Katzen dagegen schnell. Unfassbar. In einer sich beschleunigenden Bilderflut bewegte sie sich selbst in zombiehafter Trägheit.

Die dicke Luft ließ sich nur schwer ausatmen. Sie drückte in den Lungenflügeln wie Salzwasser. Da die eingeatmete Luft in der Brust festhing, gab es keinen Platz für neuen Sauerstoff.

Sie hustete, als müsse sie Luft erbrechen. Dann wurden ihre Knie weich.

Der Besen knallte zwischen Sideboard und Garderobe auf den Boden. Die Welt um sie herum geriet ins Trudeln. Sie wusste, dass sie hart aufschlagen würde. Es fiel ihr schwer, die Hände schützend auszustrecken und sich abzufangen.

Sie fragte sich im Fallen, ob das eine Ohnmacht war oder schon das Ende.

Ihr Kopf verfehlte die Kante der Anrichte nur knapp.

Als Leefke erwachte, sah sie zunächst nichts. Sie lag in einem völlig abgedunkelten Raum, aber sie wusste sofort, dass es ihr eigenes Schlafzimmer war.

Ihr Mann hatte immer auf der rechten Seite des Ehebettes geschlafen, sie auf der linken. Sie tastete nachts, wenn sie aus einem Traum erwachte, immer noch nach ihm und fühlte dann seine Lieblingswolldecke aus Baumwolle und Dralon. Die nachtblaue mit den Sternchen und dem grinsenden Mond als Mittelpunkt.

Sie schreckte hoch. Waren die Katzen noch hier?

Wer hatte sie ins Bett gebracht? Sie trug ein Nachthemd. Sie konnte wieder tief atmen. Die Luft war sauber, frei von Hausstaub und Katzenhaaren.

Sie hörte die Stimme ihrer Putzfrau Rita. Sie redete streng. Scharfe Formulierungen, nicht das sonst übliche Genuschele.

»Du hast den Schlüssel gestohlen und dann hier die Fenster aufgemacht! Das ist Hausfriedensbruch!«

»Ich war das nicht! Die Fenster waren offen«, verteidigte sich eine Kinderstimme.

Bestimmt ihre Tochter Jule, dachte Leefke. Das ist eine ganz gerissene Göre.

»Hast du das Katzenfutter draußen im Garten verstreut und hier toten Fisch reingeworfen?«

»Nein, das waren die anderen.«

»Die anderen? Ja, wer denn?«

»Sag ich nicht. Man verrät seine Freunde nicht.«

»Fräulein, es reicht! Überreiz dein Blatt nicht! Überleg doch mal! Wenn dich einer erwischt hätte, das sieht doch aus wie Einbruch. Kein Mensch vertraut mir dann noch seine Wohnung an. Eine Haushälterin muss ehrlich sein. Ich lebe von meinem guten Ruf.«

»Und warum beklaust du die Schepker dann?«

Es klatschte. Die Kleine begann zu heulen. Es klatschte noch einmal.

»Sei ruhig! Ich klaue nicht! Ich habe noch nie jemanden bestohlen!«

Sie flüsterte, aber Leefke verstand trotzdem fast jedes Wort, als würden die Stimmen mit Lautsprechern ins Schlafzimmer übertragen.

»Frau Schepker ist eine seltsame Frau. Vielleicht ein bisschen verrückt – ja, sehr sogar. Sie verbrennt Geld. Kannst du dir das vorstellen? Andere legen sich krumm dafür, machen Überstunden oder haben, wie ich, drei Putzstellen gleichzeitig. Und die alte Dame ist so verwirrt, dass sie ihr Geld verbrennt. Nicht aus Versehen, sondern mit völliger Absicht! So etwas darf man nicht. Das ist unmoralisch! Sie hat dafür extra eine kleine Feuerstelle. Sie bewahrt das Geld vorher in einer Art Schatzkiste auf, zusammen mit Fotos von ihrem Mann.«

Jule weinte noch immer, versuchte sich aber, trotzig zu behaupten. »Du lügst! Das stimmt ja gar nicht! Du bist ja nur neidisch auf sie!«

»Nein, bin ich nicht! Ich sorge für uns. Dein Vater hat ja

Besseres zu tun. Was glaubst du denn, wovon das Futter für deine Katzen bezahlt wird?«

Trotzig antwortete Jule: »Von meinem Taschengeld?!«

Die Mutter lachte bitter. »Und woher kommt das?«

»Ich will kein geklautes Geld, Mama.«

»Sie hätte es doch nur verbrannt ... Verstehst du das denn nicht? Für sie ist das Geld in der Kiste nur Papier, und ich hab es umgetauscht ...«

»Umgetauscht?«

»Ja, ich habe die Scheine kopiert. Im Copyshop.«

»Und dann?«

»Hab ich die echten behalten, und sie hat die Kopien verbrannt. Sie hat es nicht mal bemerkt, aber ich konnte die neue Waschmaschine kaufen und deine Klassenfahrt bezahlen, und du musstest nicht den alten Rucksack mitnehmen, sondern ...«

Es entstand ein Gerangel. Leefke hörte Klatschen, Stöhnen, Schimpfen. Etwas fiel um, vielleicht ein Stuhl. Dann knallte eine Tür.

Rita Klatt schrie: »Jule! Jule!«

Leefke wurde heiß und dann wieder kalt. Die Hitze kam wie ein Feuer aus der Mitte ihres Körpers, während die Kälte von den Fingern und den Zehen über die Hände und die Füße bis hin in ihre Gelenke kroch. Die Stellen, an der Feuer und Eis sich begegneten, wurden von einem Zittern erfasst. Ihr ganzer Körper bebte, als sei sie an ein nasses Stromkabel geraten.

Deshalb hatte das Ritual also nicht funktioniert: Es war kein echtes Geld verbrannt worden!

Marias Worte klangen in ihr nach: »Die geistige Welt lässt sich nicht betrügen.«

Ich hatte also recht, dachte Leefke grimmig. Dir und deiner Göre verdanke ich all die schlimmen Stunden.

Sie lag noch eine Weile auf dem Bett, bis das Zittern nachließ.

Im Schrank bewahrte sie das Jagdgewehr ihres Mannes auf. Ein Zwilling. Sie konnte damit umgehen. Er hatte es ihr gezeigt, und sechs Schuss Munition besaß sie auch noch.

5.

Nein, er schlug ihr nicht ins Gesicht. Das hatte er schon lange nicht mehr getan.

Er sah Maria nur an. In seinem Blick lag so viel Verachtung für diese Welt. Er hatte wirklich Zugang zu seinen dunklen Seiten. Er trug, wie jeder Mensch, die Hölle in sich, aber er versteckte diese Anteile nicht. Er lebte sie. Er konnte lustvoll sein, egoistisch und zerstörerisch.

Sie wusste, dass er heute einen schweren Gang vor sich hatte. Man war dabei, ihm unrecht zu tun. Doch er sah all dem gelassen entgegen. Er verachtete die Leute, die gegen ihn waren. Aber er nahm sie nicht ernst.

Sie wollte nur zu gern von ihm ernst genommen werden. Ihm ihre Liebe beweisen.

Dieser spöttische Zug um seine Mundwinkel machte ihr Angst und faszinierte sie gleichzeitig.

»Diesmal«, sagte er, »wirst du alles richtig machen.«

Sie nickte nicht einfach, nein, sie beugte ihr Haupt, als würde sie sich vor ihm verneigen. Er mochte diese Geste, sie stimmte ihn aber nicht unbedingt milde. Ihre Unterwürfigkeit stachelte ihn manchmal sogar an. Ganz so, als würde er

Einlass begehren, klopfte er gegen ihre Stirn wie gegen eine Tür.

Sie zog den Kopf nicht weg. Sie ertrug seine Demütigungen mit fast stoischer Gelassenheit.

»Wie kann man nur so blöd sein?«, fragte er und machte Zischlaute mit der Zunge, die sie an eine Schlange erinnerten. Ja, so wirkte er manchmal auf sie: giftig, lauernd, mit uralten Instinkten. Reptilienhaft.

»Ich muss wohl«, sagte sie kleinlaut, »in der Aufregung die Scheine verwechselt haben. Es wird nicht wieder vorkommen.«

Er streichelte sanft über ihren Haaransatz. »Na, das kann doch jedem mal passieren, dass man ganz zufällig ein paar tausend echter Scheine verbrennt und dafür die Kopien einsteckt. Ist im Grunde ja kein großes Ding.« Er fuchtelte mit den Händen über ihrem Kopf in der Luft herum. »Zumindest nicht, wenn man in höheren Sphären weilt, sich mit Geistern unterhält und einem irgendwelche Spinner dafür Geschenke machen ...«

Er beugte sich zu ihr runter. Sein Gesicht war jetzt so nah an ihrem, dass sie seinen Atem riechen konnte. Er hatte vor nicht allzu langer Zeit ein Mettbrötchen mit Zwiebeln gegessen.

Seit sie als langjährige Vegetarierin konsequent zu veganem Essen übergegangen war, konnte sie den Geruch von rohem Fleisch nicht mehr gut ertragen. Er wusste das genau, aber er hatte keine Lust auf ihre vegane Küche. In seinen Augen drehte sie jetzt völlig durch. Früher hatte sie ja wenigstens Milch getrunken, ihren Eiweißbedarf mit Käse und Fisch gedeckt. Heute aß sie nicht mal mehr Honig.

Die Welt um ihn herum war offensichtlich komplett verrückt geworden, aber das war für ihn noch lange kein Grund, auch durchzudrehen. Er würde sein Schäfchen ins Trockene bringen, sich mit Marias Hilfe die Taschen vollmachen und dann verschwinden. Maria selbst hatte einfach keinen Geschäftssinn. Die glaubte all den Mist, den sie ihren Klienten erzählte, am Ende selbst.

Allein die Erbschaft der Ferienwohnungen in Norddeich, das hätte sie ohne ihn nie hingekriegt. Er hatte beim Tod der alten Dame etwas nachgeholfen, denn bei Lichte betrachtet hätte sie nach einem Gespräch mit ihrem Enkel vermutlich alles wieder rückgängig gemacht. Die Dankbarkeit ihrer Klienten und deren emotionale Abhängigkeit hielt ja nie besonders lang.

»Diesmal«, so prophezeite er, »werde ich mitgehen und aufpassen, dass dir nicht noch einmal so ein kleines Missgeschick passiert.«

»Das ist nicht nötig, Hermann. Wirklich nicht.«

»Du musst mit ihr in die Sparkasse gehen. Lass das Geld nicht aus den Augen. Von wegen, es soll erst in ihrer Wohnung in der Schatzkiste ruhen. Wer sagt dir, dass sie dich nicht reingelegt hat? Vielleicht verarscht die Alte dich einfach.«

»Ganz sicher nicht. Warum sollte sie das tun? Sie will ihre Allergien loswerden und ihre Ängste.«

»Aber sie hat dir längst nicht all ihr Geld gegeben.«

»Nein, sie hat noch siebzehntausend Euro auf der Sparkasse.«

Er schnaubte. »Ein Glück, dass das Luder so geizig war, sonst hättest du das ganze schöne Geld verbrannt.«

»Wir können nicht das ganze Geld mit einem Schlag abheben …«

»Warum nicht?«

»Es würde auffallen. Ich meine, wenn sie plötzlich so viel Geld in bar abhebt, dann wird vielleicht jemand misstrauisch …«

Er zog ein Räucherstäbchen, das fast abgebrannt war und an dem sich lange Asche wie ein Insekt bog, aus der Holzhalterung. Er hielt es vor Marias Gesicht. Die Ascheschlange fiel auf ihre Bluse.

Er blies in die restliche Glut. »Misstrauisch? Hast du misstrauisch gesagt? Ja, verdammt, wo leben wir denn?«

Er drückte das Räucherstäbchen wie eine Zigarettenkippe in den Aschenbecher und zischte: »Es ist ihr Geld. Sie kann es abheben und sich davon ein Auto kaufen, einen Lover oder es auf dem Jahrmarkt fürs Karussellfahren ausgeben. Und wenn es ihr Spaß macht, dann kann sie es auch einer alten Möchtegern-Hexe wie dir geben und es mit ihr verbrennen.«

Er legte ein paar Scheine nebeneinander auf den Tisch. Grüne Hunderter, braune Fünfziger, blaue Zwanziger. »Die Nummern«, sagte er, »sind alle gleich, aber darauf achtet eh keiner. Ich habe solche Stapel davon kopiert. Hunderter haben wir nicht genug. Die grüne Farbe war fast alle. Die letzten Scheine sind zu hell geworden. Mach deiner Leefke die Hölle heiß!«

Er hielt ihr zwei Flugkarten hin. »Rio!«

Sie kämpfte mit den Tränen. Eigentlich wollte sie hier nicht weg. Eigentlich gefiel es ihr in Ostfriesland. Er wollte immer nur alles verkaufen und dann ab dafür … Weit weg!

Die Ferienwohnungen in Norddeich hatte er einem Makler übergeben. Auch dieses Haus hier wollte er verkaufen. Marias Elternhaus.

Sie fragte sich, warum sie ihn nicht einfach verließ, aber sie konnte sich ein Leben ohne ihn nicht wirklich vorstellen, und sie war ihm etwas schuldig.

Nach dem Tod seiner Frau hatte sie ihn leiden sehen. Sie mochte Männer, die so gefühlvoll sein konnten. Er wollte sich eigentlich nie wieder binden, um den Schmerz des Verlustes nicht noch einmal spüren zu müssen.

Damals, als es ihr schlechtging und sie ihren spirituellen Weg noch nicht gefunden hatte, da war er ihre Rettung gewesen. Eine Stütze. Ein Halt im Leben. Eine Quelle von Energie. Leider, wie sie erst später erfuhr, gespeist aus einer dunklen Quelle.

»Du musst selbst mit ihr zur Bank gehen«, sagte er. »Aber nicht zur Sparkasse Wiesmoor. Da kennt sie jeder, und dieser Martens hat sie doch neulich sogar nach Hause gefahren. Besser, du tauchst dort gar nicht mit ihr auf, sondern woanders, wo man sie nicht kennt.«

»Woanders?«

»Ja, fahr mit ihr woandershin, wo man sie nicht kennt. Die Sparkasse hat doch überall Filialen ... Fahr nach Norden oder ... nein, besser, nach Pewsum, in die Krummhörn oder nach Greetsiel ... Da hebt ihr das ganze Geld ab.«

»Glaubst du denn, das geht, Hermann? Muss man nicht zu seiner Filiale?«

Er verzog den Mund. »Ach, das ist doch alles eins. Versau es diesmal nicht.«

»Ja, sicher, Hermann. Natürlich. Diesmal werde ich nicht versagen. Du kannst dich auf mich verlassen.«

Sie hatte pochende Kopfschmerzen. Sie löste sich eine Sprudeltablette Aspirin in einem Glas Leitungswasser auf und fühlte sich schuldig deswegen, denn eigentlich waren doch solche Medikamente ein Ding der Unmöglichkeit für sie, wusste sie doch, dass Kopfschmerzen fast immer innerseelische Ursachen hatten. Solche Energieblockaden mit Chemie zu bekämpfen widersprach ihrem Weltbild.

Sie hielt ihren eigenen Ansprüchen nicht stand, und das vergrößerte den Druck in ihrem Kopf noch.

Warum, fragte sie sich, bleibe ich bei diesem Mann?

Was büße ich in dieser Beziehung ab? Und warum schlucke ich Aspirin, wenn ich doch weiß, dass ich davon nur Magenschmerzen bekomme?

6.

Leefke Schepker lud das Gewehr durch. Auf den Jagdschrotpatronen stand: *12/76 Magnum*. Sie waren aus der *Golden-Eagle*-Serie. Die hatte ihr Mann am liebsten benutzt. Er nannte das doppelläufige Gewehr gern *mein Bärentöter*, obwohl er nie im Leben einen Bären getötet hatte. Angeblich las er gerne Karl May, besaß 66 Bände, darunter einige Reprints der originalen May-Texte. Aber sie hatte ihn nie Karl May lesen sehen.

Vielleicht, dachte sie, musste er die Bücher als Andenken an seine Kindheit bewahren und hatte nun Angst, beim Wiederlesen enttäuscht zu werden.

Sie wunderte sich über sich selbst, dass sie jetzt an ihn dachte, dass in ihr mit der unglaublichen Wut auf Rita Klatt auch warme Wellen der Liebe zu ihrem verstorbenen Mann hochspülten. Es war wie ein innerer Vulkanausbruch von Hass und Liebe. Nur war die geliebte Person leider tot, und die verhasste lebte noch.

Sie stieß die Tür zum Wohnzimmer auf. Sie sah sich im Spiegel. Jemand hatte ihre Haare streng nach hinten gekämmt. Sie kam sich selbst fremd vor. Ihr Gesicht glänzte schweißnass, und in den Augen flackerte diese Wut, die sie jahrelang unterdrückt hatte.

Die Angst in Rita Klatts Gesicht tat ihr gut. Leefke sah sich nach dem Kind um. Sie konnte Jule nicht sehen. Hatte sie das Haus verlassen, oder versteckte sie sich irgendwo?

Ich hätte mich als Kind sicherlich schützend vor meine Mutter gestellt, dachte Leefke. Ich war ja immer bereit, mich zu opfern und alles Leid der Welt auf mich zu nehmen.

»Tu das Gewehr weg, du verrückte alte Frau!«, schimpfte Rita. »Runter mit dem Ding! Du zielst auf mich! Spinnst du? Das ist kein Spaß!«

Leefke Schepker hielt sich an dem Gewehr fest wie an einem Rettungsanker. Die Knöchel an ihren Fingern wurden weiß: »Nein, das ist es wirklich nicht. Du hast mich belogen und betrogen, und deine Brut hat versucht, mich mit Katzenhaaren umzubringen!«

Leefke hatte nicht wirklich vor abzudrücken. Sie hielt das Gewehr nur fest. Zu fest. Jedenfalls löste sich ein Schuss, und plötzlich bewegten sich die Wände auf Leefke zu, und die Welt geriet ins Trudeln. Ihr Blick verengte sich, die Ränder verschwanden in dunklem Qualm.

Sie sah nur noch, was direkt vor ihr geschah. Rita, die herumtorkelte und mit den Händen in der Luft nach Insekten schlug.

Ein langes Kreischen tat in ihren Ohren weh. Ein Ton, nervtötend und schrill, der einfach nicht aufhören wollte, wie ein immerwährendes Echo, das in ihrem Kopf zwischen den Ohren hin und her waberte.

Rita Klatt lag auf dem seidigen, weichen Flor des Nepalteppichs, den sie so oft gesaugt hatte. Sie krümmte sich zusammen wie ein riesiger Embryo, gerade erst aus dem Wohnzimmerschrank geboren.

7.

Hauptkommissarin Ann Kathrin Klaasen ging das Bild der toten Katze nicht aus dem Kopf, die am Stahlseil baumelte. Am liebsten wäre sie selbst in Wiesmoor vorbeigefahren, aber sie hatten noch einen Gerichtstermin vor sich. Sie ahnte, dass der Auftritt vor Gericht unangenehm werden würde. Der Strafverteidiger versuchte, ihr Ermittlungsfehler nachzuweisen, um seinen Klienten rauszupauken. Es ging um Mord oder Selbstmord und um eine ganze Stange Geld.

Es würde schmutzig werden. Sie kannte den Verteidiger …

Rupert kam ins Büro zurück. Er öffnete die Tür mit dem Ellbogen, denn er hielt mit beiden Händen einen Big Mac, der völlig aus der Form gegangen war und sich oben öffnete, als sei der Burger lebendig geworden und wolle Rupert beißen. Dicke Mayonnaisetropfen wirkten wie Zahnreihen und die lappige Fleischeinlage mit der Tomatenscheibe wie eine blutige Zunge. Wenn Ann Kathrin die Augen schloss, sah sie Ruperts Gesicht im Hamburger verschwinden.

Rupert schmatzte und sprach mit vollem Mund: »Verdammt gut, das Teil. Ich esse gerne amerikanisch. Ich steh drauf! Ist doch ganz was anderes als so ein Döner vom Türken.«

Dazu sagte Ann Kathrin nichts. Sie sah ihn nur an.

Dann räusperte sie sich: »Ich denke, du solltest bei dieser

Frau Schepker mal vorbeifahren und auch die Mutter von Jule Klatt besuchen.«

Rupert tippte sich mit dem Finger an die Stirn – in letzter Zeit eine seiner Lieblingsgesten. Dabei blieb ein bisschen Ketchup über seiner rechten Augenbraue kleben.

»Ich würde es gerne selbst machen«, sagte Ann Kathrin, »aber vor Gericht muss ich persönlich erscheinen und …«

Rupert wischte sich mit dem Handrücken die Lippen ab. »Wegen dieser Katze?«

Ann Kathrin nickte.

Er riss seinen Mund weit auf und grub die Zähne in den Burger. Er erwischte aber nur den oberen Teil des Weißmehlbrötchens, so dass der untere gegen sein Kinn schlappte. Nun sah es für Ann Kathrin wirklich so aus, als würde der Big Mac Rupert essen und nicht Rupert den Big Mac.

Rupert wehrte sich gegen den Auftrag: »D… das ist … Sachbeschädigung! Damit haben wir doch nichts zu tun!«

»Tiere«, erklärte Ann Kathrin ruhig, »sind seit der Verfassungsänderung 2002 keine Sachen mehr, Rupert. Bis dahin war es tatsächlich strafrechtlich nur Sachbeschädigung. Aber Paragraph 17 des Tierschutzgesetzes besagt, dass …«, sie zitierte aus dem Kopf: »Wer ein Wirbeltier ohne vernünftigen Grund tötet oder einem Wirbeltier aus Rohheit erhebliche Schmerzen oder Leiden zufügt, wird mit Freiheitsstrafe von bis zu drei Jahren bestraft.«

»Jaja«, lachte Rupert, »oder mit Geldstrafe.«

»Ja, aber darum geht es hier nicht, weißt du. Ich glaube, das Ganze soll eine Drohung sein. Manch einer bringt erst Tiere um, bevor er dann zum Menschen übergeht.«

Rupert stimmte ihr sofort zu. Neulich erst hatte er einen Mafiafilm gesehen, da hatten die Mafiosi einem Mann, von dem sie glaubten, Geld zu bekommen, den Kopf seines Lieblingspferdes zugeschickt, bevor sie ihm selbst in die Füße und dann zwischen die Augen schossen. Aber er wusste, dass Ann Kathrin es nicht schätzte, wenn er seine Weisheiten aus Hollywoodstreifen bezog, deswegen sagte er nichts und kämpfte stattdessen mit seinem Hamburger.

»In einigen europäischen Ländern isst man mit Messer und Gabel«, sagte Ann Kathrin.

»Ich habe nie das Gegenteil behauptet«, brummte Rupert und quetschte seinen Big-Mac-Rest so sehr zusammen, dass ein Tomatenstück seitlich herausflutschte und auf dem Schreibtisch landete.

»Du hast Mayonnaise auf dem Hemd«, stellte Ann Kathrin fest. »Und wasch dir das Gesicht, bevor du nach Wiesmoor fährst. Schau dich genau um. Wenn das eine Drohung war, möchte ich wissen, wer warum bedroht wird, bevor wir als Nächstes einen Menschen finden, den sie aufgeknüpft haben.«

8.

Rupert saß im Auto und fuhr auf der B 72 von Aurich nach Wiesmoor. Er hatte nicht die geringste Lust auf diesen Termin. Natürlich würde nichts dabei herauskommen. Er hielt nichts von Delinquenzprophylaxe oder Verbrechensbekämpfung im Vorfeld einer Straftat. Nein, das Spiel funktionierte doch nach ganz anderen Regeln. Erst musste ein böser Junge etwas Schlimmes tun, dann kamen Leute wie er und Weller, um dem mächtig auf die Finger zu klopfen.

Das hier würde nichts weiter werden als ein verlorener Nachmittag.

Rupert verlangsamte sein Tempo, denn ihm kamen zwei wunderschöne junge Frauen auf Fahrrädern entgegen. Sie trugen Miniröcke, und Rupert freute sich darüber, dass die Modewelt endlich ein Einsehen hatte und der Minirock sein wohlverdientes Comeback bekam.

9.

Was jetzt, dachte Leefke Schepker. Was jetzt?

Zunächst lief sie zum Telefon, um ihre Freundin Maria anzurufen. Vielleicht wusste sie, die sich so gern Hexe nannte, Rat. Wer sonst hätte jetzt für sie Verständnis? Wer würde nicht gleich die Polizei rufen? Und wo, verdammt, war die Kleine? Hatte sie die Tat beobachtet?

Dann traute sie sich, Rita Klatt genauer anzuschauen. Sie war verletzt und blutete aus vielen kleinen Wunden im Gesicht und am Bauch. Aber sie atmete noch.

Einerseits freute Leefke sich darüber, andererseits schaffte das neue Probleme.

Sollte sie einen Arzt rufen? Konnte sie sie selbst versorgen? Gab es noch irgendeinen Weg, das Ganze ungeschehen zu machen?

Sie holte Handtücher aus dem Badezimmer und presste sie auf Ritas Bauchwunde. Blut sprudelte zwischen Leefkes Fingern hoch, und Rita stöhnte. Dabei machte sie Laute, die Leefke noch schlimmer fand als das Maunzen von Katzen.

Da hielt draußen ein Polizeiauto.

So muss es sich anfühlen, wenn man einen Herzinfarkt bekommt, dachte Leefke, wusste aber gleichzeitig, dass es kein Herzinfarkt war. Sie hörte ihr Blut in den Ohren rauschen.

Sie sah einen Polizisten aus dem Auto steigen. Er flankte über das kleine, verschlossene Gartentörchen und klingelte an der Haustür.

Der Klingelton erschütterte Leefkes Körper wie ein Faustschlag, und Rita streckte sich aus, begann, mit den Beinen zu strampeln und mit den Hacken auf den Boden zu schlagen.

Leefke kniete sich nieder und versuchte, Ritas Beine still zu halten, aber sie konnte ihr nicht gleichzeitig den Mund zudrücken und ihre Füße festhalten.

Und wieder klingelte der Polizist.

Aufhören, dachte Leefke nur, das Ganze soll aufhören! Die Welt muss anhalten, alles einmal auf Anfang zurück!

Sie wollte eine zweite Chance haben. Diesmal würde sie nicht schießen, sondern höchstens mit dem Gewehr drohen und dann die Polizei rufen, um ihr Geld zurückzubekommen, aber würde die Polizei ihr glauben? So eine verrückte Geschichte? Jemand verbrennt Geld, um die geistige Welt zu versöhnen, jemand anders tauscht es gegen Kopien aus … Würde sie statt im Gefängnis am Ende in der Psychiatrie landen?

Es gab keine zweite Chance im Leben. Sie musste an den Satz ihrer Oma denken: *Jeder hat eine zweite Chance im Leben, Leefke.*

Aber das stimmte eben nicht. Manchmal hatte man nur eine, und sie hatte alles verpatzt. Das hier ließ sich nicht rückgängig machen, höchstens vertuschen.

Jedes Klingeln stachelte Rita zu neuen Kraftanstrengungen an.

Der Polizist da draußen sollte aufhören! Aufhören! Endlich gehen.

Es gab auch noch eine Stimme in Leefke, die sagte: Jemand

muss den Polizisten gerufen haben. Vielleicht hat man in der Nachbarschaft einen Schuss gehört, oder das Kind hat der Polizei Bescheid gesagt. Wenn du nicht aufmachst, werden sie die Tür aufbrechen. Die Kleine hat vielleicht sogar alles durchs Fenster beobachtet, und die Polizei weiß Bescheid. Besser, du machst die Tür auf. Lass ihn rein.

Und dann? Was soll ich dann mit ihm tun?

Dann schießt du ihm eine Ladung Schrot ins Gesicht. Ob du später eine Leiche verscharrst oder zwei, was macht das?

Aber das Kind ...

Dann musst du das Kind suchen.

Leefke schüttelte sich. Nein, verdammt, das bin ich nicht.

Sie packte Ritas Arme und zerrte den zappelnden Körper in Richtung Kellertreppe. Sie öffnete die Kellertür und versuchte, Rita die Treppe hinunterzuzerren.

Zunächst funktionierte es überhaupt nicht, aber dann plötzlich viel besser, als sie erwartet hatte. Rita stürzte sich auf Leefke, Leefke ließ Rita los, und Ritas Körper polterte die Treppe runter.

Am Fuß der Treppe blieb sie liegen. Sie strampelte nicht mehr. Sie zitterte nicht mehr. Und Leefke ging erst gar nicht runter, um zu kontrollieren, ob Rita noch atmete.

Leefke schloss die Kellertür. Sie drückte sich seitlich gegen das Küchenfenster. Von dort konnte sie ein Stück der Eingangstür sehen.

Der Polizist stand immer noch da. Er griff sich in den Schritt und rückte seine Unterhose zurecht.

Jetzt könnte ich ihn reinlassen, eine Geschichte erfinden, es irgendwie hinbiegen, dachte sie. Aber die lange, breite Blutspur auf dem Boden, die vom Wohnzimmer quer durch den Flur bis zur Kellertreppe führte, machte ihre Hoffnungen sofort zunichte. Außerdem war sie selbst voller Blut. An den Händen und an ihrer Kleidung.

Nein, sie konnte diesen Polizisten beim besten Willen nicht hereinlassen, ohne sich verdächtig zu machen.

10.

Rupert drehte sich um und ging zum Auto zurück.

Genauso hatte er sich das vorgestellt. Einfach nur sinnlos. Keiner zu Hause, keiner macht auf – was sollte das alles?

Trotzdem suchte er noch das Haus von Rita Klatt auf.

Im ersten Moment hatte er das Gefühl, hinter dem Fenster ein Gesicht gesehen zu haben. Vielleicht ein Kindergesicht. Doch es konnte auch nur der Schatten einer vorbeifliegenden Möwe gewesen sein oder eine Spiegelung der im Wind wippenden Baumäste. Jedenfalls machte niemand auf.

Jule war froh, als der Polizist wieder wegfuhr. Sie hatte Angst, er sei gekommen, um ihre Mama abzuholen. Bestimmt hatte die blöde Schepker ihre Mama längst verpfiffen.

Es tat Jule leid, dass sie so böse zu ihrer Mutter gewesen war. Sie hatte jetzt Angst, dass ihre Mutter sie auch verlassen würde, so wie ihr Vater es getan hatte. Aber selbst wenn sie mit Mama wieder alles ins Reine bringen könnte, würde doch am Ende die Polizei sie abholen, weil sie eine Diebin war.

Von mir, dachte Jule, werden sie nichts erfahren. Von mir nicht. Ich werde für Mama lügen. Außer mir kann es keine Zeugen geben, dachte Jule. Und ich werde den Mund halten. Ganz bestimmt, Mama. Auf mich kannst du dich verlassen!

Jule wartete an diesem Abend sehr lange auf ihre Mutter. Sie kam nicht nach Hause. Jule vermutete, dass die Mama auf der Flucht vor der Polizei war. Welchen Grund sollte sie auch haben, zu ihrer undankbaren Tochter zurückzukehren.

Erwachsene gingen manchmal einfach oder kümmerten sich nicht länger um die Kinder. Das wusste Jule inzwischen.

11.

Die Gerichtsverhandlung wurde für Ann Kathrin Klaasen zu einer einzigen Katastrophe. Der Verteidiger war bestens vorbereitet und fuhr Zeugen auf, die garantiert nicht dabei gewesen waren, sich dafür aber an alles genauestens erinnern konnten und mit fast wortgleichen Sätzen den Tathergang bezeugten.

Dann kam der Strafverteidiger mit einer Statistik. Er wusste genau, wie viele Selbstmörder in den letzten zwanzig Jahren von der Brücke gesprungen waren. Jeweils in den Monaten November und Dezember häuften sich die Vorfälle. Der Suizid von Renate Stein passte also absolut in die Statistik.

Dass Hermann Wagner Kratzer im Gesicht hatte und sich unter den Fingernägeln der Toten Faserspuren seines Mantels nachweisen ließen, sprach nicht wirklich gegen ihn, hatten doch drei Zeugen beobachtet, wie er hingelaufen war und versucht hatte, sie vom Sprung zurückzuhalten. Daher die Kratzer, daher die Kampfspuren. Und der große, starke Mann hatte leider den Ringkampf mit der kleinen, zierlichen, zweiundsiebzigjährigen Frau verloren.

Auch dass seine Freundin Maria Bruns so an eine größere Erbschaft kam, irritierte das Gericht nicht.

Ja klar habe er Frau Stein gekannt, von zwei zufälligen Treffen, sie sei schon immer depressiv gewesen, er habe doch nur das Beste versucht, und außerdem sei Maria Bruns nicht seine Lebensgefährtin, sondern nur eine Bekannte, und von der Erbschaft habe er nichts gewusst. Dass aber eine alleinstehende Frau, die sich von ihren Verwandten allein gelassen, ja zurückgestoßen fühlt, ihre Habseligkeiten lieber einer Freundin vererbt als ihren undankbaren Verwandten, erschien Herrn Wagner nur logisch. Mehr und mehr wurde er zum Helden, und alle anderen hatten sich fragwürdig verhalten.

Allein für den spöttischen Blick, mit dem dieser Mann sie musterte, hätte Ann Kathrin ihn ohrfeigen können.

Sie sei sich absolut sicher, den Tathergang richtig recherchiert zu haben, sagte Ann Kathrin. Damals habe es keine Zeugen auf der Brücke gegeben, aber alle Indizien sprächen gegen Hermann Wagner.

Der Strafverteidiger kommentierte das zynisch: »Sie sind sich absolut sicher – oh, da freuen wir uns aber alle, Frau Kommissarin! Verdanken wir das wieder Ihrem untrüglichen Gefühl, über das in der Presse ja schon so viel geschrieben wurde? Wie soll das weitergehen? Vertrauen wir dann als Nächstes auf das gesunde Volksempfinden? Nein, was wir brauchen, sind Beweise, und die haben Sie leider nicht. Was Sie Indizienkette nennen, ist nichts weiter als Ihre feindselige Interpretation von Tatsachen, die belegen, dass mein Mandant versucht hat, das Schlimmste zu verhindern.«

Solche Tage brachten Hauptkommissarin Klaasen dazu, darüber nachzudenken, ihren Beruf an den Nagel zu hängen und stattdessen gemeinsam mit ihrem Ehemann, Frank Weller, in Norddeich eine Fischbude zu eröffnen.

12.

Rita Klatt spürte ein sanftes Streicheln an ihren Fingern. Sie riss die Augen auf und starrte in die Dunkelheit.

War sie nicht mehr allein in diesem Raum? War Hilfe gekommen? Warum sprach die Person nicht?

War Leefke zurückgekommen, um ihr den endgültigen Todesschuss zu verpassen? Oder streichelte sie ihre Haut, weil es ihr leidtat? Wollte sie sie um Verzeihung bitten?

Rita konnte keine Frage formulieren. Ihren Mund verließen nur tierische Laute. Sie verstand nicht, warum, denn die Schrotkugeln hatten ja nicht ihren Hals verletzt. Es war, als hätte sie vergessen, wie man spricht.

Nun war das Streicheln auf ihrem Mittelfinger und gleichzeitig an ihrem Ellbogen.

Dann begriff sie: Das war kein Streicheln! Da krabbelte etwas auf ihr herum: Kellerasseln!

Sie versuchte, die Tiere abzuschütteln. Sie traute sich nicht, in die Mitte ihres Körpers zu greifen, weil sie dort ein großes Loch vermutete. Sie hatte Angst, ihre Gedärme zu berühren.

Rita Klatt war sich sicher zu sterben. Sie hatte davon gehört, dass die Menschen im Angesicht des Todes das ganze Leben an sich vorüberziehen sehen würden. Es gab ein paar unschöne Szenen, die wollte sie nicht noch einmal erleben.

Aber an ihr zog gar nichts vorüber. Sie dachte nur an ihre Tochter. Wo war Jule jetzt? Hatte sie sich gerade noch völlig kraftlos gefühlt, so ließen die Bilder von Jule ganze Energieströme durch ihren Körper schießen. Sie fasste jetzt doch dahin, wo sie das Loch in ihrem Bauch vermutete. Aber da waren nur feuchte Lappen mit vom Blut verkrusteten Kanten.

Sie fragte sich, wie lange es dauerte, bis ein Mensch verblutet. Hörte so etwas von allein auf? Schlossen sich Wunden einfach? Wie schafften sie es im Krankenhaus nach einer schweren Operation, dafür zu sorgen, dass die Patienten nicht verbluteten?

An Blutkonserven oder irgendeine andere Flüssigkeit konnte sie nicht kommen. Wenn sie leben wollte, musste sie darauf hoffen, irgendwie das Ausbluten verhindern zu können.

Wenn die verrückte Alte mir wenigstens ins Bein oder in den Arm geschossen hätte ... Ja, in irgendeinen Körperteil, den man abbinden kann. Aber ausgerechnet den Bauch ...

13.

Jule saß hinter dem Fenster und beobachtete die Straße. Nein, sie rechnete nicht mit Hilfe. Sie erwartete, das Unheil kommen zu sehen, und sie wollte vorbereitet sein. Dies hier würde ein entscheidender Tag in ihrem Leben werden, das war ihr klar. Danach würde nichts mehr so sein wie vorher.

Sie hatte Hunger, und sie wusste, dass eine Tiefkühlpizza im Eisfach lagerte. Sie hatte sich schon oft eine Pizza im Backofen heiß gemacht. Sie durfte das. Ihre Mutter fand es gut, wenn sie selbständig war. Ach ...

Neulich hatte sie in einem Ritterbuch von einer Burgbelagerung gelesen. War das hier jetzt so eine ähnliche Situation? Wie lange würde sie aushalten?

Zu trinken gab es genug. An die Weinflaschen ihrer Mutter würde sie nicht rangehen, aber es gab eine halbvolle Kiste Apfelsaft und ein paar Flaschen Sprudelwasser. Außerdem konnte sie sich Tee kochen oder einfach Leitungswasser trinken.

Die Pizza war groß, und sie bekam eh nur eine halbe auf. In der Tiefkühltruhe musste auch noch eine Tüte mit Suppengemüse sein, und hatte die Mutter nicht an Weihnachten heulend vor ihrem Sauerbraten gesessen und ihn dann eingefroren, weil der angekündigte Besuch nicht gekommen war? Konnte das misslungene Weihnachtsfest jetzt Jules Rettung werden?

Da sah Jule Frau Schepker auf das Haus zukommen.

Jules Herz schlug bis zum Hals. Jetzt will sie dich holen und sich rächen.

Jule machte sich ganz klein und drückte sich fest an die Heizung. Von hier aus konnte sie die Straße noch überblicken, wurde aber von draußen nicht gesehen.

Jule fand, dass Frau Schepker ganz anders ging als sonst. Sie schritt groß aus, so als müsse sie sich selbst beweisen, dass sie mutig genug war, die belagerte Burg zu stürmen.

Aber dann, zwanzig, dreißig Meter vor dem Haus, blieb sie plötzlich auf Höhe des Birnbaums stehen, drehte sich um und ging zurück in genau die Richtung, aus der sie gekommen war.

Ob sie mich entdeckt hat?, fragte Jule sich. Bin ich hier im Haus überhaupt sicher? Der Polizist weiß bestimmt, dass ich hier bin, und die Schepker auch. Dies ist keine belagerte Burg. Die Angreifer kommen nicht einfach hoch. Dies hier war anders. Das echte Leben von heute.

Ein Kind, das so schlecht ist wie ich, hat es nicht anders verdient. Mein Papa will sich nicht um mich kümmern, und jetzt habe ich auch noch meine Mama vergrault.

14.

Je näher Leefke Schepker dem Haus kam, umso heftiger rasselte ihre Lunge.

Nein, diesmal lag es nicht an den Katzen. Sie war an der frischen Luft, und der ostfriesische Wind trieb ihr Tränen in die Augen. Das war eine Angstattacke.

Nicht jetzt, dachte sie. Nicht ausgerechnet jetzt. Ich muss das Haus verlassen können. Ich muss agieren können. Ich muss die Kleine finden.

Gab es überhaupt einen Ausweg? Konnte sie Rita Klatt im Keller sterben lassen, um sie dann irgendwo zu vergraben?

Inzwischen war die Wohnung oben sauber gewischt, ganz so, als hätte Rita es gemacht. Aber es roch nicht nach Patschuli, sondern nach Zitrone und Essigreiniger.

Sie erreichte ihre Wohnung wie ein Rettungsboot. Aber auch hier zu Hause war kein angstfreier Raum mehr für sie. Aus dem Keller kam eine mörderische Energie hoch. Sie hatte das Gefühl, jeden Zufluchtsort verloren zu haben. Sie wusste nicht mehr, wohin. Jetzt war sie endlich so weit. Sie musste kapitulieren. Sie hatte nur noch eine Hoffnung: ihre Freundin Maria Bruns. Sie verwählte sich zweimal, dann erst klingelte es bei Maria.

15.

Hermann Wagner saß gutgelaunt im Ohrensessel. Es gab zwar einen Hocker für die Füße, aber er legte sie lieber auf der Tischkante ab. Er fühlte sich als Sieger, und das war er ja wohl auch!

Er biss die Spitze der langen Zigarre ab und spuckte die Tabakfetzen in Richtung Aschenbecher. Er verfehlte ihn nur knapp.

Neben dem Aschenbecher lag die vergoldete Zigarrenschere, die Maria ihm geschenkt hatte, damit er seine Zigarrenspitzen würdevoll, ja standesgemäß abschneiden konnte. Aber er hatte sie nie benutzt. Er erledigte so etwas lieber mit den Zähnen. Er war nicht der Gentleman, den sie aus ihm machen wollte, sondern ein nicht zu domestizierendes Raubtier.

Er blies den Zigarrenrauch in Kringeln aus und sah ihnen nach, wie sie langsam in der Luft ihre Form verloren. Diese Ann Kathrin Klaasen, die angeblich so berühmte und clevere Kommissarin, hatte ihm in die Seele geblickt und ihn durchschaut. Viel mehr, als es seiner Maria je gelungen war. Doch das nutzte der Hauptkommissarin einen Dreck, solange sie nichts beweisen konnte.

Die Flugkarte nach Rio konnte er wieder umtauschen. Er hatte ohnehin nur den Flug für sich gebucht. Was sollte er mit Maria in Rio? Man nahm ja auch keine Flasche Bier mit nach München.

Die zweite Flugkarte war sowieso nur eine Kopie, so wie die Geldscheine, die sie austauschen sollte.

Er lächelte in sich hinein. Wie dumm die Menschen doch waren. Trauten bedrucktem Papier. Hängten ihre Hoffnungen an Formulare, Fahrkarten, Urkunden, Geldscheine. Das alles war doch von Anfang an nur Lug und Trug.

Er konnte sich nicht vorstellen, dass je ein Vertrag aufgesetzt worden war, ohne die Absicht, jemanden hereinzulegen. Eine Weile hatte er bei VW in Wolfsburg gearbeitet, bis er ihr System durchschaut hatte. Er lieferte seine Arbeitskraft dort ab, verbrauchte seine Lebenszeit, und sie veränderten dafür digital ein paar Zahlen auf seinem Konto. Es waren nur Ziffern mit einem willkürlich gesetzten Komma. Das Ganze materialisierte sich doch durch nichts ... Die Bank gab ihm bedrucktes Papier dafür, und die Geschäftsleute in den Läden waren dumm genug, ihm dafür Waren auszuhändigen. Diese wunderbare Zigarre zum Beispiel.

Er begann zu philosophieren, und Maria hörte ihm zu.

»Es ist egal, ob man im Leben Hammer oder Amboss ist. Hauptsache, man ist nicht das flüssige Stück Eisen, das durch Schläge geformt werden soll.«

Sie schwieg und sah ihm beim Paffen zu.

Normalerweise kamen die Lebensweisheiten ja von ihr. Im Laufe der Zeit hatte sie begriffen, dass er alles, was sie sagte, nur daraufhin abklopfte, ob es ihm nutzen konnte oder nicht. Wenn es je einen egoistischen Menschen gegeben hatte, dann saß er in Gestalt von Hermann Wagner vor ihr und paffte seine Zigarre.

Vielleicht fand sie auch das so faszinierend an ihm. Die meisten ihrer Klientinnen litten doch genau am Gegenteil, glaubten, dass sie nichts wert seien, nicht die Liebe ihres Partners, nicht die Aufmerksamkeit und Zuwendung verdient hatten, die sie bekamen. Sie fühlten sich schuldig für alles Elend in der Welt und für Taten, die sie nicht einmal selbst begangen hatten.

Einer ihrer Klientinnen raubten die Augen eines leidenden Kindes den Schlaf. Sie kannte nicht mal den Namen des Mädchens. Es war ein Bild aus dem Irak, aus den Nachrichten. Es hatte schwere Schuldgefühle in ihr ausgelöst, obwohl sie nie im Leben den Irak besucht hatte.

Um wie viel gesünder, aber auch abstoßender, kam ihr dagegen Hermanns Egoismus vor. Er war ein Soziopath, der sich einen Dreck um andere Menschen kümmerte. Das störte Maria, denn sie war ganz anders. Sie sah ihn mit der gleichen Faszination an, wie sie als Kind einen Haifisch im Meerwassermuseum betrachtet hatte, der majestätisch und unangetastet seine Bahnen durchs Wasser zog.

»Ich werde nicht mit zur Sparkasse fahren. Du musst das alleine, ohne mich, durchziehen. Ich muss warten, bis ein bisschen Gras über die Sache gewachsen ist. Diese Klaasen kommt nicht gut damit klar, dass sie mich nicht überführen konnte.«

»Ja«, sagte Maria, »sie erlebt es bestimmt als narzisstische Kränkung. Sie hat sich so viel Mühe gegeben, und das Gericht hat nichts davon anerkannt.«

Hermann lachte zynisch. »Vielleicht hätte sie besser dich und die geistige Welt um Rat gefragt.«

Das Telefon klingelte. Maria sah unsicher zu Hermann. Manchmal empfand er es als Unverschämtheit, wenn sich plötzlich irgendjemand in ihr Gespräch drängte. Sie wollte sein Einverständnis dafür, dass sie jetzt den Hörer abhob.

Er nickte ihr fast gnädig zu.

Maria hob ab. Sie meldete sich nie sofort mit ihrem Namen, sondern atmete immer erst bewusst aus und konzentrierte sich ganz auf ihre Mitte, um bereit zu sein für den Kontakt.

Leefke kannte dieses Verhalten. Sie stand so sehr unter Strom, dass sie die Sekunden bis zur Begrüßung von Maria nicht abwarten konnte.

»Bitte, hilf mir! Ich weiß jetzt, warum das Ritual nicht funktioniert hat. Ich habe nicht versucht, die geistige Welt zu betrügen. Rita war es. Rita Klatt, meine Putzfrau. Sie hat die

Geldscheine gegen Kopien ausgetauscht, deshalb läuft alles schief, deshalb hat es nicht funktioniert. Ich kann nichts dafür. Mein Leben gerät völlig aus dem Ruder. Ich mach nur noch Mist! Ich ziehe das Böse an. Es materialisiert sich in meiner Umgebung! Bitte, Maria, was soll ich tun?«

»Gut, dass du anrufst«, sagte Maria, nickte Hermann zu und ging mit dem Telefon in den Nebenraum. Er glaubte, sie tue das aus Rücksicht auf ihn, um ihn nicht mit ihrem Geschwätz zu stören und zu langweilen. Aber der wahre Grund war ein anderer. Manchmal hatte sie das Gefühl, ihre Klienten vor Hermann schützen zu müssen. Nicht dass er sie alle umbrachte, nein, so war es nicht. Aber bei mindestens dreien hatte er die Todessehnsucht, die sie in sich spürten, erfüllt.

Er war nicht wirklich ein Mörder, mehr ein Begleiter, der Seelen half, ins Jenseits zu finden, wenn sie zu sehr im Hier und Jetzt festklebten.

»Hat sie es dir gestanden? Hast du sie in flagranti erwischt?«

»Ich habe mit angehört, wie sie mit ihrer Tochter gesprochen hat, und das kleine Luder hat Katzen in mein Haus gelockt, weil sie genau weiß, dass ich an einer Katzenallergie leide ... Ich wäre fast draufgegangen dabei ...«

Maria spürte durchaus, dass Leefke etwas zurückhielt. Was sie ihr erzählte, war nur die halbe Wahrheit oder nur die Spitze des Eisbergs. Aber es entlastete Maria sehr. Jetzt hatte sie endlich eine schlüssige Geschichte, die sie Hermann erzählen konnte. Jetzt war sie nicht mehr die Idiotin, die die falschen Scheine verbrannt hatte, nein, sie war einfach reingelegt worden, genau wie Leefke Schepker. Reingelegt von Rita Klatt.

Maria konnte sich gut vorstellen, was Hermann mit dieser

Putzfrau veranstalten würde, wenn er erst die Wahrheit erfuhr …

Nun, das hatte sie sich selbst zuzuschreiben. Der Fluch der bösen Tat …

Aber zunächst beschloss Maria, Leefke zu helfen, damit sie sich besser und freier fühlte. Es war ja doch mehr ein innerseelisches Problem …

»Wir können das Ritual einfach wiederholen. Ich hatte es dir bereits vorgeschlagen. Diesmal musst du natürlich alles abgeben. Du kannst nichts zurückhalten. Wenn du die Last der bösen Energien loswerden willst, dann gibt es jetzt nur ein Alles-oder-Nichts!«

»Ja«, sagte Leefke. »Ja. Lass es uns sofort tun. Ich halte es nicht mehr länger aus!«

»Sofort? Wie spät ist es denn jetzt?«

»Die Sparkasse hat noch auf. Ich gehe hin und hebe jetzt mein ganzes Geld ab. Kannst du zu mir kommen, Maria? Dann …«

Leefke stoppte unsicher. Sollte sie wirklich hier in ihrer Wohnung mit der sterbenden Rita Klatt im Keller das Ritual durchführen? War es nicht besser, zu Maria zu fahren? Würde durch das Ritual alles aufgelöst werden? Wie sollte das geschehen?

Sie wusste nicht mal, wie eine Lösung aussehen könnte. Sollte Rita überleben und aus eigener Reue heraus, weil sie schließlich die Dinge verursacht hatte, auf eine Anzeige verzichten? Oder war es besser, sie irgendwo zu verscharren? Aber was sollte dann aus dem Kind werden? Musste das Kind auch sterben oder stumm gemacht werden? Konnte Maria das Kind alles vergessen lassen? Gab es überhaupt eine Lösung?

»Ich hole das Geld und komme zu dir«, schlug Leefke vor, doch Maria widersprach ihr: »Nein, fahr jetzt nicht nach Wiesmoor, das Geld holen. Da kennen dich doch alle. Wir müssen es unauffällig machen, damit du erst gar nicht ins Gerede kommst. Nachher fragt dich der Martens, was du mit dem vielen Geld machst, und du kannst ihm doch nicht die Wahrheit sagen ... Oder dich sieht einer deiner Nachbarn ...«

»Ja, aber was soll ich denn machen?«

»Ich hol dich ab, und wir fahren gemeinsam nach Pewsum.«

»Pewsum?«

»Ja, siehst du, da gibt es auch eine Sparkasse, und da kennen sie dich nicht, oder?«

»Nein, da kennt mich kein Mensch.«

16.

Ich krieg dich, dachte Ann Kathrin Klaasen, ich krieg dich, Hermann Wagner! Einer wie du hört nicht auf.

Seine erste Frau war bei einem Badeunfall in der Ostsee gestorben. Zwölf Jahre später starb seine zweite Frau nach kurzer Ehe an einem fehlerhaft eingenommenen Medikament. Er hatte die Ärzte verklagt, war aber nicht damit durchgekommen.

Beide Frauen hatten eins gemeinsam: Sie waren schön und wohlhabend. Und in beiden Ehen gab es eine klare Gütertrennung. Aber das Erbe fiel jedes Mal komplett ihm zu.

Er hatte etwas an sich, das Ann Kathrin misstrauisch machte. Er trug seine Anzüge mit merkwürdiger Verachtung. Ja, er trank selbst seinen Kaffee, als sei er eine Zumutung. Er trug eine teure Breitling-Uhr. Wenn er die Zeit ablas, tat er auch das mit einer Miene, als sei es zu viel verlangt, von jemand wie ihm zu erwarten, dass er sich an Zeiten hielt und eine Uhr trug.

Das alles waren nur oberflächliche Kompromisse, die er mit der Welt schloss. Anzüge. Uhren. Tischmanieren. O ja, all das beherrschte er. Aber als Fassade, mehr nicht.

Er konnte Frauen anschauen, als würden sich unter seinen Blicken die Kleider auflösen. Auch sie hatte das Gefühl, unfreiwillig nackt vor ihm zu stehen.

Er brauchte Menschen nur kurz zu fixieren, und sie begannen, an sich herumzunesteln. Männer griffen sich an die Krawatte oder steckten einen Finger zwischen Hals und Hemdkragen. Frauen suchten ihre Oberbekleidung nach Flusen ab, zupften an ihren Röcken herum. Unwillkürlich setzten Menschen sich in seiner Gegenwart anders hin.

Er benahm sich, als seien alle Menschen ihm etwas schuldig und müssten ihm gegenüber erst ihre Existenzberechtigung beweisen. Damit hatte er Ann Kathrin so sehr gegen sich aufgebracht, dass sie beim ersten Verhör kaum den Gedanken unterdrücken konnte, ihm ihren Kaffee übers Hemd zu gießen.

Sie hatte es am Ende tatsächlich getan und redete sich ein, das sei nicht aus Antipathie geschehen, sondern nur, um sein Verhalten zu testen.

Er hatte freundlich, aber bestimmt darum gebeten, ihm ein Handtuch und ein frisches Hemd zu besorgen, aber gebügelt, nicht gestärkt und auf keinen Fall mit einem Anteil von Polyester.

Seine Reaktion war von cooler Arroganz geprägt, und er sah sie an, als sei sie eine schlecht erzogene pubertierende

Göre, die nicht mal in der Lage war, sich richtig für den Vorfall zu entschuldigen.

Sie fragte sich jetzt selbstkritisch, ob sie einfach noch ein Hühnchen mit ihm zu rupfen hatte oder ob er wirklich der skrupellos berechnende Serienkiller war, für den sie ihn hielt.

Nein, keiner von denen, die Stimmen hörten. Keiner von denen, die so getrieben und verrückt waren, dass sie einem schon fast wieder leidtun konnten.

Nein, einer, der einfach glaubte, dass er ein Recht dazu hätte, weil er über den anderen Lebewesen stand. So, wie jemand, der ein Steak isst, glaubt, ein Recht darauf zu haben, Rinder zu töten. Ja, vielleicht sogar, dass sie nur deswegen geboren wurden, damit er etwas Gutes zu essen bekam.

Wir haben alle etwas von diesem Hermann Wagner in uns, dachte sie und verspürte Lust auf ein Deichlamm. Sie wog ab, was dafür sprach, heute Abend im Smutje essen zu gehen. Oder vielleicht im Reichshof.

Sie musste sich etwas Gutes tun. So ließen sich Niederlagen am besten verkraften.

Vielleicht, so hoffte sie, kocht auch Frank heute Abend für mich. Wenn er gut drauf war, konnte er am Herd geradezu ein Zauberkünstler sein.

17.

Auf der Fahrt zu Leefke Schepker musste Maria anhalten. Plötzlich schossen ihr Tränen in die Augen. Sie hatte Angst, einen Unfall zu bauen. So konnte sie unmöglich weiterfahren.

Sie rieb sich die Augen, redete sich ein, das käme nur von der Klimaanlage, aber sie wusste zu viel von der menschlichen Seele, um auf ihre eigenen Erklärungen hereinzufallen.

Tief in sich drin wusste sie, dass diese Kommissarin recht hatte.

Ja, Hermann war freigesprochen worden, ohne jedes Wenn und Aber.

Und ja, er hatte die Energie eines Mörders in sich. Er war dazu in der Lage. Er müsste sich danach auch nicht, wie die meisten Menschen, mit einem schlechten Gewissen herumplagen. So etwas war ihm fremd.

Manchmal erleichterte er Menschen die Erfüllung ihrer Todessehnsucht.

Im Grunde, dachte sie, mache ich den Trick mit den kopierten Banknoten doch nur, um seine Geldgier zu befriedigen, weil ich hoffe, dass er dann keinen weiteren Mord begeht.

Sie kam sich erbärmlich dabei vor, doch sie gestand es sich jetzt ein: Sie hatte immer nur versucht, ihn zufriedenzustellen, damit er nichts Schlimmes anrichtete. So, wie sie früher als kleines Mädchen versucht hatte, für ihren Vater gute Schulnoten nach Hause zu bringen, um nicht verantwortlich zu sein für seine schlechte Laune, so versuchte sie jetzt, Hermanns Zorn einzudämmen, indem sie ihre Klientinnen ausnutzte …

Ja, sie tat das alles, um etwas Schlimmeres zu verhindern. Und jetzt, da sie es ganz klar vor sich sah, wäre sie am liebsten mit dem Auto gegen den nächsten Baum gefahren.

Wenn ich mich damals schon auf seine Vorschläge, mehr Geld aus ihr herauszuholen, eingelassen hätte, dachte sie, dann könnte Renate Stein noch leben. Im Grunde bin ich daran schuld. Aber diesmal werde ich alles richtig machen. Ich kann nicht schon wieder versagen, und das werde ich auch nicht!

Sie krampfte die Hände fest ums Lenkrad und presste die Lippen aufeinander.

Leefke Schepker merkte nicht, dass Maria gerade noch geweint hatte, weiß im Gesicht war und zittrig. Sie war viel zu aufgeregt, um zu spüren, was mit anderen Menschen los war. Sie hatte nur Angst, selbst durchschaut zu werden.

Sie mussten sich beeilen, um noch rechtzeitig vor Schalterschluss in Pewsum zu sein. Sie sprachen wenig im Auto, jede hing ihren Gedanken nach, jede gefangen in ihrer eigenen Hölle.

Die Sparkassenfiliale in der Manningastraße 1 hatte noch auf.

»Geh du rein. Ich bleib im Auto. Besser, man sieht mich nicht«, sagte Maria.

Manchmal, wenn Leefke einen unbekannten Raum betrat und nicht wusste, welche und wie viele Menschen dort waren, fühlte sie sich unsicher, ja, wacklig auf den Beinen. Heute war ihr richtig schlecht. Viele solcher Tage würde sie nicht mehr durchstehen. Noch immer hatte sie es nicht geschafft, ihrer Freundin von Rita Klatt zu erzählen, die im Keller lag und inzwischen vielleicht schon verblutet war.

Leefke würgte. Sie versuchte, den Brechreiz zu unterdrücken.

Dann platzte es plötzlich aus ihr heraus: »Ich habe auf meine Putzfrau Rita geschossen! Sie liegt bei mir im Keller. Ich weiß nicht, ob sie überhaupt noch lebt … Meinst du, die geistige Welt kann uns daraus befreien? Bin ich verloren? Verdammt, in der Hölle zu schmoren?«

Maria wurde schlecht vor Angst. Trotzdem entschied sie sich, das hier jetzt zu Ende zu bringen.

Kerstin Temme sah die unbekannte Kundin hereinkommen und spürte sofort, dass mit ihr etwas nicht stimmte. Sie machte einen verwirrten Eindruck. Nicht aggressiv, auch nicht hilflos, eher sah sie aus wie eine Person, die gleich ohnmächtig werden würde.

Sie kam nicht geradlinig auf den Service-Tresen zu, sondern wankte ein wenig. Dann murmelte sie etwas, das Kerstin Temme nicht verstand, suchte in ihrer Handtasche nach ihrem Portemonnaie, zog eine Kundenkarte der Sparkasse heraus, reichte sie Kerstin Temme und sagte: »Ich habe hier ein Tagesgeldkonto. Ich möchte es auflösen und alles Geld sofort mitnehmen.«

Kerstin Temme überprüfte das Konto und fand dort siebzehntausendneunhunderteinundachtzig Euro.

»Ist Ihnen nicht gut?«, fragte Kerstin Temme. »Möchten Sie sich vielleicht setzen oder ein Glas Wasser?«

»Nein, nein, ich habe es eilig.«

»Ich weiß nicht, ob ich Ihnen sofort so viel Bargeld mitgeben kann. Eigentlich muss man so große Abhebungen vorher ankündigen. Wir haben nämlich reduzierte Kassenbestände, um Banküberfällen vorzubeugen. Das geht gar nicht so ohne weiteres.«

»Wie? Heißt das, ich komme jetzt nicht an mein Geld?«

Leefke Schepker suchte etwas, woran sie sich festhalten konnte. Die Stimme schien ihr viel zu weit weg.

Kerstin Temme lief rasch nach hinten zu ihrem Chef, Wilfried Pollmann.

Als kleiner Junge hatte er eigentlich Polizeibeamter werden wollen, war dann aber doch bei der Sparkasse gelandet, wo er sich zwar sehr wohlfühlte, aber der Kriminalist in ihm war immer noch hellwach, und heute wurde er gefordert.

»Warum«, fragte er Kerstin Temme, »geht die Kundin nicht zu ihrer Filiale nach Wiesmoor? Dort ist doch ihre kontoführende Stelle.« Er schüttelte den Kopf. »Sie kommt zu uns, um einen so hohen Betrag abzuheben, und dann noch kurz vor Schalterschluss ... Das kommt mir merkwürdig vor.«

Er kam mit nach vorn. Ihm fiel sofort auf, dass Leefke Schepker Mühe hatte, ihm in die Augen zu schauen. Sie sah die meiste Zeit nach unten oder schielte zum Ausgang hin.

Diese Frau, das spürte er gleich, war nicht alleine, sondern irgendwo wartete jemand auf sie.

»Warum, wenn ich fragen darf, brauchen Sie denn so einen hohen Bargeldbetrag?«, fragte er. »Man erledigt die meisten Geldgeschäfte, wenn es um so hohe Summen geht, per Überweisung. Ich helfe Ihnen auch gerne beim Ausfüllen eines Überweisungsträgers.«

Sie schüttelte den Kopf. »Nein, ich brauche das Geld in bar.«

»Was wollen Sie denn kaufen?«

»Ein Auto«, log Leefke Schepker, und dann blaffte sie ihn an: »Verdammt nochmal, muss ich Ihnen jetzt Rede und Antwort stehen?«

»Nein, natürlich nicht, aber wir haben Schwierigkeiten, Ihnen den vollen Betrag auszuhändigen. Das Beste wäre, wenn Sie morgen wiederkommen. Dann ...«

»Ich brauche es aber sofort! Wie viel kann ich denn bekommen?«

Winfried Pollmann ging in sein Büro und rief seinen Kollegen Martens in Wiesmoor an, um sich mit ihm abzustimmen.

Auch Martens kam die Sache sofort komisch vor. »Da stimmt etwas nicht. Normalerweise hebt sie immer ganz kleine Beträge ab und ist sehr vorsichtig mit ihrem Geld. Neulich hat sie einmal dreitausend abgehoben, angeblich ein Hochzeitsgeschenk für ihre Nichte. Sie ist eine ganz reizende alte Dame, überhaupt nicht dement oder irgendwie nicht zurechnungsfähig. Wird sie vielleicht von jemandem gezwungen? Ist noch jemand bei ihr?«

»Nein, aber ich fürchte, draußen wartet jemand auf sie.«

Sie entschieden beide gleichzeitig, die Polizei zu verständigen.

Filialleiter Pollmann versuchte gemeinsam mit Kerstin Temme, Leefke Schepker noch ein bisschen hinzuhalten. Angeblich brauchte der Tresor noch eine Weile, bevor das Geld freigegeben werden würde.

»Wir haben eine Zeitschaltuhr, die können wir nicht umgehen …«, erklärte Pollmann.

Leefke Schepker musste sich setzen, nahm dann doch ein Glas Wasser und fuhr sich immer wieder mit den Händen durchs Gesicht, als wolle sie Spinnweben abwischen oder Tiere, die auf ihr herumkrabbelten, verscheuchen.

Die Warterei dauerte Maria zu lange. Sie ahnte, dass etwas schiefgegangen war. Sie ergriff die Flucht, bevor der Polizeiwagen kam. Sie sah ihn noch an der Kreuzung, und sie wusste, dass das Spiel vorbei war.

Ich werde als Betrügerin ins Gefängnis gehen, dachte sie, und Hermann ist freigesprochen worden. Universum, wie kannst du nur so grausam sein? Was willst du uns damit sagen?

Sie fuhr nach Hause. Den Qualm von Hermanns Zigarre konnte sie schon in der Garage riechen.

Er erwartete sie hinter der Tür.

»Hast du das Geld? Ist die Sache gelaufen?«

Sie schüttelte den Kopf, und er schlug ihr ins Gesicht.

»Verdammt nochmal, wie kann man nur so blöd sein?! Komm mir jetzt nicht mit irgendwelchen Ausreden!«

»In der Sparkasse hat es ewig gedauert. Ich hatte so ein ganz mieses Gefühl, und dann bin ich abgehauen. Ein Polizeiwagen ist zur Sparkasse unterwegs. Die haben was gemerkt.«

»Was, verdammt, sollen die denn gemerkt haben?«

»Vielleicht hat Leefkes Putzfrau die Polizei verständigt. Die hat von der ganzen Sache Wind bekommen und versucht, davon zu profitieren.«

Er holte aus und schlug erneut mit dem Handrücken zu.

Maria weinte. »Du darfst mich nicht schlagen«, schluchzte sie, »ich tue ja alles, aber schlagen darfst du mich nicht!«

18.

Aus Ann Kathrin Klaasens Planungen fürs Abendessen wurde nichts. Sie hatte nicht mal Zeit, sich ein Leberwurstbrot zu schmieren.

Ubbo Heide, der Chef der Kripo, bat sie, sofort zu kommen. Hier sei besonderes Einfühlungsvermögen gefordert. Die Verhörspezialistin Ann Kathrin Klaasen sei jetzt gefragt. Eine völlig verwirrte Frau behaupte, sie wolle ihr Geld verbrennen, damit die geistige Welt ihr gut gesonnen sei, und in ihrem Keller habe man eine angeschossene Frau gefunden.

Ann Kathrin Klaasen ging davon aus, dass die meisten Menschen kurz nach einer Tat nur allzu bereit waren, darüber zu reden, um sich zu erleichtern. Sie bemühte sich, den Menschen die Möglichkeit dazu zu geben.

Hauptkommissarin Klaasen stellte nur wenige Fragen, um den Redefluss nicht zu stören.

Als Leefke Schepker einmal angefangen hatte und spürte, dass es ihr guttat, entstand eine Art Beichtstuhlsituation.

Ann Kathrin ging dabei auf und ab, drei Schritte, Kehrtwendung, drei Schritte, bei jedem zweiten Schritt ein Blick auf Leefke Schepker. Das rhythmische Gehen, die Gleichförmigkeit der Bewegungen taten Leefke Schepker gut.

»Ihre Putzfrau hat Sie also bestohlen, die Tochter hat Katzenfutter in Ihren Garten und Fischfetzen auf Ihr Bett geworfen und die Fenster aufgemacht, damit die Katzen in Ihre Wohnung kommen, wohl wissend, dass Sie eine Katzenallergie haben?«

Leefke Schepker weinte. »Ja, und dann bin ich durchgedreht, und dann habe ich das Gewehr von meinem Mann genommen und geschossen.«

Ann Kathrin schaltete das Diktiergerät aus, mit dem sie die Aussage aufgenommen hatte. Die verzweifelte Frau tat ihr leid.

»Lebt sie noch?«, fragte Leefke Schepker. »Bitte, Frau Kommissarin, sagen Sie mir, dass sie noch lebt.«

Obwohl Ann Kathrin sich noch nicht geäußert hatte, brach Leefke Schepker in Tränen aus. »O mein Gott, ich habe sie verbluten lassen! Als ich sie in den Keller gebracht habe, hat sie noch gelebt. Was bin ich nur für ein schrecklicher Mensch!«

»Es wird Zeit«, sagte Ann Kathrin, »dass Sie mir die ganze Wahrheit erzählen.«

Knapp eine Stunde später wurden Maria Bruns und Hermann Wagner verhaftet.

Zuerst redete Ann Kathrin Klaasen mit Maria. Sie hatte ein blaues Auge und eine aufgeplatzte Lippe.

Sie gestand alles und beschwor Ann Kathrin, Hermann unschädlich zu machen. »Der«, sagte sie, »findet rasch ein neues Opfer. Solchen Typen können Frauen nicht lange widerstehen, weil sie so etwas Animalisches, völlig Amoralisches an sich haben. Ich hatte gehofft, ihn stoppen und ändern zu können, aber ich war nicht stark genug, Frau Kommissarin.«

Diesmal, dachte Ann Kathrin, krieg ich dich, Wagner. Diesmal bist du reif.

Als sie Hermann Wagner zum Verhör kommen ließ, war sie bereit, alles auf eine Karte zu setzen.

Ubbo Heide und Weller standen hinter der Glasscheibe. Sie hörten alles mit. Das Aufnahmegerät lag auf dem Tisch.

Ann Kathrin schlug ihm schnippisch vor, besser einen Anwalt zu rufen, alleine käme er diesmal aus der Sache garantiert nicht raus. Damit verletzte sie seine Eitelkeit und provozierte seinen Narzissmus.

Völlig siegessicher blähte er seinen Brustkorb auf. Er habe sich überhaupt nichts vorzuwerfen und lachte: »Ach, Frau Kommissarin, wollen Sie es noch mal mit mir versuchen? Wird das nicht langsam peinlich, wenn Sie sich so verbeißen? Der Richter wird Sie auslachen, wenn Sie erneut versuchen, mich vor Gericht zu stellen. Sie wissen doch, wegen ein und derselben Sache kann man nicht zweimal angeklagt werden. Das ist auch besser so, sonst würde dieser Rechtsstaat ständig gebeugt, und die Regierung könnte unliebsame – wenig angepasste – Menschen immer wieder vor Gericht stellen.«

»Diesmal«, sagte Ann Kathrin, »kommen Sie nicht so ohne weiteres raus. Ich habe die Aussagen von zwei Zeuginnen. Sie haben mit einem Schrotgewehr auf Rita Klatt geschossen.«

Er lachte. »Warum sollte ich das getan haben?«

»Sie haben zusammen mit Ihrer Lebensgefährtin Maria Bruns versucht, Leefke Schepker auszunehmen. Sie sollte ihr sauer erspartes Geld verbrennen. Natürlich hatten Sie nicht vor, dabei zuzugucken, sondern haben die Scheine vorher gegen wertlose Kopien ausgetauscht. Das haben Sie nicht nur mit Leefke Schepker so gemacht, sondern mit einer ganzen Reihe von Frauen. Das Geständnis Ihrer Lebensgefährtin liegt mir vor. Sie haben Frau Schepkers Autoreifen zerstochen und die Katze von Jule Klatt erhängt, um die Kinder gegen Frau Schepker aufzubringen und Frau Schepker gegen die Kinder. Das war Ihr Versuch, die Dame in den Wahnsinn zu treiben oder wenigstens unglaubwürdig zu machen. Das Muster taucht doch bei Ihren anderen Morden auch auf. Aber Rita Klatt ist Ihnen draufgekommen. Sie hat gedroht, Sie anzuzeigen, möglicherweise gar versucht, Sie zu erpressen. Da sind Sie durchgedreht und haben die Frau erschossen. Um Ihre Tat zu vertuschen und aus Angst vor Entdeckung, haben Sie dann versucht, so viel Geld wie möglich zusammenzuraffen. Sie haben Ihre Lebensgefährtin genötigt, mit Frau Schepker zur Bank nach Pewsum zu fahren, damit sie dort ihr gesamtes Vermögen abhebt. Mit diesem Geld wollten Sie fliehen. Wir haben in Ihrer Jacke eine Flugkarte nach Rio gefunden. Das können Sie nicht leugnen.«

Er sprang auf und verlor zum ersten Mal die Fassung. In seinem Blick lag tödliche Wut.

»Du miese, kleine Schlampe! Du willst mir diesen Mord anhängen, weil du es nicht geschafft hast, mir die anderen Morde nachzuweisen! Aber so leicht kriegst du mich nicht! Ich hab fünf Frauen umgebracht, und du warst so stümperhaft, dass du mir keinen nachweisen konntest. Glaub ja nicht, dass ich jetzt wegen einer Sache in den Knast gehe, mit der ich gar nichts zu tun habe!«

»Tja«, sagte Ann Kathrin, »leider gibt es Zeugen, und ein Motiv gibt es auch. Die Fingerabdrücke am Gewehr haben Sie wohl klugerweise abgewischt, aber das wissen Sie doch noch aus dem letzten Prozess – was sind schon Indizien, Herr Wagner? Am Ende zählt doch nur das, was die Zeugen sagen.«

Ann Kathrin drehte sich um und ging zur Tür, um den Raum zu verlassen.

»Hey, hey, bleib hier, du Miststück! Wo willst du hin?«

»Ich habe alles, was ich brauche. Sie haben gerade eben fünf Morde gestanden.«

»Ja«, brüllte er, »aber das mit Rita Klatt war ich nicht! Damit habe ich nichts zu tun!«

»Das spielt keine Rolle mehr«, sagte Ann Kathrin. »Dafür kriege ich Sie dran wegen Mordes an Ihrer ersten und zweiten Ehefrau. In dieser Sache hat es nie ein Verfahren gegen Sie gegeben, nur einen Verdacht meinerseits. Sie werden den Rest Ihres Lebens hinter Gittern verbringen, Herr Wagner.«

Sie knallte die Tür zu.

Ihr Chef Ubbo Heide sah sie respektvoll an. Es war schneller gegangen, als er erwartet hatte. Gerade im Verhörraum hatte sie energiegeladen gewirkt, als hätte sie Kraft genug, das Ganze noch zehn Stunden durchzuhalten. Jetzt sah er ihr die Erschöpfung an.

»Fahr nach Hause, Ann«, sagte er. »Du warst wirklich gut. Aber du kannst nicht mehr.«

»Wie geht es Frau Klatt?«

Weller lächelte. »Den Umständen entsprechend gut. Sie schwebt jedenfalls nicht mehr in Lebensgefahr, haben sie in der Ubbo-Emmius-Klinik gesagt.«

Ann Kathrin nickte erfreut: »Gut. Und was ist mit dem Kind?«, fragte sie.

»Das Jugendamt kümmert sich drum. Das ist jetzt nicht dein Problem.«

»Doch«, sagte Ann Kathrin, »irgendwie schon. Ich muss die Kleine sehen, sonst kann ich heute Nacht sowieso nicht schlafen.«

Frank Weller nahm seine Frau in den Arm. »Du bist mit mir verheiratet, Ann, nicht mit deinem Beruf.«

Ungläubig sah sie ihn an.

DIE CHANCE

Er wusste, dass dies seine letzte Chance war. Seine allerletzte. Er durfte sie nicht vermasseln. Diesmal musste alles gutgehen. Er konnte sich keine Extratouren mehr leisten.

Herr Ückerseifer, der eigentlich ein freundlicher Mann war, viel netter, als man sich den Leiter eines Heims für schwererziehbare Jugendliche vorstellt, konnte die Erleichterung in der Stimme kaum verbergen, als er Andreas den neuen Pflegeeltern übergab.

Andreas verstand nicht, warum sie ihn ausgesucht hatten. Ausgerechnet ihn. Es gab nettere Jungs. Bei seiner Akte musste es doch jedem gruselig werden. Er hatte es nirgendwo länger als drei Monate ausgehalten. Dann war er ausgebrochen. Jedes Mal.

Wenn seine Eltern noch gelebt hätten, vielleicht wäre er bei ihnen geblieben … Aber so?

In seiner Verwandtschaft gab es nur einen, zu dem er regelmäßig Kontakt hielt. Sein Großvater. Zu jedem Geburtstag bekam Andreas vom Opa ein Paket. Egal, was er angestellt hatte. Egal, wo er einsaß. Großvater schrieb keine anklagenden Briefe, beschwerte sich nie, und bei Großvater hatte Andreas auch nie die Verachtung gespürt, die so oft in den Blicken der anderen lag.

Vielleicht wäre er auch bei Großvater geblieben, doch der war längst zu alt, brauchte selbst Hilfe. Er bekam Essen auf Rädern, und ohne einen Zivildienstleistenden, der ihm bei der Haushaltsführung half, wäre Großvater längst zu einem Pflegefall im Altersheim geworden. So musste er sein Haus hinterm Deich nicht verlassen. Er würde dort sterben. Das hatte er Andreas oft gesagt.

Nun saß Andreas bei seinen neuen Pflegeeltern hinten im Auto. Sie bemühten sich, nett zu sein. Das taten alle am Anfang. Sie machten Scherze, lachten, stellten einen Urlaub in Aussicht, baten ihn, ganz locker von sich zu erzählen.

»Sie kennen doch meine Akte«, sagte Andreas und ärgerte sich sofort darüber. Es klang so abweisend. Kühl. So wollte er gar nicht sein. Diesmal würde er sich gut aufführen. Ganz bestimmt.

Jetzt schwiegen sie eine Weile. Er hatte sie verletzt. Sie erwarteten, wie fast alle Pflegeeltern, Dankbarkeit. Die meisten wussten es nicht einmal. Sie nahmen Kinder auf, weil sie sich dann als bessere Menschen fühlten. Und einige von ihnen, das ahnte er inzwischen, waren wirklich bessere Menschen als die meisten. Er hatte sie am Ende immer verlassen.

Der Mann, Dieter Grewe, Schuhfabrikant von Beruf und, wie der Wagen verriet, nicht ganz arm, versuchte es erneut. Ob Andreas sich für Fußball interessiere, fragte er und wollte gleich wissen, was denn sein Lieblingsverein sei.

»Ich finde Fußball öde.«

Die Gesichtszüge seines Pflegevaters versteinerten. Wieder nichts.

Die Frau im hellgrünen Kostüm strich den Rock über ihren Schenkeln glatt und suchte mit nervösen Fingern eine Fluse darauf. Sie hatte ihm schon beim ersten Gespräch angeboten, er könne sie duzen. Sie hieß Martina. Er siezte sie trotzdem. Dieter hatte es daraufhin erst gar nicht versucht.

Martina fragte ihn nun nach seinem Lieblingsgericht.

Fisch, wollte er gerade antworten, doch er schluckte es herunter und hörte sich selbst viel zu laut und angriffslustig die Frage stellen: »Warum haben Sie mich eigentlich ausgesucht?«

Martina drehte sich auf dem Beifahrersitz so nach hinten um, dass sie ihm in die Augen sehen konnte. Sie räusperte sich. Dieter schabte mit seiner Handfläche über die Bartstoppeln und kaute auf der Oberlippe herum. Andreas ahnte es. Dieter bereute es bereits. Das Ganze war sowieso nicht seine Idee gewesen. Sie wollte ein Pflegekind, weil sie selbst keine Kinder bekommen konnte und sich nutzlos vorkam, denn Dieter verbrachte die meiste Zeit in der Fabrik. Sie saß zu Hause in ihrem Luxus und langweilte sich. Er kannte das. Er erlebte es nicht zum ersten Mal.

»Unser Kind ist gestorben«, sagte sie mit trockener Stimme, und zum ersten Mal klang sie nicht überdreht.

Dieter schluckte und fingerte nach einer Zigarette. Er klickte den Zigarettenanzünder an, entschied sich aber nach einem vorwurfsvollen Blick von ihr dafür, doch nicht im Auto zu rauchen, schob die Zigarette wieder in die Schachtel zurück und kaute weiter auf der Oberlippe herum.

»Das tut mir leid«, sagte Andreas und sah auf seine Hände. Es tat ihm nicht wirklich leid, aber er wusste, dass man so etwas in so einer Situation sagen musste.

Dieter räusperte sich. »Er müsste jetzt ungefähr in deinem Alter sein … wenn er noch leben würde …«

Ach du Scheiße, dachte Andreas, die haben mich hier als ihren Ersatzsohn hergeholt. Irgendwann werden sie natürlich merken, dass ich es nicht bin. Dann werden sie wütend auf mich sein und mich rausschmeißen. Besser, wir klären die Sache gleich.

»Ich habe Autos geknackt. Fast hundert Stück.«

Dieter nickte. »Ja, das wissen wir.«

Andreas verzweifelte fast über diese gelassene Antwort. Was musste einer denn anrichten, um von denen ernst genommen zu werden?

»Ich hab die meisten kaputt gefahren.«

Beide nickten. Natürlich hatten sie die Akte gelesen.

»Wir wissen Bescheid, Andreas. Du bist ein Crash-Kid. Unser Johannes war das auch.«

Für einen Moment wusste Andreas nicht weiter. Logen die ihn an? Zogen die hier irgendeine pädagogische Schau ab, die ihn am Ende dazu bringen sollte, irgendetwas zu tun, das er nicht tun wollte?

»Damals«, fuhr Dieter fort, »gab es das Wort nicht mal. Er hat sich mit einem gestohlenen Wagen zu Tode gefahren. Kurz nach seinem zwölften Geburtstag.«

Die wollen mich einseifen, nichts weiter. Die wollen mich einfach nur einseifen. Am Ende werde ich dann der brave Sohn, den sie nie hatten. Ich soll wiedergutmachen, was ihr Sohn verbockt hat. Nee, Leute, nicht mit mir.

»Ich könnte es wieder machen. Zum Beispiel mit Ihrem Auto.«

»Ich weiß«, nickte Dieter, »ich weiß.« Und Martina fügte hinzu: »Das hat Johannes auch getan.«

»Was? Er hat Ihr Auto geklaut und sich damit totgefahren?«

Martina ließ Dieter zuerst reden.

»Ja, so war es. Und ...« Er schluckte.

»Sag's ihm ruhig«, ermunterte Martina ihn.

Es schien ihm sehr schwerzufallen. Das kam Andreas echt vor. Vielleicht wurde er doch nicht belogen. Vielleicht sagten die beiden die Wahrheit.

»Ich ... also, ich mache mir natürlich Vorwürfe. Ich bin nicht ganz unschuldig an seinem Tod.«

»Wieso? Er hat Ihr Auto geklaut und sich damit totgefahren. Wieso sollen Sie schuld sein?«

»Der Wagen war nicht ganz in Ordnung. Die Bremsen ... Ich wollte ihn in die Werkstatt bringen. Aber ich hatte so viel zu tun.«

Er hob die Schultern und ließ sie resignierend wieder fallen. Dann schlug er mit der Hand aufs Lenkrad. Nicht sehr fest. Doch Andreas sah an seiner Geste, dass er das öfter tat, um zu verhindern, dass ihm die Tränen kamen.

»Er wusste es nicht ... Ich hätte es ihm sagen sollen ... Er ...«

»Quatsch!«, entfuhr es Andreas. »Wenn man einen Wagen klaut, ist man selbst dafür verantwortlich. Ja, wenn man sich einen kauft und der Verkäufer weist einen nicht auf die Mängel hin, das würde ich Betrug nennen. Aber wenn man ein Auto klaut, dann darf man nicht mit einer Werkstattgarantie rechnen. Das ist ja lächerlich, ist das ja!«

Andreas erschrak. Er wusste selbst nicht, warum er so herausgeplatzt war. War es das, was sie von ihm wollten? Die Bestätigung ihrer Unschuld?

Andreas war oft von Erwachsenen belogen worden. Er traute ihnen nicht mehr. Wenn man allen glaubte, war man der Blöde. Wenn man niemandem mehr glaubte, aber auch. Den Weg durch das Labyrinth aus Wahrheit und Lüge zu finden war nicht leicht. Jeder Schritt konnte der falsche sein.

An jeder Wegbiegung lauerten der Irrtum und die Täuschung.

Sie schwiegen jetzt sehr lange. Dieter Grewe fuhr auf der Autobahn konstant hundertzehn auf der rechten Spur. Er überholte nur ab und zu einen Lkw, sonst blieb er auf der sicheren Seite.

Andreas ballte die rechte Faust zusammen, bis die Finger schmerzten.

Bei denen musst du bleiben. Es ist deine letzte Chance. Wenn du diesmal wieder abhaust, landest du in der Geschlossenen. Versau es nicht.

Dieter hielt unterwegs an einer Hamburgerbude an. Die beiden taten, als ob sie dieses Essen toll fänden, aber Andreas spürte genau, sie gingen dort nur ihm zuliebe hin, um ihm zu zeigen, wie locker sie drauf waren. Es war eine Art nachgemachtes McDonald's, aber die Burger waren saftig, und Andreas aß zwei Doppeldecker. Dazu eine Portion Pommes rotweiß.

Martina fragte an der Theke nach Besteck, erntete aber von der Bedienung nur ein mildes Lächeln, und Dieter stupste sie an: »So was haben die hier nicht.«

Andreas zuliebe aß Martina sogar mit den Fingern. Sie wirkte verwirrt dabei. Angewidert und doch auf eine merkwürdige Art glücklich. Einmal, als ihr hinten aus dem Hamburger ein Stück Tomate glitschte und auf die Tischplatte fiel, lachte sie sogar.

Auf dem Rückweg zum Auto sah Andreas auf dem Parkplatz einen leerstehenden Renault 19 mit offenem Verdeck. Der Schlüssel steckte. Es wäre jetzt ein Leichtes gewesen …

Noch bevor Andreas sich entschieden hatte, was er tun sollte, legte Dieter ihm die rechte Hand auf die Schulter und fragte mit fast unterwürfiger Neugierde: »Sag mir eins, Andreas. Warum tun Kinder so etwas? Ich meine …«

»Warum wir Autos klauen und damit losfahren?«

»Ja. Ich zermartere mir das Gehirn. Ich versuche, das herauszufinden. Jede Nacht muss ich daran denken. Jeden Morgen, wenn ich aufstehe. Immer und immer wieder. Was habe ich falsch gemacht, frage ich mich …«

Der Richter hatte Andreas die Frage auch oft gestellt. Auch der Jugendpfleger und natürlich Herr Ückerseifer. Denen hatte Andreas mit schrägem Mundwinkel stets die gleiche Antwort gegeben: »Das werden Sie sowieso nicht verstehen.«

Er fand das abgebrüht. Gangstermäßig. Fast geheimbündlerisch. Er schloss damit die Erwachsenen aus von einer Sache, von der sie nichts wissen sollten. Für Dieter Grewe erschien ihm diese Antwort unangemessen. Nein, Dieter war vielleicht der Erste, der ehrlich fragte. Ihm wollte Andreas ehrlich antworten.

Jetzt erst bemerkte er, dass er es selbst nicht wusste. Was sollte er ihm erzählen? Von dem Kribbeln, das plötzlich kam? Dieser Unruhe, die nicht mehr auszuhalten war, die sich ständig steigerte, die immer größer wurde, einen ganz und gar in Anspruch nahm? Er hatte so oft versucht, dagegen anzukämpfen, aber was sollte er tun? Etwas zog ihn, wie ein Magnet, der einfach stärker war als er. Alles andere wurde dann egal, spielte überhaupt keine Rolle mehr.

Manchmal wurde es auch übermächtig groß. Er suchte dann Gründe, warum die Menschen, bei denen er war, verdient hatten, dass er sie verließ. Manchmal waren es nur Kleinigkeiten. Frau Schubert hatte ihn angeschrien, weil er sein Zimmer nicht aufgeräumt hatte. Die Neumeiers bevorzugten ihre eigenen Kinder. Er hatte das kleinste Zimmer. Er kam immer zuletzt dran. Die Falters, ja, die hatten es wirklich verdient. Sie hatten ihn verprügelt. Dreimal. Schon in der zweiten Woche. Darum hatte er ihren Zweitwagen vor die Wand gesetzt, bevor er dann mit dem Mercedes von Herrn Falter nach Hamburg verschwand. Aber war es das wirklich? Waren es die kleinen Verletzungen, die ihn fliehen ließen? Nein, es war diese magnetische Kraft. Aber das konnte er Herrn Grewe doch nicht sagen. Der hielt ihn ja für verrückt. Das taten ohnehin einige. Herr Ückerseifer wollte ihn sowieso in die Jugendpsychiatrie abgeben.

Andreas wusste nicht, wie lange er schon so stand und nach der richtigen Antwort suchte. Weil er nicht sprach, sondern in sich hineinhörte, fuhr Dieter Grewe mit großen Gesten fort: »Ich meine, ich war doch kein schlechter Vater. Ich kann das ja verstehen, wenn Kinder aus schlimmen Elternhäusern kommen. Wenn ständig auf ihnen herumgehackt wird. Wenn sie verprügelt werden oder … Aber das habe ich doch alles nicht gemacht. Ich meine, ich habe bestimmt meine Fehler, aber … Ich bin doch eigentlich ein netter Kerl und meine Frau … wir … ich weiß nicht, was wir uns haben zuschulden kommen lassen. Ich …«

»Bei manchen«, sagte Andreas, »bei manchen sind es die schlimmen Eltern. Wenn man spürt, dass man an einem Ort ist, der schlecht für einen ist – dann haut man eben ab.«

Die Antwort tat Dieter Grewe weh. Trotzdem nickte er. »Wie … wie ist es bei dir?«

Um nicht zu viel von sich preiszugeben, antwortete Andreas nicht genau. Er sagte nicht »ich«. Er sagte »man«. Er versteckte sich oft hinter solch unpersönlichen Worten.

»Das Meer. Bei manchen ist es das Meer.«

Dieter Grewe sah aus, als hätte er Andreas nicht richtig verstanden. »Das Meer?«, fragte er irritiert.

»Man kriegt plötzlich so ein Kribbeln. Es ist das Meer. Es zieht einen wie magnetisch an. Man muss dahin. Die Wellen rufen. Man kann es dann nirgendwo anders mehr aushalten.«

Es dauerte eine Weile, bis Dieter Grewe nickte. Martina kam inzwischen mit einem Eis für Andreas an. Sie hielt das Eis Andreas hin, und er spürte in ihrem Blick die Angst, er könnte es vielleicht nicht nehmen. Es wäre für sie so, als würde er nicht das Eis, sondern sie als Person komplett ablehnen. Vielleicht hätte Andreas es getan. Noch vor einer halben Stunde wäre es bestimmt genauso gelaufen. Doch jetzt nahm er das Eis und leckte hastig die geschmolzenen Stellen weg, so dass nichts mehr tropfte.

»Willst du damit sagen, du bist immer ans Meer gefahren?«

»Steht das nicht in meiner Akte? Ich kannte immer nur die Richtung Norden.«

»Und wenn du dann da warst – was hast du gemacht?«

»Manchmal habe ich mich einfach in den Sand gesetzt und auf die Wellen gesehen.«

»Das Meer war das Ende deiner Reise?«

»Nein. Nicht eigentlich. Es war, als ob mich irgendwas ins Meer hinausziehen würde. Aber meistens bekam ich dann Hunger, ging einfach in den nächsten Pizzaladen und ...«

»Da haben sie dich dann beim Klauen erwischt«, zitierte Martina Grewe aus dem Kopf die Akte.

Andreas nickte. »Ein paarmal habe ich es auch geschafft, auf ein Schiff zu kommen. Einmal als blinder Passagier. Ich saß zwischen den Containern. Sie haben mich in Lissabon an Land gesetzt. Sie waren eigentlich ganz nett zu mir. Ein paar von ihnen waren als Kinder selbst abgehauen. Sie erzählten lange Geschichten darüber. Einer kam auf einem Bananendampfer fast bis Ecuador. Ich glaube, sie fanden meine Flucht sogar gut, obwohl sie natürlich sagten, dass ich so was nie wieder machen dürfte. Und sie haben mich in Lissabon auch den Behörden übergeben.« Er zuckte mit den Schultern. Erwachsene. Man durfte ihnen eben nicht trauen. Und wenn sie noch so freundlich waren.

Sein Blick bekam wieder etwas Feindseliges. Martina Grewe spürte es sofort.

Sie versuchte, das Gespräch auf solidere Grundlagen zu bringen. »Sind deine Eltern von der Küste? Bist du dort geboren? Aufgewachsen?«, fragte sie freundlich.

Andreas schüttelte den Kopf und bereute schon, zu viel erzählt zu haben. »Nein, ich habe in Dortmund gelebt, bevor alles losging.«

»Bist du dort geboren?«

»Das wissen Sie doch alles. Es steht doch in meiner Akte.«

Dieter Grewe drehte sich um und wischte sich eine Träne aus dem rechten Auge. Martina ließ Andreas jetzt einfach stehen und wandte sich ihrem Mann zu. Mit dem Rücken zu Andreas sagte Dieter Grewe: »Johannes ist in Dortmund verunglückt. Sie haben ihn in das Krankenhaus gefahren, in dem du geboren wurdest.«

Ach du Scheiße, dachte Andreas, was läuft denn hier ab?

»Er war ... er war wie du.«

»Wollen Sie damit sagen, dass er so aussah wie ich?«

Dieter Grewe schüttelte den Kopf. Jetzt fielen Tränen vor ihm auf den Asphalt. Andreas konnte es sehen. Trotzdem war er empört über das, was hier vor sich ging.

»Nein, er sah nicht aus wie du.«

»Wieso sagen Sie dann, er war wie ich?« Andreas' Stimme überschlug sich. Es lag ganz viel Wut darin.

»Er war wild. Unberechenbar. Angriffslustig. Findest du dich irgendwo in diesen Worten wieder?«

Andreas rannte zum Renault 19. Er wollte nur noch weg von hier. Die beiden folgten ihm nicht.

Andreas sprang ins Auto und drehte den Schlüssel um. Die Wegfahrsperre war ein Witz für ihn. Der Wagen hatte noch mindestens den halben Tank voll. Das reichte.

Die Worte von Herrn Ückerseifer klangen in Andreas nach, als ob sie über riesige Lautsprecher übertragen werden würden: »Die beiden haben versichert, dich anzunehmen wie einen leiblichen Sohn. Enttäusch mich nicht. Es ist deine letzte Chance.«

Wie einen leiblichen Sohn. Ob Ückerseifer auch nur geahnt hatte, wie wahr seine Worte waren?

Andreas zögerte einen Moment zu lang. Er war aus der Übung. Man musste schnell sein. Schnelligkeit war fast alles.

Der Besitzer des Wagens, ein stiernackiger Typ mit Rausschmeißervisage, stand beim Eismann und sah Andreas. Er war nicht alleine. Er hatte einen Bekannten neben sich. Die beiden verständigten sich mit kurzen Blicken. Der eine rannte auf den Renault 19 zu, der andere sprang in seinen Volvo und versperrte damit die Durchfahrt für Andreas. Schon riss der Stiernacken an der Autotür. »Steig aus! Steig aus! Du kleine Ratte, ich prügel dich windelweich!«

Andreas hielt die Tür von innen zu. Er drückte die Sicherung herunter, aber er hatte das offene Verdeck vergessen. Stiernacken packte oben durch, mit einer Hand, groß wie eine Bratpfanne, drückte er Andreas' Gurgel zu und hob ihn aus dem Sitz.

»Ich krieg keine Luft mehr«, würgte Andreas. Er lief rot an, seine Augen traten dick hervor. Er zappelte an der Hand wie ein Fisch, der aus dem Wasser gezogen wird. Da kam die Faust und zerquetschte Andreas' Nase.

Der Stiernacken holte erneut aus. Andreas hatte, so eingeklemmt, nicht die geringste Chance, sich zu wehren. Er schloss die Augen und wartete den nächsten Schlag ab. Er hoffte, dass der ihm die Ohnmacht bringen würde.

Der Schlag kam nicht. Stattdessen eine eiserne Stimme: »Lassen Sie meinen Jungen los. Sofort!«

Andreas' Augen schwollen zu. Von der geplatzten Nase tropfte Blut, doch Andreas erkannte es zweifelsfrei: Dieter Grewe! Das war Dieter Grewe!

»Ihr Sohn?«, brüllte Stiernacken. »Das ist Ihr Sohn? Wenn ich mit ihm fertig bin, können Sie seine Einzelteile ja gern wieder zusammenflicken. Einer muss dem Bürschchen ja mal zeigen, wo's langgeht. Sie können das ja offensichtlich nicht! Sie sind doch als Vater der letzte Versager! Sie haben die gleichen Prügel verdient wie er!«

Dieter Grewe hob die Fäuste und tänzelte mit seinen Lackschuhen herum, als ob er im Boxring stehen würde.

»Sie haben völlig recht. Kommen Sie! Wenn hier einer Prügel verdient hat, dann ich.«

Die Lage wurde jetzt zu kompliziert für Stiernacken. Er schielte zu seinem Kumpel hinüber, der jetzt aus dem Volvo stieg und rüberrief: »Was ist los? Soll ich die Polizei rufen, oder knöpfen wir sie uns so vor?«

Dieter Grewe boxte gegen Stiernackens Oberarm, um ihn herauszufordern. Das reichte. Stiernacken ließ Andreas los und wandte sich Dieter zu.

»Aufhören!«, schrie Martina Grewe. »Können wir das

denn nicht friedlich klären? Wir sind doch erwachsene Leute! Es ist doch nichts kaputtgegangen. Der Junge wollte doch nur einen Scherz machen. Haben Sie nie was angestellt in Ihrem Leben?«

»Das steht hier nicht zur Debatte!«, fauchte Stiernacken und schlug zwei rechte Geraden. Dieter Grewe wich viel geschickter aus, als Andreas es ihm zugetraut hätte.

Schon war Andreas raus aus dem Auto. Sein Gesicht sah schlimm aus.

»Schauen Sie sich an, was Sie getan haben!«, schrie Martina Grewe. »Reicht Ihnen das nicht? Wollen Sie noch mehr anrichten?«

Stiernacken schaute tatsächlich zu Andreas. Den Fehler hätte er nicht machen dürfen. Dieter Grewe zog einen rechten Haken voll durch. Stiernacken kippte um.

»Jetzt aber weg!«, kreischte Martina Grewe. Schon saßen die drei zusammen im Auto. Dieter Grewe gab Gas. Er hatte einen eigenartigen Stolz in den Augen und raste direkt auf den Volvo zu. Martina schrie: »Spinnst du? Hör auf! Du bringst uns ja alle um!« Aber da hechtete der Volvofahrer in sein Auto und fuhr zur Seite.

Winkend, als wolle er sich dafür bedanken, dass der Weg frei gemacht wurde, steuerte Dieter Grewe das Fahrzeug auf die Autobahn zurück.

Martina Grewe war einem Nervenzusammenbruch nahe. Sie boxte ihrem Mann auf die Oberarme und schrie kopfschüttelnd: »Weißt du, was wir gerade gemacht haben? Weißt du, wie man das nennt? Das ist Beihilfe zur – ach, was weiß ich, was das alles ist! Du hast ihn umgehauen!«

Dieter warf einen Blick zu Andreas.

»Das ... das war toll«, sagte Andreas begeistert.

Dieter Grewe zwinkerte ihm zu, und Andreas hatte zum ersten Mal im Leben das Gefühl, wirklich einen Verbündeten zu haben. Einen, der schlicht und einfach zu ihm hielt. Andreas hätte heulen können.

Martina Grewe malte gerade ein Schreckgespenst an die Wand. Sie schmückte ihre Erzählung hysterisch mit Details aus. Bestimmt wartete die Polizei auf sie, wenn sie nach Hause kamen. Natürlich hatten die ihr Autokennzeichen notiert. Ob das jetzt so weitergehen solle? Ob die beiden vielleicht den nächsten Wagen gemeinsam klauen wollten? Oder was hier eigentlich los sei. Die Fabrik könne ja auch eine Weile ohne ihn arbeiten, spottete sie, oder ob er vorhätte, sie vom Gefängnis aus zu leiten?

Doch in Dieter Grewes Gesicht war ein Lächeln gemeißelt, das sich nicht verscheuchen ließ. Noch einmal sah er zu Andreas. Er hatte seinen Sohn zurück. Er war ganz sicher. Diesmal würde er mit ihm durch dick und dünn gehen. Diesmal würde nichts anderes wichtiger werden. Er hatte eine zweite Chance. Die kriegt nicht jeder. Er wollte sie nicht vermasseln. Auf gar keinen Fall.

Als sie bei den Grewes ankamen, duzten Dieter und Andreas sich bereits, ohne dass sie auch nur ein Wort darüber verloren hätten. Martina saß still im Auto. Sie spürte, dass zwischen den beiden etwas entstanden war, das sie nicht stören durfte. So etwas wie Vertrauen. Ja, Komplizenschaft.

Zu Hause wartete kein Polizeiauto. Doch als sie ins Haus gingen, klingelte das Telefon. Dieter hob ab und meldete sich mit fester Stimme. Er war bereit, zu dem zu stehen, was er getan hatte.

Aber am anderen Ende war nicht die Polizei. Er wurde nicht zu einem Verhör geladen. Dort war Herr Ückerseifer.

Er fragte, ob Andreas in der Nähe sei. Andreas' Opa läge im Sterben und wolle sein Enkelkind noch einmal sehen.

Für einen Moment, nur für einen ganz kurzen Moment, spürte Dieter, wie schwer es ist, Vater zu sein. Und sei es nur Pflegevater. Manchmal regnet es nicht nur, dann hagelt es. Dies war so ein Tag. Es kam dicke. Gleich ganz zu Anfang.

»Dein Großvater …«, sagte er. Mehr war nicht nötig. Andreas wusste sofort Bescheid.

»Ich muss hin.«

»Ich fahr dich«, schlug Dieter vor.

Martina atmete aus. Sie spürte einen Anflug von Schwindel.

Diesmal gab Dieter dem Wagen wirklich Stoff. Er fuhr ihn, ganz gegen seine Gewohnheiten, voll aus. Zweihundertzehn. Linke Spur. Lichthupe.

Richtung Norden. Sie näherten sich dem Meer. Möwen umflatterten das Krankenhaus.

Dieter begleitete seinen neuen Sohn bis vor die Tür. Zimmer 517 im fünften Stock.

Andreas' Befürchtung, der Großvater könne bereits tot im Bett liegen, bewahrheitete sich zum Glück nicht. Es war nicht mehr viel Leben in ihm, aber noch genug, um Andreas zu erkennen. Er hob müde die Hand und ließ sie wieder auf die Bettdecke zurückfallen.

Andreas stand eine Weile schweigend neben dem Bett, hielt die knochige, runzlige Hand und streichelte die faltige Haut. Der alte Mann sah nicht ängstlich aus, sondern gelassen. Fast heiter.

»Großvater«, sagte Andreas. »Bitte, stirb nicht. Lass mich nicht alleine.«

Großvater schloss die Augen und öffnete sie dann noch

einmal. Sein schütteres Haar wirkte plötzlich voller auf Andreas. Es lag am Licht.

»Nichts stirbt wirklich«, sagte Großvater. »Ich verlasse nur diesen alten, müde gewordenen Körper. Ich verändere nur meine Form, Andreas.«

Es lief Andreas heiß den Rücken herunter. Er spürte es an der Wirbelsäule. Es war, als ob sie plötzlich glühen würde.

»Glaubst du … glaubst du an die Wiedergeburt? Glaubst du wirklich, dass es so etwas gibt?«

Der Großvater lächelte. »Wenn man Wasser kocht, Andreas, was passiert dann?«

»Nun, es verdampft.«

»Ist es dann weg? Tot? Oder wechselt es nur seine Form?«

»Nun, es tropft irgendwann wieder zurück und …«

»Und wenn Wasser gefriert – dann ist es plötzlich hart und kalt. Und nicht mehr weich und durchlässig. Trotzdem ist es immer noch Wasser. Es ändert nur seine Form. Schieb mein Bett ans Fenster. Ich will aufs Meer sehen. Warum lassen sie mich hier so liegen, mit dem Gesicht zur Wand?«

Andreas wusste nicht, ob er es durfte, aber er hätte es gegen jeden Widerstand durchgesetzt. Vielleicht war dies der letzte Wille seines Großvaters.

Als Andreas das Bettgestell berührte, fühlte es sich irgendwie elektrisch an. Er schob es ohne Mühe ans Fenster.

Der Großvater erwähnte Andreas' verletztes Gesicht mit keinem Wort. Vielleicht sah er nicht mehr gut genug, um es zu erkennen, oder er hatte sogar erwartet, seinen Enkel so zu sehen.

»Die Leute, bei denen ich jetzt bin, die glauben, ich sei ihr Sohn.«

Wieder schloss Großvater die Augen. Er bemühte sich, sie

offen zu halten, um aufs Meer zu sehen. In der Ferne kreiste der Lichtkegel vom Leuchtturm über die Wellen. Aber Großvater hatte nicht mehr genügend Kraft, die Augen offen zu halten.

»Und? Bist du es?«

»Ich ... ich glaub diesen Quatsch nicht. Das ist doch nur dummes Zeug. Das kann doch gar nicht ...«

»Bitte öffne das Fenster. Ich möchte die Wellen hören. Es hat mich immer ans Meer gezogen. Nie hätte ich woanders leben wollen. Ich hab's versucht. Es ging nicht.«

»D... du auch, Großvater?«

Großvater schaffte es noch einmal, die Augen zu öffnen. Er sah nicht aufs Meer, sondern auf Andreas. Er schmunzelte: »Ich hab immer geglaubt, dass ich etwas von einem Piraten in mir habe, weißt du. Etwas, das wild ist. Unberechenbar. Angriffslustig. Ich kann es nicht anders beschreiben. Es hat mir das Leben schwergemacht. Ich wurde ein Einsiedlerkrebs hinterm Deich. Dein Vater war genauso. Die Seele eines Freibeuters. Das sind keine guten Väter. Er hat dich einfach verlassen. In jedem Hafen eine andere Braut. Kein Gewissen. Nur diese Sehnsucht. Die nach dem Meer. Leute wie wir gehen selten einer geregelten Arbeit nach. Die kriegen keinen Lohn. Die machen Beute. Am Ende wird man hart dafür bestraft.«

Noch nie im Leben hatte Andreas sein Herz so wild gespürt. Es war, als ob es aus der Brust springen wollte. Als sei dies nicht das Sterbezimmer seines Großvaters, sondern sein eigenes.

Er öffnete das Fenster. Es war nicht ganz leicht. Es klemmte. Eine frische Brise wehte hinein, und Großvaters wenige silberne Haare flatterten im Wind. Er reckte seinen Kopf hoch aus dem Kissen. »Der Sturm ...«, raunte er.

Was Andreas am meisten faszinierte, war die Art seines Großvaters, zu sterben. Furchtlos. Fast mit einer Neugierde. Als ob der Pirat an Bord seines Schiffes stünde und einem neuen Abenteuer entgegenfieberte. Die Wellen unter sich. Den Wind im Gesicht.

»Du warst, als ich klein war, der einzige Mensch, von dem ich mich verstanden fühlte, Großvater.«

»Alte Menschen und Kinder sind sich sehr ähnlich. Die einen kommen aus dem großen Nichts, und die anderen gehen hinein. Vielleicht ist es mit unseren Seelen wie mit dem Meer.«

Der Großvater saugte die Luft scharf durch die Nase ein. Sein Brustkorb wölbte sich. Die Hand krampfte sich um Andreas' Hand. Andreas spürte: Der Tod war nah. Ganz nah. Er wollte die Schwester rufen. Vielleicht konnte man ihm helfen, vielleicht eine Spritze, ein Tropfer, irgendetwas. Doch er konnte sich nicht losmachen. Er wollte nicht, dass sein Großvater mit dem Gefühl starb, von ihm allein gelassen worden zu sein. Er wollte nicht das mit ihm tun, was ihm selbst so oft geschehen war.

Großvater atmete rasselnd aus. »Ja«, hauchte er, »wie das Meer.«

Andreas musste sein Ohr ganz nah an Großvaters Lippen führen, um ihn noch zu verstehen.

»Wenn die Wellen aus dem Meer hervorbrechen, weil der Wind es peitscht, dann ist jede einzelne Welle so wie ein Mensch, der geboren wird. Er glaubt, er sei einzigartig. Und irgendwie ist er das auch. Am Ende geht die Welle aber wieder ein ins Meer, aus dem sie kam und zu dem sie immer gehört hat. Irgendwann, vielleicht schon morgen, vielleicht erst in ein paar hundert Jahren, werden ein paar Tropfen der

Welle in der nächsten hochgespült werden und irgendwo gegen die Klippen schlagen. Es hört nie auf. Es verändert sich nur. Das Meer.«

Andreas wusste nicht, ob das, was der Großvater sagte, richtig oder falsch war. Ob es nur die Phantastereien eines sterbenden Mannes waren, dessen Gehirn kaum noch Sauerstoff bekam, oder eine tiefe Lebensweisheit, die der Großvater ihm als letztes Geschenk mitgab.

Doch Andreas spürte, dass diese Gedanken etwas sehr Tröstliches hatten für einen, der stirbt. Die einen glaubten an den Himmel und an die Hölle, und der Großvater hatte eben seine eigene Idee vom Tod. Jedenfalls starb er mit einem Lächeln. Und darum beneidete Andreas ihn.

Als die Hand von Großvater schlaff wurde und er nicht mehr einatmete, wirkte er auf Andreas völlig entspannt. Wie endlich zur Ruhe gekommen.

Andreas weinte nicht um seinen Großvater. Er blieb nur stumm am Bett stehen und schloss das Fenster erst, als Regentropfen auf die Bettdecke fielen.

Er verließ das Zimmer ohne große Trauer, doch mit dem verwirrenden Gefühl, ein paar Tropfen von einem alten Piratengeschlecht in seiner Seele zu haben. Er begann, die magnetische Kraft des Meeres zu verstehen. Und er wusste, er musste nicht mehr weglaufen.

DER DÄMON

Ja. Ich weiß, wie dämlich das klingt, aber es stimmt tatsächlich!

Ich sah den Dämon zum ersten Mal an einem Freitagmorgen. Ich war schlechtgelaunt auf dem Weg zur Schule, weil ich Schiss vor der Mathearbeit hatte.

Er hockte in dem alten Kastanienbaum bei diesem verfallenen Haus, in dem nachts manchmal die Penner schlafen und wo es im Sommer entsetzlich nach Urin und Verwesung stinkt. Ich konnte ihn genau erkennen und gleichzeitig durch ihn durchgucken. Er lächelte komplizenhaft und winkte mir zu.

Er hatte ein altes Gesicht, aber einen jugendlichen, fast kindlichen Körper. Er war sehr gelenkig. Er hangelte sich wie ein Äffchen von Ast zu Ast. Seine Arme waren so lang, dass sie ihm, wenn er sie hängen ließ, bis zu den Knien reichten. Die Hände waren sehr groß. Er hatte vier fingerartige Klauen, die spitz endeten wie seine Zähne. Er grub die Nägel in die Baumrinde und konnte so katzenhaft am Stamm herunterklettern.

Jetzt war er knapp einen Meter über mir und sagte: »Hallo, Hendrik!«

Obwohl er meinen Namen ganz freundlich aussprach, erschütterte mich seine Stimme wie ein Erdbeben, dessen Epizentrum im Inneren meiner Gedärme lag. Meine Finger waren wie taub. Ich spürte auch meine Füße nicht mehr. Ich wollte wegrennen, aber meine Muskeln gehorchten mir nicht. Sie versagten mir nicht einfach den Gehorsam, es war vielmehr so, als ob die Befehle von meinem Gehirn gar nicht mehr in meinen Muskeln ankämen.

Der Dämon sprang vom Baum und hüpfte um mich herum. Ich wurde ganz steif. Er kam mir nah. Sehr nah. Zu nah. Ich konnte seinen fauligen Atem riechen, und meine Muskeln verkrampften sich.

Im Sommer hatte ich mal beim Müllplatz einen toten Hund gefunden. Er lag unter einem Plastiksack. Als ich den lüftete, stank es genauso wie jetzt. Der Hund war aufgerissen, und Maden krabbelten auf seinem zerfetzten Fleisch herum.

Der Dämon machte einen Salto und dann einen Kopfstand. Er streckte die Zunge heraus und schnitt Grimassen. Ich begriff, dass er versuchte, mich aufzuheitern.

»Hey, was ist, Hendrik? Ich bin's! Atze!«

Atze, dachte ich. Auch das noch. Kein Dämon heißt Atze.

Er spuckte eine grüne, schleimige Masse aus. »Ach! Wie heißen Dämonen denn sonst? Gefällt dir Horak besser oder Schlemil oder Radzun?«

Er kann meine Gedanken lesen, dachte ich. Verdammt, er kann meine Gedanken lesen!

»Klar kann ich das, Hendrik. Ich verstehe dich besser als jeder andere. Ich habe dich immer schon verstanden. – Ich bin dein Dämon. Du hast mir selbst den Namen Atze gegeben.«

Das habe ich nicht, dachte ich. Ich habe, als ich klein war, einen Teddy gehabt und den Atze genannt. Er war eine Weile mein bester Freund.

Atze machte einen Salto rückwärts. »Genau! Ich war in dem Teddy. Ich! Was glaubst du, warum du dich so gut mit ihm verstanden hast? Mir konntest du alles beichten. Ich habe dich nie verurteilt. Nicht einmal, als du deine eigenen Eltern beklaut hast!«

»Ich habe meine Eltern nicht beklaut!«, rief ich, verwundert darüber, dass meine Zunge mir plötzlich wieder gehorchte.

»Hm. Wie nennst du das denn, wenn man seinem Vater das Marzipanschwein vom Weihnachtsteller stiehlt und heimlich reinbeißt?«

»Das ... das ist ... das war höchstens Mundraub. Naschen. Ein Streich. Ein Witz. Mehr nicht!«

Atze gackerte wie ein Huhn. »Mundraub! Naschen! Ein Streich! Ein Witz! Das ist gut! Das muss ich mir merken. Und warum hattest du dann damals solche Schuldgefühle?«

»Na, weil ... weil ... weil mein Vater doch gerne Marzipan isst. Und ich hatte Angst, er könnte sauer auf mich werden.«

Warum rechtfertige ich mich eigentlich vor dem, fragte ich mich, und er antwortete: »Weil du dich heute noch dafür schämst.«

Hinter mir hörte ich Stimmen. Big Mäc und seine Schwester, die schöne Julia, die er stets Prinzessin nannte, kamen näher. Der Name passte zu ihr, weil sie eine richtige Frohnatur war.

Big Mäc redete nicht viel. Er sang lieber. Jetzt grölte er ein Piratenlied: »Wir haben dem König das Gold geklaut, nun guckt, wie dumm er schaut!«

Seine Schwester setzte ein: »Ja, saudumm!«

Ich drehte mich zu ihnen um. Ich war selten so froh über ein Zusammentreffen mit ihnen gewesen wie an diesem Morgen. Meistens ging ich den beiden aus dem Weg, weil Big Mäc mich immer zum Mitsingen animieren wollte, und wenn ich keine Lust hatte, war er beleidigt und drehte noch mehr auf. Er hatte eine tolle Schwester, aber er selbst konnte eine ziemliche Nervensäge sein.

Als ich ein kleiner Junge war, habe ich mit Vorliebe Seifenblasen gemacht. So wie sie in der Luft zerplatzten, als wären sie nie da gewesen, so zerplatzte auch Atze. Weder Big Mäc noch Julia bekamen ihn zu Gesicht.

Big Mäc klatschte mir wie üblich seine Hand zwischen die Schulterblätter und forderte mich auf, mitzusingen. Wie betäubt machte ich mit. Julia lächelte mich an, und den ganzen Weg bis zur Schule schmetterte ich mit den beiden aus voller Brust fröhliche Piratenlieder.

Ab und zu sah ich in die Baumkronen, aber von Atze war nirgendwo eine Spur.

Vielleicht hatte ich mir das alles nur eingebildet, so wie früher, als ich noch in den Kindergarten ging und an das Christkind glaubte. Einmal, kurz vor Heiligabend, war ich mir sicher, das Christkind bei uns im Flur gesehen zu haben. Ich fand sogar Beweise dafür. Ein echtes Haar vom Christkind! Später wurde ich dafür von meinem eigenen Vater ausgelacht. Das sei Lametta für den Tannenbaum, spottete er und konnte nicht fassen, dass sein Sohn so dämlich war.

Die Mathearbeit vergeigte ich wie erwartet. Atze ließ sich eine Weile nicht mehr blicken. Ich bekam für das dritte Mangelhaft in diesem Jahr Nachhilfestunden von meinem Vater aufgebrummt. Nachhilfestunden bei ihm selbst. Das war schlimmer als Zahnschmerzen und Fußpilz zusammen, denn er war ungeduldig, vorwurfsvoll und schlechtgelaunt. Ich glaube, er hasste die Nachhilfestunden mindestens genauso wie ich. Er stöhnte ständig und sah dauernd auf die Uhr, während ich rechnete.

Nichts machte ich ihm recht, und er brachte mich durcheinander, weil er einerseits von mir forderte, dass ich mich konzentrieren solle, andererseits aber seinen ganzen Bürofrust vor mir ausbreitete, als sei mein Ohr eine Art Müllabladeplatz für die Hirnlosigkeiten seines Berufsalltags.

Mein Vater ging nicht zur Arbeit wie andere Menschen, o nein. Mein Vater war ein Märtyrer, der sich für seine undankbare Familie aufopferte. Ja, er gab sein Leben als moderner Galeerensklave in einem Großraumbüro hin, und er verlangte dafür, verdammt nochmal, Respekt, wie er immer wieder betonte oder, besser gesagt, in mein Ohr brüllte.

Ich wollte nicht, dass er sich für mich oder meine Mutter opferte. Mich beschlich das Gefühl, dass er mit ihr auch nur noch meinetwegen zusammen war. Wie oft hatte ich diese Worte gehört: Wenn der Junge nicht wäre, hätte ich längst … die Arbeit gekündigt. Ein neues Auto. Eine andere Frau. Eine Wohnung in der Südstadt. Diese Reihe könnte ich endlos fortsetzen.

Es wunderte mich gar nicht, als die Sekretärin seines Chefs, die mein Vater heimlich »Domina« nannte, wenn er über sie sprach, die aber in Wirklichkeit Donata hieß, bei meiner Mutter anrief. Die zwei waren Freundinnen und gingen manchmal zusammen aus. Sie fragte, ob meine Mutter wisse, dass mein Vater seinen Job gekündigt habe und was denn mit ihm los sei. Sie habe die E-Mail heute Morgen erst geöffnet, sie sei aber wohl gestern Nacht geschrieben worden.

Meine Mutter war entsetzt und konnte das gar nicht glauben. Sie versuchte sofort, meinen Vater zu erreichen, aber der war in einer Dienstbesprechung, und da musste jeder sein Handy ausschalten, weil der Chef einen Tobsuchtsanfall bekam, wenn während der Besprechung Klingeltöne zu hören waren.

Donata leitete die E-Mail mit der Kündigung, verbunden mit der Frage, ob mein Vater begonnen habe, harte Drogen zu nehmen, an meine Mutter weiter.

Ich sah meine Mutter leichenblass mit offenem Mund am Computer sitzen. Sie starrte auf den Bildschirm. Ihre Brust hob und senkte sich bei jedem Seufzer.

Ich stellte mich hinter sie. Sie bemerkte mich gar nicht, oder meine Anwesenheit war ihr egal.

Ich las die E-Mail.

So, Ihr hirnrissigen Idioten, das war's! Ich kündige!

Ja, da staunt Ihr, was? Macht Euren bescheuerten Scheiß in Zukunft ohne mich! Ich habe keinen Bock mehr. Ihr seid geistige Tiefflieger, mehr nicht.

Eure Geschäftspolitik ist eine intellektuelle Bankrotterklärung, daran ändern Eure schönen Worte und die gefälschten Bilanzen auch nichts mehr.

Voller Verachtung, schon lange nicht mehr Euer

Paul Blau

(Nein, ich bin es nicht, ich heiße nur so.)

Als meine Mutter wieder klar denken konnte, bat sie ihre Freundin, die E-Mail zurückzuhalten und auf keinen Fall dem Chef zu zeigen.

Donata versprach, das zu tun, aber spätestens morgen früh

müsse sie reagieren. Allein mit der Wortwahl würde mein Vater sich ja jeden Weg zurück verbauen. Dafür gäbe es keine Entschuldigung, nicht einmal für einen völlig Besoffenen. Sie frage sich außerdem, warum mein Vater noch an der Sitzung teilnehme und ob er es sich vielleicht inzwischen anders überlegt habe.

Mein Vater kam an diesem Abend später nach Hause als sonst. Seine Haare standen wirr ab. Sein sonst so korrekter Scheitel, der immer wirkte, als sei er nicht mit einem Kamm, sondern mit einem Beil gezogen worden, war gar nicht mehr zu erkennen. Sein Kinn, das er normalerweise forsch nach vorne reckte, um seinen Tatendrang zu unterstreichen, berührte jetzt fast seine Brust. Die Stirn voran kam er so wütend wie ein Stier, der vorhatte, den Torero mit seinen Hörnern aufzuspießen, ins Zimmer. In seinen Augen loderte wilder Zorn.

Diese E-Mail hätten nur drei Menschen von seinem Computer aus abschicken können. Seine Frau, sein Sohn oder er selbst. Er wisse nur eines wirklich genau, ER sei es nicht gewesen, brüllte er.

»Du meinst ...«, sagte meine Mutter und wagte nicht einmal, den Verdacht auszusprechen.

Beide sahen mich an. Meine Mutter ungläubig, mein Vater wie ein Drogensüchtiger, der halb irre vor Suchtdruck zusehen muss, wie jemand seine Rauschmittel ins Klo spült.

Ich hob die Hände: »O nein! Ich war das nicht! Ich habe damit nichts zu tun!«

Aber ohne jede weitere Diskussion waren meine Eltern sich einig. Ich wurde ohne Gerichtsverhandlung verurteilt. Kein Anwalt verteidigte mich. Niemand erhob Einspruch.

Meine Strafe war hart. Absolutes Computerverbot. Absolutes Fernsehverbot. Hausarrest bis zu den großen Ferien, also praktisch drei Monate lang. Mein Geburtstag nächste Woche fiel aus beziehungsweise die Geburtstagsfeier, und an Geschenke war natürlich nicht zu denken.

Aber was noch viel schlimmer war: Mein Vater verlangte von mir, dass ich mich bei seinem Chef persönlich entschuldigte.

Donata, die angeblich gute Freundin, hatte die E-Mail eben doch nicht zurückgehalten, sondern, natürlich »aus Versehen«, ausgedruckt und in die wichtige Unterschriftsmappe gelegt. Wer die zur Freundin hat, braucht keine Feinde mehr ...

Ich hatte den Chef von meinem Vater noch nie gesehen. Ich hatte aber nicht viel Gutes über ihn gehört. Er war nicht gerade der gütige Weihnachtsmann. Ich stellte mir vor, wie er mich armes Würstchen beim nächsten Betriebsfest auf dem Holzkohlegrill rösten würde. Ich sollte gezwungen werden, eine Tat zu gestehen, die ich gar nicht begangen hatte. Ich wusste nicht mehr ein noch aus.

»Leugnen nutzt dir nichts!«, fauchte mein Vater. »Steh zu deiner Schandtat und löffle aus, was du dir eingebrockt hast!«

Ich schäme mich nicht, es zuzugeben: In dieser Nacht heulte ich aus Wut und Angst.

Am anderen Morgen musste ich nicht zur Schule. Das klingt erst mal gut, aber stattdessen schleifte mein Vater mich mit in sein Büro. Er schnallte mich auf dem Rücksitz persönlich an, als ob er mich damit daran hindern wollte, während der Fahrt aus dem Auto zu springen.

Wir sprachen kein einziges Wort.

Das Hochhaus wirkte trotz seiner modernen Fassade und den verspiegelten Fenstern auf mich wie Draculas Schloss.

Vaters Chef wurde von den meisten nur respektvoll »Er« genannt. »Er hat gesagt …«, »er meint …«, »er wünscht …«, »er ist dagegen …«, »er hat so komisch geguckt …«.

Ein ehemaliger Mitarbeiter nannte ihn immer nur »das Riesenarschloch«. Früher hat der uns oft besucht. Als er rausgeflogen war, fand mein Vater es besser, den Kontakt zu beenden.

Ja, so war mein Vater. Ein feiger Arschkriecher. Ein Untertan, der mit hündischer Ergebenheit und vorauseilendem Gehorsam versuchte, seinem Chef alles recht zu machen. Jetzt sollte ich auf dem Altar seiner Dienstbeflissenheit geopfert werden.

Der Fahrstuhl war verchromt und bestand innen aus einem protzigen Marmorimitat und blankgewienerten Spiegeln. Hier war alles so sauber und steril, dass ich mich gleich schmutzig fühlte.

Die Frauen trugen Kostüme in dezentem Blau, Grau oder Schwarz, die Männer Anzüge, Krawatten und schwarze Lederschuhe. Der Rocksaum einer jeden Frau umspielte ihr Knie. Die Hosen der Männer hatten scharfe Bügelfalten. Sie waren nicht wirklich uniformiert, es trug schon jeder etwas anderes, aber sie sahen trotzdem alle gleich aus.

Im Fahrstuhl stieg eine Dame mit langen, glatten schwarzen Haaren bei uns ein. Sie nickte meinem Vater kurz zu und hielt eine Akte fest umklammert. Mich ignorierte sie völlig. Sie sagte sich selbst stumm immer wieder einen Text auf und überprüfte im Spiegel unauffällig ihr Make-up.

Ganz oben stiegen wir aus. Hier roch es nach Mandeln und Tannen, und durch unsichtbare Lautsprecher ertönte leise ein Violinenkonzert. Dicke Teppiche dämpften die Geräusche unserer Schritte. Vor einem riesigen Spiegel, hinter dem der Eingang zum Allerheiligsten lag, wie mein Vater das Büro seines Chefs nannte, standen links bequeme Sessel und rechts drei Stühle. Natürlich setzten wir uns auf die Stühle und keineswegs auf die kostbaren Sessel.

Ich putzte meine feuchten Hände an den Hosenbeinen ab, und was ich dann sah, traf mich mit der Wucht eines Baseballschlägers. In dem mittleren Sessel flegelte sich mein Dämon. Er hatte die Füße auf den zierlichen Tisch gelegt und stocherte mit einem Bleistift zwischen seinen spitzen Zähnen herum.

Atze zeigte auf mich und setzte sich anders hin. Das heißt, er kletterte auf den Sessel und hockte jetzt auf der Rückenlehne wie vorher im Kastanienbaum. Dadurch wirkte er noch affenartiger auf mich.

Er war schlechtgelaunt und machte mir Vorwürfe: »Na, da seid ihr ja endlich! Ich warte schon eine Ewigkeit auf euch. Du hattest Angst, ich würde dich im Stich lassen, was?« Er gackerte wie eine ganze Hühnerschar kurz vor der Fütterung. »Keine Sorge, Hendrik. Ich steh zu dir. Ich bin nicht wie dein blöder Vater. Auf mich kannst du dich verlassen!«

Ich sah meinen Vater an. Der kaute auf seiner Unterlippe herum und sah auf seine frisch geputzten Schuhspitzen.

»Jetzt machst du dir Sorgen, ob er mich sieht! Keine Angst, Hendrik. Der ist so blind, der sieht nicht einmal dich. Wie sollte er deinen Dämon auch sehen können? Was weiß er schon über dich? Kennt er deine größte Angst? Hat er eine Ahnung von deiner größten Sehnsucht? Er ist doch nur eine Ameise in diesem wimmelnden Bürohaufen, die versucht, nicht aus der Reihe zu tanzen, damit sie keinen Ärger kriegt. Dein Vater kennt nicht mal seinen eigenen Dämon ...«

Im Spiegel war Atze nicht zu sehen. Ich wäre am liebsten weggerannt, gleichzeitig wusste ich, dass mein Vater es nur für Feigheit vor seinem Chef halten würde.

Ein Glockendreiklang ertönte, und der Spiegel in der Wand glitt zur Seite. Ja, wer hätte auch erwartet, das Allerheiligste durch eine schnöde Tür betreten zu können?

Eine Art lebendige Barbiepuppe bewachte den nächsten Raum. Ihr Schreibtisch war größer als mein Zimmer und vermutlich auch aufgeräumter. Auf drei Computerbildschirmen liefen irgendwelche Tabellen, Aktienkurse oder Flugzeiten, das konnte ich nicht genau erkennen.

Mein Vater kannte die Barbiepuppe und sprach sie mit »Frau Doktor Iris« an. Sie zupfte an ihrer Hochsteckfrisur herum und sagte spitz: »Er möchte ihn allein sprechen!« Dann zeigte sie auf mich.

Mein Vater sackte in sich zusammen und verließ den Vorraum mit hängenden Schultern. Er drehte sich noch einmal kurz zu mir um, in der Hoffnung, er könnte eine seiner Ermahnungen loswerden, aber ein Blick von Frau Doktor Iris genügte, und er ließ es.

Sie beugte sich zu mir: »Du sprichst nur, wenn du gefragt wirst. Du gibst ihm nicht die Hand. Du bleibst an der Tür stehen, bis er dich hereinbittet. Du hältst immer einen Sicherheitsabstand. Da liegt ein großer blauer Teppich, der dient dir als Begrenzung. Auf keinen Fall trittst du über den Teppichrand. Klar?«

Ich nickte.

»Hast du Fragen?«

Ich nickte erneut.

»Dann stell sie jetzt mir.«

»Ist es nicht unhöflich, ihm nicht die Hand zu geben?«

»Nein, ist es nicht. Er hasst Händeschütteln und alle Formen von Vertraulichkeiten. Wenn du niesen musst, verlässt du vorher den Raum. Huste oder puste ihn auf keinen Fall an.«

Das alles hörte sich sehr merkwürdig an, so als würde ich gleich einem schwerkranken Mann in einer Intensivstation gegenübertreten.

»Ist er krank oder was?«, fragte ich.

Sie sah mich an, als dürfe niemand so eine Frage stellen. »In seiner Gegenwart«, flüsterte sie, »erwähnt man keine Krankheiten. Am besten, du denkst nicht mal daran.«

»Er ist ein Spinner und hat Schiss, dass ihn der Teufel holt«, lachte mein Dämon und hüpfte auf dem Schreibtisch herum.

Statt mir eine richtige Antwort zu geben, besprühte Frau Doktor Iris meine Hände mit einem Desinfektionsmittel. Dann musste ich meine Schuhe ausziehen und bekam Latschen von ihr, die mir zwei Nummern zu groß waren.

Atze amüsierte sich prächtig. »Doof sind sie auch noch. Du hättest dir erst die Schuhe ausziehen und dann die Hände desinfizieren müssen. Sonst wimmeln sie wieder vor Bakterien und Viren.«

Frau Doktor Iris sah und hörte ihn nicht. Er öffnete sogar ihren Schreibtisch, fischte eine Pralinenpackung aus der Schublade und freute sich: »Sieh an, sieh an! Weiße Schokolade. Pistazien und Trüffel. Nein, nein, mein kleines Naschkätzchen, das ist gar nicht gut für dich. Es macht die Hüften rund und den Hintern dick, und dein großer Guru steht auf Hungermodelle. Ich helfe dir, diese kleinen Dickmacher unschädlich zu machen. Ich esse sie für dich! Ja, ist das nicht nett von mir?«

Schon spießte er drei Schokokugeln mit seinen spitzen Zähnen auf.

Dann trat die Freundin meiner Mutter, die Chefsekretärin Donata, hinter einer monströsen Zimmerpflanze hervor. Ich glaube, es war ein Riesenkaktus mit Blüten so groß, dass sich Katzen mühelos darin hätten verstecken können. Sie schob mich durch eine Art Quarantäneschleuse mit Luftwirbeln auf den blauen Teppich.

»Herr Müller-Frankenthal, Hendrik Blau, der für seinen Vater dieses reizende Kündigungsschreiben verfasst hat«, flötete sie.

Ein kleiner Mann saß hinter einem riesigen Schreibtisch. Er sah eigentlich gütig aus, mit dicken Tränensäcken unter den Augen und ungesunder Gesichtsfarbe. Seine Lippen waren schmal, und seine Augenbrauen wucherten über der Nase zusammen. Mit einer Handbewegung, als ob er eine Fliege verscheuchen wollte, schickte er Donata weg.

Ich blieb stehen.

Er sagte kein Wort, sah mich nur an.

Mir wurde heiß und kalt.

»Ich würde Ihnen gerne die Hand geben, aber man hat mir gesagt, ich soll das nicht tun.«

Er zog die buschigen Augenbrauen hoch. Seine Stimme war kraftlos. »Soso, ein vorlautes Bürschchen bist du auch noch.«

»Ja, ähm. Ich ... aber ich wollte nur höflich sein. Meine Mutter hat mir beigebracht ...«

Er schnitt meine Worte mit einer Handbewegung ab. »Hat sie dir auch beigebracht, solche Briefe zu schreiben?«

»Das war kein Brief. Das war eine E-Mail.«

Er verzog die Lippen. »Du scheinst dir über die Situation nicht ganz im Klaren zu sein. Ich könnte deinem Wunsch folgen und deinen Vater entlassen. Fristlose Kündigung nennt man so etwas. In diesen Zeiten sieht es dann übel für euch aus.«

»Ich war es nicht.«

Müller-Frankenthal griff nach einem spitzen grünen Bleistift und bog ihn grimmig durch, bis das Holz in der Mitte zersplitterte. Dann warf er beide Teile achtlos hinter sich auf den Boden. Dort lag schon mindestens ein Dutzend zerbrochener Bleistifte. Vor ihm in drei Gläsern, die aussahen wie Igel, wartete genügend Nachschub.

Müller-Frankenthal sprach mit zusammengekniffenen Lippen durch die Zähne. Ich konnte ihn kaum verstehen: »So? Wer war es denn dann? Verschwende nicht meine Zeit, du kleiner Taugenichts!«

Ich bekam kaum noch Luft. Ich schwitzte, und es kam mir so vor, als ob die Wände des Zimmers wackeln würden. Die Welt um mich herum begann, merkwürdig zu trudeln. Alles wurde instabil. Ich hatte Angst, ohnmächtig zu werden.

Da stand plötzlich mein Dämon neben mir und sagte: »Hey, Hendrik, alte Spaßbremse! Soll ich dir mal zeigen, wie man mit solchen Typen redet?«

»Halt dich da raus! Du hast mich doch erst in diese Lage gebracht!«

»Ich habe nur die Wahrheit gesagt, das, was alle denken. Dazu braucht ihr Menschen heute schon einen Dämon! So feige seid ihr geworden. Ja früher, vor zwei, drei Generationen, da habe ich die Menschen wenigstens mit Dingen schockiert, die sie nicht mal zu denken wagten! Heute reicht die einfache Wahrheit schon aus. Was sind das für traurige Zeiten!«

»Die Wahrheit? Du hast für meinen Vater gekündigt!«

»Ja, war das denn nicht sein innigster Wunsch?«

»Nein, war es nicht!«

»Na gut, dann sieh es mal so. Es war ein Scherz. Ein Witz, nicht ernst gemeint. Das habe ich von dir gelernt.«

Ich hörte nur noch meinen Dämon, den Rest der Welt nahm ich so wahr, wie man beim Tauchen im Schwimmbad hört und sieht, was am Beckenrand stattfindet. Verzerrt und verschwommen.

Aber dann tauchte ich auf. Kaum reckte ich meinen Kopf aus der Unterwasserwelt, sah ich Müller-Frankenthal zornesrot mit einem Bleistift nach mir werfen.

»Dein Vater ist gefeuert! Gefeuert! Und jetzt raus mit dir!«

»Bitte entschuldigen Sie, Herr Müller-Frankenthal. Mir ist gerade nur schlecht geworden. Vielleicht macht das die Aufregung.«

»Ich habe gesagt, raus! Oder soll ich den Sicherheitsdienst rufen?«

Ich war erledigt. Ich sah schon meinen Vater tobend vor mir. Ich war an allem schuld. Ich! Nie wieder könnte ich das gutmachen.

Da fuhr mein Dämon dazwischen. Er spottete und spuckte grünen Schleim auf den dicken blauen Teppich.

»Ich werde dir mal zeigen, Hendrik, was man mit solchen Pfeifen macht!«, rief Atze.

»Nein!«, flehte ich. »Nein! Bitte nicht! Du machst alles nur noch schlimmer.«

Aber Atze lachte: »Schlimmer? Was soll denn schlimmer werden?«

Dann hüpfte er vor Müller-Frankenthal auf und ab und forderte: »Schau mich an! Du sollst mich anschauen, du kleiner Idiot, du!«

Der Dämon ohrfeigte Müller-Frankenthal, und es war, als würde diesem ein Schleier vor den Augen weggerissen und er könnte plötzlich Dinge sehen, die ihm vorher verborgen geblieben waren.

Seine Augen weiteten sich. Sein Mund öffnete sich zu einem wortlosen Staunen.

»Für einen Steuerbetrüger, der seine Mitarbeiter knechtet und Angst hat, anderen Menschen die Hand zu geben, hast du eine ganz schön große Klappe, Müller-Frankenthal!«

»W... wer ... bist du?«

»Tu nicht so blöd! Ich bin der Dämon von Hendrik. Frag dich lieber, wer du selbst bist! Oder hältst du das nicht aus, ohne dir die Pulsadern aufzuschneiden?«

Ich stand reglos und sah nur zu. Ich konnte nicht eingreifen. Ich wusste nicht einmal, ob das, was geschah, richtig oder falsch war, aber ich zitterte vor Aufregung.

Atze packte Müller-Frankenthal und hob ihn mit einer Hand hoch.

»Nicht«, flehte Müller-Frankenthal, »bitte nicht anfassen!«

Atze holte tief Luft und pustete Müller-Frankenthal ins Gesicht. »Ich werde dir jetzt das Schlimmste zeigen, was du jemals gesehen hast. Die Hölle ist dagegen ein Kinderparadies mit Riesenrutschbahn und Bratwurststand. Ich werde dir zeigen, wie es in dir aussieht, Müller-Frankenthal.«

Atze setzte Müller-Frankenthal ab. Der hockte jetzt mit geschlossenen Augen auf dem Boden und schien etwas zu sehen, das ihn schüttelte wie Malariafieber.

Er jaulte wie ein Hund und begann, sich zu kratzen. Atze stand hinter ihm und wühlte mit seinen Fingern in Müller-Frankenthals Haaren, als ob er sie ohne Wasser und Shampoo waschen sollte. Manchmal drehte er Müller-Frankenthals Kopf in die eine oder andere Richtung. Dabei knirschten Müller-Frankenthals Halswirbel wie morsches Holz.

»Hör auf! Du bringst ihn um!«, schrie ich.

Atze lachte. »Na und? Glaubst du, das stört irgendwen? Willkommen auf der Erde, Hendrik. Hier kommt keiner lebend raus!«

»Ich tue alles, was du willst, aber bitte, bitte hol mich hier raus! Ich halte es hier nicht länger aus!«, bettelte Müller-Frankenthal.

»Du bist in dir«, lachte Atze. »Welch ein ungemütlicher Ort.«

Dann stieß er Müller-Frankenthal von sich. Der lag weinend auf dem Teppich.

»So«, sprach Atze energisch, »und jetzt ernennst du Hendriks Vater zum Abteilungsleiter und verdoppelst sein Gehalt.«

Müller-Frankenthal kroch auf allen vieren zum Schreibtisch. Aber er tat nicht, was Atze von ihm verlangt hatte. Stattdessen drückte er den Alarmknopf.

Atze hechtete hoch, sprang Müller-Frankenthal an wie ein hungriges Tier und verschwand in ihm, wie ein Fernsehbild auf dem Schirm verschwindet, wenn man umschaltet.

Donata und Frau Doktor Iris stürzten in den Raum. Müller-Frankenthal reckte sein Kinn vor und straffte seine Kleidung, dann kämmte er sich mit den Fingern durchs wirre Haar und sagte freundlich lächelnd: »Entschuldigen Sie. Ich habe versehentlich den falschen Knopf gedrückt.«

Die beiden Frauen sahen sich an, und jede las vermutlich im erstaunten Gesicht der anderen die Frage, ob sie gerade eine Halluzination habe, denn so nett redete Müller-Frankenthal sonst nicht mit Angestellten.

Dann fuhr er fort: »Sagen Sie dem Sicherheitsdienst, es ist alles in Ordnung. Ach, und Frau Donata ... ich darf Sie doch Donata nennen, oder?«

»Ja ... ähm, natürlich ...«

»Setzen Sie doch bitte einen neuen Vertrag für Herrn Blau auf. Ich möchte sein Gehalt verdoppeln und ihn zum Abteilungsleiter ernennen. Überhaupt möchte ich die Gehälter aller Mitarbeiter anheben. Sie sollen in Zukunft am Gewinn der Firma beteiligt werden.«

Beide Frauen nickten und verschwanden. Müller-Frankenthal rief sie noch einmal zurück. Er nahm einen seiner spitzen Bleistifte und notierte alles noch einmal selbst in kurzen Sätzen. Dann gab er Donata den Zettel und zwinkerte ihr zu.

Kaum hatte sie den Raum verlassen, stieß er sich den Bleistift in die Stirn, wankte zum Fenster und sprang aus dem fünften Stock nach unten.

Ich schrie und schrie und hörte erst auf, als die Beruhigungsspritze wirkte.

Ich saß in einem weißen Raum, die Wände und die Tür waren gepolstert. Man hatte mich an einen Stuhl geschnallt. Eine Ärztin erklärte mir, ich sei in einer psychiatrischen Klinik. Ich hätte einen Mord begangen, sei dafür aber nicht voll zurechnungsfähig. Der Aufenthalt diene auch meinem Schutz.

Ich weiß nicht, wie lange ich schon hier bin. Die meiste Zeit dämmere ich vor mich hin. Neulich haben meine Eltern mich besucht. Mein Vater hat ein neues Auto, und sie haben mir Fotos von einem Haus am Stadtrand gezeigt. Darin habe ich angeblich auch ein Zimmer, aber ich glaube nicht, dass sie mich so bald hier rauslassen.

Zunächst dachte ich, Atze sei in Herrn Müller-Frankenthal gestorben, aber das stimmt nicht. Schon in der ersten

Woche kam er mich besuchen. Er ist immer noch ganz stolz auf mich. Er meint, wir hätten es diesem Tyrannen mal so richtig gegeben!

Atze hat versprochen, mich nie zu verlassen. Er wird immer bei mir bleiben und mich beschützen. Er sagt, draußen hätten jetzt die Weihnachtsmärkte eröffnet. Er will mit mir dorthin. Er hat auch schon einen Plan. Es ist ganz einfach. Er wird in die junge Ärztin fahren, die hat einen Schlüssel. Sie kann mich ja nach draußen begleiten, sagt Atze. Dort werden wir sie dann schon loswerden …

DAS GESTÄNDNIS

1.

Sie hätte nein sagen können, und sie verspürte durchaus den Impuls, abzulehnen.

Was interessierte sie ein Mord in Papenburg? Sie hatte als Polizeipsychologin in Ostfriesland wahrlich schon genug zu tun, aber Elke Sommer war in Haselünne geboren und nach der Scheidung der Eltern in Meppen zum Windthorst-Gymnasium gegangen. Dort hatte sie, versunken in schlimmstem Liebeskummer, ein Einserabitur gemacht. Noch heute fuhr sie zweimal im Jahr von Aurich an die Ems, um dabei zu sein, wenn die Meyer-Werft einen neuen Ozeandampfer in Richtung Nordsee fahren ließ. Was den Münchnern das Oktoberfest, das war den Emsländern die Schiffsüberführung.

Meist schlief sie im Park Inn, ja, sie leistete sich das Viersternehotel in der Nähe der Meyer-Werft, und sie betrank sich an diesen Abenden regelmäßig, was sonst eher ungewöhnlich für sie war.

Hier kamen die Erinnerungen manchmal heftig zurück. Man konnte – das wusste sie als Psychologin – nicht nur ein Gefühl in sich unterdrücken. Man unterdrückte immer mehrere. Und genauso wenig konnte man nur einem Gefühl freien Raum lassen. Es ploppte immer noch anderes, Unerwünschtes, mit hoch, und wenn sie an diesem Volksfest entlang der Ems teilnahm, dann trank sie tapfer gegen die Trauer und die Wut an, die mit dem Fluss verbunden war, wie ein Symbol für ihre schöne, wilde, schreckliche Jugendzeit.

Die Kollegen aus Papenburg hatten sie um Unterstützung gebeten. Der Polizeipsychologe vor Ort hatte sein Burn-out mit Alkohol bekämpft, was keine gute Idee gewesen war und in der Fachklinik für Drogenabhängige in Sögel endete.

Seine Stellvertreterin hatte sich in die Elternzeit verabschiedet, und ohne Psychologin kam die Papenburger Kripo in diesem Fall nicht weiter.

Eine weibliche Leiche, geschätzt Mitte dreißig, Anfang vierzig, war auf dem Rundkurs des Aschendorfer Moorpfads in der Nähe der Schautafeln für die Besucher, auf denen das Hochmoor erklärt wurde, gefunden worden.

Sie trug keine Papiere bei sich und konnte bisher noch nicht identifiziert werden. Aber es gab schon ein Geständnis.

Der junge Mann war polizeibekannt. Er hieß Tammo Janssen. Er meldete sich immer wieder und gab Verbrechen zu, die er nicht begangen hatte. Ein armer, verstörter Kerl.

Doch diesmal war etwas anders als sonst. Er hatte Täterwissen. Ein der Presse verschwiegenes Detail war ihm bekannt. Es war so geheim, dass es nicht einmal in der E-Mail erläutert wurde, mit der Elke Sommers Hilfe angefordert worden war. Da stand nur: »Er verfügt über Täterwissen.« Jeder gut ausgebildete Kriminalbeamte konnte mit diesem Satz etwas anfangen.

War aus dem um Aufmerksamkeit heischenden Tammo Janssen ein echter Täter geworden? Hatten seine Phantasien solche Macht über ihn bekommen, dass er sie ausführen musste? Oder war er immer noch der armselige, unschuldige

Spinner auf der Suche nach Bestrafung oder Bedeutung oder wonach auch immer er gierte, der nur irgendwie an das Täterwissen gelangt war …

Dafür gab es nur zwei Wege: Entweder war er Zeuge der Tat geworden, oder er kannte den wahren Mörder, und der hatte ihn ins Vertrauen gezogen.

In jedem Fall brauchten sie eine Psychologin: Elke Sommer.

Sie hatte eine Arbeit darüber gelesen, dass in den USA nach Einführung der DNA-Analyse zweihundertachtundsechzig zu Unrecht wegen Mordes oder Vergewaltigung verurteilte Personen wegen erwiesener Unschuld freigelassen werden mussten. Ein Viertel von ihnen hatte die Tat gestanden.

Der Rechtswissenschaftler Karl Peters untersuchte in den siebziger Jahren ein paar hundert Wiederaufnahmeverfahren in Deutschland. Viele Menschen saßen wegen falscher Geständnisse ein. Auch ein Widerruf des Geständnisses hatte ihnen nicht genutzt. Andere blieben immer bei ihrem Geständnis, und ihnen musste in mühevoller Kleinarbeit nachgewiesen werden, dass sie nicht die Täter sein konnten.

Viele Polizeipsychologen beschäftigten sich seit langem mit diesem Phänomen. Manchmal hielten unschuldige Menschen einfach den Verhördruck nicht aus. Die Wirklichkeit geriet ihnen durcheinander. Einige gestanden auch einfach, weil sie daran gewöhnt waren, sich den Vorstellungen ihres Gegenübers anzupassen.

So etwas schied bei Tammo Janssen aus. Es hatte keinen Verhördruck gegeben. Er hatte sich selbst freiwillig als Täter gemeldet.

Elke Sommer hatte sich die Akten aus der Polizeiinspektion Papenburg geholt, wollte aber nicht dort hocken und lesen.

Hauptkommissar Bontje galt als erfahrener Todesermittler der Mordkommission. Seit mehr als zwanzig Jahren war er der Erste vor Ort, wenn der Hausarzt beim Ausstellen des Totenscheins ein merkwürdiges Gefühl hatte oder wenn Leichen gefunden wurden und es Unklarheiten über die Art ihres Ablebens gab.

Er galt als Familienmensch und als sehr umgänglich.

Beim ersten Gespräch wirkte er fast abwesend, so als würde er Elke Sommer nicht ernst nehmen oder sei mit anderen Problemen beschäftigt. Sie kannte dieses Verhalten bei Ermittlern, die ständig von Tod, Gewalt und Misstrauen umgeben waren. Einige verhärteten, andere setzten zwischen sich und den Irrsinn der Welt eine Humormauer und wurden zu Witze reißenden Sprechblasenfiguren. Wieder andere flüchteten sich in intensive Hobbys.

Bontje hatte ihr die Akten ausgehändigt und gesagt: »Er ist völlig verrückt.«

Wie bei einer gesprungenen Schallplatte hatte er diesen Satz dreimal wiederholt, als sei er die Antwort auf alle Fragen.

Jetzt saß Elke Sommer im Café Anneken in Meppen und wollte eigentlich die Akten in Ruhe studieren. Aber sie konnte nicht widerstehen und musste erst ein Stück Sachertorte probieren. Ja, verdammt, sie war so gut wie in ihrer Erinnerung. Hier hatte sie oft die Nachmittage verbracht, ein Schulbuch oder einen Roman in der Hand, und je schlimmer der Liebeskummer gewesen war, umso mehr Sachertorte brauchte sie.

In Wien hatte sie später mal mit ihrem damaligen Verlobten im Hotel Sacher ein Stückchen Sachertorte bestellt. Beim ersten Bissen wurden ihr zwei Dinge klar: Erstens, die Torte im Anneken war besser als das Wiener Original, und zweitens: Der Typ würde sie auch wieder verlassen, für eine andere, vermutlich mit Kleidergröße 38 und langen, geraden Beinen.

Sie selbst hatte X-Beine, und beim Gehen klatschten sie aneinander, was je nach Kleidung ein unangenehmes Geräusch machte.

Jetzt sah sie auf den Rest der Torte, fühlte sich zu Hause, war glücklich und traurig zugleich und fragte sich, ob sie vielleicht unglücklich verliebt sein musste, um sich wirklich wohlzufühlen.

Dieser berufliche Ausflug von Ostfriesland ins Emsland tat auf eine schmerzhafte Weise gut. Es war auch eine Auseinandersetzung mit ihrer Jugend. Mit den Träumen von damals, die jäh an der Realität zerschellt waren.

Sie bestellte sich noch einen Kaffee, weil sie außerhalb Ostfrieslands niemals Tee trank. Nachdem sie auch den letzten Krümel Sachertorte vom Teller gegabelt hatte, öffnete sie die Akte Tammo Janssen und las.

Sie brauchte alles auf Papier und weigerte sich seit Jahren konsequent, die Fälle nur am Bildschirm zu betrachten. Papier machte alles für sie erst real. Dieser ganze virtuelle Mist war für sie viel zu veränderbar, zu sehr Oberfläche. Sie brauchte etwas zum Anfassen.

Sie saß mit dem Rücken zur Wand, hinter sich keine Spiegel. Sie achtete auf solche kleinen Dinge. Niemand sollte – auch nicht zufällig – Einblick in ihre Akte bekommen können.

In der Akte hieß es, die Tote am Aschendorfer Moorpfad habe ein Steißbeintattoo. Es gab weder veröffentlichte Fotos, noch war das irgendwo in der Presse erwähnt worden. Aber

Tammo Janssen sagte aus, er habe ihr »Arschgeweih« freigelegt.

Die Leiche wies Hieb- und Stichverletzungen auf. Mindestens drei Schläge mit einem stumpfen Gegenstand gegen den Kopf und fünf Stiche von vorne in den Oberkörper, zwei davon hatten direkt ihr Herz getroffen. Der Körper war merkwürdig verdreht. Der Täter hatte versucht, die tote Frau zu entkleiden, und dabei, genau, wie Tammo Janssen behauptet hatte, das Tattoo freigelegt. Es waren spiegelsymmetrisch zur Wirbelsäule angelegte Phantasieornamente.

Er war dann aber gestört worden oder hatte aus einem anderen Grund von ihr abgelassen. Jedenfalls waren ihre Strumpfhose und ihr Slip fast bis zu den Knien heruntergezogen worden. Das Ganze musste laut Gerichtsmediziner post mortem geschehen sein, die Blutspuren waren eindeutig.

Elke Sommer folgerte daraus, dass sie es mit einem planlos handelnden, unorganisierten Täter zu tun hatten, der fürchterliche Wut ausagiert hatte. Die Tote war nach dem Angriff ins Wasser geworfen und wieder herausgezerrt worden. Auch das wirkte auf Elke Sommer irre.

Trotzdem rief sie bei Ann Kathrin Klaasen an, der Auricher Hauptkommissarin, die schon viele Serientäter überführt hatte. Elke Sommer flüsterte, um die anderen Gäste im Café nicht zu beunruhigen. Sie lächelte beim Telefonieren und zeigte ihre blendend weißen Zähne. Sie waren überkront, und beim Versuch, besonders gut auszusehen, hatte Elke Sommer ein zu helles Weiß gewählt.

Wer Elke Sommer beim Telefonieren zusah, glaubte sicherlich, dort würde gerade ein belangloses Schwätzchen unter Freundinnen gehalten. Zumindest gab Elke Sommer sich Mühe, es so aussehen zu lassen.

Nein, das sei kein ihr bekanntes Muster, sagte Ann Kathrin Klaasen, eine Serie nicht erkennbar. Aber vorsichtshalber gab sie alles in das ViCLAS-Programm des BKA ein. Hier wurden ausführliche Fallinformationen zu Tötungsdelikten mit sexuellem Hintergrund eingespeist, die eine Wiederholungsgefahr erkennen ließen, und die besonderen Tatumstände wurden aufgelistet. Diese Expertendatenbank für polizeiinterne Spezialisten hatte schon oft bei der Fallaufklärung wichtige Hilfestellung geleistet, denn am Anfang wussten die Ermittler nur wenig und konnten aus ähnlichen Fällen oft Rückschlüsse ableiten.

Während der Computer arbeitete, sagte Ann Kathrin, dass alles auch ganz andere Deutungen zulasse als den von Elke Sommer vermuteten Tathergang. Vielleicht war der Mörder ja keineswegs so planlos und unorganisiert, sondern wollte nur den Eindruck einer spontanen, plötzlichen Attacke erwecken. Vielleicht hatte er die Frau gezielt ausgesucht, verfolgt und dann angegriffen. Dass er die Leiche ins Wasser gerollt hatte, war laut Ann Kathrin Klaasen möglicherweise gar nicht der Versuch, die Tat zu verdecken und das Opfer zu verstecken, sondern nur die schnellste Art, sämtliche DNA-Spuren zu verwischen oder zu verunreinigen.

»Und warum«, fragte Elke Sommer, die viel auf Ann Kathrins Meinung gab, »hat er sie dann wieder herausgezerrt?«

»Entweder, damit sie rasch gefunden wird, oder weil er etwas vergessen hatte. Sie trug kein Portemonnaie bei sich ... Also keine rasche Möglichkeit, sie zu identifizieren ... Unwahrscheinlich, dass die Frau nachts ohne Handy, Geld und Ausweis dort im Moor spazieren gegangen ist. Entweder hat er alles als Andenken mitgenommen oder irgendwo im Moor entsorgt.«

»Danke, Ann«, sagte Elke Sommer und knipste das Gespräch weg.

Ann Kathrin Klaasen hatte die Theorie des planlosen Mörders mit wenigen Worten erschüttert, das stellte Elke Sommer vor Probleme. Es gab grundsätzliche Unterschiede im Täterprofil zwischen dem planvoll vorgehenden Mörder und dem unorganisierten. Die einen waren meist gebildet, hatten einen hohen IQ und eine feste Beschäftigung, lebten sozial angepasst – oft verheiratet – und unauffällig irgendwo als freundlicher Nachbar.

Die planlosen Täter hatten in der Regel einen niedrigeren IQ, blieben selten lange in einem Job, galten als beziehungsarm und als soziale Außenseiter.

Elke Sommer atmete tief durch. Sie beschloss, noch ein paar Schritte in der Innenstadt spazieren zu gehen und dann die Konfrontation mit Tammo Janssen in der JVA Meppen zu suchen.

Sie wollte ihn allein sprechen und dann erst mit den Kollegen in Papenburg reden, die den Fall bearbeiteten. Sie erhoffte sich so, unvoreingenommen und offen zu sein.

Sie war schon spät dran, aber Tammo Janssen wurde in der U-Haft ja vermutlich nicht gerade von Terminen gehetzt, dachte sie sich.

Elke Sommer genoss die Sonnenstrahlen, die ihre Gesichtshaut streichelten. Sie wusste, dass Sonne im Gesicht gut war für ihre Seele, also blieb sie einfach mitten im Menschenfluss mit geschlossenen Augen stehen und spürte das warme Prickeln auf der Haut. Ihr war nach einem Eis.

Sie genehmigte sich einen Becher mit viel Sahne vom Eiscafé Lido, suchte sich eine Bank aus, die in der Sonne stand, und aß mit Hochgenuss.

2.

Es gab genügend Räume für solche Gespräche, mit trennenden, bruchsicheren Glasscheiben, aber einer vertrauensvollen Gesprächsatmosphäre dienten solche Zimmer genauso wenig wie Fußfesseln, Aufsichtsbeamte oder Zwangsjacken.

Elke Sommer bat – gegen den Rat der Vollzugskräfte – um ein ungeschütztes Gespräch unter vier Augen. Sie löste damit zunächst nur verständnisloses Kopfschütteln aus, immerhin galt Tammo Janssen als möglicher Frauenmörder und als äußerst gewalttätig.

Sie hatte ein paar Formulare unterschreiben müssen, die sie nicht mal durchlas.

Bevor der Vollzugsbeamte Carlo Freytag sie zu ihm führte, stellte er sich wie ein braver Junge vor und machte, als er ihr die Hand gab, sogar einen Diener, wie sie es seit Jahren nicht mehr erlebt hatte.

»Ich war einmal«, sagte der Vollzugsbeamte, »bei Ihnen in einem Nichtraucherseminar. Ist bestimmt schon zehn Jahre her. Ich bin nie wieder rückfällig geworden!«

Sie klopfte ihm auf die Schultern. »Brav, Carlo. Ich selbst dreimal in den letzten Jahren. Es ist ein ständiger Kampf für mich, den ich immer wieder verliere.«

Tammo Janssen sah aus wie ein riesiger Vogel in weißem Schlabber-T-Shirt. Er saß, die Beine schützend an den Körper gezogen, auf dem Bett und drückte seinen Rücken gegen die Wand, als habe er vor, hinter der grauen Abdeckfarbe zu verschwinden. Er hielt den Kopf so, dass er zwischen seinen Knien versteckt die Tür beobachten konnte. Er hatte fiebrige, schreckgeweitete Augen.

Er war dünn. Sie schätzte ihn auf knapp fünfundsechzig

Kilo. Eher weniger. Laut Akten war er einen Meter zweiundachtzig groß. Er hatte kurzgeschnittene Haare, die fettig waren und strubbelig in alle Richtungen abstanden.

Sie sagte erst einmal nichts, blieb nur an der Tür stehen und sah ihn an.

Er roch nach Azeton. Einige schwer gestörte Persönlichkeiten, die sie im Laufe ihrer Karriere kennengelernt hatte, rochen so. Sie vergaßen zu trinken, oft auch zu essen. Das Chaos ihrer Innenwelt nahm sie so sehr in Anspruch, dass sie die Bedürfnisse ihres Körpers kaum noch wahrnahmen.

Nach einer Weile brach er das Schweigen: »Ich bin schon verhört worden.«

Seine Stimme war sehr leise, fast zart.

»Ja, ich weiß, Herr Janssen, aber dies ist kein Verhör, sondern ...«

Sie überließ ihm die Schlussfolgerung, aber er beäugte sie nur.

Nach einer längeren Pause fuhr sie fort: »Sondern ein Gespräch.«

»Was wollen Sie? Sind Sie eine Psychologin?«

»Ja. Ich heiße Elke Sommer und beschäftige mich mit den Abgründen der menschlichen Seele.«

Er reckte seinen Kopf höher, wie ein Vogel, der aus dem Nest guckt.

Er hatte viel Metall im Gesicht. Vier Piercings in der Unterlippe, mindestens eins in der Zungenspitze, eins in der Nase, aber nicht seitlich in einem Nasenflügel, wie sie es als Schmuck bei jungen Leuten schon oft gesehen hatte, sondern in der Mitte, wie bei Rindern und Kühen, die am Ring geführt werden sollen. Auch an den Ohren baumelten Ringe. Sie sahen alle merkwürdig schmucklos aus, ohne jeden Glanz.

Das Ganze soll nicht nur von seiner Adlernase ablenken, dachte Elke Sommer. Er will etwas damit sagen …

»Ich bin nicht verrückt«, behauptete Tammo Janssen laut. Er bemühte sich um einen festen, energischen Ton.

»Nein, ganz sicher nicht. Sie gestehen nur ab und zu Taten, die Sie nicht begangen haben.«

Er hielt die Situation kaum aus, setzte sich anders hin. Er kniete jetzt auf dem Bett, den Körper voller Spannung, als wolle er jeden Moment aufspringen oder müsse einen Angriff parieren. Sein Adamsapfel hüpfte nervös rauf und runter. Sein Hals kam ihr überproportional lang und dünn vor, dadurch hatte er etwas Geierhaftes.

»Das stimmt nicht«, stammelte er und wischte seine feuchten Hände an der ausgebeulten Turnhose ab.

»Wollen Sie etwa weiterhin behaupten, Sie hätten all diese Verbrechen begangen? Diese angebliche Brandstiftung in Esterfeld, bei der beinahe die Zwillinge umgekommen wären …«

Er fuchtelte mit den Armen durch die Luft. »Ich wollte die ganze Stadt anzünden! Ich hab nur in Esterfeld angefangen, weil da die meisten Sünder wohnen. Ganz Meppen sollte brennen!«

»So wie Nero Rom angezündet hat? Aber warum?«

»Weil … Das Feuer reinigt von all dem Dreck und …«

Sie unterbrach ihn. »Blödsinn! Es hätte fast zwei Kinder getötet, und Sie waren es gar nicht. Die Sachverständigen haben eindeutig nachgewiesen, dass ein Kabelbrand im Keller …«

Er macht eine wegwerfende Handbewegung und verzog den Mund. »Sachverständige!«

Sie zögerte einen Moment, ob sie weitere falsche Geständnisse aufzählen sollte. Sie entschied sich dagegen und sagte stattdessen: »Sie tragen Kleidung, die Ihnen viel zu groß ist.«

Er sah sie erstaunt an, als sei das noch niemals zuvor jemandem aufgefallen. Er zupfte an seinem XXL-T-Shirt.

Elke Sommer sagte: »Als seien die Sachen für eine andere Person gekauft worden.«

Er lachte. »Wurden sie auch.«

»Für wen waren sie ursprünglich?«

Er guckte ungläubig.

Sie hakte nach: »Na, an wen haben Sie beim Kauf gedacht?«

Sein Mund verzog sich zu einem spöttischen Grinsen. Sie spürte genau, dass er sich gerade innerlich über sie stellte. Der verängstigte Zwerg wuchs zum oberschlauen Riesen heran.

»Tja«, sagte er, »wenn ich so durch die Papenburger Edelboutiquen ziehe, dann kaufe ich mit meiner goldenen Kreditkarte vorausschauend ein. Alles immer zwei Nummern zu groß, falls ich mal an einem Festgelage teilnehme, einer Fressorgie oder …«

Sie stemmte die Fäuste in die Hüften. Seine Stimme klang jetzt sehr weiblich, als er sie anbrüllte: »Mensch, das ist alles aus der Altkleidersammlung! Secondhand! Ich kaufe seit Jahren keine neu produzierten Waren mehr.«

»Warum nicht?«

Er drehte den Kopf weg. »Pffft!«

Er wollte nicht antworten. Sie hatte ihn also erwischt.

»Sie machen das nicht, um Geld zu sparen, Sie wollen so in die Haut eines anderen schlüpfen.«

Er warf ihr einen zornigen Blick zu.

Treffer mittschiffs, triumphierte sie innerlich.

»Sie tragen fremde Kleidung und gestehen fremde Verbrechen, um ein anderer zu werden. Was ist so schlimm an Ihrer eigenen Existenz, dass Sie …«

Er reckte sein Kinn vor. »Halt die Fresse, blöde Möse!«

»Um einen Menschen zu beleidigen und wegzustoßen, benutzen Sie sein Geschlecht? Was ist so verachtenswert daran, dass ich eine Frau bin? Kann man mir sonst nichts vorwerfen?«

Er stellte sich im Bett aufrecht hin. Es war eine wacklige Position, und um das Gleichgewicht halten zu können, breitete er seine Arme wie Segel aus. Er brüllte von oben auf sie herab: »Hau ab! Lass mich in Ruhe!«

Sie blieb ganz ruhig stehen, obwohl ihr Herz raste. Er konnte sich jeden Moment auf sie stürzen. Sie hatte den grünen Gürtel im Judo. Ihre Ausbildung war über zehn Jahre her, gab ihr aber immer noch Selbstbewusstsein. Sie hielt sich für eine gute Nahkämpferin, war aber froh, das jetzt nicht beweisen zu müssen.

»Was an mir macht Ihnen solche Angst, dass Sie sich so aufblasen müssen?«

Er machte mit den Fingern in der Luft Bewegungen, als würde er jemanden würgen. Eine Person, die nur er sah, die für ihn aber sehr real war. Seine Augen flackerten wie die Fenster eines brennenden Hauses.

Sie ließ einen Versuchsballon steigen: »An wen erinnere ich Sie? An Ihre Mutter?«

Er atmete heftig aus und ließ die Arme sinken. »Was Besseres fällt euch Psychologen nie ein, was? Die Mutter! Immer die Mutter!«

Er hüpfte vom Bett. Sie erlebte ihn als sehr sprunghaft, und das passte zu seiner Tat.

»Sie haben also Erfahrungen mit Psychologen?«

Er reagierte gar nicht auf ihre Frage, zog nur seine alte Turnhose höher und ging ein paar Schritte wie ein eingesperrtes Raubtier hin und her.

»Ich scheiß auf meine Mutter! Menschen sollten besser in Reagenzgläsern gezeugt werden!«

Sie sah ihn nur ganz ruhig an.

Jetzt begann er zu argumentieren: »Ich meine, für jeden Mist muss man vorher eine Prüfung ablegen. Man kann dabei durchfallen. Man muss pauken, Sachverstand beweisen ... Aber jede Idiotin kann sich ein Kind machen lassen und sich dann Mutter schimpfen! Ich darf mir doch auch kein Schild ›Gynäkologe‹ an die Tür hängen und auf den Pflaumenbaum bitten!«

Er klatschte in die Hände, seine Augen zogen sich zu Schlitzen zusammen.

Er will sehen, dachte Elke Sommer, ob es ihm gelingt, mich aus der Fassung zu bringen. Er testet mich aus.

»Sind Sie schon oft durch Prüfungen gefallen?«, fragte sie.

»Fangen Sie bloß nicht so an! Darum geht es hier doch gar nicht!«, brüllte er.

»Nicht? Dann sagen Sie mir, worum es hier geht.«

»Sie glauben mir nicht, dass ich den Mord begangen habe.«

Sie hielt seinem zornigen Blick stand. »Ich glaube auf jeden Fall, dass Sie eine mörderische Wut in sich haben.«

Das gefiel ihm. Er reckte den Hals, als sei ihm ein Kompliment gemacht worden und er müsse sein Aussehen für ein Foto, das gleich gemacht werden sollte, noch mal im Spiegel begutachten.

»Okay«, sagte sie sachlich, »wie hieß die Frau, und warum haben Sie sie getötet?«

Er lächelte. Dann wurde das Lächeln zu einem brutalen Grinsen.

Er gibt sich Mühe, völlig verrückt zu wirken, dachte Elke Sommer. Oder er ist es tatsächlich.

Er richtete den Zeigefinger seiner rechten Hand auf sie und tat, als würde er eine Waffe auf ihren Kopf abfeuern und dann den Qualm vom Lauf pusten.

»Sie benehmen sich wie ein kleiner Junge, der Cowboy und Indianer spielen möchte, aber keine Spielkameraden hat.«

Er zog einen Schmollmund, dann verkroch er sich wieder in die Ecke und umschlang seine angewinkelten Beine mit beiden Armen.

»Kennen Sie den Namen des Opfers nicht, oder wollen Sie ihn mir nicht sagen?«

Er reagierte nicht, schien zu versteinern.

Sie ließ nicht locker: »Woher wussten Sie von dem Tattoo? Kennen Sie die Frau? Es wäre für uns wichtig, die Identität der Toten festzustellen.«

Sie bot ihm ein bisschen Macht an, und er griff sofort zu. »Woher ich von dem Schlampenstempel weiß? Sie haben ja keine Ahnung! Werden Sie befördert, wenn Sie es aus mir herausbekommen?«

Sie schmunzelte. »Glauben Sie das nicht. Ich erhalte mein Geld so oder so. Es geht hier nicht um mich, sondern um Sie, Herr Janssen.«

Er setzte sich jetzt hin wie ein buddhistischer Mönch bei der Meditation. »Okay. Was bekomme ich, wenn ich es Ihnen verrate?«

»Was wünschen Sie sich denn?«

»Einen Hamburger mit doppelt Käse drauf und Pommes

rotweiß, aber die Pommes schön heiß und kross. Nicht so labbrige Kartoffelstreifen.« Er geriet ins Schwärmen. »Dazu eine Cola Zero und hinterher ein Vanilleeis mit Karamellsoße und Schokostreuseln obendrauf.«

Er leckte sich über die Lippen.

Sie nickte. »Ja, das hätte sich wohl jeder Achtjährige gewünscht. Oder sind Sie jetzt schon zehn?«

Er verschränkte wütend die Arme vor der Brust. »Dann sage ich Ihnen eben nichts mehr!«

Elke Sommer drehte sich zur Tür.

»Halt!«, rief er und klang jetzt sehr männlich. »Ich beantworte jede Ihrer Fragen, aber ich will dafür …« Er kam nicht mit der Sprache raus, sah aus, als würde er sich schämen, oder er sagte nichts mehr, weil er davon ausging, sie müsse es längst selbst erraten haben.

Sie klopfte nur nervös mit dem Fuß einen Takt auf den Boden. »Also?«

»Sie ziehen sich bei jeder Antwort etwas aus.«

Damit hatte sie nicht gerechnet. Sie sah das Leuchten in seinen Augen. Jetzt erinnerte er sie an Fred. Es war eine schmerzhafte Erinnerung.

»Sie wollen mich nackt sehen? Wollen Sie mich erniedrigen, oder wollen Sie einfach gucken, wie weit Sie gehen können?«

»Das sind gleich zwei Fragen, Frau Sommer. Ziehen Sie Ihre bescheuerte Bluse aus. Sie steht Ihnen doch sowieso nicht. Tragen Sie ein Mieder? Ich wette, Sie halten Ihre Figur mit Hüfthalter und Stützstrumpfhose in Form.«

Wortlos klopfte sie. Der Vollzugsbeamte Carlo Freytag öffnete augenblicklich. Er sah enttäuscht und gleichzeitig entschlossen aus. Sie konnte es in seinem Gesicht lesen. Er wäre nur zu gern in die Zelle gestürmt, um ihr zu Hilfe zu eilen. Er war ein geborener Held, allerdings ohne viele Möglichkeiten, Heldentaten zu begehen. Sein Alltag war so verdammt alltäglich.

»Dann sage ich Ihnen nichts«, rief Tammo Janssen. Es war ein letzter Versuch, sie zurückzuholen.

Elke Sommer trat in den Flur. Hinter ihr fiel die Tür ins Schloss. Für heute hatte sie genug. Sie brauchte frische Luft.

Sie wog ab, was dagegen sprach, an der Ems spazieren zu gehen oder lieber im Park beim Hotel. Der Papenburger Stadtpark mit seinen Kanälen und Brücken reizte sie sehr. Die Kastanienallee hatte sie in bester Erinnerung. Hier war sie im Winter zum ersten Mal geküsst worden. Sie spürte jetzt noch Freds kalte Finger, mit denen er sich durch ihren dicken Pullover arbeiten wollte, um mehr von ihr zu ertasten, als sie ihm zugestehen wollte.

Zu ihm konnten sie nicht nach Hause gehen. Seine Mutter hatte katholische Prinzipien. Und zu ihr erst recht nicht. Also blieben mitten im Winter nur Parks und dicht bewaldete, einsame Plätze für eilige Fummeleien.

Jedes Mal tastete er sich ein bisschen weiter vor. Sie wehrte seine Hand dann irgendwann ab, um zu markieren, was sie nicht mehr erlauben wollte. Das eroberte Gelände galt beim nächsten Treffen als freie Zone für ihn. Jeden weiteren Zentimeter musste er sich langsam mit vielen Zärtlichkeiten erarbeiten. Und am Ende ihres prickelnden Spiels, als er alles erreicht hatte, was er so sehnlich begehrte, hatte dieser Dreckskerl sie einfach verlassen.

Tammo Janssen ist wie Fred, dachte sie. Er will mich auch erobern. Er betrachtet meinen Körper wie ein General ein Land, in das er mit seinen Truppen einmarschieren möchte, um es zu plündern. Ihm ist jedes Mittel recht. Er ist charmant, er spielt Macht aus, er versucht, mich bei meinem Ehrgeiz zu packen. Er hofft, ich könnte so eine Art Helfersyndrom haben. Er probiert alle Tricks. Hat er das bei seinem Opfer auch getan und, als es nicht mehr mitspielen wollte, zugestochen? Ist in seinem Scheitern seine Wut geboren worden?

Er hasst es zu verlieren. Wahrscheinlich hat er oft verloren. Aber wenn er gewinnt, entwertet das die andere Person.

Sie schüttelte sich. Vermischten sich ihre Gefühle für Fred gerade mit ihren Beobachtungen von Tammo Janssen? Oder halfen ihr ihre Erfahrungen, die ganze Wahrheit klarer zu sehen? Verstellen uns Erfahrungen den Weg zur Erkenntnis, oder erleichtern sie ihn?, fragte sie sich.

Sie entschied sich, doch lieber ins Moor zu gehen. Sie fühlte sich professionell dabei, jetzt dort spazieren zu gehen, wo die unbekannte Leiche gefunden worden war. Der Aschendorfer Moorpfad sollte sie inspirieren, Tammo Janssen besser zu verstehen.

Sie fühlte sich ein bisschen, als sei sie nicht Psychologin, sondern Kommissarin. Sie dachte an Ann Kathrin Klaasen. Was würde die berühmte Auricher Kollegin jetzt tun? Vermutlich würde sie sich nachts auf dem Moorpfad so hinlegen, wie die Leiche gefunden worden war, und sich in das Opfer einfühlen, um mehr über die Tat und den Täter zu erfahren.

Sie hatte lange mit Ann Kathrin über die intuitive, ja energetische Art der Ermittlung gesprochen. Das alles tauchte natürlich nie in irgendwelchen Akten oder Berichten auf, bestimmte aber doch die Richtung der Verbrechensaufklärung.

Sie wusste von sich, dass sie nicht so arbeiten konnte. Sie brauchte immer ein menschliches Gegenüber, den direkten

Kontakt. Ann Kathrin behauptete, manche Orte würden zu ihr sprechen. Das Verbrechen hinge praktisch noch als Energie in der Tapete. Nie hätte sie offiziell so etwas gesagt, aber einer Psychologin vertrauten viele Menschen Dinge an, die sie sonst lieber für sich behielten. Das brachte der Beruf so mit sich.

Elke Sommer saß in ihrem Auto. Hier fühlte sie sich geschützt, wie in ihrem Büro in Aurich, obwohl der Wagen auf einem Parkplatz stand und Menschen an ihm vorbeiflanierten. Sie hielt sich ein Diktiergerät an die Lippen und formulierte ihre frischen Erinnerungen an die Begegnung mit Tammo Janssen.

Der rote Knopf leuchtete und spiegelte sich in der Windschutzscheibe wider. Sie fand es besser, nachher ein Gesprächsprotokoll zu machen, weil ein Aufnahmegerät die meisten Menschen hemmte und ein freies Gespräch unmöglich machte.

Sie leitete dann alles an das Schreibbüro in Aurich weiter.

In Gedanken versunken fuhr sie von Meppen nach Papenburg. Sie merkte zunächst nicht, dass sie zu weinen begann. Etwas stieg in ihrem Inneren hoch. Eine von Hoffnungslosigkeit geprägte Trauer, ohne dass sie den konkreten Anlass wusste. Sie kannte das. Manchmal wurde sie von einer Art Weltschmerz geflutet.

Sie wischte sich die Tränen weg. Sie sah kaum noch etwas.

Bei Haren hielt sie an und ging ein paar Meter auf und ab, während Autos an ihr vorbeirauschten. Es zog ihr den Hals zusammen. Sie bekam kaum Luft. Sie hörte sich asthmatisch an, und wenn sie als Psychologin nicht genau gewusst hätte, wie eine psychosomatische Reaktion aussieht, so wäre es ihr spätestens jetzt klargeworden.

Ließ die Landschaft die Erinnerungen an Fred wieder so heftig aufleben, oder war es die Art, wie dieser Tammo Janssen mit ihr umgegangen war? Und wieso, verdammt, hatte sie diese alte Geschichte immer noch nicht verdaut? War dieser Kindskopf etwa immer noch ihre große Liebe?

Sie legte sich im Hotel kurz aufs Bett. Ihre Beine waren schwer, und ihr ganzer Körper kam ihr vor wie eine einzige Last, die sie zu tragen hatte. Sie nickte vollständig angezogen ein und rutschte in einen Albtraum. Sie sah eine Frau, die an einem dunklen Gewässer entlanglief. Sie hatte Angst und schrie um Hilfe.

Elke Sommer konnte die Frau nicht erkennen. War sie es selbst?

Die Frau hatte breite Hüften und dicke Oberschenkel. X-Beine. Sie rannte trotzdem, als sei sie gut trainiert oder als ob es um ihr Leben ginge.

Da war dieses schreckliche Keuchen. Dieser Atem, der den Rhythmus vorgab, und dann wurde die Frau von hinten gepackt und zu Boden gerissen. Der Mann stach auf sie ein.

Elke Sommer konnte sein Gesicht sehen. Es war Tammo Janssen.

Die verletzte Frau versuchte, sich ins Wasser zu retten. Tammo zerrte ihr die Jeans herunter. Die Frau war tätowiert wie die Leiche am Aschendorfer Moorpfad. Tammo Janssen wollte das Tattoo mit dem Messer entfernen.

Der Schrei der Frau weckte Elke Sommer.

Sie hatte das Bettlaken zerwühlt, als hätte sie damit gekämpft. Sie war klatschnass. Ihre Kleidung klebte am Körper.

Es kam ihr stickig warm im Zimmer vor. Sie zog sich rasch aus und duschte erst heiß, dann kalt und wieder heiß. Immer wieder schäumte sie sich ein und sah die dicken, weißen Wolken duftend an sich runterlaufen, als seien sie lebendige Tiere, die durch den Abfluss entfliehen wollten.

Sie rubbelte sich mit dem flauschigen Handtuch trocken, bis die Haut rot glänzte. Die feuchten Haare föhnte sie. Es kam ihr vor, als würde aus dem Föhn der Atem des Teufels direkt aus der Hölle in ihr Gesicht wehen. Sie schaltete auf Kaltluft. Das war viel besser. Sie stellte sich vor, am Deich zu stehen.

Sie zog sich komplett um. Inzwischen war es dunkel geworden. Der Moorpfad hatte jetzt etwas Mystisches, Geheimnisumwittertes. Es hätte sie nicht gewundert, wenn plötzlich ein Troll aus dem Gebüsch gekommen wäre. Märchenfiguren machten ihr keine Angst. Tote auch nicht. Sie fürchtete die Menschen.

Zunächst hatte sie als Polizeipsychologin viele Verbrecher als krank angesehen. Inzwischen war sie einen Schritt weiter und betrachtete einige Probleme in der Gesellschaft als Krankheitsbild. Wurden alle langsam verrückt?, fragte sie sich.

Da waren so viele Vogelstimmen um sie herum. Sie ärgerte sich, nicht mehr darüber zu wissen. Sie konnte Möwengeschrei von einem Kuckuck oder dem Gehämmere eines Spechts unterscheiden, vielleicht auch noch vom Gezwitscher der Spatzen, aber viel mehr war ihr nicht vertraut. Zu gern hätte sie sich mit Ornithologie beschäftigt, statt immer nur mit den Abgründen der menschlichen Seele.

Wie oft hatte sie die Schwarm- und V-Formationen über sich beobachtet und nicht gewusst, ob es sich um Kraniche oder Wildgänse handelte.

Neben ihr landeten jetzt mehrere Vögel im Wasser. Sie jagten sich gegenseitig. Das Geschnatter und Gezwitscher um sie herum gab ihr das Gefühl, im Grunde nur Besucher in einer Welt zu sein, die sie nicht verstand.

War der Mensch nur ein Alien, ausgesetzt auf einem fremden Planeten? Ja, so hatte sie sich seit ihrer Pubertät gefühlt: wie eine Fremde in dieser Welt. Verloren.

Die Geräusche um sie herum waren verwirrend. War es denkbar, dass hier jemand nachts auf der Lauer lag, um eine Frau zu überfallen? Es erschien ihr unwahrscheinlich. Vielleicht war es ein zufälliges Zusammentreffen gewesen. Sie ging hier spazieren, er auch … Er sprach sie an, sie bekam Angst, lief weg … Er hinterher …

Es ergab keinen wirklichen Sinn, aber war es nicht unprofessionell, in Verbrechen einen Sinn zu sehen? Dieser allzu menschliche Wunsch, alles verstehen zu wollen, konnte auch zu einer Falle werden. Warum schlug ein Mann seine Frau? Warum misshandelten Eltern ihre Kinder? Warum setzte sich ein intelligenter Mensch den ersten Heroinschuss?

Nein, nicht alle Fragen im Leben waren sinnvoll zu beantworten. Einiges geschah auch einfach.

Sie hatte den Glauben an Gott vor längerer Zeit verloren. Aber Kirchen hatten nach wie vor eine magische Anziehungskraft für sie. Messen mied sie. Unter vielen Gläubigen kam sie sich vor wie eine Aussätzige, aber leere Kirchen liebte sie. Die großen, halligen Räume stimmten sie andächtig. Sie fühlte sich dann wieder verbunden mit einer Spiritualität, die ihr im Alltag oft fehlte.

Ein bisschen war es hier jetzt ähnlich. Der nachtblaue Himmel erinnerte sie an die Kirche von Groß Hesepe. Wenn sie sich richtig erinnerte, war die gotische Kirche aus Findlingen erbaut worden, und die Wandmalereien hatten sie schon als Jugendliche fasziniert.

Sie lag auf einem Hügel in der Mitte des Dorfes. Elke Sommer hatte sich vorgenommen, die Kirche noch einmal zu besichtigen. Jetzt, hier in der freien Natur, kam sie sich vor, als wäre sie bereits mittendrin.

In der klaren Nacht spiegelten sich die Sterne wie heruntergefallene kleine Feuer im Wasser. Der Vollmond hatte etwas Süchtigmachendes an sich.

Sie stand ganz ruhig, schaute nur und atmete.

Plötzlich schien ein Baum in Bewegung zu geraten. Eine Gestalt hob sich dunkel vom Schwarz des Stammes ab.

Elke Sommers Herz raste sofort. Sie hatte viel zu hohen Blutdruck und musste Tabletten dagegen nehmen. Jetzt war es, als könnte sie ihr Blut hören. Es pochte hinter der Schläfe.

Die Gestalt machte merkwürdige, krakenartige Bewegungen, als hätte sie mindestens drei Arme.

Dann sah Elke, dass es ein knutschendes Pärchen war. Die beiden küssten sich leidenschaftlich – oder kämpften sie miteinander?

Sie fühlte sich wie ein Voyeur, aber sie blieb stehen, bückte sich, um selbst nicht gesehen zu werden, und beobachtete die zwei.

Hatte Tammo Janssen hier nachts Pärchen beobachtet? War das Opfer nicht allein hierhergekommen? Hatte sie hier mit einem Mann ein heimliches Treffen gehabt? Obwohl … in ihrem Alter … Sie war doch kein Teenie mehr. Hatte sie keine Wohnung? War sie verheiratet? Hatten sie kein Geld für ein Hotelzimmer?

Elke Sommer wollte von den beiden nicht erwischt werden. Sie zog sich leise zurück, wie eine Täterin, die unerkannt entkommen möchte.

3.

Elke Sommer hatte Mühe, in Hotels zu schlafen. In fremden Zimmern gab es immer Geräusche, die sie nicht kannte und die sie weckten. So geschah es auch in dieser Nacht.

Sie sah auf ihr Handy. Es war vier Uhr zehn.

Auf dem Display sah sie, dass sie eine Nachricht von Ann Kathrin Klaasen erhalten hatte. Typisch für Ann Kathrin. Sie hatte die Nachricht kurz nach zwei Uhr morgens abgeschickt. Ihre Freundin konnte also auch nicht schlafen.

Ann Kathrin schrieb: *Ich habe Dein Gedächtnisprotokoll gelesen, kann Deinen Folgerungen aber nicht ganz zustimmen, Elke. Es stimmt schon: Er benutzt frauenverachtende Worte, das heißt aber nicht unbedingt, dass er als Frauenhasser agiert. Vielleicht passt er sich auch nur segelfluggleich den Verbrechen an und versucht, sich in die Täterpsyche hineinzuspüren. Was liegt bei einem so brutalen Frauenmord näher als Frauenhass?*

Als er die Brandstiftung gestanden hat, spielte das keine Rolle. Da wollte er die Stadt reinigen, machte auf religiös Wahnsinnigen, der uns mit einer Feuersbrunst wachrütteln will, damit wir unsere Sünden bekennen …

Es kann sein, dass er sich die Motivationen einfach zusammenphantasiert.

Entschuldige. Du bist viel näher dran als ich. Aber es ist Vollmond, und dann krauchen solche Gedanken unter meine Bettdecke wie giftige Schlangen. Ich muss sie formulieren, sonst werde ich sie nicht los und kann nicht einschlafen.

Herzlich, Deine Ann Kathrin

Verdammt, dachte Elke Sommer, da könntest du recht haben, und tippte auf ihrem Handy eine Antwort.

Liebe Ann, danke für Deine Antwort. Ich nehme sie sehr ernst. Schade, dass Du nicht hier bist. Ich erlebe eine Art Flashback in meine Jugendzeit im Emsland, und damals ist nicht alles glatt und gut für mich gelaufen. Ich würde am liebsten hier abbrechen und zurückfahren. Die schlimmsten Kämpfe führt man doch immer gegen sich selbst.

Deine Elke

Der Vollmond fand Ritzen in den Rollläden, und fahles Mondlicht durchkreuzte das Zimmer in dünnen Streifen, wie Lichter der Rettungsboote auf der Suche nach Ertrinkenden.

Sie kuschelte sich tief ins Bett, wie sie es als Kind getan hatte, voller Sehnsucht nach Schutz.

Morgens um kurz nach acht klopfte es an ihrer Tür. Sie öffnete nicht. Sie fragte nur verkatert: »Wer ist da?«

»Hauptkommissar Bontje. Ich denke, wir wissen jetzt, wer die Frau ist. Wir fahren hin. Ich dachte, Sie wollten vielleicht ...«

»Geben Sie mir zwei Minuten«, bat sie und schlüpfte rasch in die Kleidung, die sie gestern über den Stuhl gelegt hatte. Fürs Zähneputzen blieb keine Zeit mehr. Schminke und gutes Aussehen wurden sowieso überschätzt, fand sie. Um aber nicht den Rest des Tages mit Mundgeruch herumzulaufen, spritzte sie sich einen Kringel aus der Zahnpastatube in den Mund. Das musste als Morgentoilette reichen.

Bontje war beeindruckt, dass sie so schnell fertig war. Er hielt ihr einen Becher Kaffee hin. Er musste also mit Kaffee vor der Tür gewartet haben, folgerte sie. Netter Kollege.

Er lächelte sie an, und sie sah es in seinen Augen: Seine Frau wäre niemals so – ungeduscht, ungeschminkt und ungekämmt – vor die Tür gegangen.

»Ich weiß«, sagte sie, »ich sehe schrecklich aus. Aber wenn

Sie mich schön rausgeputzt haben wollen, brauche ich noch eine Weile.«

»Modepuppen haben wir schon genug«, brummte er. »Wir brauchen eine Psychologin.«

»Da sind Sie bei mir richtig«, lachte sie.

Er fuhr, sie saß auf dem Beifahrersitz und schlürfte ihren Kaffee. Sein Becher stand zwischen ihnen, und sie rechnete damit, dass er jeden Moment umfallen würde, was aber nicht geschah.

»Sie wohnt angeblich in Obenende.«

Elke Sommer sah aus dem Fenster. Sie fuhren an Kanälen vorbei. Klein-Venedig hatte ihr Fred die Fehnstadt früher genannt. Sie versuchte, die Gedanken an ihn abzuschütteln.

»Sie soll Andrea Paul heißen. Ihr Mann hat uns angerufen und sie als vermisst gemeldet. Die Beschreibung passt.«

Elke Sommer walkte sich das Gesicht durch. Der Kaffee tat gut, regte aber ihren Darm zu heftiger Tätigkeit an. Morgens nach dem ersten Tee ging sie zu Hause normalerweise in aller Ruhe zur Toilette. Dafür stand sie gern früher auf. Sie glitt gern langsam in den Tag. Solche Aktionen wie diese hier waren gar nicht ihr Ding. Aufstehen und gleich auf Hochtouren loslegen – nee, dafür bin ich nicht gemacht, dachte sie.

Neben ihnen Radfahrer, vor ihnen die Müllabfuhr, kamen sie nur sehr langsam vorwärts. Bontje fuhr für ihr Gefühl ein wenig zu schwungvoll in eine Parklücke. Sein Kaffeebecher wackelte, fiel aber nicht um. Er nahm jetzt wie zur Belohnung einen Schluck, nickte dann, als hätte er etwas gesagt, und stieg wortlos aus.

Er deutete auf eine Doppelhaushälfte und stellte seinen Kaffeebecher aufs Autodach, genau in die Mitte, wie ein Blaulicht.

Elke Sommer brauchte länger, um sich aus dem Sitz zu schälen. Sie schlug die Autotür zu. Der Kaffeebecher kam ins Rutschen und knallte auf ihrer Seite auf die Straße. Sie hüpfte zur Seite, aber – zu spät! Von der Hüfte bis zu den Knien war sie beschlabbert.

Bontje trank seinen Kaffee mit viel Milch und zwei Stückchen Zucker. Deshalb tropfte jetzt eine zähe, klebrige Flüssigkeit an Elke Sommers Kleidung herunter. Ein langer Faden klatschte auf ihre Schuhe.

Bontje sah sie nur an und zuckte mit den Schultern. Er war offensichtlich nicht der Typ Mann, der sich lange mit unnötigen Schuldgefühlen herumplagte.

Sie wischte mit der rechten Hand über die nasse Stelle und löste einen kleinen Milchkaffeeregen gegen die Autotür aus. Mit geradezu stoischer Gelassenheit sagte sie: »War ja kein Rotwein.«

Er ging vor und klingelte. Der Mann, der ihnen öffnete, war Elke Sommer auf Anhieb unsympathisch. Er trug eine verwaschene Jeans, ein weißes T-Shirt und darüber ein offenes Hemd, das lässig über der Hose baumelte. Er schien seine Kleidung mit Verachtung zu tragen, so als wäre er lieber nackt und sein Aufzug hier nur ein Zugeständnis an die dummen Regeln einer Zivilisation, deren Gast er zufällig war.

In seinen weichen Wildlederschuhen war er barfuß. Er hatte einen Dreitagebart. Alles sollte wie zufällig aussehen, locker und entspannt. In Wirklichkeit – da war sie sich ganz sicher – verwandte er viel Zeit auf sein Styling und verbrachte Stunden vor dem Spiegel und im Fitnesscenter.

Sein Kinn war kantig, und er machte einen trainierten, muskulösen Eindruck. Er roch nach einem Rasierwasser, das laut Werbung Männer unwiderstehlich macht. Er stellte sich als Jörg Paul vor und machte eine einladende Geste ins Innere der Wohnung.

Sie begleiteten ihn durch den Flur, in dem am Anfang ein gerahmtes Poster von einem Peter-Gabriel-Konzert hing und am Ende eins von Mark Knopfler.

»Warum haben Sie uns erst heute angerufen?«, fragte Bontje.

Jörg Paul setzte sich breitbeinig auf eine Sessellehne, als sei es unter seiner Würde, im Sessel Platz zu nehmen, oder er hätte überhaupt keine Ahnung, wozu solche Möbelstücke gebaut worden waren.

»Sie kriegen es ja sowieso raus. Wir leben getrennt. Ich habe ihre ständige Fremdgeherei nicht mehr ausgehalten.«

Elke Sommer betrachtete den Mann voller Misstrauen. Sie hätte einen Monatslohn darauf gewettet, dass es umgekehrt war. Zumindest hatte er etwas nebenbei laufen. So etwas sah sie auf den ersten Blick.

»Sie wohnen also nicht mehr hier?«, fragte Bontje. Es klang aber mehr nach einer Feststellung.

»Nein, ich zahle noch die Hälfte der Miete, wohne aber …«, er fuchtelte mit der Hand durch die Luft, als müsse er die Antwort ergreifen, »vorübergehend bei einem Freund.«

»Und warum vermissen Sie Ihre Frau … ähm, Exfrau?«, fragte Bontje.

»Weil sie gestern nicht zum Scheidungstermin gekommen ist«, schimpfte Jörg Paul. »Ich wollte mich nicht länger verarschen und hinhalten lassen. Ihr Anwalt hatte auch keine Ahnung, wo sie ist, und weil ich noch einen Schlüssel habe, bin ich dann hierher, um zu gucken, was los ist.«

»Ja, und was ist los?«

»Na ja, nix. Sie ist nicht da.« Er zeigte auf die Schränke. »Die ist nicht verreist. Ich kenne das Luder.«

»Warum glauben Sie, dass Ihre Frau nicht verreist ist?«, wollte Bontje wissen.

Elke Sommer schwieg die ganze Zeit. Sie versuchte nur, die Persönlichkeit dieses Jörg Paul zu verstehen.

Er lachte. »Weil sie dann ihre Antibabypille mitgenommen hätte. Die angebrochene Packung liegt im Bad neben ihrer Zahnbürste, genau wie immer. Sie ist ein spießiges Gewohnheitstier, wie man unschwer an der Wohnung hier erkennt.«

Elke Sommer schaute sich Bilder von Andrea Paul an. Sie standen auf einem Sideboard. Es handelte sich bei ihr ohne jede Frage um die Tote.

Auf einigen Fotos war sie mit Musikern zu sehen, meist junge Männer. Elke Sommer kannte die Bands nicht.

Noch immer tropfte Kaffee von ihrer Hose. Die milchigbraunen Flecken markierten ihren Weg durch die Wohnung.

Es gab Glasvitrinen mit mehreren Musikinstrumenten. In der Ecke stand ein schwarzes Klavier. Nicht weit davon ein Gitarrenständer mit zwei Gitarren.

Da Elke Sommer früher einmal selbst gespielt hatte, erkannte sie, dass ein Instrument mit Stahlsaiten und eins mit Nylonsaiten bespannt war.

»Warum benutzen Sie Rasierwasser, wenn Sie sich nicht rasieren?«, fragte Elke Sommer.

Jörg Paul tat, als würde er sie erst jetzt bemerken. »Was soll denn die bescheuerte Frage?«, fauchte er.

»Was ärgert Sie an meiner Frage?«, konterte Elke Sommer.

»Nichts«, behauptete er.

»Und warum finden Sie sie dann bescheuert?«

Er suchte nach einer schlagfertigen Antwort, brauchte aber zu lange.

Bontje mischte sich ein: »Es geht hier nicht um Bärte oder Rasierwasser, sondern um Mord.«

Jörg Paul schien zu gefrieren. »Mord?«

Bontje hielt ihm ein Foto hin. »Ist das Ihre Frau?«

Jörg Paul nahm das Bild nicht in die Hand. Er sah nur kurz hin und nickte dann. »Exfrau«, korrigierte er Bontje.

Es kam Elke Sommer komisch vor, wie beiläufig Paul die Tote auf dem Foto identifiziert hatte. Meist brauchten Angehörige eine Weile, weigerten sich zunächst zu glauben, was sie sahen. Die Leichen sahen nie so aus, wie sie die lebenden Menschen in Erinnerung hatten. Paul war sehr schnell.

»Tja«, sagte Elke Sommer, »dann ist sie immer noch Ihre Frau. Zum Scheidungstermin wird es ja nun wohl nicht mehr kommen. Ihr Familienstand ist verwitwet und nicht etwa geschieden.«

Er funkelte sie feindselig an. Bontje spürte die geladene Stimmung und stellte seine Frage so sachlich wie möglich: »Wie lange sind Sie verheiratet?«

»Zehn lange Jahre.«

»Was sind Sie von Beruf?«

»Tut das etwas zur Sache?«

»Ja. Sonst würde ich nicht fragen.«

»Also gut. Stahlbetonbauer bei GP Papenburg Hochbau. In ungekündigter Stellung, wenn Sie es genau wissen wollen, Herr Kommissar.«

»Gab es einen Ehevertrag? Wem gehört zum Beispiel dieses Haus hier?«, hakte Bontje nach.

Jörg Paul wurde nachdenklich. Er kaute plötzlich an etwas herum, ohne sich vorher Essbares in den Mund geschoben zu haben. Es schien, als würde er die Innenseiten seiner Wangen abnagen. Seine Augen verengten sich.

»Verdächtigen Sie mich, Andrea umgebracht zu haben? Sind Sie völlig plemplem?«

Der Kommissar reagierte mit einer Gegenfrage: »Können Sie sich vorstellen, was Ihre Frau nachts am Aschendorfer Moorpfad zu suchen hatte?«

Jörg Paul lachte laut auf. »Das war bestimmt kein Rendezvous mit mir. Warum sollte ich sie nachts irgendwo treffen? Um die Scheidung zu besprechen? Im Moor?«

Bontje ging auf ihn ein: »Wenn ich Sie richtig verstanden habe, hatte Ihre Frau einen Liebhaber.«

»Einen?«, spottete Jörg Paul.

Bontje zog einen karierten Block und einen Stift aus der Tasche. »Ich hätte gerne die Namen.«

Jörg Paul steckte beide Hände in die Jeans. »Ich interessiere mich nicht für ihre Pipi-Jungs.«

Bontje ahnte, dass Paul keine Namen nennen würde, und schob den Block wieder in die Jackentasche.

Aber Elke Sommer gab so rasch nicht auf: »Was wollen Sie uns mit dem Ausdruck sagen? Pipi-Jungs?«

Jörg Paul reagierte nicht, sah vor sich auf den Boden.

Elke Sommer fuhr fort: »Fühlte Ihre Frau sich zu jungen Männern hingezogen?«

Jörg Paul nickte, ohne Elke Sommer anzusehen. »Sie ließ sich gern bewundern, und dafür hatte sie ja auch den idealen Beruf.«

Bontje räusperte sich: »Nämlich?«

»Sie war Musiklehrerin. Sie coachte besonders gern aufstrebende Boygroups. Meine Frau hat nicht nur Musikunterricht gegeben, sondern auch Konzertabende veranstaltet für ihre …«, er suchte einen passenden Ausdruck, spie das Wort aus: »Nachwuchstalente.«

»Sie wirken, als hätten Sie einen Verdacht«, sagte Elke Sommer.

Jetzt sah Jörg Paul sie intensiv an, als ob er vorhätte, mit Blicken in sie einzudringen. Wider Erwarten schwieg er aber.

»Gehörte auch ein gewisser Tammo Janssen zu den Schülern Ihrer Frau?«, fragte Elke Sommer, und Bontje gab ihr hinter Pauls Rücken deutlich zu verstehen, dass er die Frage nicht gut fand.

Jörg Paul winkte ab und lachte: »Der ist völlig unmusikalisch. Ihr zuliebe hätte der glatt Blockflöte gelernt oder Posaune oder was weiß ich …«

»Die zwei kannten sich also«, stellte Elke Sommer fest, und Bontje zeigte sich jetzt doch interessiert und gab ihr Zeichen, sie solle ruhig weitermachen.

»Kannten? Der hat ihr nachgestellt wie einer läufigen Hündin.« Dann winkte Paul ab. »Haben sie doch im Grunde alle.«

Bontje trat näher zum Klavier, zog wieder seinen Block hervor und legte ihn darauf ab. Er sagte nichts, deutete aber an, dass er bereit sei, mitzuschreiben. Elke Sommer fand ihn auf fast rührende Art unbeholfen.

»Ist Tammo Janssen in Ihren Augen ein Stalker oder einfach nur ein verliebter junger Mann?«, fragte Elke Sommer.

Jörg Paul verzog die Lippen. »Nennen Sie es, wie Sie wollen. Er hat ihr Gedichte geschrieben, irgend so einen schwülstigen Scheiß, der sich am Ende reimt. Ich hab ihn ein paarmal aus unserem Garten verjagt, weil er da …«, Paul war mit zwei Schritten am Fenster und zeigte auf einen Birnbaum, »… da oben saß und zu uns reingeglotzt hat.«

Seine Stimme bekam einen gemeinen Unterton: »Meine

Frau hat sich gern im Sommer nackt auf der Terrasse gesonnt. Alle Jungs in der Umgebung haben inzwischen ein Fernglas. Diese Terrasse war der Geheimtipp. Man hat von dort«, er deutete wieder zum Fenster, »einen phantastisch freien Blick in unseren Garten.«

Paul öffnete den Schreibtisch. »Wenn Sie wissen wollen, wen sie gerade am Start hatte, hilft Ihnen vielleicht ihr Adressbuch weiter. Und ...«, er hob eine Holzkiste hoch, »die Gute legte ganz altmodisch Karteikarten an. Hier. Schüler. Gigs. Konzerte.«

»Wir müssten«, sagte Bontje merkwürdig unterwürfig, »etwas davon mitnehmen.«

Paul hob beide Arme. »Bitte, bedienen Sie sich. Ich brauche den ganzen Plunder sowieso nicht.«

Bontje begann, Sachen einzupacken, und notierte sich noch Jörg Pauls aktuelle Anschrift.

4.

Im Auto sagte Bontje: »Was für ein Früchtchen! Sie treibt sich mit jungen Kerlen herum und ...«

Scharf unterbrach Elke Sommer ihn: »Das nehmen Sie aus dem Gespräch mit?«

»Hm ... Ja ... Was denn sonst?«

»Erstens«, sagte sie, »wissen wir jetzt, woher Tammo Janssen das Tattoo kannte. Von wegen Täterwissen! Er hat die Frau beobachtet. Falls dieser arme, gehörnte Ehemann uns nicht belogen hat. Und zweitens: Kommt es Ihnen gar nicht komisch vor, dass dieser betrogene Ehemann uns gleich einen ganzen Karteikasten voller Verdächtiger liefert?«

Bontje hatte Mühe, sich auf den Straßenverkehr zu konzentrieren. Er bekam Angst, einen Auffahrunfall zu bauen, und drosselte sein Tempo, so dass sie jetzt mit knapp dreißig zum Verkehrshindernis wurden.

»Ja, wie? Glauben Sie etwa, er hat ...«

»Ja, genau das glaube ich. Und Tammo Janssen hat ihn dabei möglicherweise sogar beobachtet.«

»Kommen Sie mir jetzt nicht mit Ihrem Bauchgefühl, Frau Psychologin.«

»Ich finde«, sagte sie, »Sie hätten ihn wenigstens nach seinem Alibi fragen können. Und seine Vermögenssituation sollten Sie auch überprüfen. Manchmal sind die Dinge ganz simpel, und es geht einfach nur um Geld. Glaube ich in diesem Fall aber nicht ...«

Den Rest der Fahrt schwieg Bontje verbissen. Elke Sommer kannte das. Ihr Beruf brachte so einige Merkwürdigkeiten mit sich. Entweder begegneten ihr Menschen verschlossen wie Austern, oder sie schütteten ihr ganzes Leben vor ihr aus. Sie fühlte sich entweder als Müllkippe für Probleme anderer oder als Aussätzige, die andere Menschen verstummen ließ.

»Können Sie nicht mal etwas ganz Normales sagen?«, fragte sie, und er blickte stur nach vorn auf die Fahrbahn. »Erzählen Sie mir doch mal einen Witz oder so.«

Er zog die Nase hoch. Sie wusste genau, was er jetzt dachte. *Ich soll einer Psychologin einen Witz erzählen? Ich bin doch nicht blöd. Die will nur Material, um mich zu analysieren.*

Er fragte nicht, ob er sie zum Park Inn zurückfahren sollte, sondern steuerte den Wagen geradewegs zur Polizeiinspektion. Er parkte forsch in einer schmalen Lücke ein und brachte Elke Sommer damit in Verlegenheit. Links an der Fahrerseite hatte er genug Platz, um bequem auszusteigen, aber für Elke

Sommer wurde es eng. Sie hatte Mühe, sich aus dem Sitz und durch die Tür zu zwängen.

Sie gönnte ihm den Triumph nicht, den er zweifellos gehabt hätte, wenn sie versucht hätte, über die Sitze zu klettern und an seiner Seite auszusteigen. Sie verfluchte jedes Kilo zu viel an ihrem Körper und presste sich durch die Öffnung. Dabei drückte sie die Autotür zu fest gegen die des anderen Fahrzeugs, so dass sie sich sicher war, dort eine Beule zu hinterlassen. Sie sah gar nicht hin. Für eingedellte Papenburger Polizeiwagen war sie nicht zuständig.

In der Polizeiinspektion roch es wie in einem Esoladen. Irgendwer brühte wohl indischen Tee auf und brannte Räucherstäbchen ab.

Die neue Praktikantin stellte sich selbst vor. Sie schüttelte ihre langen blonden Locken und reichte Elke Sommer die Hand. »Sie verstehen das als Psychologin bestimmt. Hier ist so viel miese Energie in den Räumen, die müssen einfach mal energetisch gereinigt werden. Räuchern Sie auch?«

Mit links trug sie einen kleinen Teller, darauf lag ein glühendes Stück Holzkohle. Darüber hatte sie Myrrhe und Weihrauch gestreut, und eine kleine Tablette mit diversen Düften qualmte ebenfalls.

»Ja«, lächelte Elke Sommer, »das sollten wir in Ostfriesland vielleicht auch einführen.«

Gleich hatte sie eine Freundin gewonnen.

Bontje lud den mitgebrachten Karteikasten auf seinem Schreibtisch ab, der eh schon aussah wie eine Papiermülldeponie. Sein Kollege Wusammer raunte ihm zu: »Lass mich raten. Diese Elke Sommer sieht aus wie eine unbemannte Kampfdrohne, und genau das ist sie auch – oder?«

»Hm«, antwortete Bontje.

Minuten später betrat Elke Sommer das Büro. Mit ihr breitete sich die Duftwolke aus dem Flur aus.

Wusammer schnäuzte sich demonstrativ die Nase. Bontje sortierte Fotos zu Adressen. Da sah Elke Sommer ein Bild auf dem Schreibtisch liegen, das ihr für einen Moment den Atem nahm. Der junge Mann da, der so inbrünstig in ein Mikrophon röhrte, als hätte er vor, es zu verschlucken, sah exakt aus wie ihr Fred.

Das konnte nicht sein! Das alles war zwanzig, zweiundzwanzig Jahre her.

Sie rechnete noch einmal nach. Es waren sogar vierundzwanzig Jahre seit ihrem Abi am Windthorst-Gymnasium vergangen.

Sie war eigentlich ins Büro gekommen, um sich für heute abzumelden. Morgen wollte sie vielleicht noch ein Gespräch mit Tammo Janssen führen, und dann wäre dieser Ausflug ins Emsland endgültig Geschichte.

Aber jetzt wusste sie, dass sie bleiben würde.

Sie wollte das Foto wie beiläufig in die Hand nehmen, doch ihre Hand zitterte. Bontje bemerkte es und sagte: »Wenn Ihnen nicht gut ist, können Sie sich gerne zurückziehen. Wir kommen hier auch so ganz gut klar. Der Rest ist reine Ermittlungsarbeit.«

Wusammer fragte: »Wann können wir Ihr psychologisches Gutachten über diesen Bekloppten bekommen?« Und weil sie ihm einen scharfen Blick zuwarf, fügte er hinzu: »Ich meine diesen Janssen, der immer Sachen gesteht, die …«

»Wir wissen jetzt«, warf Elke Sommer ein, »woher er das Täterwissen hat. Er hat die Frau beobachtet.«

Wusammer nickte. »Klar. Also ist das Bürschchen doch wieder unschuldig. Dachte ich mir.«

Bontje ließ sich schwer in seinen Sessel fallen. »Irrtum. Jetzt wissen wir, dass die zwei sich kannten, und er hatte ein Motiv.«

»Nämlich?«, fragte Elke Sommer und starrte immer noch die Fotos an.

»Er war verliebt. Er wurde abgewiesen. Er war eifersüchtig. Der Klassiker!«

Er äffte einen geständigen Tammo Janssen nach, so wie er ihn sich vorstellte. Er wedelte mit den Armen durch die Luft und kreischte: »Wenn ich sie nicht haben kann, soll sie auch kein anderer bekommen!«

Elke Sommer fand seine Vorstellung grenzwertig zwischen Schmierentheater und Balzverhalten von Brüllaffen angelegt. Sie suchte die Karteikarte zum Bild. Auf dem Foto stand: Christian Harmsen, Frontsänger *Circle round the Moon.*

Christian Harmsen. Also Fred Harmsens Sohn. Benannt nach seinem Großvater Christian, den Fred sehr gern gehabt hatte. Ihre große Jugendliebe war also inzwischen Vater geworden und hatte einen Sohn gezeugt, der mindestens genauso unwiderstehlich war wie einst sein Vater.

Bontje nahm ihr das Bild ab. »Der Rest ist unsere Aufgabe, Frau Sommer. Wirklich reine Ermittlungstätigkeit.«

Sie verabschiedete sich. Sie ging wie auf Watte. Ihr war ein bisschen flau. Sie schob es auf den Weihrauch- und Myrrhegeruch. Sie war als junges Mädchen in der Kirche mal ohnmächtig geworden. Ihre Mutter hatte behauptet, ihr sei vom Weihrauchqualm schlecht geworden, doch sie selbst nahm an, dass es an der neuen Diät gelegen hatte, die sie gemeinsam mit ihrer Mutter ausprobiert hatte.

Heute konnte sie nur den Kopf darüber schütteln. Die erste Diät mit zwölf. Aber tief in sich drin wusste sie, ihr Unwohlsein hatte wenig mit den Gerüchen zu tun, sondern eher mit den Erinnerungen an Fred.

Im Flur lehnte sich Elke Sommer kurz gegen die weiß gekalkte Wand und atmete in den Bauch. Sie hatte Angst, zu hyperventilieren. Sie war ganz froh, als die neue Praktikantin mit dem Hang zum Esoterischen vor ihr stand und fragte: »Kann ich Ihnen helfen? Ist Ihnen nicht gut?«

»Ein Glas Wasser wäre nicht schlecht. Mein Kreislauf spielt gerade verrückt.«

Später im Hotel duschte sie, putzte sich endlos lange die Zähne und föhnte ihre Haare. Sie schminkte sich für ihre Verhältnisse ungewöhnlich lang, dann war sie aber mit ihrem Aussehen überhaupt nicht zufrieden. Sie kam sich fett vor, mit aufgedunsenem Gesicht. Und hatte sie diese Tränensäcke eigentlich schon immer gehabt?

5.

Fred Harmsen wohnte immer noch in seinem Elternhaus in Meppen-Übermühlen. Elke Sommer konnte nicht anders, sie musste hin. Sie hatte ja einen offiziellen Grund. Sie war Teil des Ermittlungsteams.

Sie informierte Bontje nicht über ihre eigenmächtige Handlung. Sie war sich auch noch nicht ganz sicher, ob sie überhaupt klingeln würde. Ihre Gefühle fuhren Achterbahn.

Der Vorgarten war gepflegt wie damals. Der Kirschbaum inzwischen viel größer und ausladender.

Sie parkte am Ende der Straße. Sie ging dreimal vor dem Gartentor auf und ab. Ihr Herz raste. Sie kam sich vor wie ein Teenie, unsicher und verliebt. Dort oben unterm Dach in

Freds Zimmer, vollgehängt mit Postern und Starschnitten, war sie auf einer Matratze entjungfert worden. Wenn so etwas in Filmen geschah, spielten meistens Geigen. In ihrem Fall hatte nur der Hund gebellt und an der Tür gescharrt, weil sie ihn ausgesperrt hatten.

Weil seine Mutter mit einem Schlaganfall im Krankenhaus lag, hatte die Küche ausgesehen wie ein Schlachtfeld. Sie könnte sich heute noch dafür ohrfeigen, aber damals hatte sie für ihn aufgeräumt und die ganze Wohnung geputzt.

Sie wagte es zu klingeln. Wenn nun seine Frau öffnete? Ob er noch mit dieser schmalhüftigen Susi zusammen war?

Die Frau, die auf ihr Klingeln reagierte, war pausbäckig, hatte kurze braune Haare und wirkte wie ein Mensch mit viel Lebenserfahrung. Die Lachfältchen machten sie sympathisch. Sie war knapp einen Meter siebzig groß und wog gut neunzig Kilo. Sie hieß Claudia Harmsen und gefiel Elke Sommer sofort.

Nein, ihr Mann Fred sei nicht zu Hause, wohl aber ihr Sohn Christian.

Elke Sommer bat um ein Gespräch mit Christian. Sie müsse sich ein Bild machen. Er habe zu der Toten am Aschendorfer Moorpfad in Verbindung gestanden.

Elke Sommer zeigte ein Bild von Andrea Paul, und Frau Harmsen wusste sofort Bescheid.

»O mein Gott, die arme Frau ist tot ... Ja, die hat seine Band gemanagt, wollte ihnen sogar einen Plattenvertrag besorgen. Heißt das überhaupt noch Plattenvertrag? Sagt man das heute noch? Oder heißt es jetzt CD-Vertrag? Sie wollte, dass die Jungs Soulmusik machen.« Sie tippte sich gegen die Stirn. »Heute! Weiße Jungs aus dem Emsland! Schwarze Musik aus New Orleans! Wir sind doch nicht in den Sixties!«

Offensichtlich nahm sie das alles nicht allzu ernst. Überhaupt sah sie aus, als sei das Leben für sie eine Art Unterhaltungsshow mit gutem Büfett.

Er hat sich eine Lebenslustige gewählt, dachte Elke Sommer. Verglichen mit ihr war ich bestimmt ein Trauerkloß.

Sie fand ihre Idee, hier unter beruflichem Vorwand zu klingeln, jetzt nur noch peinlich und blöde. Ein Glück, dass Fred nicht im Haus war. Am liebsten wäre sie umgekehrt und hätte sich in Aurich unter ihrer dicksten Wolldecke verkrochen, doch Freds Ehefrau komplimentierte sie freundlich durch die sehr gut eingerichtete Wohnung. Irgendjemand verstand hier etwas von alten Möbeln, konnte sie aufbereiten und klug zusammenstellen. Überall saßen Puppen auf Deckchen oder Kissen. Da es unwahrscheinlich war, dass der Frontsänger von *Circle round the Moon* nach seinen Auftritten mit Puppen spielte, war das entweder Claudia Harmsens Hobby, oder es gab hier noch eine Tochter.

Christian wohnte unter dem Dach, in dem Zimmer, in dem sie damals mit seinem Vater … Und so, von nahem betrachtet, sah er ihm noch ähnlicher als auf dem Foto. Er war praktisch eine Neuausgabe von Fred. Oder spielte die Phantasie ihr einen Streich? Geriet sie gerade innerseelisch in einen alten Film? In ihrer Ausbildungszeit war ihr das oft geschehen und hatte sie meist in Schwierigkeiten gebracht.

Christian war stark, er trainierte hart für einen guten Körperbau. Auf dem Boden lagen mehrere Kurzhanteln mit verschiedenen Gewichten. Sie sah zwei Zehnkiloscheiben. Eine kleine Gesangsanlage war aufgebaut. An den schrägen Wänden klebten Eierkartons. Christian versuchte, sich hier unterm Dach ein eigenes, kleines Tonstudio zu bauen.

Plakate, die für seine Band warben, hingen an den Wänden, und Flyer des nächsten Auftritts lagen herum. Ein Stapel war vom Stuhl gerutscht.

Hier oben war es nicht so sauber und aufgeräumt wie unten, aber für den Wohnraum eines jungen Mannes sah es sehr ordentlich aus. Elke Sommer fragte sich, ob es eine Putzfrau gab.

Claudia Harmsen guckte ihren Sohn nur kurz an. Die zwei verständigten sich wortlos, dass die Mutter ruhig wieder gehen könne.

»Falls Sie einen Tee wollen, ich brühe eh gerade einen auf ...«

»Nein danke«, sagte Elke Sommer, »das ist sehr nett von Ihnen, aber ich bleibe nicht lang.«

Es fiel ihr schwer, mit Christian über den Mordfall zu reden, und, verdammt, das war ja auch gar nicht ihre Aufgabe. Ein Teil von ihr wälzte sich dort unter der Schräge, wo jetzt ein paar Taschenbücher lagen, mit Fred im Liebeslager. Sie schaffte es kaum, woandershin zu gucken. Christian anzuschauen war ohnehin ein Kraftakt, der ihr immer nur kurz gelang.

Stürzt mich dieser Fall in eine Krise?, dachte sie. Muss ich den Job an den Nagel hängen? Brauche ich selbst eine Therapie, bevor ich weitermache? Ein paar Stunden Supervision reichten garantiert nicht aus, um das hier wieder ins Lot zu bekommen.

Sie sah sich an einem Abgrund stehen, ungeliebt und unverstanden von sich selbst.

Sie zeigte, um überhaupt etwas zu tun, auf das Poster. »Das bist du«, sagte sie.

Er nickte. »Und das da ist Charlie Kurz, das Timm Reusch und der da Mika Bontje.«

»Mika Bontje?«

»Ja. Kennen Sie den? Der wollte eigentlich, dass wir uns ›Carpe Diem‹ nennen, aber das klingt so überkandidelt. So gewollt gebildet. Nutze den Tag! Hat so was von Stressfaktor ... Aber genau so ist der Mika auch. Eigentlich spielt der gar nicht so gut Bass, aber sein Alter hat ihm eine tolle Bose-Anlage gekauft. Volles Pfund. Und solange der dabei ist, können wir das Ding nutzen. Damit beschallen wir locker eine Halle mit fünfhundert Leuten.«

»Kommen denn so viele?«

»Noch nicht. Aber jetzt geht es gerade voll ab mit uns ...«

Sogar seine Stimme glich auf erschreckende Weise der seines Vaters, als er noch ein junger Verführer war.

»Kannst du mir etwas über Andrea Paul erzählen? Wir haben sie tot aufgefunden. Am Aschendorfer Moorpfad.«

Es war stickig hier oben. Sie hätte gern ein Fenster geöffnet. Christian hatte dicke Schweißperlen auf der Stirn und am Hals. Auf seinem T-Shirt bildete sich ein feuchtes Dreieck.

»Ich weiß. Das jagt wie ein Lauffeuer über Twitter und Facebook. Es gibt praktisch kein anderes Thema mehr. Sie hat für viele Musiker eine Menge bedeutet. So viele Förderer hat man ja nicht. Am Aschendorfer Moorpfad haben wir ein paarmal nach den Proben gesessen und Bier getrunken. Sie liebt das Moor. Die Geräusche da. Sie sagt, im Dunkeln, wenn der Mond sich auf dem Moor spiegelt, hört man es besonders gut. Mich hat sie dort vorsingen lassen, und der Mika hat da Mundharmonika gespielt. Der wollte immer so einen auf Bob Dylan machen, aber bis zu den großen Heroes ist es noch ein weiter Weg, hat sie gesagt.«

»Hatte sie Feinde?«

»Meinen Sie, ob ich einen Verdacht habe?«

»Ja, genau.«

Er schüttelte heftig den Kopf. Schweißtropfen flogen durch die Luft. Einer landete auf Elke Sommers Unterlippe. Sie wischte ihn mit dem Handrücken ab.

»Andrea hatte keine Feinde. Im Gegenteil. Für sie wäre jeder durchs Feuer gegangen.«

»Wer ist mit ›jeder‹ gemeint?«

»Na, jeder von uns. Der Charlie, der Tim, Mika und ich natürlich auch.«

»Es gab noch mehr Bands, oder gab es keine Konkurrenz?«

Er lachte bitter. »Klar liegen wir alle zueinander in Konkurrenz. Aber umgebracht hat sie doch niemand von uns. Mensch, die hat an uns geglaubt und uns unterstützt! Uns vorwärtsgebracht mit einer Engelsgeduld ...«

»Ihr Mann«, sagte Elke Sommer, »war wohl nicht immer so begeistert davon.«

Christians Körper straffte sich. Er sah aus, als müsse er einen Boxkampf gegen einen starken Gegner bestehen. »Ihr Mann ist ein Arsch! Ein dummer, eifersüchtiger Spießer, der nichts von Musik versteht.«

»Hatte er denn Grund zur Eifersucht?«

Christian sah sie aus den Augenwinkeln an, wie es sein Vater oft getan hatte. Ihr lief ein Schauer über den Rücken. Es kribbelte im Magen. Ihr wurde ganz anders. So, wie er sich die Haare aus der Stirn strich, fand sie ihn geradezu umwerfend und schämte sich gleichzeitig dafür.

»Einige waren hinter ihr her, haben sie angehimmelt. Mika hat sie vergöttert. Kann schon sein, dass sie mal schwach geworden ist, keine Ahnung. Ist vielleicht auch nur Gerede.

Aufschneiderei. Ich denke, sie hat es sehr genossen, bewundert zu werden. Ich glaube nicht, dass da mehr dran war.«

Elke Sommer bedankte sich für die offenen Worte und war froh, das Haus rasch verlassen zu können. Sie brauchte frische Luft. Sie wollte raus aus Meppen.

Sie fuhr nach Papenburg. Sie wollte im Stadtpark spazieren gehen, aber plötzlich überkam sie eine Gier nach Kohlenhydraten, Alkohol und Nikotin.

Im News-Café bestellte sie sich Spaghetti Carbonara. Sie hätte sich hineinsetzen können, so gut schmeckte die Pasta mit Schinken und Ei. Sie drehte die Spaghetti so rasch auf die Gabel, dass es ihr hinterher peinlich war. Trotzdem wischte sie den Teller sogar mit Weißbrot aus.

Die Fressorgie tat ihr gut. Sie hatte das Gefühl, sich in einem Hamsterrad abzustrampeln, das von innen fälschlicherweise aussah wie eine Karriereleiter.

Sie trank ein großes Pils in einem Zug und bestellte sich noch eins und dazu einen doppelten Averna ohne Eis.

Sie sah sich um, aber die Leute, die in ihrer Vorstellung kopfschüttelnd mit Verachtung zusahen, gab es gar nicht. Das Pärchen da war mit sich selbst beschäftigt und die beiden Männer mit ihren Laptops. Da drüben las jemand Zeitung.

Warum, dachte sie, fühle ich mich immer falsch, nicht dazugehörig oder als Störfaktor?

Sie trank das zweite Pils und den sizilianischen Kräuterlikör, zahlte und ging in den Park. Sie rauchte im Gehen. So konnte sie am besten nachdenken.

Es fühlte sich an, als stünde sie kurz vor einer großen Veränderung. Beruflich und auch privat.

6.

Hauptkommissar Bontje legte das rechte Bein über das linke und versuchte völlig verkrampft, einen lockeren Eindruck zu machen. Er hatte sich den Stuhl mit dem Rücken zur Tür gestellt, so dass er sie mit dem Hinterkopf berühren konnte, wenn er sich anlehnte.

Er traute dem Wachmann vor der Tür nicht. Dieser Carlo Freytag war der typische übereifrige Lauscher. Dann hörte Bontje sich entfernende Schritte. Das entspannte ihn.

Tammo Janssen hätte sich am liebsten unters Bett verkrochen. Manchmal beherrschte eine Art Lebensangst ihn vollständig. Dann war dieses Gefängnis ein sicherer Ort für ihn. Er wollte keinen Besuch. Es reichte ihm, wenn er dreimal am Tag Nahrung bekam, und auch das interessierte ihn eigentlich nicht. Selbst das Essen war, wenn es kam, meist nur eine Störung. Menschen mit all ihren Viren, Bakterien, Ansprüchen, den lauten Tönen, die sie machten, erschreckten ihn.

Er wollte gerne ein *In-sich-Selbst* sein, wie er es für sich formulierte. Manchmal, wenn er sehr gut drauf war, schaffte er es, als Beobachter am Leben teilzunehmen. Als Voyeur. Als einer, der heimlich Fotos machte. Er liebte Frauen mit der Kamera. Das reichte ihm. In letzter Zeit meist Andrea Paul. Seit er sie kannte, wurden alle anderen belanglos. Unwürdig.

Er wollte nur, dass Hauptkommissar Bontje ihn wieder verließ.

»Ich habe alles gestanden. Was wollen Sie noch? Lassen Sie mich in Ruhe.«

Tammo Janssen hielt sich die Hände abweisend vors Gesicht. Bontje stand auf und setzte sich neben ihn auf den Boden vors Bett.

Tammo Janssen wollte wegrücken, doch Bontje legte den rechten Arm fest um ihn und hielt ihn wie einen Freund. Er brachte seine Lippen nah an Tammo Janssens rechtes Ohr und flüsterte: »Diese ostfriesische Kuh wird dir alles vermasseln. Die Psychotante glaubt dir kein Wort. Du wirst später als Lügner dastehen. Als Aufschneider.«

»Das ist nicht gerecht! Ich hatte doch dieses verdammte Täterwissen! Sie haben doch gesagt …«

Bontje verpasste Tammo Janssen eine Kopfnuss. »Sie sagt, du wusstest vom Tattoo, weil du kleines Schweinchen sie beobachtet hast, wenn sie nackt auf der Terrasse lag. Fotos hast du auch gemacht und bist ihr nachgestellt. Du kanntest sie! Warum hast du mir das nicht gesagt, du Trottel?«

»Ja, aber …«

Bontje stieß Tammo von sich weg. »Ja, heul doch, du Idiot! Du verbockst es wieder!«

Tammo Janssen weinte und kippte zur Seite, bis er mit der Schulter den Boden berührte. Er lag jetzt in embryonaler Haltung vor dem Bett. »Aber ich … ich gehöre einfach hierhin«, schluchzte er. »Ins Gefängnis! Ich bin schuldig! Ich werde ganz schlimme Sachen machen, wenn ihr mich wieder hier rausschmeißt! Ich bin ein gefährlicher Mensch, ich …«

Bontje zog ihn wieder zu sich. »Es gibt noch eine Chance. Eine letzte. Wenn du sagst, wo du ihre Sachen versteckt hast, das kann nur der Täter wissen. Ich habe ihr Portemonnaie gefunden.«

Tammo Janssen staunte Bontje an. »Das würden Sie für mich tun?«

Bontje nickte, und Tammo Janssen umarmte ihn kurz aber heftig.

»Aber … wenn du wirklich Erlösung willst, Junge, dann

musst du einen Abschiedsbrief schreiben. Erkläre, wo wir ihre Sachen finden, und dann solltest du tot sein, bevor der Staatsanwalt dich ins Kreuzverhör nimmt und du am Ende doch wieder als Lügner dastehst, weil du dich in Widersprüche verstrickst, und ich sehe dann auch alt aus, wenn du ...«

»Ich ...« Tammo Janssen zitterte und konnte vor Aufregung nicht sprechen.

»Wie oft hast du versucht, dich umzubringen?«

»Viermal ... nein, eigentlich fünfmal ...«

Bontje legte zwei Tabletten in Tammo Janssens rechte Hand und drückte sie fest zusammen. »Damit wird es klappen, Junge. Diesmal gewinnst du.«

»Danke«, sagte Tammo Janssen gerührt. »Von ganzem Herzen danke. Und wo sind die Sachen von Andrea?«

Ruhig erklärte Bontje: »Es handelt sich um ihre Handtasche. Darin sind ein Portemonnaie mit Ausweis und Kreditkarte, Lippenstift, so Frauenkram halt. Und dann ist da auch noch ihr Handy.«

Die beiden sahen sich an wie zwei Freunde, die fest zusammenhalten, und auch Bontjes Augen wurden feucht. Er flüsterte Tammo die entscheidenden Informationen ins Ohr.

7.

Bontje verließ das Gefängnis leichtfüßiger, als er gekommen war. Eine schwere Last schien von ihm gefallen.

Carlo Freytag war schlecht vor Angst. Es zerriss ihn fast. Er hätte Bontje nicht so ohne weiteres in die Zelle lassen dürfen. Und jetzt das! Er war Zeuge geworden. Er hatte alles gehört, aber eben doch nicht genug. Er hatte vor der Zelle gewartet, im Grunde gehofft, eingreifen zu können. Den Kommissar aus einer misslichen Lage zu befreien. Er war nur kurz zur Toilette gegangen. Immer wenn er nervös wurde, musste er dringend zur Toilette. Aber danach hatte er genug mitbekommen.

Jetzt stimmte sein Weltbild nicht mehr. Gut und Böse gerieten durcheinander.

Musste er handeln? Sollte er schweigen?

Er ging in den Verwaltungstrakt. Hier im Büro mussten irgendwo die Papiere liegen, die Elke Sommer unterschrieben hatte, um allein mit Tammo Janssen reden zu können. Und genau wie er hoffte, fand er dort ihre Handynummer.

Er zog sich auf die Toilette zurück. Noch immer kämpfte er mit sich. Er wollte einmal im Leben etwas Großes vollbringen. Jemanden retten. Eine Heldentat begehen. Er träumte davon, in der U-Bahn eingreifen zu können, wenn Rowdys ein junges Mädchen belästigten. Aber von so etwas las er immer nur in der Zeitung. In Meppen gab es keine U-Bahn.

War das hier seine Chance, zum Helden zu werden?

Er rief aus der Toilettenkabine Elke Sommer an. Sie meldete sich mit einem kurzen »Moin«. Sie gab sich nicht zu erkennen, und ihr Moin klang misstrauisch, denn sie kannte die Nummer im Display nicht.

»Ich … ähm … ich bin Carlo Freytag.«

»Ja?« Sie wusste nichts mit dem Namen anzufangen.

»*Der* Carlo Freytag aus Ihrem Nichtrauchertraining, wissen Sie noch? Der, der nicht rückfällig geworden ist.«

»Ja, das ist lange her. Ich gebe keine Seminare mehr. Ich bin jetzt …«

»Ich weiß, Frau Sommer. Ich bin gerade Zeuge eines Gesprächs geworden. Ich werde das nie irgendwo aussagen, aber ich sage es Ihnen jetzt, und dann werde ich meinen Mund für immer verschließen. Ich gefährde nicht meine Existenz mit so etwas …«

Sie unterbrach ihn: »Carlo? Raus mit der Sprache! Genug der Vorreden. Was ist passiert?«

Jetzt, da er endlich die Möglichkeit hatte, ein Held zu sein, fühlte er sich gar nicht so gut, wie er gehofft hatte. Im Gegenteil. Es war, als würde er über einen zugefrorenen See laufen und dabei gleich einbrechen.

Es sprudelte unsortiert und zusammenhanglos aus ihm raus. Er saß auf der Klobrille, und seine Beine zitterten.

8.

Als Hauptkommissar Bontje im Dunkeln zum Aschendorfer Moorpfad kam, um dort die Tasche von Andrea Paul beim großen Ameisenhaufen zu vergraben, wartete Elke Sommer bereits auf ihn, und da sie nicht wusste, auf wessen Seite die Papenburger Kollegen im Zweifelsfall stehen würden, hatte sie ihre Freundin Ann Kathrin Klaasen dazugebeten. Zwei Freundinnen gingen abends spazieren. Das war keine Ermittlung, sondern eine Art Kurzurlaub.

Elke Sommer sprach Bontje ruhig an: »Das ist Andrea Pauls Handtasche.«

Er zuckte zusammen. »Ja, verdammt … woher …«

Sie konfrontierte ihn sofort: »Tammo Janssen hat das geheime Täterwissen von Ihnen. Sie wissen genau, dass er es nicht war. Aber Sie haben die Situation ausgenutzt und …«

Er senkte den Kopf. Sie wusste nicht, ob es eine Finte war oder nicht. Sie war froh, Ann Kathrin Klaasen in ihrer Nähe zu haben, unsichtbar, aber doch da. Sie fühlte sich bedroht von ihm. Er war wie ein angeschossenes Tier, voller Angst.

»Sie gottverdammtes Luder! Woher wussten Sie, dass …«

»Ich bin Psychologin, das ist mein Job. Sie brauchten mich nur für ein Gutachten, um Tammo Janssen für immer wegsperren zu können. Der Junge ist zwar verrückt, aber unschuldig.«

Bontje stöhnte: »Okay. Ich gebe es zu. Ich war's. Ich habe sie umgebracht und dann …«

»Blödsinn«, sagte Elke Sommer. »Warum hätten Sie das tun sollen?«

»Weil …«, er überlegte, und dann schimpfte er los: »Weil sie meinen Sohn verführt hat! Diese Schlange hat Jungs verrückt gemacht und …«

In seinem Mund zog der Speichel Fäden, die im Mondlicht wie Perlen glänzten.

»Sie hätten das Verbrechen geschickter verschleiert. Sie sind der erfahrene Todesermittler. Wen lieben Sie so sehr, dass Sie sich selbst dafür belasten und bereit sind, so schwere Verbrechen zu begehen? Wen schützen Sie?«

»Ich habe Geld …«, sagte er, als sei das die Lösung. »Ich kann Ihnen viel Geld geben. Ich könnte das Haus verkaufen oder …«

»Ist das die Liebe eines Vaters zu seinem Sohn?«

Elke Sommers Satz traf Bontje wie ein Schlag in die Magengrube. Er krümmte sich.

»Ja, verdammt! Was hätte ich denn tun sollen? Ich hab ihm den Umgang verboten! Ich wusste, die Frau ist nicht gut für ihn. Aber sie hat ihn an der langen Leine geführt wie ein Tanzäffchen. Der Junge war so blind vor Liebe, und als sie ihn dann abgewiesen hat …«

Er konnte nicht weitersprechen. Sie formulierte es für ihn: »Dann ist er durchgedreht und hat sie in unbändiger Wut erstochen.«

»Der Junge ist nicht so! Er ist ein guter Junge und …«

»Ja, klar.«

Bontje griff in sein Jackett, und aus dem Dunkel ertönte Ann Kathrin Klaasens Stimme: »Nehmen Sie die Hände hoch. Sie sind verhaftet. Sie haben Tatortspuren gefälscht und …«

Er hob tatsächlich ganz langsam die Arme. »Bitte – wir sind doch Kollegen. Wir können doch über alles reden … Wem ist denn geholfen, wenn der Junge jetzt kriminalisiert wird? Tammo hat doch alles gestanden, und, ich meine, wir haben ein Geständnis, wir haben einen Schuldigen und …«

»Wir brauchen aber nicht irgendeinen Schuldigen, wir brauchen den richtigen«, sagte Ann Kathrin Klaasen.

»Irgendwann wird dieser Janssen das nächste Verbrechen gestehen. Er will ins Gefängnis, und mein Sohn hat ein tolles Leben vor sich. Es war nur eine unglückliche Verstrickung mit dieser schrecklichen Frau …«

Elke Sommer spürte, dass es eine merkwürdige Kraft in ihr gab, die sie dazu bringen wollte, den Mann zu umarmen und zu küssen. Mein Vater, dachte sie, hätte für mich nicht mal auf das nächste Glas Bier verzichtet. Und der hier wäre sogar bereit, für seinen Sohn ins Gefängnis zu gehen …

Sie hoffte, dass ihre Tränen in der Dunkelheit nicht bemerkt werden würden. Aber sie sprach nicht, weil sie Angst hatte, ihre belegte Stimme würde sie verraten.

Widerstandslos ließ Bontje sich abführen. Neben ihm jagten Enten durchs Wasser, und irgendwo hämmerte ein Specht.

»Er ist ein guter Junge«, weinte Bontje. »Er hat das wirklich nicht so gemeint.«

»Nur falls es Sie interessiert«, warf Ann Kathrin zornig ein, »Tammo Janssen wird es überleben. Sein Magen ist rechtzeitig ausgepumpt worden.«

MÖRDERISCHES KLASSENTREFFEN

Noch ekelhafter als dein Charakter, Bollmann, sind deine Zähne. Wie halb versunkene, vermoderte Grabsteine ragen sie aus deinem blutigen Zahnfleisch. Machen einen alten Friedhof aus deiner Mundhöhle.

Mein Gott, wie viele Jahre habe ich diesen schauderhaften Anblick ertragen? Und hinterher – im Traum – verfolgte mich dein Gebiss.

Wenn du deine dümmlichen Wortkaskaden über uns ausgeschüttet hast, begann dein Speichel zu brodeln wie das Innere eines Vulkans. Manchmal, in schlimmen Nächten, hat dieses Gebiss mich verschlungen. Wie eine Anakonda konntest du deinen Kiefer ausklinken und mich so ganz hinunterwürgen in die dunkle Kloake deines Körpers.

Noch lachst du. Aber nicht mehr lange. Deine letzten Stunden laufen ab. Los doch – amüsier dich. Ja, wink ruhig die Wirtin herbei. Bestell dir etwas zu essen. Deine Henkersmahlzeit. Keine Angst vor Pilzgerichten. Du wirst diese Nacht ohnehin nicht überleben.

Was hast du in der Tasche, Bollmann? Mit so einem Aktenkoffer geht kein Mensch zu einem Klassentreffen. Du hast irgendeine Schweinerei vorbereitet.

»Die Runde geht auf mich!«

Na klar, Bernt drängt sich mal wieder vor. Will uns wohl zeigen, wie gut es ihm geht.

»Kommt gar nicht in Frage. Jetzt ist mal euer alter Lehrer dran. Schließlich habe ich euch seit zwanzig Jahren nicht mehr gesehen.«

»Aber Sie sind immer noch der Alte.«

Genau, Karin, und deshalb muss er sterben.

»Das will ich meinen. Ich habe euch auch etwas mitgebracht.«

Mach es nicht so spannend, Bollmann, komm, pack schon dein Aktenköfferchen aus.

»Eure alten Deutschhefte.«

Na bitte, das saß.

Peter sieht schon wieder aus wie damals. Ängstlich darauf bedacht, nicht aufzufallen. Mensch, Peter, du bist kein Schüler mehr. Wir sind erwachsene Menschen geworden.

Karin ist ja ganz verlegen. Wird sie ihm über den Mund fahren? Ja, los, Karin, mach du den Anfang. Sag ihm, dass er ein fieses Schwein ist und wir gekommen sind, um ihn ... Was soll denn die Flasche?

»Ja, ich habe – hoffentlich im Sinne aller – ein kleines Geschenk für Sie mitgebracht, Herr Doktor Bollmann. Das ist selbstgemachter Himbeerwein. Ich dachte, so etwas Selbstgemachtes ist doch immer schöner als ...«

Himmel, gleich fängt sie an zu stottern.

»Das ist doch kein Grund, rot zu werden. Hahaha. Um zu zeigen, dass ich nicht bestechlich bin, fangen wir jetzt mal mit Ihrer Arbeit an, Frau Karin Will.«

»Meistermann, bitte. Ich heiße jetzt Meistermann.«

Richtig. Widersprich ihm. Lass dir nichts gefallen.

»Dann haben Sie den Schnösel also doch genommen. Ich

dachte es mir. Hoffentlich verwalten Sie das Haushaltsgeld. Rechnen konnte Meistermann noch nie.«

Warum lacht ihr denn alle so blöd über seine Unverschämtheiten?

Und dann dieses Gebiss! Warum gehst du nicht mal zum Zahnarzt? Heutzutage muss doch keiner mehr so rumlaufen. Macht es dir Spaß? Willst du so widerwärtig aussehen? Einheit von Inhalt und Form – hast du immer gepredigt. Oder bist du nur zu ängstlich? Zu schmerzempfindlich? Ach, wahrscheinlich bist du einfach nur zu geizig.

Jetzt liest er Karins Deutscharbeit vor. Und ihr – ihr glotzt dumm in eure Biergläser. Sauft aus Verlegenheit. Warum haut ihm keiner die Brille vom Ohr?

»Wir haben es hier mit dem denkwürdigen Versuch der Frau Karin Will – Entschuldigung – Meistermann zu tun, die Anfänge des Detektivromans in den Erzählungen von Heinrich Kleist nachzuweisen. Ich zitiere: ›So liegt es nicht offen auf der Hand, warum die Rache des Michael Kohlhaas am Kurfürsten von Sachsen noch über den Tod herausreicht.‹

Hört, hört! ›Weshalb‹, so fragt Frau Meistermann, ›empfängt der Mann, von dem die Marquise von O. annehmen muss, er sei an ihr zum Teufel geworden, am Schluss nicht nur Vergebung, sondern Liebe?‹«

Was ist aus euch geworden? Er ist doch noch das gleiche fiese Schwein wie damals. Habt ihr das vergessen? Martin! Peter! Bernt! Karin! Wir wollten ihn umbringen. Töten!

Und jetzt? Ihr hofiert ihn, kriecht ihm hinten rein, wie einst in der Schule. Karin macht ihm sogar ein Geschenk. Dabei war sie wild entschlossen. Sogar einen Eid hat sie geschworen, wie wir alle:

WIR WERDEN DICH TÖTEN, BOLLMANN. DU

SOLLST FÜR DEINE TATEN BEZAHLEN. WENN DU DENKST, ES SEI ALLES VERGEBEN UND VERGESSEN. ZWANZIG JAHRE AUF DEN TAG GENAU NACH UNSERER ABSCHLUSSPRÜFUNG WERDEN WIR KOMMEN UND DICH FÜR ALLE DEINE GEMEINHEITEN ZUR RECHENSCHAFT ZIEHEN. UNSER URTEIL LAUTET: *TOD!*

Ich kann es nicht glauben, dass ihr das vergessen habt. Oder hat Karin am Ende ihren Schwur schon wahrgemacht mit ihrem selbstgemachten Himbeerwein …?

Sie war schon immer gründlich. Für den Fall, dass wir alle abspringen, satt und feige geworden sind, hat sie den Schwur erfüllt. Respekt, Karin. Ich habe dir unrecht getan.

Obwohl, vergifteter Wein ist mir zu einfallslos. Bollmann soll genau wissen, von wem er umgebracht wird und warum. So hatten wir es beschlossen. Wir sagen es ihm vorher.

Ja, ich will seine Angst sehen. Einmal im Leben will ich sehen, dass er *Angst hat. Wie eine Befreiung wird es sein … Mein Gott, wie oft habe ich in all den Jahren davon geträumt? Einmal war ich drauf und dran, einfach hinzufahren und es zu tun …*

»Ey, Jens! Was ist? Pennst du?«

Pack mich nicht an, Bernt. Ich konnte diese kameradschaftliche Schulterklopferei noch nie ausstehen.

Ich penne nicht. Ich beobachte euch. Ich sehe euch vergrößert. Wie damals, in Bio, die Insekten unter dem Mikroskop.

»Jens Lange – immer noch wie damals. Ich sehe ihn immer noch hinten in der letzten Bank sitzen. Wortkarg sagt man heute ja wohl. Aber man meint noch immer: mundfaul. Der große Schweiger. Ja schriftlich – schriftlich fast ein Genie, aber kriegt den Mund nicht auf.«

Warum lache ich Idiot jetzt, statt ihm eins in die Fresse zu hauen? Es ist noch zu früh. Noch zu viele von den anderen dabei.

Aber am Ende, Bollmann, da werden nur wir sechs übrig bleiben. Karin, Martin, Bernt, Peter, du und ich. Wenn die anderen längst besoffen im Bett liegen. Dann bist du dran.

Trotzdem, scheiß auf die anderen. Jetzt sage ich es ihm. Wenn ich es nur mit aller Kraft versuche, wird es schon klappen. Tausendmal habe ich dir in Tagträumen die Frage gestellt. Und jetzt? Warum ist mein Mund so trocken? Erst noch ein Schluck Bier. So. Jetzt geht's.

»Warum … warum haben Sie mich damals in die mündliche Prüfung genommen? Wo Sie doch genau wussten, dass ich …«

Scheiße. Mein Speichel. Ich habe keinen Speichel mehr im Mund.

»Dass Sie versagen würden, Lange. Nennen Sie es ruhig beim Namen.«

»Aber das brauchen wir doch heute nicht mehr zu diskutieren. Ich meine, es ist immerhin zwanzig Jahre her.«

Fall mir nicht in den Rücken, Martin. Bitte, nicht jetzt. Siehst du nicht, wie ich mich abstrample?

»Ja, nun reden Sie schon, Lange. Oder haben Sie es immer noch nicht gelernt?«

»Ich … ich …«

Ich bringe es einfach nicht raus. Immer noch nicht. Leute, lasst mich nicht hängen!

»Ich will Ihnen sagen, was Ihr Problem war – vermutlich noch ist: Sie können nicht frei sprechen. O ja, Sie wissen alles. Sie sind ein wandelndes Lexikon. Geradezu bewundernswert. Aber sobald Sie vor vielen Menschen sprechen sollen, breitet sich in Ihrem Kopf eine kaum zu glaubende Leere aus. Finsternis.«

Ja, ja, ja!

»Also, für mich wird es Zeit. Ich muss gehen.«

Ja, los, haut ab, damit wir endlich abrechnen können. Haut ab!

»Ja, seid bitte nicht sauer. Ich muss auch. Mein Heimweg ist weit.«

Na endlich. Allgemeiner Aufbruch. Glotz nicht so, Bollmann. Und mach den Mund zu.

Karin. Bitte hilf mir. Bitte, Karin. Sprich du für mich.

»Sie haben ja recht, Herr Dr. Bollmann. Aber warum haben Sie Jens dann im Mündlichen drangenommen? Er hatte doch schriftlich längst bewiesen, dass er ...«

Danke, Karin. Danke.

»Sie haben bei mir die Reifeprüfung abgelegt! Ist einer reif, der rote Ohren bekommt, wenn er vor anderen Leuten sprechen soll? Nein! Wem nutzt es, wenn er theoretisch alles weiß, es aber nicht herauskriegt?«

Ich krieg es raus. Und wenn ich dabei verrecke.

»Das war ungerecht. Sie haben mir ... Sie haben mir den Durchschnitt versaut. Aber viel schlimmer ... Sie haben mir die Selbstachtung geraubt. Ihre Gnadenlosigkeit hat mich stets verfolgt.«

Ich hab es geschafft. Ich hab es geschafft. Schüttel nicht so ablehnend den Kopf, Bernt. Du weißt genau, dass ich recht habe. Du willst dich nur bei Bollmann anbiedern.

»Also, ich verdanke Ihnen vieles, Herr Dr. Bollmann. Bei Ihnen haben wir wenigstens etwas gelernt. – Frau Wirtin, noch mal das Gleiche. – Der Piese, zum Beispiel. Der war immer freundlich und nett. Den hatten alle gerne. Fünfen kannte der gar nicht. Und – seid doch mal ehrlich! Weiß denn noch einer eine chemische Formel auswendig?«

Mensch, Martin. Dabei hattest du den perfekten Plan. Aber du spielst nur – hm, willst, dass er sich in Sicherheit wiegt.

»Oder ist gar einer von Ihnen Chemiker geworden?«

Lacht doch nicht alle so kindisch. Was war an seiner Bemerkung witzig? Was?

»Mir hat der harte Unterricht von Herrn Dr. Bollmann genutzt. Ich leite jetzt einen Betrieb mit zweihundert Mitarbeitern. Da kann ich auch nicht immer den netten Onkel spielen. Bei mir wird – so hart das klingt – nach Leistung gesiebt. Jawohl! Ganz wie damals bei Ihnen, Herr Dr. Bollmann.«

Du warst schon immer ein Angeber, Martin. Und warum schwitzt du so, Bernt? Du verheimlichst uns etwas.

»Also, ich bin Kommissar geworden. Und …«

Na bitte. Vermutlich hat er seine Verhörmethoden bei dir gelernt, Bollmann.

»So systematisch, wie Sie jeden Schummelversuch aufgedeckt haben, könnten Sie glatt ein Lehrbuch für die Kripo schreiben …«

»Täuschungsversuch! Täuschungsversuch muss es heißen. Schummeln klingt so harmlos. In Wirklichkeit handelt es sich aber um Betrug.«

Oje. Jetzt zeigt Peter schon auf, bevor er spricht. Natürlich – Bollmann nimmt ihn sogar dran.

»Wie sind Sie uns eigentlich damals draufgekommen? Ich hab das nie kapiert. Woher wussten Sie, dass wir das Aufsatzthema vorher kannten?«

»Ihr hattet einen Verräter unter euch.«

»Das glaub ich nicht.«

Genau, Karin. Das sagt er nur, um uns gegeneinander auszuspielen. Ja, davon verstehst du was, Bollmann. Du Schwein.

Und Bernt ist Kommissar geworden. Dann scheidet der ja wohl aus. Ob er sich überhaupt noch an unseren Plan erinnert? Er wirkt irgendwie so verkrampft, wie auf der Lauer. Will er die Sache doch noch durchziehen? Oder ist er halb dienstlich hier? Um den Mörder schon vor der Tat zu überführen? Nein, Bollmann, retten wird Bernt dich nicht. Dafür hat er dich zu abgrundtief gehasst.

Bernt war schon immer ein mieser Charakter. Er wird den Mord geschehen lassen und dann den Mörder verhaften. So hat er seine Rache und eine saubere Weste. Vermutlich bekommt er dafür auch noch einen Orden.

Dass du mal Karriere machen würdest, Bernt, war klar. Aber ich dachte, du wirst Finanzhai. Wucherer. Oder ganz einfach Betrüger. Jetzt arbeitest du für die Gegenseite.

Früher hast du immer Scheißbullen *gesagt. Vielleicht hat Bollmann gerade nicht gelogen. Vielleicht warst du der Verräter. Hab mich sowieso immer gefragt, wie du an die Zwei in Geschichte gekommen bist. Ja, dir würde ich einen solchen Kuhhandel zutrauen. Dir, Bernt Jäger, und Bollmann … ihr beide seid aus einem Holz.*

»Was, schon halb zwölf? Da wird es für mich aber auch Zeit.«

»Aber, Herr Bollmann. Ich habe gerade noch eine Runde bestellt. Wo wir uns so lange nicht gesehen haben.«

»Jetzt wird es gerade erst gemütlich …«

Denk ja nicht, dass du dich jetzt verziehen kannst, Bollmann! Heute ist der Tag der Rache. Dein Todestag. Heute glühen deine Schweinebäckchen zum letzten Mal vor hinterlistiger Freude.

»Jetzt sind die anderen schon alle gegangen. Die alte Clique hängt wieder zusammen. Ich sehe euch noch wie damals vor dem Schultor stehen. Martin Roth, Peter Enger, Bernt Jäger, Karin Will und Jens Lange, der große Schweiger. So etwas gibt es heute kaum noch. Jeder Schüler kümmert sich nur noch um seinen eigenen Kram. Cliquen oder gar Banden sind völlig aus der Mode gekommen.«

Mensch, Peter, melde dich nicht immer. Das ist ja nicht zum Aushalten.

»Ja, die Erfahrung mache ich auch. Ich bin ja an einem Gymnasium. Die Vereinzelung der Schüler ist erschreckend …«

Pauker bist du also geworden, Peter. Du liebe Güte. Ein Kommissar, ein Lehrer und ein Manager. Potentielle Verräter, alle.

Wir haben damals nicht aus Jux und Tollerei zusammengehalten. Wir waren eine Notgemeinschaft. Die Notgemeinschaft der Bollmanngeschädigten.

Wir sind gemeinsam sitzengeblieben. Und du, Bollmann, hast keine Gelegenheit ausgelassen, uns klarzumachen, dass wir in der neuen Klasse Fremdkörper waren. Versager. Und du konntest Versager nicht leiden. Deine grausame Offiziersmentalität verlangte im Grunde, dass ein Versager sich erschoss, statt die Schande des Sitzenbleibens zu ertragen. Ich kann deine kalte Verachtung noch heute spüren. Aber wir haben uns nicht umgebracht. Im Gegenteil, wir beschlossen, dich umzubringen.

Musst du endlos weiterreden, Bollmann?

»… und eigentlich habt ihr es mir zu verdanken. Ich habe euren Zusammenhalt gefördert. Was schweißt mehr zusammen als Druck von außen? Natürlich hätte ich euch damals alle versetzen können. Keiner von euch war schlecht. Aber ich ... ich wollte euch nicht abgeben.«

»Wie bitte?«

»Ich wollte euch als Schüler nicht abgeben. Ich wollte euch behalten. Eure alte Klasse wurde doch von Herrn Piese übernommen. Ich wette, aus keinem von denen ist was geworden. Ihr wart die Besten eures Jahrgangs. Intelligent. Ausdauernd. Mit wachen, blauen Augen. Blond. Nordisch. Urdeutsch.«

Wenn du noch einmal aufzeigst, ballere ich dir eine, Peter.

»Wollen Sie damit sagen, dass wir gar nicht richtig sitzengeblieben sind?«

»Streng genommen war das meine Auszeichnung an die Besten. Ihr wart das ideale Menschenmaterial. Bei Piese wärt ihr verweichlicht. Ich wollte euch hart machen. Zu Führungspersönlichkeiten. Das erreicht man nicht durch Gefühlsduselei. Nichts habe ich euch durchgehen lassen. Gar nichts.«

Das ist ja alles noch viel schlimmer, als wir dachten.

»Und was ist aus euch geworden? Ein Manager! Wie viele Leute haben Sie unter sich, Roth?«

»Über zweihundert.«

»Na bitte. Und Bernt Jäger. Ein Kommissar. Ich wette, dass Sie es bis zum Polizeipräsidenten bringen.

Karin Will – lassen Sie mich raten. Sie sind Chefärztin geworden, stimmt's?«

»Oberärztin – am evangelischen Krankenhaus.«

»Oberärztin, na bitte. Und Sie verdienen mehr als Ihr Mann. Ist es nicht so?«

Warum ist dir das peinlich, Karin? Warum? Wir sind allein mit ihm. Wir könnten ... Guck nicht so betreten auf die Tischdecke. Er ist hier der Angeklagte. Nicht wir.

»Meistermann war der geborene Verlierer. Es gibt im Leben Gewinner und Verlierer. Er war ein Verlierer. Im Grunde hatte ich gehofft, wenn ich das Pärchen trenne, verflüchtigt sich diese Liebesgeschichte. Insgeheim habe ich gehofft, Sie würden ein Auge auf Martin werfen …«

»Heißt das, Sie haben Meistermann versetzt, damit er und Karin auseinander…«

»Also, ich bin jetzt fertig.«

»Ihr habt mich damals gehasst. Ich weiß. Ich war zu euch strenger als zu allen anderen, aber jetzt seid ihr mir dankbar. Stimmt's?«

»Ich könnte jetzt einen Schnaps vertragen.«

Dein Glück, dass du nicht aufgezeigt hast, Peter.

»Gute Idee. Ich gebe einen aus. Für alle? Frau Wirtin! Sechs Klare!«

»Für mich bitte nicht.«

Tja, Karin, das ist dir auf den Magen geschlagen, was?

»Ach was. Bringen Sie sechs Klare. Die Sache muss runtergespült werden.«

Und jetzt befiehlt er dir sogar, Schnaps zu trinken, obwohl du keinen willst.

»Wenn Sie so ehrlich zu uns sind, Herr Dr. Bollmann, dann können wir ja auch …«

»Martin! Du willst ihm doch nicht etwa alles erzählen?«

»Warum nicht?«

»Ja, was denn, nun aber raus mit der Sprache. Ich werde euch schon nicht die Köpfe abreißen.«

Jetzt bist du reif, Bollmann. Die alte Wut ist wieder da. Du hast mit uns gespielt, als wären wir keine Menschen, sondern Schachfiguren. Du hast Gott gespielt. Du Schwein.

Ich weiß, warum du mich nicht gefragt hast, was ich ge-

worden bin. Du hattest Angst vor meiner Antwort. Bei mir ist deine unmenschliche Erziehung gescheitert. Ich bin ein Versager geworden. Jawohl. Beruflich, menschlich, auf allen Ebenen. Ich habe keinen Erfolg. Nicht mal Freunde habe ich, und meine Ehefrau hat mich höchstens aus Mitleid genommen.

Ich bin Hausmann geworden. Kannst du dir etwas Schlimmeres überhaupt vorstellen, Bollmann? Ein Mann, der den Haushalt macht, während seine Frau im Supermarkt das Geld verdient?

Ich bin es aus Protest geworden. Ja, jetzt weiß ich das. Aus Protest gegen dich, Bollmann, weil ich wusste, dass du es hassen würdest. Und jahrelang dachte ich, ich sei nur zu menschenscheu für einen normalen Beruf.

»Ey, hörst du überhaupt zu, Jens?«

»Hm.«

»Also, dann sag ich erst mal meinen Schülern Prost!«

Okay. Die Tassen hoch. Alles hört wieder auf dein Kommando, Bollmann.

»Ah, das tat gut. So, und jetzt die Stunde der Wahrheit. Was habt ihr damals ausgeheckt? Erzählen Sie mal, Roth.«

»Wir, ja, wie soll ich das sagen? Also, wir …«

Nun los, raus mit der Sprache. Sag es ihm. Du kannst das. Stell dir einfach vor, er wäre einer von deinen zweihundert Mitarbeitern.

»Wir beschlossen, Sie umzubringen.«

Na siehst du, klappt doch, Martin. Nur Mut. Weiter.

»Ja, und zwar allen Ernstes.«

Nun lächelst du aber gequält, Bollmännchen. Echt künstlich.

»So sauer seid ihr auf mich gewesen? Ist ja köstlich.«

Das Lachen wird dir vergehen.

»Wir waren damals wild entschlossen.«

»Wie wolltet ihr es denn machen? Ich meine, hattet ihr einen richtigen Plan?«

»O ja, mehrere.«

»Schießen Sie los. Woran sind Sie gescheitert? Ich lebe ja noch!«

Bollmann nimmt die Sache nicht ganz ernst. Erzähl sie nicht wie einen Männerwitz, Martin. Am Ende der Geschichte soll kein gemeinsames Lachen stehen, sondern eine Hinrichtung.

»Wir haben abwechselnd Ihr Haus beobachtet. Ihre Gewohnheiten registriert. Zunächst wollten wir Ihren Rasenmäher unter Strom setzen. Das wäre ein Leichtes gewesen. Sie sind sehr unvorsichtig mit dem Ding umgegangen. Wundert mich, dass Sie überhaupt noch leben. Sie sollten besser keinen elektrischen Rasenmäher benutzen. Besonders nicht, wenn die Wiese noch feucht ist …!«

»Und warum habt ihr das nicht gemacht? Ich meine, den Rasenmäher unter Strom gesetzt? Sie hätten das doch hingekriegt, Roth, oder?«

»Klar …«

»Und skrupellos genug waren Sie auch, oder?«

»Und ob er das war!«

»Wir hatten Angst, dass vielleicht Ihre Frau an dem Tag …«

Die Angst hattest du, Karin. Wir anderen hingegen … Ja, sag es ihm, Peter. Aber lach nicht dabei. Verharmlose es nicht.

»Das war noch nicht alles. Wir fanden damals, dieser Tod sei – nun ja – nicht schlimm genug. Ja, so komisch das klingt.

Als Nächstes planten wir, Sie freitags nachts zu packen. Sie haben jeden Freitag Skat gespielt. Vor eins, halb zwei kamen Sie nie nach Hause.«

»Das halte ich heut noch so.«

Jetzt bist du erschrocken, Bollmann. Komm, gib es zu. Du hast Angst. Spiel uns nicht den coolen Mann vor.

»Sie waren dann immer – verzeihen Sie, wenn ich das so salopp sage –, Sie waren sturzbesoffen. Dabei nahmen Sie immer die Abkürzung durch den Park. Dort wollten wir Ihnen auflauern und – und Sie gemeinsam erschlagen.«

»Frau Wirtin, noch eine Runde!«

Das hilft dir nicht, Bollmann.

»Aber die Gefahr, dabei erwischt zu werden, war Ihnen zu groß. Stimmt's?«

»Wieso, nachts im Park –?«

»Wo bleibt Ihr analytischer Verstand? Nicht ohne Grund hieß der Park ›Knutsch- und Knetgelände‹. Da trieben sich nachts mehr Pärchen in den Büschen herum als Maikäfer. Und so eine Sache ist nicht lautlos zu bewerkstelligen. Ich hätte geschrien, mich gewehrt.«

Du kriegst wieder Oberwasser. Unmöglich, aber wahr. Wir sind wieder in einer Prüfungssituation. Bollmann verteilt Noten für unsere Mordpläne.

Diesmal werden wir mit Auszeichnung bestehen. Warte es nur ab.

Los, Peter, mach ihm Angst. Er soll sich fürchten. Auch wenn er das Notengeben nicht lassen kann.

»Dafür hätten wir keine Probleme gehabt, Ihre Leiche loszuwerden. Wir hätten Sie einfach in den Karpfenteich ...«

»So vehement, wie Sie den Vorschlag verteidigen, Herr Peter Enger, muss ich annehmen, dass er von Ihnen stammte.«

»Genau.«

»Und warum habt ihr es nicht gemacht?«

Täusche ich mich, oder wird dein Mund trocken, Bollmann? Ist da ein ängstlicher Unterton?

»Weil es zu spät war.«

»Zu spät –?«

»Wir waren noch Jugendliche. Wir wohnten alle noch bei den Eltern. Es wäre aufgefallen, wenn wir alle erst frühmorgens nach Hause gekommen wären.«

»Da hattet ihr mehr Angst vor den Eltern als vor der Polizei … Ist ja köstlich.«

Amüsier dich nur, Bollmann.

»Da war die Sache mit dem Flüssigbeton schon intelligenter.«

Ja, Karin, erzähl! Aber lass dich von Bollmann nicht verunsichern.

»Sie haben damals fast jeden Tag nach der Schule in diesem Hobbykeller herumgewuselt. Wir hörten immer die Bohrmaschine. Sie wissen, welchen Kellerraum ich meine – den kleinen, mit dem Fenster zur Straße hin. Dort wollten wir mit einem Lkw voll Flüssigbeton parken und durch das Fenster den Raum vollschütten. Martin hatte schon genau ausgerechnet, nach wie viel Zeit der Keller voll gewesen wäre und wie viel Flüssigbeton wir brauchten.«

»Trotzdem war der Plan Quatsch.«

»Warum? Er war perfekt.«

»Na, weil ich einfach den Raum verlassen hätte, sobald die ersten Zentner Flüssigbeton …«

»Irrtum, Herr Dr. Bollmann. Sie wären nicht mehr herausgekommen.«

»Warum nicht?«

»Martin hatte den Einfallswinkel genau berechnet. Der Betonstrahl wäre gegen die Tür gedonnert und hätte jeden Fluchtversuch unmöglich gemacht.«

»Interessant ...«

»Außerdem hatte der Plan noch andere Vorteile. Sie wären nicht so schnell hinüber gewesen. In den äußersten Winkel hätten Sie sich verkrochen. Und wir hätten durchs Fenster dabei zugesehen. Ja, das war uns wichtig. Sie sollten wissen, wer Sie umbringt.«

»Aber das Fenster. Ich wäre durchs Fenster entkommen.«

»Unmöglich.«

»Warum?«

»Erstens füllte die Rutsche für den Flüssigbeton das kleine Fenster fast aus, zweitens standen wir da. Sie wären nicht entkommen. Wir wollten es mittwochs machen, nach vier, wenn Ihre Frau zum Friseur ...«

»Massage. Zur Massage ging sie immer. Aber ich lebe ja noch. Wie bin ich entkommen, Roth?«

»Alles lief planmäßig. Ich hatte einen Ferienjob in einer Baufirma bekommen. Ich lernte, mit einem Flüssigbeton-Lkw umzugehen. Ich fand eine Möglichkeit, an so ein Fahrzeug heranzukommen, aber ...«

»Was aber? Welcher Umstand rettete mir das Leben?«

Jetzt prustet Martin los, als sei alles nur ein Scherz. Ohne deine Schusseligkeit hätten wir es damals schon geschafft. Dann wäre mein Leben anders verlaufen.

»Ich flog raus. Sie haben mich fristlos entlassen, weil ich zweimal morgens zu spät kam. Und als ich auch noch patzig wurde, bekam ich sogar Hausverbot.«

»Also, das ist bestimmt das interessanteste Klassentreffen, das ich je erlebt habe. Aber jetzt muss ich wirklich gehen. Schließlich will ich nicht auch morgen zu spät kommen.«

»Kommt gar nicht in Frage. Sie bleiben. Jetzt erzählen wir Ihnen die Geschichte ganz.«

Richtig, Peter. Werde hart. Lass ihm keine Möglichkeit. Er weiß jetzt, dass es aus ist.

»Ach, zapfen Sie uns noch eine Runde, Frau Wirtin.«

»Das ist dann aber die letzte.«

»Zum Glück haben wir ja noch den Himbeerwein.«

»Nein! Der ... der ist ein Geschenk für Herrn Dr. Bollmann!«

Also doch. Der Wein ist vergiftet. Aber ich hätte dich für klüger gehalten, Karin. Jeder weiß sofort, dass du ihn vergiftet hast ... Obwohl ... du bist ja Ärztin. Hast du vielleicht ein Mittel in den Wein gemischt, das später nicht nachzuweisen ist? Beifall. Stehender Applaus, Frau Doktor. Aber er wird nicht mehr dazu kommen, den Wein zu trinken, denn keiner von uns hat unser Vorhaben vergessen. Ja, da staunst du, was, Bollmann? Läuft dir schon der Angstschweiß den Rücken runter? Diesmal bist du dran. Warte nur, bis du die ganze Geschichte kennst.

»Für mich wird es Zeit ... Sie haben bestimmt Verständnis, wenn ich jetzt ...«

»Nein, haben wir nicht.«

»Das – das klingt ja nach Freiheitsberaubung.«

»Was war das denn, wenn wir nachsitzen mussten ...?«

»Das kann man doch nicht vergleichen.«

»Stimmt. Uns hat dabei keiner einen ausgegeben.«

»Und was sagt der Herr Kommissar dazu?«

»Ich bin heute nicht im Dienst. Außerdem ist die Polizei Sache der Landeshoheit, und ich bin hier nicht ...«

»Na gut, das eine Bier noch …«

Ha, jetzt resigniert er. Karin, warum guckst du mich so an? Ich kann jetzt nicht reden. Ich würde …

»Die Sache mit Jens wollen wir Ihnen noch erzählen. Und dann reicht es. Nein, willst du es selbst erzählen, Jens?«

Nein, bitte nicht.

»Ach …«

»Also gut. Erzähle ich es. Jens war doch damals gerade Stadtmeister im Bogenschießen geworden. Er war Spitzenklasse, das muss man wirklich sagen. Jeder Pfeil saß. Mit einer tödlichen Genauigkeit.

Es war Sommer, und Sie hatten die Vorliebe, spätabends noch auf der Terrasse zu sitzen und zu lesen. Jens behauptete, er könnte von der Mauer des gegenüberliegenden Grundstücks aus einen Pfeil genau durch Ihren Hals jagen. Er selbst wäre auf der Mauer völlig im Dunklen gewesen, während Sie immer die Tür aufließen. So fiel ein Lichtkegel aus dem Wohnzimmer auf Sie. Sonst hätten Sie ja gar nicht lesen können.«

»Aber auch diese Sache hatte einen Haken, oder?«

»Ja, leider. Man hätte Jens sofort gehabt. Es gab nur einige wenige perfekte Bogenschützen, und von allen Bogenschützen der Stadt hätte nur einer ein erkennbares Motiv gehabt: der sitzengebliebene Schüler des Opfers.

Überhaupt scheiterte an dieser Überlegung alles. Man wäre sofort auf uns gekommen. Wenn ein Lehrer ermordet wird, nimmt man seine ältesten Schüler unter die Lupe, und schon wären wir reif gewesen. Die Verbindung zwischen Ihnen und uns lag zu klar auf der Hand. Und darum haben wir uns entschlossen …«

»So, ich finde, jetzt reicht es.«

Mensch, Karin, jetzt können wir nicht aufhören. Das müssen wir jetzt zu Ende bringen.

»Jetzt spielt es auch keine Rolle mehr. Also, wir entschlossen uns, den ganzen Plan zu verschieben. Bis es zwischen Ihnen und uns keine auf Anhieb erkennbare Verbindung mehr geben würde. – Wir verschoben den Plan um genau ... zwanzig Jahre.«

Nun haben wir ihn so weit. Er zittert. Bangt um sein bisschen Leben. Bollmann, das Schwein, wird zur Schlachtbank geführt.

»Das ist doch ... Also, jetzt haben Sie mir aber einen Schrecken eingejagt. Lassen Sie mich mal durch, Roth.«

»Warum?«

Bleib sitzen, Martin. Lass ihn nicht durch. Der haut sonst ab.

»Herrgott, ich muss zur Toilette.«

Ha, jetzt wird er ungehalten.

»Mitten im Unterricht? Das hat Zeit bis zur Pause. Vielleicht will er heimlich eine rauchen?«

»Äffen Sie mich nicht nach, lassen Sie mich durch!«

»Lass ihn schon durch, Martin.«

Bernt, der Verräter. Selbst ein Scheißbulle.

»So tun Sie doch, was er sagt, Roth. Ich mache mir ja sonst in die Hose.«

Jetzt. Jetzt sage ich es. Ich forme die Silben:

»Ich geh mit ...«

Haha. Da zittern dir die Knie, was, Bollmännchen? Hier kommst du nicht lebend raus, kapiert? Versuch nicht, zum Telefon zu kommen. Ich bin sowieso schneller. Ja, brav an die Pissrinne. Und nun lass das Angstwasser fließen.

»Verdanke ich es Ihnen, Lange, dass ich überhaupt austreten durfte, oder sind Sie am Ende als mein Bewacher mitgekommen? Mensch, Jens Lange … Wie auch immer, ich danke Ihnen jedenfalls. Ich weiß, dass sich hinter Ihrem Schweigen immer ein guter Mensch versteckt hat. Nicht wahr?«

Red du ruhig. Quatsch, so viel du willst. Du sitzt in der Falle. Du hast es längst kapiert. Heute ist Zahltag. Dies ist kein Klassentreffen, sondern ein Tribunal.

»So sagen Sie doch etwas, Lange. Müssen Sie am Ende gar nicht? Sie stehen nur hier und starren mich an. Das ist mir direkt unangenehm.«

»Wenn Sie fertig sind, können wir ja wieder zu den anderen gehen.«

Komisch, plötzlich kann ich reden.

So, da sind wir wieder. Der Gefangene ist mir nicht entwischt.

Wo werden wir es tun? Was ist, Bernt, willst du eine Rede halten? Du guckst so ernst. Fast traurig. Mensch, wir haben ihn!

»Ja, wenn ich ehrlich sein soll, also Leute, ich bin schon mit gemischten Gefühlen hierhergekommen. Man konnte ja nicht wissen, ob vielleicht wirklich noch einer an dieser Idee hängt. Immerhin haben wir alle damals einen Eid geleistet.«

»Teil eins davon haben wir schon erfüllt.«

»Hä? Was meinst du, Karin?«

»Nun, wir wollten ihm doch alles erzählen, das haben wir damals beschlossen. Erst erzählen wir ihm alles, bevor wir …«

»Jetzt trinken wir noch einen gemeinsam, und dann fahren wir alle brav nach Hause.«

Das rettet dich nicht, Bollmann. Nichts rettet dich noch.

»Sie haben Angst, dass wir es doch noch machen.«

»Unsinn … Roth … ich …«

»Ich bin gekommen, um es notfalls zu verhindern.«

Bernt, du Schwein. Also doch.

»Und zu dem Zweck hast du deine Dienstwaffe mitgebracht?«

»Ja, Karin. Woher weißt du …?«

»Bevor die Sache jetzt entgleitet, werde ich zahlen und …«

»Für mich wird es auch Zeit. Kann mich einer zum Bahnhof mitnehmen?«

Ey, Martin, spinnst du?

»Ja, ich.«

Aber Karin – wollt ihr denn nicht …?

»Kannst du noch fahren, Karin?«

»Jawohl, Herr Kommissar. Außerdem untersteht die Polizei – wie du vorhin sagtest – der Länderhoheit. Oder möchtest du heute noch zu gern jemanden verhaften?«

»Warum seid ihr auf einmal so gemein zu mir?«

»Ich verabschiede mich auch.«

Peter – ja, aber, bin ich denn alleine?

»Also, wenn jetzt plötzlich alle gehen …«

Ja, Bernt, hau ruhig ab, du Verräter. Wie schnell sie in die Mäntel huschen. Haben Angst vor sich selbst. Laufen vor sich selbst davon.

»Dann sind wir beide wohl die Letzten. Sie haben ja mal wieder den ganzen Abend nichts gesagt. Immer noch ganz der Alte, was?«

»Hm.«

»Müssen Sie auch heute Abend noch zurück?«

Fang jetzt bloß nicht an zu stottern. Nicht jetzt.

»Ich … ich wollte eigentlich noch einen trinken.«

»Wissen Sie was, wir fahren einfach noch auf einen

Schluck zu mir. Meine Frau ist sowieso nicht da. Wir haben sturmfreie Bude. Sie können bei mir schlafen. Ich habe ein Gästezimmer. Das ist schon ewig nicht mehr benutzt worden. Also, ich würde mich freuen.«

»Ja, meinetwegen. Wenn es Ihnen nichts ausmacht.«

»Gut, abgemacht. Nehmen wir uns ein Taxi und fahren zu mir. Oder sollen wir zu Fuß gehen? Durch den Park, in dem Sie mich beinahe ... ein Glück, dass Ihre Eltern so streng waren. Zwischendurch dachte ich heute Abend schon einmal, Sie könnten es alle ernst meinen. Mir wurde schon ein bisschen unheimlich. Aber jetzt trinken wir bei mir zu Hause einen auf den Schrecken. – Oh, jetzt hätten wir doch fast den selbstgemachten Himbeerwein vergessen ...«

DIE SEELE DER DINGE

Es begann schon, als ich noch ein kleiner Junge war: Gegenstände redeten mit mir.

Unser Wohnzimmerschrank vertraute mir Geheimnisse an, von denen er als Baum im tropischen Regenwald erfahren hatte. Einer Zeit, der er, anders als Umweltschützer denken, gar nicht nachtrauerte.

Damals kletterten Affen auf ihm herum, Käfer gruben sich in seine Haut, während Raupen seine Blätter fraßen. Entweder versengte die Sonne erbarmungslos seine Zweige, oder der Regen prasselte wie ein Trommelfeuer nieder und ließ ihn nicht schlafen.

Er liebte die Ruhe unseres Wohnzimmers und genoss das Staubtuch unserer Putzfrau. Zwar verfluchte er die Leute, die ihn gefällt und zersägt hatten, aber er wollte nie mehr in den Dschungel zurück.

Ich musste sein Holz berühren, um seine Stimme zu hören. Niemand sonst bekam etwas davon mit. Es waren keine Töne, die man mit einem Tonband hätte aufnehmen können. Die Informationen kamen nicht durch meine Ohren, sondern durch meine Fingerspitzen.

Vielleicht, so dachte ich damals, kommt daher der Ursprung des Wortes »begreifen«. Ich begriff die Dinge durch die Berührung mit meinen Händen.

Unser Küchentisch, diese alte Plaudertasche, erzählte mir alles, was die Leute beim Abendbrot so redeten. Er konnte keine Geheimnisse für sich behalten. Manchmal zitterte er geradezu vor Aufregung und konnte es gar nicht mehr abwarten, mir alles zu verraten. Immer wusste ich, was meine Eltern mir zum Geburtstag oder zu Weihnachten schenken wollten. Jede Urlaubsplanung war mir vorher bekannt.

Am liebsten überraschte unser Tisch mich mit Dingen, die ich nicht wissen sollte: »Weißt du, was deine Eltern vor dir geheim halten? Dein Vater hat Angst, dass ihm in der Firma gekündigt wird, und wenn nicht bald etwas passiert, lässt Tante Hedi sich scheiden, weil Onkel Wolfgang seit Monaten eine Freundin hat.«

Aber die Gegenstände sprachen nicht immer zu mir. Es dauerte ziemlich lange, bis ich kapierte, dass alles nur geschah, wenn ich Kaugummi kaute. Nicht irgendein x-beliebiges Kaugummi, nein! Es musste eine Kugel aus dem Automaten bei Stollmann sein. Der Kaugummikasten hing im Eingangsbereich der Gaststätte bei der Garderobe unter dem Zigarettenautomaten. Daneben konnte man noch Erdnüsse ziehen, die schmeckten aber nach salzigem Staub.

Wenn ich die grünen, blauen oder gelben Kugeln kaute, passierte nichts. Bei den roten wurden meine Fingerspitzen jedes Mal so sensibel wie meine Lippen. Die Innenflächen meiner Hände wurden heiß, und wenn ich dann Gegenstände berührte, sprachen sie zu mir.

Ein Schokoladenosterhase flehte mich einmal um Hilfe an, weil er auf der Fensterbank über der Heizung Angst hatte zu schmelzen. Ja, ich habe, seit ich weiß, dass die Dinge Seelen haben und Empfindungen, immer wieder Dinge gerettet oder ihnen das Leben erleichtert.

Klar, Tierschützer retten das Leben von Kröten und kämpfen für bessere Lebensbedingungen von Hühnern in Legebatterien. Die radikaleren unter ihnen befreien Tiere aus Versuchslabors. Aber wer macht sich schon Gedanken darüber, was so ein Fußball zu erleiden hat?

Ich habe aus der Turnhalle unserer Schule zweiunddreißig Bälle gerettet. Erst habe ich nur die alten und verletzten in Sicherheit gebracht, bei denen sich schon Risse im Leder zeigten oder die Nähte platzten. Einige waren inzwischen so sauer auf Menschen, dass sie gar nicht mehr mit mir reden wollten. Ich konnte sie verstehen. Wenn ich dauernd getreten werden würde, wäre ich inzwischen auch kein netter Mensch mehr.

Ich konnte nicht alle geretteten Gegenstände in meinem Zimmer unterbringen, deshalb suchte ich mir einen anderen Platz. Seit dem Niedergang der Stahlindustrie stand bei uns ein ganzes Werk leer. Die Hallen verfielen.

Ich füllte sie mit neuem Leben. Es begann mit Fußbällen, dann rettete ich Tennisschläger und jede Menge Hämmer. Das Leben von so einem Hammer ist ein absolutes Trauerspiel. Wenn er mal zur Hand genommen wird, dann nur, um mit ihm zuzuschlagen. Harte Schale, weicher Kern, dieser Satz traf auf die meisten Hämmer zu, die ich kennengelernt habe. Dabei waren die schweren Vorschlaghämmer und die Zimmermannshämmer oft sensibler als diese kleinen, mit denen man nur kurze Nägel in Holzleisten klopft.

Die meisten Hämmer litten darunter, anderen Schaden zuzufügen. Ich kannte einen Hammer, der hat sich nie verziehen, dass mit ihm ein kleines rosa Sparschwein zerdeppert wurde, und das nur, weil der kleine Idiot von Besitzer den Schlüssel mit durch den Sparschlitz geworfen hatte.

Das Raumproblem hatte ich durch meine eigene Lagerhalle

gelöst, aber es gab noch mehr Schwierigkeiten. Ich musste an diese roten Kaugummikugeln aus Stollmanns Gaststätte kommen, denn nachdem ich ein, zwei Stunden darauf herumgekaut hatte, verlor das Kaugummi mit dem Geschmack auch seine merkwürdige Zauberkraft.

Ich warf eine Menge Geld in den Automaten, aber nicht immer kam eine rote Kugel heraus. Viel zu oft fielen gelbe, blaue oder grüne aus dem Spender. Ich konnte das nicht beeinflussen. Zwar war der Automat selbst geformt wie eine fußballgroße Kaugummikugel, mit einer Spardose aus Metall unten dran, aber welches Kaugummi als Nächstes herausrollen würde, konnte man nicht sehen.

Ich wollte dem Kaugummikasten zuhören, aber der sagte kein Wort zu mir. Doch kaum hatte ich meine rechte Handfläche auf das durchsichtige Plastikgehäuse gelegt, empfand ich das Wehklagen der bunten Kugeln wie einen stechenden Schmerz im eigenen Körper.

Sie wollten raus aus ihrem Gefängnis. Sie kreischten und schrien alle durcheinander. Die roten Kugeln am lautesten, aber auch die blauen machten mächtig Theater. Die gelben argumentierten sachlich. Die grünen forderten scharf. Einige beschimpften mich, ich würde nichts für sie tun.

Der Metallkasten unter der Kugel mischte sich ein: »Gib mir dein Geld, und ich lasse sie alle frei!«

Die roten Kaugummikugeln machte dieses Angebot nur noch wütender: »Siehst du! So ein Schwein ist dieser Automat! Er ist ein Verbrecher! Ein Erpresser und Entführer! Wir sind seine Geiseln! Ruf die Polizei, sie sollen uns hier rausholen!«

Ich versuchte, vernünftig mit den Kaugummis zu reden. Ich sagte ihnen, dass wir von der Polizei keine Hilfe zu erwarten hätten, aber erklär mal einem Kaugummi so eine komplizierte Rechtslage!

Ich hatte längst all mein Taschengeld verbraucht. Ich erzählte dem Zimmermannshammer mit dem Schuldkomplex von meiner misslichen Lage, und er hatte eine Idee oder, besser gesagt, einen Vorschlag. Er fand, er hätte sowieso in der Welt noch einiges wiedergutzumachen, weil er doch das Sparschwein zerdeppert hatte. Er wollte unbedingt bei der Befreiung der Kaugummis mitmachen.

So ein Zimmermannshammer ist ein nützliches Werkzeug, am einen Ende flach, um Nägel ins Holz zu schlagen, und am anderen Ende spitz und gebogen wie zwei Finger, die ein V bilden, damit kann man Nägel aus der Wand ziehen.

Okay, mein Plan stand fest. Ich ging mit meinem Lieblingshammer und zwei Plastiktüten zur Gaststätte Stollmann. Drinnen guckten sie ein Fußballspiel. Die Stimmung in der zweiten Halbzeit war aufgeheizt. Einige Besoffene grölten, als würden die Fußballspieler nur auf ihre Ideen warten:

»Lauf, lauf!«

»Gib doch die Pille ab, Mensch!«

Die Lage war günstig für mich. Ich stülpte eine Tüte von unten über den Automaten, so dass nur oben etwas von der Plastikkugel frei blieb.

Der Hammer in meiner Hand freute sich: »Ja, gut so! Jetzt hol kräftig aus und dann schlag schwungvoll zu. Den Rest mach ich. Ja, ziel genau auf die Mitte!«

Ich ließ den Hammer durch die Luft sausen.

»Freiheit!«, grölten die Kaugummikugeln.

»Nein!«, schrie der Automat. »Toor!«, die Fußballfans. Dann krachte die Hammerspitze ins Plastik. Der Schlag war so gewaltig, dass die Kugeln nur so herausspritzten. Die meisten fielen in die Plastiktüte, aber ein paar kullerten auch über den Boden. Ich sammelte sie auf.

Da wollte Nick Horn neue Zigaretten ziehen. Er hatte einen Haarschnitt wie amerikanische Bomberpiloten und einen Stiernacken. Mit seiner bratpfannengroßen Faust packte er mich am Hals und hob mich hoch.

Ich habe schon mit Baseballschlägern geredet, die waren intelligenter und viel sensibler als er.

Nick schüttelte mich. Ich ließ die Tüte fallen, und meine wertvollen Kaugummikugeln knallten hin. Sie rollten jetzt überall herum. Wie bunter Schnee bedeckten sie den Boden.

»Hab ich dich, du kleiner Dieb, du!«, zischte er, und Speichelblasen, die nach Weinbrand rochen, flogen von seinen wulstigen Lippen in mein Gesicht.

Ich bekam keine Luft mehr. Er hielt mich mit einer Hand am Hals fest umklammert hoch. Ich baumelte an seinem Arm wie ein Gehenkter am Galgen. Ich zappelte mit den Füßen, aber das nutzte nichts.

Ich hatte immer noch den Hammer in der Hand. Er schickte eindeutige Signale in mein Gehirn: »Willst du sterben, Timmy? Wehr dich! Hau ihm den dummen Schädel ein! Warum zögerst du? Tut der Idiot dir leid? Du kannst ja meine stumpfe Seite nehmen. Hauptsache, du haust zu!«

Ich hörte, wie unter Nicks Füßen wertvolle Kaugummikugeln zerkrachten. Ich sah Sternchen auf mich zufliegen und wusste, dass ich gleich ohnmächtig werden würde. Ich hatte nur noch wenige Sekunden, um zu handeln.

Mein Hals wurde immer länger. Ich wusste nicht, ob meine Hand den Hammer führte oder der Hammer meine Hand, jedenfalls landete die stumpfe Stelle vom Zimmermannshammer auf Nick Horns Kopf.

Er ließ mich sofort los. Ich stürzte und knickte um. Mein rechter Fuß tat mindestens genauso weh wie mein Hals, aber ich konnte wieder atmen, und die Sterne vor meinen Augen verschwanden.

Ich lag auf und zwischen meinen Kaugummikugeln. Nick Horn taumelte in die Gaststätte zurück. Ich sammelte so viele rote Kugeln auf, wie ich nur mit einer Hand zu fassen bekam – in der anderen hielt ich den Hammer fest umklammert.

Er jubelte: »Das hast du gut gemacht! Du bist ein Held! Ein Befreier!«

Ich stopfte meine Hosentaschen voll. Ein Teil meines Verstandes forderte mich dringend auf, so schnell wie möglich abzuhauen, ein anderer verlangte von mir, ich dürfe auf keinen Fall ohne die roten Kugeln verschwinden.

Die rote Kaugummikugel, die ich in dem Moment, als die Tür zur Gaststätte wieder aufflog, hochhob, ging sogar so weit zu behaupten: »Du bist einer von uns, Timmy!«

Herr Stollmann, der Besitzer des Lokals persönlich, stand vor mir. Links und rechts von ihm warteten zwei aufgebrachte Gäste darauf, noch heute Abend zu Helden werden zu können. Hinter ihnen lag Nick Horn am Boden. Er blutete, aber er lebte noch und schien es zu genießen, als die schöne Maria, die Bedienung, die er seit Jahren anhimmelte, seinen Kopf auf ihre Knie bettete und sein Gesicht mit einem weißen Tuch abtupfte.

»Der müsste dir noch dankbar sein!«, rief eine rote Kugel aus meiner Tasche.

»Leg den Hammer hin und gib auf, du Satansbraten!«, forderte Stollmann. »Die Polizei ist verständigt. Es nutzt nichts abzuhauen. Ich kenne deine Eltern gut, Timmy! Was ist nur in dich gefahren?«

Er machte einen weiteren Schritt auf mich zu, rutschte aber auf den Kaugummikugeln aus und riss die beiden Möchtegernhelden links und rechts neben sich mit um.

»Sieg! Sieg! Unterschätze nie eine Kaugummikugel mit Zitronengeschmack«, rief eine klebrige Masse unter Stollmanns linkem Schuh.

Dann rannte ich. Die Kugeln in meinen Taschen protestierten, ich könne doch ihre Leidensgefährten nicht zurücklassen, aber ich hörte nicht mehr auf sie. Ich rannte nur, so schnell ich konnte, nach Hause. Ich bekam Seitenstiche dabei und sah schon wieder Sternchen, aber ich rannte.

Erst als ich vor unserer Haustür ankam, wurde mir mulmig zumute. Wie sollte ich meinen Eltern das erklären? Würden sie Verständnis für mich haben oder mich in eine psychiatrische Klinik einweisen lassen?

Für einen Moment keimte sogar die Hoffnung in mir auf, ich könnte meine Eltern vielleicht als Bündnispartner gewinnen bei der Rettung vieler gequälter Gegenstände. Eigentlich waren meine Eltern gute Menschen, und sie liebten mich, das konnte ich täglich spüren. Trotzdem war ich mir nicht sicher, ob ich ihnen nicht zu viel zumutete, wenn ich ihnen die ganze Wahrheit erzählen würde.

Ich versuchte es trotzdem. Es war ein bisschen der Mut der Verzweiflung, denn ich wusste genau, dass ich eine unsichtbare Linie überquert hatte. Bisher war ich bei allen kleinen Regelverstößen immer innerhalb bestimmter Grenzen geblieben. Jetzt hatte ich einen Fehltritt begangen, von dem ich fürchtete, er sei Grund genug für meine Eltern, mir ihre Liebe zu entziehen und mich zu verdammen.

Wie weit, fragte ich mich, darf man gehen, ohne die Liebe der Menschen aufs Spiel zu setzen, die einem wichtig sind?

Meine Eltern waren nicht zu Hause. Sie gingen an jedem ersten Freitag im Monat zum Bowling, und dann kamen sie selten vor dreiundzwanzig Uhr nach Hause. Meistens wurde es noch später, weil wir samstags alle ausschlafen konnten. Letzten Sommer kamen sie einmal erst gegen halb zwei gutgelaunt zurück und weckten mich, weil sie bei ihrem Versuch, besonders leise zu sein, immer wieder laut losgibbelten. Meine Mutter wird, wenn sie ein paar Schluck zu viel getrunken hat, wie die Zwillinge aus der 7c, die bei Worten wie »Pimmel« gleich einen Lachkrampf kriegen.

Ich hatte also noch Zeit, mein Zimmer aufzuräumen, die Wäsche in meinem Schrank zu ordnen und all die Dinge zu tun, die Eltern von ihrem braven Sohn erwarten. Ich wollte ihnen auf keinen Fall sichtbaren Anlass zum Meckern liefern.

Das Telefon klingelte dreimal, aber ich hob nicht ab, weil ich befürchtete, Stollmann oder Nick Horn könnten versuchen, meine Eltern zu erreichen. Auf keinen Fall wollte ich mit diesen Typen reden.

Dann klingelte es an der Haustür. Ich lief zum Fenster, ohne im Wohnzimmer Licht zu machen. Von hier aus konnte ich unsere Eingangstür sehen.

Zwei Uniformierte standen in unserem Vorgarten. Ein Mann um die fünfzig mit grimmigem Blick und dickem Bauch und eine junge Frau mit streng nach hinten gekämmten Haaren, aber einem mild-verständnisvollen Zug um den Mund.

Natürlich öffnete ich ihnen nicht. Ich blieb hinter der Gardine stehen und beobachtete sie. Sie sprachen miteinander, aber ich konnte nicht verstehen, was sie sagten.

Dann sah der Dicke auf die Uhr und zog mit beiden Händen seinen Hosenbund höher, was aber nichts nutzte, weil der Bauch sofort wieder darüberschwappte. Als sie endlich gingen, sah er von hinten aus wie ein Hip-Hopper. Seine Hose hing so tief, dass die Arschtaschen fast die Kniekehlen berührten, und seine Boxershorts mit Blümchenmuster leuchteten im Laternenlicht, als ob sie versuchen würden, ein paar verirrte nächtliche Bienen anzulocken.

Mein Hals war ausgetrocknet. Ich trank Wasser aus dem Hahn.

Ich hatte dreiundzwanzig rote Kaugummikugeln. Ich versteckte sie in meiner Nachttischschublade. Natürlich kaute ich dabei. Wenn ich nervös bin, kaue ich immer.

Mein Nachttischschränkchen war mächtig stolz darauf, meinen wertvollen Schatz hüten zu dürfen. Es sagte, es hätte schon befürchtet, der eingebildete Wohnzimmerschrank würde mal wieder vorgezogen. Außerdem sei der gar nicht aus Tropenholz. Sondern nur ein Imitat aus gepressten Sägespänen, sozusagen Abfall. Ein Lügner sei er und ein Hochstapler, unser Wohnzimmerschrank, jawohl.

Meine Eltern kamen um kurz vor zwölf zurück. Sie waren gutgelaunt und hatten keine Ahnung. Meine Mutter warf noch kurz einen Blick in mein Zimmer und flüsterte: »Er schläft. Ist er nicht ein braver Junge? Wenn ich daran denke, wie viele Probleme meine Freundin Elli mit ihrem Sohn hat!«

»Der ist genau wie sein Vater. Ein Nichtsnutz, der nur Mist im Kopf hat«, antwortete mein Vater und drückte meiner Mutter einen Kuss auf den Hals.

Sie kicherte. Die beiden schlossen leise meine Tür.

»Der ist wie sein Vater …« war ein Lieblingssatz von meinem Dad. Immer wenn ein Jugendlicher Mist gebaut hatte, sagte er das und beanspruchte damit gleichzeitig meine brave Wohlanständigkeit für sich. Wie würde er reagieren, wenn er morgen früh erfahren musste, dass sein Sohn im Eingang der Gaststätte Stollmann zunächst einen Kaugummiautomaten zertrümmert hatte und dann den Kopf von Nick Horn …

Mir wurde schlecht bei dem Gedanken. Ich überlegte, ob ich meinen Eltern jetzt davon erzählen sollte. Vielleicht war es besser, wenn sie alles aus meinem Mund erfuhren?

Wie konnte meine Rechtfertigung aussehen?

Mein Nachttischschränkchen riet mir, alles auf den Wohnzimmerschrank zu schieben. Ich sollte meinen Eltern erzählen, der »aufgeblasene Lügner« hätte mich zu der Tat angestiftet.

Ich konnte mir lebhaft vorstellen, wie meine Eltern darauf reagieren würden …

»Nein«, sagte ich zum Nachtschränkchen, »nein, ich glaube, das kann ich meinen Eltern nicht zumuten.«

»Besser, sie hacken den Sägespänehaufen in Stücke als dich.«

»Ja, da hast du recht, aber sie werden mir kein Wort glauben, wenn ich sage, dass der Schrank mit mir redet.«

»Ach, aber deine Geschichte ist glaubhafter, oder was?«

»Nein, natürlich nicht! Aber meine Eltern werden mich nicht in Stücke hacken.«

»Bist du dir da sicher?«

»Na klar.«

»Darf ich dich an den Tisch von deiner Oma erinnern und das Kirschbaumholzregal?«

Trotz meiner Sorgen musste ich lachen. »Das waren Möbel, keine Menschen.«

»Und – wo ist der Unterschied?«

Ich antwortete schnell, ohne zu überlegen: »Möbel haben keine Seele.«

»Das musst du gerade sagen! Menschen haben kein Gefühl

in den Fingern, das ist es, Timmy! Sie hören nur mit den Ohren. Weil sie die Sprache der Dinge und der Tiere verloren haben, darum glauben sie, dass nur sie selbst Gefühle haben, kluge Gedanken und Schmerzen empfinden können. Du weißt das besser, Timmy!«

Ich lag tatsächlich auf meinem Bett, eine Hand auf dem Schränkchen und philosophierte mit ihm. War ich verrückt oder nur klüger und sensibler als die meisten Menschen? Gab es noch mehr von meiner Sorte, die mit Hilfe von roten Kaugummikugeln Kontakt zu Gegenständen aufnehmen konnten? War ich der einzige Mensch? Was sollte ich tun?

Am Morgen wurde ich von lauten Stimmen aus der Küche geweckt. Es duftete nach frisch gemahlenen Kaffeebohnen. Kaum steckte ich mir das Kaugummi in den Mund, das noch vom Vorabend zerbissen auf meinem Schränkchen lag, konnte ich die gequälten Schreie der arabischen Bohnen hören, die für den Espresso zerkleinert wurden.

Meine Mutter rief mich: »Timmy, Schätzchen, komm mal zu uns!«

Ich war in meiner Straßenkleidung eingeschlafen. Ich zog mich rasch aus und schlüpfte in einen Schlafanzug. Ich sah auf die Uhr. Es war Samstagmorgen kurz vor zehn.

Ich hörte meinen Vater lachen, und Worte wie »Blödsinn« und »völlig undenkbar« fielen.

Ich brauchte wohl zu lange, denn plötzlich erschien meine Mutter in meinem Zimmer. Sie war noch ungekämmt, trug ihren flauschigen Bademantel und Pantoffeln mit Häschenohren, die sie mir eigentlich mal zum Geburtstag geschenkt hatte, aber weil ich mich dadurch beleidigt fühlte und mich natürlich weigerte, sie auch nur ein einziges Mal anzuziehen, trug meine Mutter die Pantoffeln demonstrativ selbst.

Ab und zu ließ sie den Satz fallen: »Ich weiß gar nicht, was du gegen die Pantoffeln hast, mir gefallen sie.«

Heute Morgen sagte sie das nicht. Stattdessen versuchte sie, mich auf die Polizei vorzubereiten. Sie lächelte wohlwollend: »Mach dir keine Sorgen, mein Schatz, da draußen sind zwei Beamte, die behaupten, du hättest gestern Abend einem Mann mit einem Hammer den Kopf eingeschlagen.«

Sie machte eine wegwerfende Bewegung, als sei das völlig undenkbar. »Es ist nur ein Missverständnis, kein Grund, sich aufzuregen. Wir gehen jetzt einfach raus, und du sagst den beiden, dass du es nicht warst. Herr Stollmann will dich erkannt haben, aber der alte Säufer ist ja in seiner Kneipe selbst sein bester Kunde.«

Meine Mutter wollte mir durchs Haar streichen, doch sie hielt mitten in der liebevollen Bewegung inne. Ihre Augen veränderten sich. Sie nahm offensichtlich etwas an mir wahr, das ihr überhaupt nicht gefiel. Es gefiel ihr so wenig, dass sie es gar nicht wahrhaben wollte, doch sie deutete mein Zögern unbewusst richtig.

»Es ist alles wahr, Mama«, sagte ich. »Ich habe das wirklich getan.«

»A… aber Timmy … warum denn?«

Sie sah so erschüttert aus, dass ich mich augenblicklich noch schlechter fühlte als vorher.

Angeblich ist es ja immer am besten, die Wahrheit zu sagen, und angeblich will ja auch jeder die Wahrheit hören. Aber in meinem Fall war das nicht ganz so. Was nutzt die Wahrheit, wenn sie unglaublich ist? Jede noch so dreiste Lüge hätte meine Mutter mir abgenommen, aber nicht, dass ich bunte Kaugummikugeln aus der Gefangenschaft eines Automaten befreien wollte.

Noch während ich ihr das zu erklären versuchte, weiteten sich ihre Pupillen. Dann fokussierte sie eine Stelle an meinem Hals. Sie fasste hin.

»Was ist das? Ein blauer Fleck?«

Ich nickte. »Nick Horn hat mich gewürgt.«

Es war, als ob meine Antwort Kraft in meine Mutter fließen lassen würde. Mit einem Mal saß sie aufrecht da. Angriffslustig. Entschlussfreudig.

»Also«, verlangte sie, »du sagst jetzt gar nichts mehr. Vor allen Dingen erzählst du hier nichts über diesen Blödsinn mit den Kaugummikugeln. Die ganze Sache wird Onkel Andreas übernehmen. Keine Angst, mein Kleiner, der paukt dich da raus.«

Onkel Andreas wollte in seiner Jugend mal Tennisprofi werden. Jetzt war er ein begnadeter Rechtsanwalt. Er hat mal ein Restaurant verklagt, in dem meine Mutter eine schlechte Muschel gegessen hatte. Er hat genug Schmerzensgeld für sie herausgehauen für einen gemeinsamen Urlaub.

Mit ihren Fingern kämmte meine Mutter flüchtig durch meine Haare und zupfte an meinem Schlafanzug herum. Dann schob sie mich vor sich her in die Küche, wo mein Vater mit den Polizisten saß.

Meine Mutter hielt die ganze Zeit eine Hand auf meiner Schulter und drückte sofort zu, wenn ich etwas sagen wollte. Also hielt ich lieber den Mund.

Mein Vater glotzte uns an, als ob wir Marsmenschen seien. Meine Mutter sprach scharf und ließ keinen Widerspruch zu.

»Mein Sohn wird nichts zur Sache selbst sagen. Er steht noch unter Schock. Unser Anwalt Andreas Cremer wird Ihre Fragen schriftlich beantworten. Aber so viel kann ich Ihnen schon jetzt sagen: Ihre Herren Stollmann und Horn können sich warm anziehen.«

Die Polizisten sahen sich gegenseitig fragend an.

Meine Mutter zeigte auf meinen Hals.

Die Stimmung kippte augenblicklich.

»Wir werden unseren Sohn jetzt ärztlich untersuchen lassen. Das Gutachten schicken wir Ihnen dann zu.«

»Ja, aber …« Der dicke Polizist hielt einen Block in der Hand und wollte etwas aufschreiben, wusste aber nicht, was.

Fast genüsslich erklärte meine Mutter: »Unser Sohn wollte sich eine Kaugummikugel ziehen. Das tut er öfter. Er mag dieses süße Zeug. Der defekte Automat wurde offensichtlich nicht richtig gewartet. Jedenfalls explodierte er. Mein Sohn hätte das Augenlicht verlieren können. Gott sei Dank ist nichts Schlimmeres passiert. Statt ihm zu helfen, hat Herr Nick Horn mein Kind gewürgt. Sehen Sie hier?«

Mein Vater stand auf, bereit, seinen Sohn sofort gegen jeden Angriff zu verteidigen.

Ich war baff, wie geschickt und skrupellos meine Mutter den ganzen Vorfall umlog und mich zum Opfer machte.

»Das Ganze war also Notwehr, falls mein Sohn überhaupt etwas mit der Verletzung von Herrn Horn zu tun hat. Vielleicht haben die beiden Suffköpfe sich ja auch geprügelt oder sind die Treppe heruntergefallen.«

Die Polizistin sagte: »Herr Nick Horn hat eine Kopfverletzung, Herr Stollmann ein gebrochenes Handgelenk. Er ist in der Tat gestürzt.«

Mein Vater lachte demonstrativ: »Schauen Sie meinen Sohn an! Glauben Sie ernsthaft, dass der zwei erwachsene, übergewichtige Männer krankenhausreif prügeln kann?«

Mein Vater tippte sich gegen die Stirn.

»So!«, stellte meine Mutter kurz klar. »Sie müssen jetzt leider gehen. Wir müssen uns um unseren Sohn kümmern. Sie sehen ja, es geht ihm nicht gut. Wir müssen zum Arzt und zum Anwalt.«

Die beiden Polizeibeamten zogen ab wie begossene Pudel. Die Frau wünschte mir sogar noch gute Besserung.

Kaum waren sie aus der Tür, wollte mein Vater die ganze Wahrheit wissen, »und nichts als die Wahrheit«.

Erleichtert darüber, wie sehr meine Mutter sich für mich eingesetzt hatte, erzählte ich meinem Vater alles, während sie mit Onkel Andreas telefonierte.

Mein Vater hörte mir sehr ruhig zu. Früher hat er einmal geraucht, und in nervösen Situationen weiß er manchmal nicht, wohin mit seinen Fingern. Dies war so eine Situation. Aber er unterbrach mich nicht, dadurch schürte er in mir die Hoffnung, er würde mir glauben.

Als ich fertig war, atmete er lange aus, dann sagte er: »Wenn du diese roten Kaugummikugeln kaust, erfährst du also Sachen von den Dingen …?«

Ich nickte.

Er schien mir wirklich zu glauben.

»Hast du so eine Kugel hier?«

»Ja. Habe ich.«

»Gut. Hol sie. Ich möchte, dass du sie jetzt hier kaust und mir das vormachst.«

Unser Experiment begann. Meine Mutter sah uns zu.

Ich kaute eine Kugel gut durch und schluckte den Saft. Er schmeckte wie immer. Eine Mischung aus Himbeer, Erdbeer und Sahne.

Dann fischte mein Vater seine Brieftasche aus dem Jackett und holte seinen Lottoschein heraus. Er hielt ihn mir hin.

Ich nahm den Schein zwischen meine Finger und erhielt in der Tat sofort einen Kontakt und eine Nachricht.

»Also?«, fragte mein Vater voller froher Erwartung. »Wie sind die Lottozahlen heute Abend? Na los, Kleiner. Noch können wir einen Schein abgeben und unser Glück machen.«

Er zwinkerte meiner Mutter zu.

Ich wusste sofort, was er vorhatte. Er glaubte mir natürlich kein Wort und wollte mir jetzt beweisen, dass alles, was ich über die roten Kaugummikugeln erzählt hatte, Spinnerei war und nichts weiter.

»Papa«, sagte ich vorsichtig, »ich kann nicht in die Zukunft gucken. Das habe ich auch nie behauptet. Nur der Blick in die Vergangenheit steht mir offen.«

Mein Vater lachte: »Du kannst mir also die Lottozahlen vom letzten Wochenende sagen. Na toll, aber das kann jeder – ich auch.«

»Der Schein weiß die Zahlen vom letzten Wochenende gar nicht, aber er hat mir soeben erzählt, dass du, als du in der Lottoannahmestelle warst, nicht nur gespielt hast, sondern dir auch eine Packung Zigaretten gekauft hast. Camel ohne.«

Meine Mutter klatschte mit der offenen Handfläche auf die Arbeitsplatte am Küchenherd. »Also, das ist doch …!«

»Das stimmt nicht!«, rief mein Vater. »Das ist nicht wahr! Du wirst doch diesen Mist nicht glauben?!«

»Und ich dachte wirklich, du hättest aufgehört …«, empörte sich meine Mutter.

»Habe ich auch! Du wirst doch diesem Lottoschein nicht mehr glauben als mir?«

Meine Mutter drehte uns den Rücken zu. Sie sah meinem Vater genauso an wie ich, dass er log, vermutete aber, ich hätte einfach einen Schuss ins Blaue gemacht und einen Volltreffer gelandet.

Meine Eltern bestanden darauf, dass ich mich in ärztliche Behandlung begab. Nach außen hin wurde alles abgestritten, und ich gab das Unschuldslamm.

Dr. Lin hatte dann sehr bald für all die Vorfälle eine Erklärung, die meine Eltern akzeptieren konnten: Beim Kauen der roten Kaugummikugeln wurde angeblich eine chemische Substanz freigesetzt, auf die ich allergisch reagieren würde.

Allergische Reaktion klang gut. Meine Mutter bekam zum Beispiel von Thunfisch Atemnot. Mein Vater von schwarzen Oliven und einem bestimmten Rasierwasser Hautausschlag.

Ich konnte Thunfisch mit Oliven essen, und es machte mir überhaupt nichts.

»Jeder Mensch hat andere allergische Reaktionen. Atemnot bis hin zu Asthma, Hautreizungen bis zur Neurodermitis, und Ihr Sohn zeigt psychische Reaktionen. Vermutlich löst ein Geschmacksverstärker Halluzinationen bei ihm aus. Es gibt dagegen ein ganz einfaches und wirkungsvolles Mittel. Keine Himbeerkaugummis mehr kauen! Überhaupt wäre ich bei allen künstlich rot eingefärbten Lebensmitteln vorsichtig. Kein Erdbeereis. Selbst bei Roter Bete wäre ich vorsichtig. Da Timmy nicht auf blaue oder grüne Kaugummis reagiert, muss es mit dem Farbstoff oder mit den Geschmacksverstärkern zusammenhängen.«

Dr. Lins Worte beruhigten meine Eltern, denn er schloss seine Diagnose mit den Worten: »Ansonsten ist Timmy ein für sein Alter sehr gut entwickelter, aufgeweckter, völlig normaler Junge.«

Meine Eltern wirkten erleichtert und wie frisch verliebt.

Sie hielten auf der Rückfahrt Händchen und sahen sich ein paarmal tief in die Augen.

Zu Hause tat mein Vater das Schlimmste, an das ich mich erinnern kann: Er holte all meine restlichen Kaugummis aus meinem Nachtschränkchen – keine Ahnung, woher er von meinem Versteck wusste – und warf sie in den Müll.

Zu Stollmann traute ich mich nicht mehr, außerdem hörte ich, dort sei nie wieder ein Kaugummiautomat aufgehängt worden.

Nick Horn zahlte zweitausend Euro Schmerzensgeld an mich. Im Gegenzug wurde das Verfahren gegen ihn eingestellt.

Die Gegenstände sprachen nicht mehr mit mir. Ich hörte nicht mehr das Wehklagen der Bleistifte, wenn sie in einen Anspitzer geschoben wurden, und blieb taub für das Jammern der Fußbälle bei jedem festen Tritt. Ich wurde wieder ein ganz normaler Junge mit ziemlich guten Schulnoten und Freunden, die sonntags mit mir ins Kino gingen oder zum Fußball.

DER WERWOLF

»Ich habe dich durchschaut, du Drecksack, und ich mach dich fertig. Ich krieg dich!« Immer wieder sagte ich diese Sätze zu mir selbst, während ich ihn beobachtete. »Ich habe dich durchschaut, du Drecksack, und ich mach dich fertig. Ich krieg dich!«

Das ist wie ein Mantra geworden oder wie ein Gebet. Ich wiederholte die Worte mal schnell, mal langsam. Ich sprach sie wie ein Versprechen, dann wie eine Drohung oder so wie der Wetterfrosch im Fernsehen die Aussichten für die nächsten Tage verkündet.

Er war arglos. Er erwartete keinen Angriff von mir.

Wie denn auch?

Ich war gerade fünfzehn geworden und er ein erwachsener Mann. Er sah aus wie fünfunddreißig, war aber schon zehn Jahre älter. Er hielt sich fit. In aller Herrgottsfrühe joggte er zweimal die Woche, sonntags und mittwochs, bei jedem Wetter.

Im Fitnessstudio war er Stammgast und in der Sauna. Vermutlich suchte er sich dort seine Opfer aus, denn eigentlich hätte er sich die teuren Saunabesuche sparen können. In seinem Keller hatte er nämlich Schwitzräume eingebaut.

Ich habe dort eine Webcam installiert. Er konnte sie nicht

finden. Sie war Bestandteil des Abfalls, den er als sein Kunstwerk bezeichnete.

Eine Figur aus Müll. Plastikflaschen, Dosen und Kleiderbügel, darin fiel das Auge meiner Webcam nicht auf.

Eine Weile habe ich mir vorgestellt, er würde sein nächstes Opfer in dieser Sauna töten. Ja, ich wollte ihn mit einem Film überführen. Ich hoffte, meine Mutter würde mir dann glauben. Aber der scheinheilige Herr Kutter war nicht dumm genug, die Morde in seinem Haus zu begehen.

Er war ein Werwolf. Er brauchte Blut. Er war die meiste Zeit über ein ganz normaler Mensch, aber bei Vollmond verwandelte er sich in eine reißende Bestie.

Nein, das ist kein Aberglaube! Die Menschen wissen es seit Jahrhunderten. Es gibt Werwölfe nicht erst seit Hollywood. Sie kommen schon in der Höhlenmalerei vor. Der griechische König Lykaon wurde von Zeus in einen Wolf verwandelt, weil er und seine Söhne dem Gott bei einem Besuch Menschenfleisch vorsetzten.

Einige germanische Völker haben die Werwölfe als Götter verehrt. Das war Aberglaube!

Man darf sie nicht verehren, man muss sie ausrotten! Und genau das hatte ich vor. Es heißt, ihre Wunden heilen schnell und um sie umzubringen, brauche man eine Silberkugel.

Es ist nicht so einfach wie bei einem Vampir. Werwölfe sind nicht so verletzlich wie Vampire oder Zombies. Leider hat ein Kreuz keine Wirkung auf Kutter, und Weihwasser kann man vergessen.

Ich habe das ausprobiert, jawohl!

Er nahm zum Muskeltraining immer eine Flasche Wasser in seiner Sporttasche versteckt mit ins Studio. Eigentlich war das verboten, die wollten dort ja schließlich ihre teuren Isodrinks verkaufen. Weil er aber geizig war, schmuggelte er lieber sein eigenes Wasser in die Umkleidekabine.

Genau diese Chance habe ich genutzt. Es war ein Leichtes, an Weihwasser zu kommen.

Der Dom bei uns steht immer allen Gläubigen offen. Ich habe eine Plastikflasche ins Becken gehalten, und schon hatte ich reines Weihwasser. Ich tauschte es in der Umkleidekabine gegen seine Wasserflasche aus. Ich hatte mich extra zu einem Probetraining angemeldet, um ganz nah dabei zu sein, wenn das Weihwasser seine Kehle zerfetzte.

Ich stellte mir vor, dass das Zeug wie eine blubbernde Säure seine Speiseröhre verätzen würde.

Ich sah ihn schon vor meinem inneren Auge, wie er sich auf dem Boden in Krämpfen wälzte und vergeblich um Hilfe flehte.

Aber das passierte leider nicht. Das Vergnügen, ihn auf dem Boden der Umkleidekabine sterben zu sehen, hatte ich nicht.

Stattdessen wurde ich Zeuge, wie er ein paar Schlucke nahm, dann verwundert die Flasche absetzte, sich das Etikett erstaunt, ja ungläubig ansah und dann alles auskippte.

Das Weihwasser, das ihn töten sollte, floss durch den Ausguss, und er genehmigte sich an der Fitnesstheke einen Wellnessdrink mit Himbeergeschmack.

Auch vor Feuer hatte er keine Angst. Zu oft sah ich ihn im Garten grillen.

Er liebte das. Wenn er Gäste hatte, stand er die ganze Zeit am Rost und drehte das Fleisch um. Bei ihm gab es keine Würstchen, sondern Steaks und Rippchen. Er selbst verschlang das Fleisch fast roh. Er ließ es nur ganz kurz von jeder Seite einmal heiß werden. Ich glaube, er briet das Fleisch für sich sowieso nur aus Tarnungsgründen an, damit nicht alle Nachbarn merkten, dass er ein Werwolf ist.

Ich war schon zweimal auf einer seiner Partys. Er lädt meine Mutter gerne ein. Seit sie wieder solo ist, hält er sie wohl für Freiwild, aber noch bevor er sie beißen kann, werde ich seine arme Seele erlösen. O ja, das werde ich tun!

Kreuze können ihm gar nichts anhaben. Ich habe selbstgebastelte Kreuze rund um sein Haus aufgestellt. Im Vorgarten habe ich vor jedem Fenster eins in den Boden gerammt, eins direkt vor der Haustür und zwei hinten bei der Terrasse.

Das war eine Mordsarbeit, denn die Hölzer waren schwer. Jedes Kreuz war mindestens eins achtzig bis zwei Meter groß.

Ich hoffte, die Kreuze würden es ihm unmöglich machen, das Haus zu verlassen, dann wollte ich es anzünden. Aber die Kreuze haben keinen Eindruck auf ihn gemacht. Er hat sie alle abgebaut und hinten im Garten zersägt. Was sein Haus für ihn zum Gefängnis machen sollte, wurde zu Brennholz für seinen offenen Kamin.

Es wurde viel Unsinn über Werwölfe geschrieben. Besonders in Hollywood haben sie keine Ahnung. Mit Weihrauch, Feuer und Kreuzen konnte ich jedenfalls nichts gegen Kutter ausrichten. Ich zweifelte auch daran, dass eine Silberkugel ihre Wirkung tun würde. Aber ich wollte es ausprobieren.

Ich hatte mir einen Vorderlader besorgt. Zum Glück sammelte der Vater von meinem Klassenkameraden Daniel alte Waffen. Daniel war ein Idiot, aber sein Vater war sehr nützlich für mich. Er hat sich gefreut wie ein Schneekönig, dass sich ein junger Mensch für sein Hobby interessierte. Er goss sogar seine Munition selbst. Er führte das auf Mittelaltermärkten vor.

Ich hatte eine Menge von ihm gelernt, aber es war gar

nicht so einfach, eine Silberkugel zu gießen. Erst einmal brauchte ich echtes Silber, und dann musste ich es zu einer Kugel formen. Silber löst sich in Salpetersäure, so stand es in unserem Chemiebuch, und natürlich bei hohen Temperaturen und unter Druck. Aber als ich versucht habe, eine Kuchengabel vom Silberbesteck meiner Mutter im Backofen einzuschmelzen, bin ich gescheitert.

Mit einem Sauerstoffbrenner klappte es besser. Ich formte drei runde Kugeln. Als sie abgekühlt waren, ließen sie sich problemlos in den Lauf des Vorderladers drücken. Sie rollten leicht durch den Lauf. Ich hatte genügend Schwarzpulver und Daniels Papa ein paar Zündhütchen. Ich benutzte ein Schusspflaster zur Abdichtung.

Mir war klar, dass Kutter mir keine Zeit lassen würde, nachzuladen. Ich musste ihn mit dem ersten Schuss erledigen. In meinen schlimmsten Angstträumen sah ich ihn mit der Silberkugel in der Brust grinsend auf mich zukommen. Das Loch schloss sich wie bei einem Terminator. Die Silberkugel konnte ihm genauso wenig anhaben wie das Weihwasser oder die Kreuze. Er gehörte zu einer neuen Generation von Werwölfen. Er lachte mich aus: »Du kannst mich nicht töten, mein kleiner Freund – weil ich längst tot bin!«

Er war ein Meister der Tarnung. Als er neben uns einzog, fanden ihn gleich alle nett. Meine Mutter hatte sofort diesen verräterischen Glanz in den Augen und dieses verblödete Lächeln im Gesicht, das Frauen zu eigen ist, die sich gerade verlieben und es noch nicht wissen.

Sie war nicht die Einzige. In unserer Siedlung stylten sich plötzlich verdächtig viele Frauen zwischen dreißig und fünfzig auf, bevor sie ihre Hunde Gassi führten.

Der Damenfriseur an der Ecke muss ein Bombengeschäft

gemacht haben, wobei ich zwischen alleinerziehenden Müttern und verheirateten Frauen keinen Unterschied entdecken konnte.

Der Werwolf löste etwas in ihnen aus. Er machte sie auf eine kaum nachvollziehbare Art verrückt. In seiner Gegenwart lachten sie lauter und viel öfter als sonst. Sie bewegten sich anders, griffen sich immer wieder in die Haare, und mir kam es so vor, als ob plötzlich alle beim Spazierengehen mit dem Hintern wackeln würden. Schuhe mit hohen Absätzen waren auf einmal sehr modern, oder es ist mir früher nur nie aufgefallen.

Dann verschwand zunächst der fette Köter von Familie Enders. Eigentlich mag ich Hunde, aber das war eine echte Misttöle. Der kleine Scheißer kläffte jeden an, der sich dem Grundstück näherte. Der ganze Vorgarten gehörte dem kleinen Kläffer. Es war so eine kniehohe Promenadenmischung mit spitzen Zähnen und Stummelschwänzchen. Jeder, der bei den Enders vorbeimusste, wechselte die Straßenseite, weil man nie ganz sicher sein konnte, ob das Vieh nicht irgendwo ein Loch im Zaun fand, um einen in die Waden zu beißen.

Eines Morgens, nach einer Vollmondnacht, war das nervige Wollknäuel verschwunden. Offen gestanden waren alle Leute in der Siedlung erleichtert. Vermutlich sogar die Enders selbst.

Dann, genau einen Monat später, wurde der Schäferhund von den Wieses bei den Bahngleisen gefunden. Ihm fehlte der Kopf und sein Kadaver war angefressen, »als hätten Ratten an ihm genagt«, sagte Frau Wiese mit Tränen in den Augen.

Ich habe mir den toten Jimmy angesehen, bevor er in Wieses Garten bestattet wurde. Die Bisse sahen aus, als hätten sich Füchse oder andere große Raubtiere ganze Stücke aus dem Körper herausgerissen.

Das Unglück für die Wieses ging weiter. Eines Tages war Herr Wiese weg. Frau Wiese lief nur noch verheult herum. In der Siedlung wusste jeder eine andere Geschichte zu erzählen. Herr Wiese habe eine zwanzig Jahre jüngere Geliebte und sei mit ihr durchgebrannt. Er habe im Lotto gewonnen und hätte, ohne auch nur eine Zahnbürste mitzunehmen, alles stehen und liegen lassen, um mit seinem Geld in der Südsee ein glückliches Leben zu führen.

Andere erzählten das genaue Gegenteil. Die Wieses hätten Schulden, das Haus gehöre schon längst der Bank, und Wieses Computerladen sei pleite. Wiese habe die arme Frau mit allen Schulden sitzenlassen.

Meine Mutter sagte sogar zu ihrer Freundin Marie, dass sie glaube, Herr Wiese habe sich umgebracht. Der hatte ja früher mal ein Segelboot, das hatte er angeblich verkauft. Vielleicht habe er sich ins Wasser gestürzt.

Wie dem auch sei, seine Leiche wurde nie gefunden. Dafür verschwand einen Monat später auch Frau Wiese.

Es war ganz unspektakulär. Sie ging einfach nicht mehr mit ihrem Hund spazieren. Kein Wunder, der war ja tot. Aber sie kümmerte sich auch nicht mehr um ihren Vorgarten, nahm keine Post mehr aus dem überquellenden Briefkasten und kaufte morgens keine Brötchen mehr bei Remmers.

Irgendwann wurde dann ihr Haus versteigert. Damals hatte ich Kutter bereits im Verdacht. Ich beobachtete ihn mit einem Fernglas vom Dachfenster aus. Ich hatte einen guten Einblick in seine Küche und einen Teil des Wohnzimmers.

Er schlief praktisch in keiner Vollmondnacht. Er rannte herum, machte Licht, kochte sich Tee, las in dicken Büchern, ging nachts stundenlang spazieren – vermutlich auf der Suche nach Opfern. Wahrscheinlich kämpften zwei Seelen in seiner Brust. Der Werwolf gegen den Menschen. Der Mensch versuchte, die Gier des Wolfes nach Blut in der Vollmondnacht mit Hunden zu stillen, aber der Werwolf begnügte sich auf Dauer nicht damit.

Er wollte Menschenfleisch.

Als Nächstes schnappte er sich Frau Schmalhausen. Sie war total verschossen in ihn. Sie saß mit ihm auf der Hollywoodschaukel, sie tranken Rotwein und hörten Schmusemusik. Vom Dachfenster aus hatte ich keinen Blick auf seine Terrasse, aber wenn ich aufs Dach kletterte, gab es dort eine Stelle, von da aus konnte ich bequem alles sehen. Sie glaubten sich hinter der hohen Hecke unbeobachtet, aber Irrtum. Mir entging nichts.

Sie knutschten in einer Vollmondnacht wild herum, aber dann muss er versucht haben, sie zu beißen, denn plötzlich riss sie sich los von ihm und sprang auf. Es gab einen Streit, ich habe aber von meiner Position aus nicht hören können, worum es ging. Dann verließ sie sein Haus und knallte die Tür.

Zwei Tage später, es war schon abnehmender Mond, verschwand sie. Wahrscheinlich musste er sie beseitigen, weil sie zu viel von ihm wusste. Ihre Leiche wurde dann am Stadtrand gefunden, in dem kleinen Wäldchen beim Müllplatz.

In der Zeitung stand etwas von einem »grausamen Leichenfund«, wahrscheinlich sei die Frau freiwillig aus dem Leben geschieden, und ihr toter Körper sei von Tieren so zugerichtet worden, jedenfalls konnte sie nur über ihr Gebiss identifiziert werden, ein Gesicht hatte sie nicht mehr.

Komisch, dachte ich, fällt niemandem auf, dass es plötzlich merkwürdig viele Raubtiere bei uns gibt?

Was sollen das denn für Tiere sein? Wolfsrudel gibt es hier

nicht, auch keine Bären oder Tiger. Höchstens ein paar Füchse, Marder und Wildschweine.

Inzwischen hatte ich alles über Werwölfe gelesen, was ich auf den Bildschirm kriegen konnte. Allerdings musste ich mir selbst eingestehen, dass es in der Bibliothek in der Südstadt mehr und viel fundierteres Wissen gab als im Internet. Ich las vor allen Dingen die Berichte von Kämpfen gegen Werwölfe, ich versuchte, daraus zu lernen.

Meinen Vorderlader hatte ich und die Silberkugel, die ihn erlösen sollte, auch.

Ich hatte schon drei-, viermal eine gute Schussgelegenheit vom Dachfenster aus gehabt, wenn er in der Küche am Herd stand. Aber die Zeit war falsch.

Wenn ich den Beschreibungen Glauben schenken konnte, dann musste ich den Werwolf in einer Vollmondnacht erlegen, nach seiner Verwandlung.

Meine Mutter hatte eine ganz gute Digicam mit Zoom. 18fache Vergrößerung. Ich hatte auch das ausprobiert. Ich konnte ihn vom Dach oder vom Dachfenster aus nah genug heranzoomen, um seine Rückverwandlung vom Werwolf zum Menschen dokumentieren zu können. Alles war lediglich eine Frage der Lichtverhältnisse.

Auf der Terrasse war es auch bei Vollmond für gute Bilder zu dunkel. Am besten war es, wenn er in der Küche am Herd stand und Tee aufbrühte. Über ihm die Lampe und dann noch das Licht der Neonröhre in der Dunstabzugshaube.

Das Problem war, nach dem Treffer würde er zusammenbrechen und auf dem Küchenboden liegen. Da wurde es mit dem Foto garantiert schwer, und ich brauchte die Bilder, um der Welt zu beweisen, wie richtig und wichtig meine Tat war.

Es gab Erzählungen, danach zerfiel der mit einer Silberkugel getötete Werwolf zu Staub. In anderen Berichten verwandelte er sich in einen Menschen, dessen Seele zwar erlöst war, aber tot war der Mensch trotzdem.

Vermutlich musste ich einfach näher heran. Leider war ich mir nicht sicher, auf welche Entfernung so ein Vorderlader noch präzise war. Ich konnte ja schlecht ein Zielfernrohr auf den Lauf bauen. Selbst wenn ich näher heranging, musste ich eine gewisse Ungenauigkeit einkalkulieren. Dafür würde die große Silberkugel aber garantiert ein enormes Loch machen und sich tief in seine Gedärme bohren.

Vorsichtshalber hatte ich doppelt so viel Schwarzpulver in den Lauf gestopft, wie Daniels Vater beim Ausprobieren genommen hatte. Ich hoffte, der Silberkugel damit eine höhere Durchschlagskraft zu verleihen.

»Ich habe dich durchschaut, du Drecksack, und ich mach dich fertig. Ich krieg dich!«, sagte ich mir immer wieder.

Ich machte mir damit Mut. Ich hockte auf dem Dach. Es war eine lauwarme Spätsommernacht. Der Himmel war dunkelblau bis violett. Der Vollmond schien erwartungsvoll zu grinsen und spiegelte sich auf den lackierten Dachpfannen der Neubauten.

Kutter lief nervös in seinem Garten auf und ab. Er setzte sich in einen Korbsessel, hielt das aber nur ganz kurz aus, federte hoch, telefonierte mit seinem Handy und kratzte sich ständig. Die neue Verwandlung kündigte sich unaufhaltsam an. Seine Bewegungen wurden fahriger. Er hatte sich kaum noch unter Kontrolle.

Ich zielte. Das Gewehr war verdammt schwer und meine Position auf dem Dach nicht gerade bequem. Ich hatte noch zwei Silberkugeln und genug Schwarzpulver und Hütchenzünder in der Tasche, aber auch wenn es ganz schnell ging, brauchte ich fast zwei Minuten, bis ich den Vorderlader wieder schussbereit hatte.

Kutter ging in seine Sauna.

Jetzt musste ich sowieso vom Dach, um ihn zu erwischen. Vielleicht versuchte er, den Fluch auszuschwitzen.

Er ließ die Terrassentür meist offen. Ich kannte das. Er rannte nach einem Saunagang gern nackt durch seinen von dichten Hecken geschützten Garten und spritzte sich mit einem Schlauch ab.

Ich konnte ihn mit der Webcam beobachten. Er schwitzte bei 92 Grad.

Ich beschloss, die Sache dort zu Ende zu bringen und ihn aus nächster Nähe zu erledigen. Die Webcam würde alles aufzeichnen. Ja, so war es am besten.

Ich schlich in seinen Garten und von dort ins Haus. Dann ging ich runter in den Keller. Den Vorderlader hielt ich fest umklammert, die Mündung immer nach vorne gerichtet, falls Kutter plötzlich vor mir auftauchen sollte.

Schon im Vorraum zur Sauna roch es nach Aufgussmitteln. Melisse und Zitrone. Hinter einem großen Holzfass, das halb voll mit Wasser war, in dem Kräuter und Blüten schwammen, ging ich in Deckung.

Ich hörte ihn stöhnen. Die Verwandlung war offensichtlich schmerzhaft. Hatte er sich deshalb dazu in die Sauna zurückgezogen?

Ich überlegte, sie von außen zu verriegeln und ihn dann durch die Glasscheibe in der Tür zu erschießen, aber ich hatte zu lange gezögert. Er kam schon aus dem Schwitzraum heraus. Ein Handtuch hatte er sich um den Kopf gewickelt und ein anderes um den Körper. Er qualmte, als ob er von innen heraus verbrennen würde.

Er sah mich und riss sein Maul auf: »Du? Was willst du denn hier?«

»Ich weiß genau, was mit dir los ist! Du bist ein Werwolf! Und ich bin gekommen, um dich zu töten.«

Er hob seine behaarten Arme, dadurch glitt das Handtuch von seiner Brust. Jetzt sah er mehr aus wie ein großer Gorilla. Bevor er sich auf mich stürzen konnte, feuerte ich.

Ich musste etwas falsch gemacht haben. Die Waffe explodierte praktisch in meinen Händen. Ich sah nichts mehr. Nur … mein Gesicht brannte und meine Hände … etwas war mit meinen Händen …

Kutter packte mich. Dann verlor ich das Bewusstsein.

Erst war alles schwarz, dann wurde es hell, als sei ich in die Sonne geflogen.

Ich hörte Stimmen und sah vermummte Menschen. Sie hatten grüne Mützen auf und trugen Kittel und Mundschutz in der gleichen Farbe. Ich konnte praktisch nur ihre Augen sehen.

Sie machten an mir herum. Direkt über mir blendete mich dieses gleißende Licht.

Eine wabernde Stimme, wie aus einer anderen Welt, drang zu mir durch: »Du bist in einem Krankenhaus. Du hattest einen Unfall. Keine Angst, du wirst es überleben.«

Das klang gut. Ich schloss die Augen.

Als ich wieder wach wurde, saß meine Mutter an meinem Bett. Sie hielt meine Hand. Sie war blass, und ihre Lippen zitterten, als sie sprach.

Meine Tat hatte sie erschüttert. Sie war sofort mit dem Taxi gekommen und fragte sich, was sie falsch gemacht hatte bei meiner Erziehung.

Sie wollte von mir wissen, warum ich zu dem netten Herrn

Kutter in die Wohnung eingedrungen war und was das mit dem Gewehr sollte, aber ich konnte noch gar nicht sprechen. Mein Mund war wie zugenäht, und ich hatte ein Röhrchen im Hals.

Die Polizei würde mich bald vernehmen, und meine Mutter hatte Angst, das Jugendamt könne sich ab jetzt in ihre Erziehung einmischen.

Aber was noch schlimmer war: Mein Gesicht war von der Verpuffung bei der Explosion verbrannt. Ich sah aus wie eine Mumie im alten Ägypten. Mein Kopf und meine Hände waren vollständig umwickelt. Es gab nur Löcher für meine Augen.

Meine Mutter meinte, ich hätte noch Glück im Unglück gehabt, um ein Haar hätte ich mein Augenlicht verloren.

Dann betrat Herr Kutter mit einer Krankenschwester den Raum. Ich spürte seine Anwesenheit wie heiße Säure auf der Haut.

Der Wolf hatte Kreide gefressen und sprach mit freundlichen Tönen. Er hätte der Polizei erzählt, alles sei ein Unfall gewesen. Er hätte mir den alten Vorderlader erklären wollen, dabei sei das Ding wohl unglücklicherweise losgegangen.

Er zwinkerte mir komplizenhaft zu.

Die Krankenschwester wechselte meinen Tropf.

Dann verließ Kutter gemeinsam mit meiner Mutter das Krankenzimmer. Er fuhr sie nach Hause, und ich konnte es nicht verhindern.

Ich verbrachte sechzehn schreckliche Wochen in Krankenhäusern und Kliniken. Mein Gesicht, oder was davon übrig geblieben war, bestand inzwischen größtenteils aus verpflanzter Haut. Die meisten Stücke kamen von meinem Hintern. Das Wort »Arschgesicht« bekam eine völlig neue Bedeutung für mich. Ich sah aus wie Frankensteins Monster – also zumindest im Gesicht.

Ich hatte noch mehrere Operationen vor mir, und mittlerweile wusste ich, was Schmerzen waren. Aber viel schrecklicher als die Operationen, das Angestarrtwerden und die Kinder, die »Mama!« schreiend vor mir wegliefen, war mein Gedankenkarussell. Alles kreiste in meinem Kopf um die Fragen: Wie sollte es weitergehen, wenn ich nach Hause kam?

Warum hatte Kutter mich mit einer Lüge gedeckt, die ihn selbst belastete?

War er vielleicht gar kein Werwolf?

Hatte das alles nur in meiner Phantasie stattgefunden?

War er in Wirklichkeit ein netter Kerl, der sogar für mich log, um mir noch mehr Probleme zu ersparen?

So wurde ich wenigstens nicht wegen Mordversuch angeklagt. Wie sollte ich mich verhalten, wenn ich nach Hause zurückkam?

Inzwischen hatte ich in der Schule so viel verpasst, dass ich befürchtete, das Schuljahr wiederholen zu müssen.

Dann nahm meine Mutter mir die Entscheidung ab. Sie holte mich nach Hause. Die nächste OP sollte erst in zwei Monaten stattfinden. Sie wollten meine Ohren wieder aufbauen, denn ich hatte da nur noch Stummel.

Es war eine lange Fahrt, und wir sprachen nicht viel. Meine Mutter kam mir energiegeladen und kraftvoll vor.

Der Vollmond schien schon über den Dächern, als wir zu Hause ankamen. Meine Mutter hatte einen Kuchen gebacken und sagte, sie wisse die ganze Wahrheit. Kutter, den sie inzwischen Nino nannte, habe ihr alles erzählt. Er sei ein sehr verständnisvoller Mann und hätte als Jugendlicher selbst viel Mist gebaut.

Eigentlich erwartete sie ihn zum Kaffeetrinken. Aber er kam nicht. Er schickte eine SMS, es sei zum Kaffeetrinken schon zu spät.

Meine Mutter schickte mich mit dem Kuchen rüber. Ich sollte mich bei ihm entschuldigen.

Die Tür war nur angelehnt. Ein süßlicher Geruch schlug mir entgegen. So ähnlich muss altes Blut riechen oder eine tote Ratte oder …

Ich hörte ein Schlürfen und ein Schmatzen.

Ich sah ihn im Wohnzimmer. Der Raum war mit blauer Plastikfolie ausgelegt. Kutter kniete über einem Reh und hatte sich im Hals festgebissen. Er bemerkte mich gar nicht.

Der Kuchen fiel mir aus der Hand. Da stand plötzlich meine Mutter hinter mir und legte mir ihre Hände auf die Schultern.

»Weg hier, Mama! Lass uns abhauen!«

Ich wollte weg, aber sie hielt mich mit eisernen Händen fest. Ich hätte nie geglaubt, dass sie so viel Kraft hatte.

»Er ist ein Werwolf, Mama! Siehst du es?!«

»Ja, ich weiß«, sagte sie. »Es ist wunderbar. Er hat mich eingeweiht.«

Jetzt drehte Kutter sich zu uns um. Seine Lippen waren voller Blut. Es lief an seinem Kinn herunter. An seinen langen, spitzen Zähnen klebten blutige Fellreste. Sein Gesicht war fast vollständig behaart.

»Lass uns die Vollmondnacht genießen, mein Freund. Ein gebissener Mensch stirbt nicht. Er wird einer von uns! Komm her zu mir. Alles wird gut«, sagte er und wischte sich mit dem Rücken seiner behaarten Klaue das Blut vom Maul.

Meine Mutter schob mich in seine Richtung …

OSTFRIESENFETE – RUPERT UND DIE LOSERPARTY

Welch ein Brief, dachte Rupert. Überhaupt – wer schreibt heutzutage noch Briefe?

Er goss sich einen doppelten Whisky ein. Zwölf Jahre alter Scotch. Er nahm einen tiefen Schluck und las den Brief mit angenehmem Brennen im Hals noch einmal.

Lieber Rupert,
ich möchte eine ganz besondere Party geben und dazu nur sehr spezielle Gäste einladen. Wir treffen uns auf Langeoog in meinem Feriendomizil. Dort sind wir um diese Jahreszeit ungestört.
Hängen Dir nicht auch diese öden Feten zum Hals heraus, bei denen jeder Gockel mit seinen neuesten Erfolgen auftrumpft und seine Federn aufplustert? Wenn dieses Spiel beginnt: Mein Haus. Mein Auto. Mein Traumurlaub. Dann langweile ich mich immer fast zu Tode.
Schlimmer wird es nur noch, wenn das Geprahle mit den Kindern losgeht. Das Einserabitur vom magersüchtigen Mädchen mit Zahnspange interessiert mich genauso wenig wie der hochbegabte Schwiegersohn in L. A.
Deshalb habe ich etwas ganz anderes vor: Ich will eine Loserparty geben. Ein Fest für Verlierer, bei dem jeder über seine schlimmste Niederlage berichtet.

Es wird keine Jury geben, sondern per Handabstimmung wird der größte Loser gewählt. Es gibt drei Kategorien, in denen man sich bewerben kann:

1. *Ehe und Familie*
2. *Schule und Beruf*
3. *Sport, Spiel, Straßenverkehr*

Du wurdest in allen drei Kategorien nominiert. Du kannst aber nur mit einer ins Rennen gehen. Für welche entscheidest Du Dich?
Es dürfen gern Beweise mitgebracht werden, um Hochstapeleien – oder sollte ich besser schreiben: Tiefstapeleien – auszuschließen (da kennst Du Dich als Kommissar doch aus).
Also: Alte Zeugnisse. Geplatzte Wechsel. Pfändungsbeschlüsse. Scheidungsurteile. Fotos von Skiunfällen oder missglückten Schönheitsoperationen.
Ich warte gespannt auf Deine Antwort!
Nadja

Komisch, dachte Rupert, das passte doch im Grunde gar nicht zu ihr. In seiner Erinnerung war Nadja die schärfste Schnitte der Schule gewesen. Sie wollte in allem immer besonders gut sein. Wenn der Lehrer sagte: »Lernt diese fünf Seiten auswendig«, dann fragte sie nicht: »Warum?«, sondern: »Bis wann?«

Damals hatte er gedacht, wenn sie im Bett genauso eifrig ist, dann muss sie der absolute Knaller sein – und genauso war es dann auch gewesen. Sie kreischte herum, kratzte und biss. Er kam sich danach vor wie ein Schinken, der in einen Löwenkäfig geworfen worden war.

Nadja wollte jedenfalls immer die Beste sein – und jetzt eine Loserparty?

Will die mich auf den Arm nehmen, fragte Rupert sich. Soll ich vorgeführt werden? Komme ich in eine Fete hinein, bei der ich dann offen über meine Niederlagen rede, ja, sie besonders toll herausstelle, und dann bin ich der Einzige, der so etwas tut? Will sie sich damit dafür rächen, dass ich ihr die große Liebe damals nur vorgespielt habe, um sie ins Bett zu bekommen? Aber meine Güte, das haben wir doch alle gemacht!

Oder war so eine Verliererparty vielleicht genau ihr Ding? So etwas hatte nie jemand von ihnen erlebt. Ja, etwas ganz Besonderes zu organisieren, das war es, was sie vorhatte! Eine Party, über die alle noch lange reden würden.

Es gab keine Gästeliste und kein Datum. Sie verlangte praktisch eine Blankozusage. Es las sich aber so, als würde alles schon bald stattfinden.

Bin ich vielleicht, dachte Rupert, nur ein Notstopfen? Ein Ersatzspieler für einen tollen Hecht, der kurzfristig abgesagt hat?

Was würde Bruce Willis tun?

Vermutlich im Unterhemd einen Whisky trinken.

Rupert goss sich noch einen Fingerbreit ein und zog sein weißes Oberhemd aus. Erst jetzt sah er, dass die Soße der Currywurst Spuren hinterlassen hatte.

Im Unterhemd, mit einem Glas Whisky in der Hand, kam er sich schon männlicher vor, aber ein guter Plan war das immer noch nicht.

Humphrey Bogart würde anrufen und sagen: »Hey, Baby, sollen wir nicht besser etwas trinken gehen? Nur du und ich? Ich kenne da eine gute Bar.«

Schwarzenegger würde sich, egal in welcher Rolle, der Herausforderung stellen, ob als Terminator oder Barbar.

Aber konnte ein richtiger Mann ernsthaft über seine Niederlagen berichten? Gab es so etwas für ihn überhaupt? Wenn man auf einer Loserparty gewinnen sollte, wurde man dann zum Superloser? Zum Verlierer aller Verlierer? War das gut? War es tatsächlich ein Sieg, wenn man dort gut abschnitt?

Rupert sah sich im Spiegel an. Vielleicht, sinnierte er, machen Niederlagen ja erst richtig männlich. Seine Frau Beate stand insgeheim auf Männer, die weinen konnten. Neulich hatte er plötzlich diese blöden Pickel bekommen. Zwei am Rücken, einen an der Nase und drei – ja, verdammt – am Hintern, davon hatte er aber niemandem erzählt, nicht einmal Beate, weil es ihm so peinlich war. Er hatte kaum sitzen können im Dienst, und natürlich war wieder besonders viel Aktenkram zu erledigen. Beate hatte behauptet, die Pickel seien ungeweinte Tränen. Aber da lief er lieber herum wie ein Streuselkuchen, statt zur Heulsuse zu werden.

Rupert versuchte, vor dem Spiegel die Posen seiner Helden einzunehmen. Aber was war Bogey ohne Zigarette, was Schwarzenegger ohne Muskelpakete und was Bruce Willis ohne kahlrasierten Schädel?

Er fuhr sich mit den Fingern durch die Minipli. Sollte er sich etwa auch eine Glatze rasieren? Oder würden dann die Kollegen spotten und mit ihnen die gesamte Kampflesbenfraktion, er habe das nur getan, weil sein Haar langsam schütter wurde? Nein, deren Hexengerüchteküche wollte er sich nicht aussetzen.

Nadja wohnte jetzt in Oldenburg. Nach der gemeinsamen Schulzeit am Ulrichsgymnasium in Norden hatte sie einen Architekten geheiratet, von dem sie nach drei Jahren Ehe geschieden worden war. Viel mehr wusste Rupert über sie nicht, doch er googelte sie und war baff. Sie hatte bis vor kurzem ein Seniorenheim geleitet und hielt Vorträge über den Umgang mit dementen Menschen. Außerdem schrieb sie unter dem Pseudonym »Madame X« erotische Romane. Offensichtlich mit durchschlagendem Erfolg. Ihr Pseudonym war aber aufgeflogen oder marketingwirksam enttarnt worden, wie einige vermuteten. Damit war sie als Leiterin einer halbkirchlichen Einrichtung untragbar geworden.

Er rief sie an. Er stand dabei kerzengerade und zog während des Gesprächs den Bauch ein, als würde sie ihm zusehen. Ihre rauchige Stimme zauberte eine Gänsehaut auf Ruperts Unterarme. Seine Härchen richteten sich auf. Erinnerungen schossen in ihm hoch wie Leuchtraketen.

Er glaubte, ihren Atem durchs Telefon zu spüren. Dabei sah er sich selbst im Spiegel. Er fand, er war kaum älter geworden seit damals, höchstens reifer.

Sie irritierte ihn so sehr, dass er gar nicht wusste, wie lange sie jetzt schon miteinander telefonierten. Hatte sie gerade erst abgehoben oder redeten sie schon seit einer halben Stunde über alte Zeiten?

Er hatte zwar dem Klang der Stimme gelauscht, aber irgendwie hatte dieser Klang ihn fortgetragen, ohne dass er richtig zugehört hatte. Sie sprach von einer Sturmflut, und er wusste nicht, ob sie die Nordsee meinte oder ihre Gefühle.

Er musste wieder ins Gespräch zurückfinden. Ich werde ihr am besten ein Kompliment machen, dachte er. Frauen stehen doch auf Komplimente.

»Trägst du deine Haare immer noch schulterlang? Ich habe deine Haare immer gemocht. Schwarze Haare, braune Augen – herrlich!«

Sie räusperte sich: »Ich hatte nie schwarze Haare. Meine Haare sind braun. Immer gewesen.«

Oh. Schwerer Fehler, dachte Rupert und stammelte: »Ja, meine ich doch! Schwarzbraun ... also, schokoladenbraun sozusagen.«

»Nein, kastanienbraun mit einem Perlmuttglanz, manchmal mit einem Hauch ins Violettbraun.«

Rupert schwitzte: »Genauso habe ich dich in Erinnerung! Mit einem leidenschaftlich rötlichen Mittelbraun, fast schon lila.«

»Violett.«

»Ja. Eben. Violett.«

Er sah Schwitzflecken in seinem Feinrippunterhemd. Diese Frau war früher schon anstrengend gewesen, und daran hatte sich offensichtlich nicht viel geändert.

»Du kommst also? Für welche Kategorie hast du dich entschieden?«, fragte sie.

»Ja, ich weiß noch nicht, ob ...« Er staunte selbst über seinen Versuch, jetzt einen Rückzieher zu machen.

»Ach, hör doch auf! Sonst hättest du nicht angerufen. Also, in welcher Kategorie trittst du an? Lass mich raten – Ehe und Familie?«

»Ähm, nein ... Ich bin glücklich verheiratet.«

»Wer ist glücklich? Du oder sie?«

Diese Frau verunsicherte ihn. Er erinnerte sich. Es war ihm in ihrer Gegenwart schon damals immer so vorgekommen, als würde er zu langsam denken. Sie war bei allem immer so verdammt schnell.

»Wann«, fragte er, »soll das Treffen überhaupt stattfinden?«

Sie kicherte. »Ach, hab ich vergessen, dir das aufzuschreiben? Also, an diesem Wochenende. Entschuldige, ich weiß, ich bin spät dran mit der Einladung, aber ich hatte erst vergessen, dich einzuladen …«

»Hat man bei einer Verliererparty nicht schon gewonnen, wenn man sogar bei der Einladung vergessen wird?«

Aus ihrem Kichern wurde ein Glucksen. »Du bist gut, Rupert. Du bist immer noch der gleiche witzige Typ. Früher hab ich mich manchmal gefragt, ob du unfreiwillig komisch bist oder eine echte Stimmungskanone.«

»Danke für das Kompliment«, brummte er.

»Siehst du«, lachte sie, »genau das meine ich!«

Er schwieg eine Weile, um durchzuatmen und sich zu sammeln. Dann sagte er: »Wer kommt denn sonst noch?«

Insgeheim hoffte er, sie würde antworten: *Niemand. Ich wollte mit dir all diese tollen Sachen ausprobieren, von denen ich in meinen erotischen Romanen geschrieben habe, für die mir aber immer der richtige standfeste Partner fehlte. Der Brief war nur ein origineller Kontaktversuch.*

Stattdessen sagte sie: »Lass dich überraschen.«

»Kenne ich die anderen?«

»Wie viele Loser kennst du denn, Rupert? Überleg mal. Was glaubst du, wer wird noch dort auftauchen?«

»Keine Ahnung, Nadja. Hast du nur Leute aus unserer gemeinsamen Schulzeit eingeladen?«

»Lass dich überraschen. Nimm die Fähre am Freitag um 17 Uhr 30. Ich hole dich am Bahnhof Langeoog ab.«

»Ja … ich … ähm …«

Er kam mit so bestimmend auftretenden Frauen nicht gut klar. Wieso sagte sie ihm, welche Fähre er nehmen sollte? Gehörte das schon zum Spiel? Vielleicht hatte er ja Lust, früher zu kommen oder später zu fliegen …

Ihre Stimme klang vielversprechend: »Freu dich auf ein ganz besonderes Wochenende.«

Er wollte noch etwas sagen, wusste nur noch nicht genau, was.

Sie legte einfach auf.

Rupert stand einen Moment unschlüssig vor dem Spiegel herum. Er überlegte, ob er noch einen Whisky nehmen sollte, entschied sich dann aber zu duschen, denn bei dem Gespräch war er echt ins Schwitzen gekommen.

Unter der Dusche fragte er sich, was für Beweise er mitbringen könnte und in welcher Kategorie er überhaupt antreten sollte. Seine Frau Beate war ohnehin am Wochenende nicht zu Hause, sondern nahm an einem Reiki-Seminar teil. Eine Ausrede brauchte er also nicht zu erfinden.

Das Gespräch mit Nadja hatte ihn – ganz gegen seine Gewohnheiten – nachdenklich gemacht. War seine Ehe mit Beate gescheitert? Er hatte nicht einmal eine ständige Geliebte, sondern nur wechselnde Affären.

Um bei Nadja alias Madame X zu landen und mit ihr ein paar erotische Abenteuer zu erleben, wäre es nicht schlecht, seine Ehe als gescheitert darzustellen, überlegte Rupert.

Eine Bewerbung in der Kategorie *Sport, Spiel, Straßenverkehr* war undenkbar. Wie stand er denn dann da? Als unsportlicher Versager, der nicht mal richtig Auto fahren konnte?

Obwohl – wenn er ehrlich war, sah es mit seiner Kondition ziemlich mies aus. Zu viel Pasta, Pizza und Currywurst. Er hatte beim Baum-Test, mit dem die sportliche Leistungsfähigkeit von Polizeibeamten gemessen wurde, erbärmlich abgeschnitten. Aber wer so etwas zugab, galt auch im Bett rasch als Versager, und das verringerte die Chancen auf einen One-Night-Stand erheblich.

Konnte sich jemand Humphrey Bogart mit Rückenschmerzen vorstellen? Oder Schwarzenegger bei der Krankengymnastik auf dem Pezziball?

Blieb nur noch Schule und Beruf. Aber berufliche Versager galten auch nicht gerade als Frauenhelden. Schulversager, aus denen später im Leben etwas geworden war, gingen hingegen oft als coole Typen durch.

Wer heute einen Betrieb mit ein paar hundert Mitarbeitern leitete, konnte fröhlich über seine Zeit als Sitzenbleiber plaudern und kam dann dabei locker rüber.

Ja, genau so wollte Rupert es machen.

Er suchte seine alten Zeugnisse. Er war auf dem Ulrichsgymnasium mit drei Fünfen und einer Sechs sitzengeblieben und so in Nadjas Klasse gekommen. Englisch, Deutsch, Geschichte: mangelhaft. Mathematik: ungenügend. Aber in Sport hatte er eine Eins bekommen. Sehr gut!

Heute dagegen war er im Rechnen viel besser als im Dauerlauf oder beim Weitsprung.

Er fand auch zwei Briefe der Schulleitung an seine Eltern, die er damals abgefangen hatte. In dem einen ging es um einen drohenden Schulverweis, weil er beim Schulfest in einem leerstehenden Klassenzimmer beim GV erwischt worden war. GV … die gleiche Abkürzung benutzten sie bei der Polizei für Geschlechtsverkehr noch heute.

Er hatte die Unterschrift der Eltern damals gefälscht, und als das aufflog, war der Ärger noch größer geworden.

Heute fand er die Geschichte köstlich. Ein mieser Schüler, Sitzenbleiber, bei den Mädchen viel beliebter als bei den Lehrern, fälschte eine Unterschrift, flog damit auf und wurde später Hauptkommissar bei der Elitetruppe der ostfriesischen Polizei: dem K 1. Der Mordkommission!

Ja, er fand, diese Geschichte ließ sich wunderbar erzählen. Damit hatte er die Lacher auf seiner Seite. Damit wollte er auf Langeoog auftrumpfen.

Er zog sich betont sportlich an. Turnschuhe, Lederjacke, weißes T-Shirt und ein ›Naketano‹-Kapuzensweatshirt in Anthrazit. An den Seiten hingen zwei geflochtene Seilenden aus der Kapuze, die den maritimen Charakter unterstreichen sollten. Scherzhaft wurde das Sweatshirt deshalb auch ›Schwanzus longus‹ genannt.

Die neue Jeans saß tadellos. Auch am Bauch.

Für Regenwetter hatte er vorsichtshalber feste Schuhe und eine Windjacke im Koffer. Außerdem einen Anzug, ein weißes und ein hellblaues Oberhemd sowie eine weinrote Krawatte.

Erst jetzt, auf der Fähre, wurde ihm klar, dass er für den Anzug nicht die richtigen Schuhe dabeihatte. Die braunen Wanderschuhe passten zu dem silbergrauen Schmuckstück genauso wenig wie die roten Nike-Laufschuhe.

Er hoffte jetzt einfach, es würde alles locker ablaufen. Loserparty klang doch nicht nach Steifer-Anzug-und-Krawatte-Feier.

Rupert beobachtete einige Gäste an Bord der Langeoog III. Da war ein hochgewachsener Mann mit militärischem Haarschnitt. Ein Kopf wie ein US-Marine, aber maßgeschneiderter blauer Anzug von dünnen Silberstreifen durchzogen, die im Sonnenlicht dem Sakko eine schillernde Aura gaben. Er trug eine spiegelnde Sonnenbrille und hatte die leichte Segelbräune im Gesicht, die Rupert, der viel zu viel Zeit im Büro verbrachte, neidisch machte.

Der Typ bewegte sich auf eine elegante Art im tadellos sitzenden Zweireiher wie in bequemer Freizeitkleidung, und mit der Frisur wurde er nicht einmal im Fahrtwind strubbelig. Rupert hasste ihn schon jetzt als Konkurrenten und hoffte, dass er auf der Loserparty – sofern er dabei war – über grausame Niederlagen berichten musste. Rupert gönnte ihm Konkurse, Impotenz und Zukunftsängste ohne Ende.

Warum, fragte Rupert sich, merkt man es Typen, die viel Kohle haben, immer gleich an? Der eine sah in einem schwarzen Anzug aus wie ein Aushilfskellner, der andere wie ein stinkreicher Gentleman.

Es waren nicht die Klamotten. Es hatte etwas mit der Art zu tun, wie sie sich bewegten.

Die Inselbahn brachte Rupert vom Fähranleger direkt in die Innenstadt. Es war Mitte September, und eine warme Sonne lachte über die Wettervorhersagen der letzten Tage. Von wegen Regen und Gewitter!

Nadja holte ihn wie versprochen ab. Der erste Gedanke, der Rupert durch den Kopf schoss, war: Sie sieht noch viel besser aus als damals. Was für eine scharfe Schnitte! Aus dem mageren kleinen Mädchen ist ein richtiges Prachtweib geworden.

Er schätzte sie auf Kleidergröße 38, höchstens 40, wenn die Sachen eng ausfielen. Um die Hüften und am Busen hatte sie auf eine sehr frauliche Art zugelegt.

So sah also eine Frau aus, die erotische Romane schrieb.

Rupert zog den Bauch ein und beschloss, ihn bis zu seinem Abschied von der Insel nicht wieder vorzuwölben. Er blähte seine Brust auf und drückte die Wirbelsäule durch.

»Hello, Nadja«, sagte er und bemühte sich um einen englischen Akzent, als hätte nicht er es gesagt, sondern Bogey.

»Moin«, lachte sie und umarmte ihn, als seien sie ein Liebespaar, das sich vor wenigen Tagen erst getrennt hat und sich jetzt über das Wiedersehen freut.

Den US-Marine im Zweireiher sah Rupert nicht mehr. Glück gehabt, der ist nicht dabei, freute Rupert sich.

Nadja tänzelte neben ihm über die Straße. Rupert achtete nicht auf den Weg. Er musste sie im Gehen immerzu anschauen. Ihre Haare leuchteten tatsächlich mal perlmuttfarben, mal violett, wie das Gehäuse einer aufgebrochenen Muschel. Dabei waren sie eigentlich braun. Ihr wehendes Haar erinnerte Rupert an das von Glitzerfäden durchzogene Sakko des Mitreisenden, den er am liebsten gleich wieder vergessen hätte.

Sie waren inzwischen in der Barkhausenstraße und gingen in Richtung Meerwasser-Erlebnisbad. Vor dem Eiscafé Venezia bestand Nadja darauf, sich ein Sanddorneis mit Sahne zu gönnen. Da sagte auch Rupert nicht nein.

»Hier«, lachte sie, »hole ich mir täglich meine Eisration.«

»Wie kannst du dabei so schlank geblieben sein?«, fragte Rupert. »Du siehst gar nicht nach täglicher Eisration aus. Eher nach Mineralwasser.«

Sie strahlte ihn an. »Na gut, ich nehme das jetzt mal als Kompliment. Aber weißt du, ich bin viel zu lustbetont, um zu fasten und mich zu kasteien. Nicht Verzicht hält uns fit, sondern Sport.« Sie hob die Arme. »Bewegung! Ich bin, so oft ich kann, hier auf der Insel. Keine Autos! Jeden Weg mit dem Rad oder zu Fuß – das hält in Form. Und dann bei Wind und Wetter raus.«

»Schreibst du hier?«

»Ach, du weißt davon?«

Er flüsterte ihr leise ins Ohr, als würde er ihr ein gut gehütetes Geheimnis verraten: »Internet.«

»Hast du meine Bücher gelesen?«

»Alle«, log Rupert, der seit der Schulzeit kein Buch mehr freiwillig angefasst hatte. Er fragte sich schon lange, warum die Leute seit der Erfindung des Fernsehens überhaupt noch lasen, aber es gab ja auch noch Menschen wie seine Frau, die backten selbst Brot, obwohl es an jeder Ecke welches zu kaufen gab. Die Welt war eben total verrückt geworden. Die Welt! Er nicht.

Das Haus lag am Rand der Dünen, vielleicht hundert Meter vom Meer entfernt und trotzdem ganz nah an den Geschäften der Innenstadt. Der Vorgarten war zugewuchert mit Rhododendron und Hagebuttensträuchern. Hier musste niemand den Rasen mähen. Die dichten Büsche wirkten auf Rupert wie ein natürlicher Schutz gegen Einbrecher. Stacheldraht war lange nicht so effektiv.

Es gab sechs Gästezimmer und ein großes Wohnzimmer mit offenem Kamin. An den Wänden einige hundert, vielleicht einige tausend Bücher. Rupert dachte zunächst, das sei eine sehr plastische Fototapete mit prallvollen Bücherregalen. Erst als er näher trat, sah er, dass sie echt waren.

Die großzügige Küche war, verglichen mit dem Rest des Hauses, geradezu deplatziert modern. Eine Induktionsplatte – davon schwärmte Ruperts Frau Beate auch – fiel ihm sofort auf. Auch hier ein Bücherregal mit zig dicken Kochbüchern, die offensichtlich auch benutzt wurden, denn an den Buchrücken klebte Mehl und an einigen auch Blut.

Ein großer Korb mit Obst stand auf dem Tisch. Jede Menge Zitronen und Orangen. Ananas, Äpfel, Bananen. Neben dem Herd Gemüse in einem Hängekorb.

Rupert befürchtete schon, hier könnte das ganze Wochenende lang vegetarisch gekocht werden. Aber noch wichtiger war für ihn die Frage: War er mit Nadja hier allein oder nicht? Dieser Brief war doch die beste verdeckte Anmache, die frau abschicken konnte. Wenn jetzt keiner der angeblich eingeladenen Gäste kam, würde sich niemand wundern und sie hätten Zeit für ein herrliches Wochenende zu zweit.

Wahrscheinlich, so hoffte Rupert, hatte sie in den vergangenen zwanzig Jahren nie wieder so richtig guten Sex gehabt wie damals mit ihm. Sie konnte ja schlecht schreiben: *Komm bitte, ich brauche dringend so einen Mann wie dich.* Aber so eine Einladung zu einer Loserparty war unverfänglich.

Doch Ruperts Vorfreude wurde gleich getrübt, denn von oben ertönte plötzlich Musik. Leonard Cohen: *Love calls you by your name.*

Die Scheibe kannte Rupert praktisch auswendig, weil Beate in melancholischen Phasen gerne Cohen spielte und besonders gern die Scheibe *Songs of Love and Hate.* Es war Rupert immer noch lieber als dieses verrückt machende Meditations-Klinkel-Klankel, das sich für ihn immer anhörte, als würde jemand auf Glasscherben treten. Diese jammerigen Walgesänge gingen ihm auch auf den Keks.

»Oh«, sagte Nadja, »das ist Fee. Wie ist die denn heute drauf? Cohen?«

Rupert schluckte. »*Die* Fee?«

»Ja, unsere ehemalige Klassensprecherin.«

Mit ihr war Rupert damals erwischt worden. Zwei Frauen, mit denen er einmal etwas gehabt hatte, das konnte ein verdammt anstrengendes Wochenende werden, es sei denn, die beiden hatten einen flotten Dreier geplant.

»Kommen noch mehr aus unserer ehemaligen Klasse?«

Nadja schüttelte den Kopf, und ihre Haare flogen. »Nein, keine Sorge. Du wirst staunen, wer noch kommt.«

»Kenne ich die anderen?«

Da knarrte die Holztreppe. Rupert sah hoch und stutzte. Ingo Kuklinski war Kommissar, genau wie er, nur eben Fernsehkommissar. Er trug eine Sonnenbrille Marke *Top Gun* und war, das musste Rupert sich eingestehen, ein verdammt gutaussehender Frauenliebling.

Was, fragte Rupert sich, macht so ein Fernsehstar, der gerade erst einen Filmpreis gewonnen hat, den Goldenen Aschenbecher oder die Goldene Krawatte oder wie immer das Ding hieß, hier? Beate hatte darauf bestanden, die öde Sendung zu sehen, bei der ständig Leute, die für irgendetwas berühmt waren, ausgezeichnet wurden. Sie bedankten sich jedes Mal bei ihrem Team, ihren Ehepartnern, ihrer Mami und ihrem Papi. Dann hielten sie einen Preis hoch und verschwanden rasch wieder. Die ganz Abgezockten unter ihnen heulten sogar vor der Kamera und heuchelten Rührung.

Du verdienst bestimmt im Monat mehr als ich im Jahr, vermutete Rupert. Wenn du abends alleine im Hotel bist, dann hast du garantiert ein Notizbuch mit zig Telefonnummern von Verehrerinnen, die nur darauf warten, dich trösten zu dürfen ... Und was machst du jetzt hier auf dieser Verliererparty? Ich hätte immer im Leben, in jeder Sparte, gegen dich verloren, aber hier, heute Abend, könnte ich glatt gewinnen.

Rupert sah, wie der Schauspieler Nadja umarmte. Dabei hatte er wieder dieses Siegerlächeln drauf.

Rupert hoffte, dass er die letzten Sätze nur gedacht und nicht laut ausgesprochen hatte. Fast schüchtern reichte der Fernsehstar Rupert nun die Hand und gab dabei nur seinen Vornamen an: »Ingo.«

Als ob nicht jeder im Land genau wüsste, wer er war ...

»Rupert«, sagte Rupert.

Ingo sah auf seine Fünfzehntausend-Euro-Uhr. »Ich wollte eigentlich noch einen Spaziergang am Meer machen, oder ist es dafür schon zu spät, Nadja?«

»Woher kennt ihr euch?«, fragte Rupert.

Nadja streichelte über Ingos Dreitagebart, als müsse sie ein zu groß geratenes Kind trösten, das sein Eis im Sand verloren hatte.

»Ingo liebt die Insel, genau wie ich. Wir haben uns am Flinthörn kennengelernt, an einem lauen Sommerabend. Wir saßen nebeneinander, sahen aufs Meer und haben über Gott und die Welt philosophiert.«

Ingo nahm seine Sonnenbrille ab und kaute darauf herum. Rupert hätte gewettet, dass er das in der Schauspielschule gelernt hatte. Es sah aber bescheuert aus, fand er.

Ingo nickte brav. »Sie hat mich nicht erkannt. Das hat mir damals sehr gutgetan. Jemand interessierte sich wirklich für mich, nicht für die Fernsehfigur, die ich sonst immer darstelle. Für sie war ich kein Star, sondern einfach nur ein Mensch.«

Nadja hüpfte von einem Bein aufs andere, griff sich einen Apfel und biss hinein. Es klang so knackig, sie hätte damit Zahnpastawerbung machen können. Der säuerliche Apfelgeruch hing in der Luft.

»Ich guck doch praktisch nie Fernsehen«, lachte sie. »Wenn ich nicht lese, dann schreibe ich.«

Am liebsten hätte Rupert Ingo gefragt, in welcher Kategorie er denn antreten wolle, aber bevor Rupert sich seine Frage im Kopf zurechtgelegt hatte, klingelte es.

Rupert hatte den Schauspieler noch nicht verdaut, da stand schon der US-Marine vor ihm. Er stellte sich als Johannes Sinklär vor und war keineswegs Soldat, sondern Unternehmensberater.

Da Rupert sich zwischen diesen beiden Typen unwohl fühlte, verschwand er rasch zur Toilette, setzte sich auf die Klobrille und googelte diesen Sinklär. Er galt als knallharter Sanierer. Er hatte einen Lebensmittelkonzern aus den roten Zahlen in die schwarzen geführt, dabei fast vierhundert Leute entlassen und sechzig Filialen geschlossen. Er und seine Mitarbeiter wurden auch »Die Henker mit den schwarzen Aktenkoffern« genannt.

Eine Firma aus der Textilbranche, deren Hemden Rupert gerne trug, war pleitegegangen, weil Sinklär die Hälfte der Belegschaft entlassen hatte. Kurzfristig war die Produktion nach Marokko verlegt worden.

In einem Hassartikel warf der ehemalige Betriebsrat Sinklär vor, Millionen abgegriffen und dabei den Laden ruiniert zu haben.

Rupert wusste nicht, ob er sich jetzt besser fühlen sollte. Offensichtlich hatte er es hier mit zwei sehr erfolgreichen Mistkerlen zu tun. Er fand beide einigermaßen furchteinflößend und freute sich geradezu spitzbübisch darauf, von ihren Niederlagen zu hören.

Ob sie beide etwas mit Nadja gehabt hatten? Unwahrscheinlich, dass sie all ihre Verflossenen hier aufmarschieren ließ.

Als Rupert von der Toilette kam, öffnete Nadja die erste Flasche Rosé.

»Na, hast du vergessen abzuziehen?«, fragte Ingo, der Fernsehkommissar.

Rupert zuckte erwischt zusammen, antwortete aber cool: »Wird das jetzt ein Verhör? Dann sollten Sie mich darauf hinweisen, dass ich einen Anwalt hinzuziehen kann, Herr Kommissar.«

Er wurde jetzt zu Bruce Willis. So würde er mit der aufgeblasenen Bande besser fertigwerden, hoffte er.

Nadja entspannte die Situation, indem sie erklärte: »Ich habe die Spülung reparieren lassen. Jetzt rauscht es nicht mehr eine halbe Stunde lang wie die Niagarafälle.«

Dieser Ingo, dachte Rupert, kennt sich also aus in Nadjas Haus. Er war schon öfter hier.

Nadja schlug vor, man könne jetzt gemeinsam das Wohnzimmer so gestalten, dass später alle Platz hätten. Sie rückte damit heraus, dass sie sechzehn Gäste erwartete, die in Hotels übernachteten. Einige im Dünenhotel Strandeck, zwei bei Kröger, andere im Suitenhotel Mare oder bei Aquantis.

»Hier bei mir ist ja nur Platz für sechs Personen. Also nur für meine liebsten Freunde!«

»Na«, grinste Sinklär, »da können wir uns ja geehrt fühlen.«

Rupert zählte nach: Fee, Nadja, Ingo, Sinklär, er selbst. Wer also war Nummer sechs? Er hoffte nicht auf noch so einen breitschultrigen Kerl, sondern mehr auf eine schmalhüftige Schönheit.

Sein Wunsch wurde erfüllt. Während sie im Wohnzimmer einen Stuhlkreis aufbauten mit einem »heißen Sessel« in der Mitte und Rupert allein bei dem Gedanken, dort von allen angestarrt sitzen zu müssen, ganz übel wurde, flatterte Gina in den Raum.

Sie war ein Naturereignis. Sie schien mindestens doppelt so viele Haare auf dem Kopf zu haben wie andere Menschen. Sie standen in alle Himmelsrichtungen ab wie Antennen.

Gina selbst war quirlig und aufschäumend wie Champagner, der, statt im Kühlregal zu ruhen, mit einem Fahrrad über Kopfsteinpflaster transportiert worden war. Sie sprach unaufhörlich, ohne Punkt und Komma, und lachte dabei ständig laut auf, als hätte sie einen echten Brüller losgelassen.

Rupert hielt das alles nur aus, weil sie so herrlich lange braungebrannte Beine hatte und die gerne herzeigte.

Die Verrückte ist die Einzige, die einen normalen Beruf hat, dachte Rupert. Altenpflegerin. Nadja war wohl mal ihre Chefin gewesen, bevor Nadja als Madame X zu Bestsellerruhm gekommen war.

Von so einer kessen Biene würde ich mich im Alter auch gerne pflegen lassen, dachte er. Wenn man schwerhörig ist, stört einen das Gequatsche ja auch kaum, und sie bereitet einem einen erbaulichen Anblick.

Als Fee genug Leonard Cohen gehört hatte und runter zu den anderen kam, wirkte sie in sich gekehrt, ja, verheult. Sie begrüßte Rupert erstaunlich freundlich und betonte, er habe sich gar nicht verändert, sei höchstens ein bisschen dicker geworden. So kannte Rupert sie. In ihre Nettigkeiten mischten sich gern schmerzhafte Spitzen, oft in einen Scherz verpackt.

Als sie Johannes Sinklär sah, spottete sie: »Was will der denn hier? Hat der sich in der Kategorie ›Superarschlöcher‹ beworben?«

»Kennt ihr euch?«, fragte Rupert.

Sie verzog den Mund. »Kennen ist gut …« Sie zwinkerte Rupert zu und verriet ihm, dass der Typ von allen hier nur *John Sinclair* genannt wurde. *Der Geisterjäger.*

Sie kam während des kurzen Gesprächs Rupert sehr nah, und sie war immer noch von diesem betörenden Duft umgeben, der Rupert schon als Schüler rattendoll gemacht hatte. Sie füllte nicht den Raum mit aufdringlichem Parfüm, wie die Freundinnen seiner Frau es so gern taten, nein, Fees Duft konnte nur ganz nah auf ihrer Haut erschnuppert werden, wie eine Ausdünstung ihrer Poren.

Dann ging alles sehr schnell. Leute kamen, brachten Blumen oder Pralinen mit, waren laut und aufgeregt. Einige tranken sich Mut an.

Nadja mischte sehr geschickt Cocktails mit frisch gepressten Säften, Rum und Tequila, wobei ihre ehemalige Angestellte Gina ihr half. Die bunten Getränke mit Fruchtstückchen am Glasrand und Schirmchen darin erinnerten Rupert an einen Kindergeburtstag. Er wusste einen guten Whisky zu schätzen oder ein gepflegt gezapftes Pils. Aber er probierte auch von diesen Drinks, um Nadja und Gina nicht zu beleidigen. Das Zeug war immer noch besser als dieser Prosecco oder der saure Wein, den alle *trocken* nannten und der ihm die Wangen zusammenzog.

Dann ertönte der alte Beatles-Song *I'm a loser* und brachte die Partygesellschaft in Stimmung. Schließlich zog Nadja einen Zettel aus einer Blumenvase. Sie las den ersten Namen vor, und Johannes Sinklär war dran.

Er nahm auf dem heißen Stuhl Platz, der eigentlich ein bequemer Sessel war. Er hielt ein Weinglas in der Hand und drehte es zwischen den Fingern. Nadja fragte ihn, in welcher Kategorie er sich als größter Loser bewerbe.

Völlige Stille irritierte Rupert und signalisierte: Es wird ernst.

Johannes Sinklär sprach nicht mehr ganz so laut. Der Brustton der Überzeugung war einem verhaltenen, heiseren Piepsen gewichen.

»Viele hier kennen mich«, sagte er. Fee lachte gekünstelt auf. »Und ich bewerbe mich heute als größter Versager in der Kategorie Schule und Beruf.«

Irgendjemand rief: »Hört, hört!«

Eine junge Frau in einem grässlichen Sekretärinnenkostüm, das Rupert ihr nur zu gern ausgezogen hätte, kicherte.

Rupert verschränkte die Arme vor der Brust und hörte zu.

Gina, die Altenpflegerin mit der wilden Frisur, flüsterte: »Ich denke, der ist Millionär.«

»Ja«, sagte Johannes Sinklär und befeuchtete seinen trockenen Mund mit einem Schluck Grauburgunder, »ich weiß, ihr denkt alle, ich sei der Prototyp des Erfolgsmenschen, und das stimmt ja irgendwie auch. Die meisten Geschichten, die über mich kursieren, sind leider wahr.« Er zählte auf: »Ich habe eine Villa im Tessin und eine Finca auf Mallorca.« Er breitete die Arme aus und machte ein Gesicht, als müsse er sich dafür entschuldigen. »Meine erste Million habe ich mit dreißig gemacht. Inzwischen sind es geschätzte sechzig.«

»Typisch Loser«, grinste der Fernsehkommissar und klatschte demonstrativ Beifall.

Rupert empfand Johannes Sinklärs Rede als besonders geschickten Versuch, sich bei der Damenwelt beliebt zu machen und als Ehekandidat ins Gespräch zu bringen. Die mit dem zwei Nummern zu engen Sekretärinnenkostüm sah schon aus, als würde sie gleich über Sinklär herfallen. Sie himmelte ihn an, aber auch die Altenpflegerin machte auf Rupert den Eindruck, jederzeit bereit zu sein, ihren Beruf aufzugeben, um sich stattdessen lieber um Johannes Sinklärs Wohlergehen zu kümmern.

»Ich habe viele Firmen saniert und aus der Krise geführt. Einige im Grunde insolvente Unternehmen habe ich zu wahren Goldgruben gemacht.«

»Zur Sache, Schätzchen!«, rief Nadja und erntete Lacher.

Sinklär nickte ihr zu und nippte noch einmal an seinem

Glas. »Aber mit einer sehr wichtigen Firma bin ich gescheitert. Ich habe mein Bestes gegeben, aber den Laden immer weiter in den Dreck gefahren und am Ende Konkursantrag stellen müssen. Ich konnte nicht einmal mehr die ausstehenden Gehälter und Sozialabgaben zahlen …«

Er schluckte und schlug die Augen nieder. Für Rupert sah die Geste einstudiert aus.

»Ich bin«, gestand Johannes Sinklär, »mit 2,7 Millionen pleitegegangen.«

Er wirkte, als würde er auf Mitgefühl hoffen, doch er erntete Gelächter und Spott.

Ein graumelierter Mitfünfziger hatte sich noch nicht die Mühe gemacht, sich zu setzen. Er stand lässig an die Wand gelehnt da und beobachtete das Geschehen. Dabei hatte er einen leicht arroganten Zug um die Mundwinkel herum, wie Rupert es von Menschen kannte, die aus Angst, abgelehnt zu werden, erst mal alle anderen ablehnten.

»Damit kannst du hier nichts werden, Sheriff. 2,7 Millionen Schulden, das ist ein Fliegenschiss! Damit wäre ich an deiner Stelle erst gar nicht angetreten! Ich habe elf Millionen Minus gemacht.«

Er hielt Papiere hoch, als sei er bereit, seine Behauptung sofort zu belegen.

Die zwei kannten sich, folgerte Rupert, denn Sinklär konterte: »Ich war gerade einmal dreißig Jahre alt, Ben.«

»Ich war vierundzwanzig!«, triumphierte Ben. »Hatte jemand mit vierundzwanzig mehr als elf Millionen Schulden? Bitte aufzeigen!«

Eine junge Frau meldete sich wie in der Schule. »Ja, mein Mann, also, mein Exmann, hat gut zwanzig Millionen in den Sand gesetzt. Aber das hat er erst mit dreißig geschafft.«

Eine Lachsalve erschütterte den Raum.

»So ein Versager«, grinste Nadja. Sie schien sich prächtig zu amüsieren.

Aber Johannes Sinklär gab sich noch nicht geschlagen. Er betonte weinerlich: »Es war die Firma meines Vaters!«

Gina rückte auf ihrem Stuhl herum, als sei der Sitzplatz heiß geworden. Sie hätte Sinklär zu gern getröstet, vermutete Rupert. Er war sich sicher, dass dieser breitschultrige Kerl die heutige Nacht nicht alleine im Bett verbringen musste. Er hatte nicht gerade die freie Auswahl, aber es flogen ihm erstaunlich viele Herzen zu.

»Ich habe«, betonte Sinklär, »damals sehr gelitten. Später habe ich zig Unternehmen saniert, aber bei der Firma meines eigenen Vaters habe ich versagt. Ich war einfach nicht hart und konsequent genug.«

»Eine Runde Mitleid für Johannes!«, forderte Nadja, und ein paar Gäste machten laut: »Ooooch.« Andere klatschten Beifall.

Sinklär versuchte nachzulegen: »Ich hatte meinem Vater am Sterbebett geschworen, die marode Firma zu retten …«

»Bei Pleiten und Konkursen zählen nur Zahlen, Johannes, das weißt du doch!«, rief Ingo und bemühte sich, genauso zu klingen, wie jedermann ihn aus dem Fernsehen kannte.

Nadja schlug gegen ihr Glas, um sich Aufmerksamkeit zu verschaffen. »Das war also die Bewerbung von Johannes Sinklär in der Kategorie Schule und Beruf. Wir machen weiter mit …«, sie griff in die Blumenvase und zog erneut einen Zettel, »mit Rupert!«

Wie einen Trostpreis oder eine pädagogische Unterstützung drückte Gina Rupert ein Glas Rosé in die Hand und nahm ihm das leere Cocktailglas ab.

Er hatte nicht damit gerechnet, so schnell dran zu sein. Er hätte lieber erst noch eine Weile zugeguckt, um alle Regeln des Spiels – vor allen Dingen die unausgesprochenen – zu verstehen. Aber er wollte sich nicht drücken.

Frauen standen nicht auf Feiglinge. Sie heirateten sie höchstens und gingen dann mit mutigen Draufgängern fremd. Davon war Rupert überzeugt.

Er leerte sein Weinglas mit einem Zug. Er fragte sich, wie ein Mensch so blöd sein konnte, Rosé zu trinken. Es ging doch nichts über ein anständiges, gezapftes Pils.

Jetzt, da ihn alle ansahen, fühlte er sich auf dem heißen Stuhl eigentlich sehr wohl. Er genoss es, sich vor so vielen schönen Frauen in Szene setzen zu können. Die Männer waren ihm letztendlich egal.

Er hatte nicht vor, so eine weinerliche Mitleidsnummer abzuliefern wie sein Vorredner. Stattdessen sprach er siegessicher, mit fester Stimme: »Mein Name ist Rupert, Mordkommission, und normalerweise stelle ich die Fragen. Meine Aufklärungsquote lag im letzten Jahr bei hundertdreißig Prozent.«

»Kollege Scherzkeks!«, rief der Fernsehkommissar. Das ging aber im Gelächter unter.

Rupert erklärte: »Das ist kein Witz. Letztes Jahr haben wir noch zwei Mordfälle aus dem Vorjahr aufgeklärt, und damit lag die Quote bei über hundert Prozent.«

Ein stattlicher Mann, der seinen großen Bauchumfang mit Stolz trug, freute sich: »Ich war neulich bei einem Comedian. 49 Euro Eintritt. Aber ich habe in den zwei Stunden weniger gelacht als hier in den ersten paar Minuten.«

Rupert erhielt Zwischenapplaus.

Jetzt zeigte er sein Zeugnis vor: »Ich bin auf dem Ulrichsgymnasium in Norden sitzengeblieben. Englisch, Deutsch, Geschichte: mangelhaft. Mathematik: ungenügend.«

»Und damit bewirbst du dich hier?«, lachte Fee. »Das ist doch wohl nicht dein Ernst, Rupert! Das kann ja sogar ich toppen!« Sie schwenkte ein Papier. »Drei Sechsen! Eine Fünf!« Sie sah sich im Raum um, erhielt aber nur mäßigen Applaus. An Rupert gewandt rief sie: »Ich dachte, du bewirbst dich hier in der Kategorie Sex, Ehe und Familie und so … Als Meister des vorzeitigen Samenergusses zum Beispiel!«

Gina, die Altenpflegerin, kicherte vor Freude und hielt sich eine Hand vor den Mund.

Rupert blähte sich beleidigt auf. Das ging ihm nun doch entschieden zu weit. Er begann, unter den Achseln zu schwitzen.

Aber dann zeigte Fee auf Sinklär. »Oh, entschuldige bitte, Rupert! Den Rekord hält er natürlich. Wie konnte ich das nur vergessen …«

Sinklär grinste breit, als hätte Fee einen Witz gemacht, aber er wirkte getroffen. Je mehr er sich bemühte, es zu überspielen, umso deutlicher wurde, dass sie ihn erwischt hatte.

Jetzt erhob sich ein Mann, der versuchte, die Peinlichkeit für Sinklär vergessen zu machen. Er zwinkerte Sinklär zu, hatte für Fee aber nur einen vernichtenden Blick übrig. Dann triumphierte er: »Vier Sechsen, drei Fünfen! Kann das jemand toppen?«

»Und dann hast du den Hauptschulabschluss doch noch nachgemacht und bist Investmentbanker geworden?«, giftete Fee.

»Immobilienmakler«, korrigierte er schnippisch. »Nach Diplomabschluss.«

»In Wirtschaftswissenschaften!«, rief eine Blondine dazwischen und gestikulierte, als würde sie schnell ein Glas leeren.

Gina nippte an ihrem selbstgemischten Drink und freute sich: »Dieses Fest, liebe Nadja, verwandelt unsere Niederlagen in Siege! Ich danke dir dafür, dass ich dabei sein darf!«

Sie umarmte Nadja. Dann outete sie sich geradezu aufgekratzt: »Wer hat etwas Sinnloseres studiert als ich? Byzantinische Archäologie! Ein wunderbarer Einstieg ins Berufsleben … als Altenpflegerin!«

»Ägyptologie und Komparatistik!«, rief jemand, und ein anderer konterte: »Sinologie! Danach war ich drei Jahre lang Taxifahrer in Berlin und dachte immer, eines Tages hole ich drei Chinesen vom Flughafen ab und frage sie in astreinem Hochchinesisch, wo sie hinwollen. Ist aber leider nie passiert. Ich kann nicht nur Mandarin, sondern auch noch Burmesisch.«

Nadja wiegelte ab: »Hey, hey, hey! Ihr seid doch noch gar nicht dran. Das Los entscheidet. Und noch sitzt Rupert auf dem heißen Stuhl!«

Ruperts Stirn begann, schweißnass zu glänzen. Er winkte ab: »Ach, ich glaube, auf eurer Loserparty werde ich wohl letzten Endes der Loser sein. Ihr seid ja alle viel besser als ich.«

Ingo, der Fernsehkommissar, wollte Rupert so leicht nicht vom heißen Stuhl lassen. »Aber hallo, Herr Kollege, das kann doch unmöglich alles gewesen sein! So ein paar poplige Schulnoten! Hast du nie einen Falschen verhaftet? Nie auf einen Unbewaffneten geschossen, der gar nicht der Täter war? Ich habe in meinem letzten Film – ohne jetzt zu viel verraten zu wollen – einen Unschuldigen ausgeknipst.«

»Ja«, feixte Rupert, »im Film. In der Realität bekämst du eine Menge Ärger, und du wärst vermutlich auch deinen Job los.«

»Zum Glück!«, zischte Ben.

Rupert stand auf und zeigte seine leeren Hände demonstrativ vor: »Ja, also … Mehr habe ich euch leider nicht zu bieten.«

»Versager!«, lachte Sinklär. Dabei klang er merkwürdig verbittert.

Aber Ingo gab nicht auf. Vielleicht, dachte Rupert, hat er nur Schiss, gleich selbst dranzukommen, und will mich deswegen nicht aus dem Rennen lassen.

»Ich wette, Rupert, du hast dich einfach nur in der falschen Kategorie beworben. Bist du nie von deiner Frau in flagranti erwischt worden oder so?«

Fee zeigte auf Johannes Sinklär: »Darin ist er Spezialist. Ich hab ihn gleich dreimal ertappt. Jedes Mal mit einer anderen!«

Gina tippte sich an die Stirn: »Wie peinlich ist das denn?«

Ingo plusterte sich auf. »In Filmen nennt man das einen Running Gag.«

John Sinclair gab jetzt den Hippie, was gar nicht zu seinem Aussehen passte: »Eifersucht?! Besitzdenken?! Davor graut es mir! Damit kann ich gar nichts anfangen. Ich gehöre niemandem. Nur mir selbst!«

Fee hob Mittel- und Zeigefinger zu einem Victoryzeichen. »Love and Peace, Bruder!«

Nadja stand plötzlich neben Rupert, umarmte ihn demonstrativ, fuhr mit der rechten Hand durch seine Minipli und hauchte in sein Ohr: »Du hast das ganz wunderbar gemacht. Aber als Versager bist du halt ein Versager.«

Die Berührung lief Rupert durch den ganzen Körper, als hätte es plötzlich begonnen zu schneien. Ja, er fühlte sich an dieses Kribbeln auf der Haut erinnert, das er zum ersten Mal erlebt hatte, als er glänzend vor Schweiß nach einem Aufguss aus der Sauna ins Freie lief, und es hatte zu schneien begonnen. Die Schneeflocken schmolzen auf seiner heißen Haut, und er war damals sehr glücklich gewesen. Eins mit sich selbst.

Nadja zwinkerte ihm komplizenhaft zu und zog einen neuen Zettel aus der Losvase. Diesmal war Fee dran, und wenn Rupert sich nicht täuschte, wirkte Ingo Kuklinski erleichtert.

Fees Auftritt war Rupert von Anfang an zu theatralisch. Wenig geeignet, um die Party in Gang zu bringen. Nicht eine Spur von Witz und Ironie. Sie sprach mit einer Grabesstimme, als müsse sie jeden Moment heulen. Sie erzählte, dass sie am liebsten wieder abgereist wäre, als sie Johannes Sinklär gesehen hätte. Jetzt ging sie Nadja direkt an. Sie habe auch kein Verständnis dafür, warum sie ihr das antue: »Wenn ich vorher gewusst hätte, dass er kommt, wäre ich zu Hause geblieben, da kannst du aber sicher sein. Ja, verdammt, die Wunde ist noch nicht ganz verheilt und wird hier wieder aufgerissen. Ich wollte den erst vor Gericht wiedersehen.«

Sie begann tatsächlich zu weinen und fühlte sich bemüßigt, ihr Kurzehedrama zum Besten zu geben. Johannes Sinklär sei ein Dieb, ein Räuber, der seinen Charme einsetze, um alles und alle auszuplündern. Firmen genauso wie Menschen. Sie nannte ihn einen Soziopathen, der ihr alles genommen habe, vor allen Dingen das Vertrauen in Liebe und Freundschaft. Seit inzwischen drei Jahren tobe ein erbitterter Rosenkrieg.

»Alles genommen«, lachte er bitter. »Du bekommst eine Viertelmillion!«

»Ja«, gab sie zu, »laut Ehevertrag! Aber das Spiel ist noch lange nicht entschieden. Mein Anwalt wird dir das Fell über die Ohren ziehen, Hasi!«

Ben fand, das gehe jetzt alles ein bisschen zu weit und man brauche eine Pause. Die meisten stimmten ihm zu.

Gina und Nadja mischten noch ein paar bunte Drinks. Rupert sah ihnen dabei gerne zu und probierte.

Jetzt liefen wieder die Beatles, und einige ganz Verwegene wollten lieber tanzen, als ihre Verlierergeschichten zum Besten zu geben.

Rupert genoss die Drinks und wurde langsam auf eine flirrende Art betrunken. Immer wenn Nadja ihrer Gastgeberrolle nachkam und sich um Wünsche und Fragen ihrer Loserparty-Teilnehmer kümmern musste, beflirtete Gina Rupert so heftig, dass ihm ganz anders wurde.

Rupert liebte ja mehr die Rolle des Eroberers. Dieser draufgängerische Frauentyp machte ihn verlegen.

Flüsterte sie in sein Ohr, oder knabberte sie schon daran? Jedenfalls kitzelten ihre Haare in seinem Gesicht.

Sie schlug vor, einen Spaziergang zu machen. Rupert war einverstanden. Gina führte ihn mit wenigen Schritten in die Dünen. Sie hatte eine Menge Ahnung von Vögeln, und Rupert gab sich interessiert. Er beobachtete mit ihr Austernfischer, Kiebitze und Uferschnepfen. Sie nannte die Vögel »Wiesenbrüter«, und wo sie aufflogen, hüpfte ihr Herz höher, und sie griff jedes Mal hin, als müsse sie es in die Brust zurückdrücken.

Rupert sah einen Fasan und zeigte darauf. Sie war begeistert.

Sie entdeckte eine Rohrweihe, und Rupert, der diesen Namen noch nie zuvor gehört hatte, tat, als sei er geradezu Rohrweihenspezialist.

Jetzt, in der frischen Abendluft, merkte er erst, dass er ganz schön Alkohol getankt hatte. Er nannte den Zustand, in dem er sich befand, »gut vorgeglüht« und erhoffte sich noch viel von dieser Nacht.

Über einen Stacheldraht stieg er hinter Gina her auf eine saftige Wiese. Ein milder Nordwestwind erfrischte Rupert. Er stand jetzt im hohen Gras und ließ sein Hemd auslüften.

Suchte sie eine seltene Vogelart oder ein einsames Plätzchen für Liebesspiele? Hier stellte er sich Sex im Freien großartig vor. Da war der Wind, und da war das Meer und über ihnen ein nachtblauer, sternenklarer Himmel.

Er sah auf Ginas Po. Da hörte er neben sich ein rupfendes Geräusch.

Ganz langsam drehte er sich in die Richtung und sah keine drei Meter von sich entfernt zwei zottelige Hochlandrinder mit mächtigen Hörnern. Eins kaute Gras, das andere guckte nur interessiert.

»Ähm …«, sagte Rupert, um Gina auf sich aufmerksam zu machen, aber sie pirschte vorwärts.

»Du, ich … ich bin doch kein Torero. Wir sollten umkehren, solange es geht.«

Links traten noch mehr Rinder aus dem Schatten der Bäume und näherten sich. Rupert hatte das Gefühl, schlagartig nüchtern zu sein.

»Rückzug!«, zischte er leise.

Gina schaute sich um.

»Die Viecher sind in der Überzahl«, stellte Rupert fest. »Wo bin ich hier? Im Jurassic Park?«

Sie strahlte ihn mit ihren weißen Zähnen an, die im Abendlicht besonders gut zur Geltung kamen.

»Das sind nur die Highlander von Heiko Arends. Die tun nichts.«

Rupert konnte so viel Naivität kaum fassen. »Das sind Bullen!«, flüsterte er eindringlich. »Mit solchen Hörnern!« Er zeigte die beeindruckenden Hörner noch größer, als sie in Wirklichkeit waren.

»Die sind friedlicher als die meisten Menschen.«

»Können wir trotzdem gehen? Ich glaube, ich habe dahinten noch ein paar ganz tolle Lachmöwen gesehen.«

Er drehte um und bewegte sich langsam tastend vorwärts. Die letzten paar Meter bis zum Zaun rannte er und brachte sich mit einem Sprung in Sicherheit, der gar nicht gut für sein Iliosakralgelenk war.

Gekrümmt wie ein Fragezeichen stöhnte Rupert hinter dem Zaun, während ein Hochlandrind ihn anglotzte, wie zur Antwort blökte und die zotteligen Haare schüttelte.

Gina kam unbesorgt näher. Sie grinste.

Macht die sich über mich lustig?, dachte Rupert. Hat die mich absichtlich hier im Dunkeln hingeschleppt, um zu zeigen, wie tough sie ist? Wollte die mich testen?

Gina lachte ihn an. »Du hast Rückenprobleme, stimmt's? Ich lasse mich immer von Michael Thannberger im Kur- und Wellness-Center massieren. Versuch es mal. Der kriegt dich garantiert wieder hin. Von ihm habe ich die beste Massage meines Lebens erhalten.«

Sie machten noch einen langen Spaziergang. Sie schwiegen viel, was Rupert gefiel, und ab und zu blieben sie stehen und genossen es einfach nur, auf diesem zauberhaften Fleckchen Erde zu sein.

Sie erzählte Rupert von ihrem Studium und der Demenz ihrer Mutter. Dadurch habe ihr Leben eine völlig andere Richtung genommen, und jetzt sei sie sehr glücklich in ihrem neuen Beruf. Sie sei skandalös unterbezahlt, aber seelisch trotzdem irgendwie angekommen. Altenpflege sei genau ihr Ding.

Rupert konnte sich prickelndere Gesprächsthemen vorstellen, war aber froh, dass seine Flucht vor den Hochlandrindern nicht thematisiert wurde.

Immer wieder blieb sie stehen und roch. Wie ein schnupperndes Hündchen kam sie ihm vor. Sie betonte, diese Insel habe so einen ganz eigenen, herrlichen Geruch. Er gab ihr recht, wusste aber eigentlich gar nicht, wovon sie sprach.

Gina schlug vor, morgen in den Ostteil der Insel zur Meierei zu radeln und dort Dickmilch mit Sanddorn zu essen. Sie schwärmte davon, doch Rupert konnte sich nichts Schlimmeres vorstellen als Dickmilch mit Sanddorn, und dann auch noch zur Krönung eine Radtour. Sein Iliosakralgelenk tat schon weh, wenn er nur daran dachte.

Wieder in Nadjas Ferienhaus zurück, genehmigte Rupert sich einen Drink, den Nadja für ihn gemischt hatte und der ›Sex on the Beach‹ hieß. Das rote Zeug war Rupert eigentlich ein bisschen zu süß. Es schmeckte nach Cranberrys und Pfirsichlikör. Gina nahm die alkoholfreie Variante: ›Safer Sex on the Beach‹.

Nadja benutzte ein großes scharfes Messer wie ein Fallbeil, wenn sie Orangen und Limonen teilte. Dann sauste die scharfe Klinge mit präzisen Schnitten durch eine Ananas.

Sie liebte es, Drinks zu mixen. Das Klirren von Eiswürfeln war ihre Lieblingsmusik.

Rupert probierte einen ›Tequila Sunrise‹, aber trotz Zitronensaft und doppeltem Tequila war ihm auch der zu süß. Er fragte, ob nicht etwas Süffigeres da sei.

Er erinnerte sich noch daran, die schaumige Krone vom ›Gin Fizz‹ geschlürft zu haben. Dabei grinste er über den Fernsehkommissar, der merkwürdig zerknirscht in der Ecke stand. Rupert folgerte daraus, dass er seinen Auftritt auf dem heißen Stuhl bereits hinter sich hatte.

Nach dem ›Gin Fizz‹ öffnete Rupert sich eine Flasche Bier. Er konnte die kühle Flasche noch in der Hand spüren, aber dann hatte er das, was im Volksmund ›Filmriss‹ genannt wird.

Rupert wurde von einem Schrei geweckt. Er schreckte hoch und wusste nicht, ob er geträumt hatte oder ob tatsächlich jemand so herzzerreißend kreischte.

Unter ihm wackelte alles. Er hatte einen Geschmack im Mund, als hätte er verdorbene Austern gegessen, und in seinem Gehirn hämmerte ein unschuldig verurteilter Häftling gegen die Zellentür.

Er drückte sich auf dem Wasserbett hoch und stellte fest, dass er nicht allein war. Der Wuschelkopf neben ihm gehörte ganz klar Gina. Rupert konnte zwar ihr Gesicht nicht sehen, das hielt sie ins Kissen gedrückt, dafür ragte ihr braungebrannter Po unter der Bettdecke hervor.

Entweder sie schlief mit Ohrstöpseln, oder sie war halb bewusstlos, jedenfalls reagierte sie nicht auf das hysterische Gebrüll.

Rupert wollte an der anderen Seite aus dem Bett steigen, doch dort lag auch jemand: Nadja. Er zog ihr die Decke weg, um sich aus dem Lakengewirr zu befreien.

Nadja war bis auf einen weißen BH nackt. Rupert hielt einen Moment inne.

Habe ich heute Nacht mit zwei Frauen Sex gehabt?

Wie ungerecht ist das denn? Ich kann mich an zig unangenehme Dinge in meinem Leben erinnern, die ich nur zu gern vergessen würde, aber dieses tolle Abenteuer mit den zwei Zuckerschnecken ist aus meinem Bewusstsein getilgt? Oder habe ich kläglich versagt, weil ich zu besoffen war, und deswegen hat mein Gehirn diese peinliche Blamage vorsorglich gelöscht?

Nadja und Gina schaukelten auf dem Bett hin und her, weil Rupert aufstand und das Gewicht sich verlagerte. Sie rollten beide zur Mitte. Es gluckerte, und Rupert wusste nicht, ob sein Magen das Geräusch gemacht hatte oder das Wasserbett.

Nadja reckte jetzt den Kopf hoch. Sie lächelte Rupert verwirrt an.

»Wer schreit denn da?«

»Keine Ahnung«, grummelte Rupert. Er suchte seine Hose, fand sie und stieg hinein. Er registrierte dabei erfreut, dass er eine Unterhose trug und nicht ganz nackt vor Nadja stand.

Die erhob und reckte sich und gähnte.

Mit den Worten »Ich seh nach« verließ Rupert den Raum.

Im Flur, zwei Zimmer weiter, stand Fee kreidebleich vor einer offenen Tür und zeigte ins Zimmer. Inzwischen schrie sie nicht mehr, sondern war in eine Art Schnappatmung verfallen. Sie war strubbelig und blass. Sie trug ein knielanges Nachthemd, das Rupert an seine Frau Beate denken ließ, und er bekam sofort Gewissensbisse wegen der zwei Damen auf dem Wasserbett.

Fee wollte etwas sagen, doch nur Grunzlaute kamen über ihre sonst so redegewandten Lippen.

Rupert betrat das offene Zimmer barfuß. Auch hier ein Wasserbett. Darauf lag Johannes Sinklär mit weit offenem Mund und verkrampften Händen. Ein Messer steckte in seiner Brust.

Der Griff erinnerte Rupert an das Messer, mit dem Nadja gestern Abend Orangen und Limonen zerteilt und Ananasschiffchen geschnitzt hatte.

Rupert musste den Puls nicht fühlen und erst recht keinen Spiegel vor Sinklärs Lippen halten. Er wusste auch so, dass dieser Mann, mit einem geschätzten Vermögen von sechzig Millionen, tot war wie die Ausstellungsstücke in den Totenwelten von Gunther von Hagens.

Hinter Fee tauchte jetzt Nadja auf. Sie hatte sich einen flauschigen weißen Bademantel angezogen und trug Flipflops.

Als sie sah, was geschehen war, öffnete sie ihren Mund weit, und obwohl kein Ton herauskam, hielt sie die rechte Handfläche vor ihre Lippen, als würde sie einen zu lauten Schrei im Keim ersticken.

»Dies ist ein Tatort«, stellte Rupert trocken fest. »Bitte geht nicht in den Raum und fasst hier auch nichts an. Ich rufe jetzt die Spusi …«

Fee zitterte. »Ja, aber … Was sollen wir denn jetzt machen?«

»Kaffee«, schlug Rupert vor. »Und dann versammeln wir uns alle unten im Wohnzimmer und rekonstruieren den Abend, bis die Kollegen hier sind.«

Er ging zurück in sein Zimmer. Gina saß auf dem Bett und kratzte sich die Kopfhaut. Als Rupert den Raum betrat, zeigte sie sich ihm in ihrer ganzen Pracht und stöhnte: »Hast du mal eine Aspirin und ein großes Glas Wasser? Ich hab geträumt, hier hätte jemand rumgebrüllt wie ein angeschossenes Wildschwein.«

Sie schwankte, noch schlaftrunken, auf Rupert zu, umarmte ihn und sang ihn an: »Oh, my darling, you were wonderful tonight.«

Rupert mochte diesen Clapton-Song, aber aus Ginas Mund schlug ihm ein saurer Atem ins Gesicht, als sei die Erfindung der Zahnbürste spurlos an ihr vorübergegangen. Der Atem erinnerte ihn daran, dass er sich jetzt selbst dringend die Zähne putzen sollte.

Sie wollte ihn küssen, und weil er das Gesicht wegdrehte, sang sie weiter, so gut sie konnte: »I feel wonderful because I see the lovelight in your eyes.«

Er schob sie von sich weg. Es schien ja wirklich eine heiße Nacht gewesen zu sein.

»Wir haben nebenan eine Leiche. Die Party ist vorbei. Bitte zieh dich an, Gina.«

Er erlebte die Situation als Triumph und Niederlage zugleich. Einerseits fühlte er sich dadurch, dass Gina den Clapton-Song so anspielungsreich sang, in seiner Männlichkeit geadelt und bestätigt. Andererseits konnte er sich das Grinsen seiner Kollegen vorstellen, wenn der Sachverhalt hier aufgenommen werden würde.

Schlimmer noch die anschließende Gerichtsverhandlung. Das würde seine Frau ihm nie verzeihen. Ein kleiner Seitensprung, herrje, das war sie gewöhnt. Aber gleich zwei Frauen … nein, das war entschieden zu viel. An die Reaktion seiner Schwiegermutter wollte er lieber gar nicht erst denken. Die hasste Männer sowieso und ihn ganz besonders.

Heute Morgen hatte Ann Kathrin Klaasen Dienst im K 1.

Der Fall würde also von ihr übernommen werden. Wie würde er vor ihr dastehen … Ausgerechnet vor ihr …

Es gab nur eine Möglichkeit für ihn, dies hier heil zu überstehen: Er musste den Mordfall lösen, bevor die Kollegen vom Festland kamen und Ann Kathrin Klaasen die Sache an sich riss.

Er wollte nicht als Zeuge in den Akten auftauchen, sondern lieber als Ermittler, der den Fall geklärt hatte. Er brauchte am besten ein unterschriebenes Geständnis.

Nadja schlang jetzt von hinten ihre Arme um Rupert. »Musst du nicht jetzt einen Arzt rufen, um die Todesursache feststellen zu lassen, Schatz?«

»Er hat ein Messer in der Brust. Um das zu sehen, muss man nicht Medizin studieren. Und bitte, nenn mich jetzt nicht mehr Schatz.«

»Sondern? Soll ich ›Oh, du mein Sexgott‹ zu dir sagen?«

Er schluckte. »Nein, bitte nicht. Einfach nur Rupert oder Kommissar.«

»Verstehe. Jetzt wird es offiziell.«

Er suchte seine Anziehsachen zusammen. Der Koffer stand noch ungeöffnet in der Ecke. Leise, ohne sie anzusehen, fragte er: »War es wirklich so heftig heute Nacht?«

»Ja«, stöhnte Nadja wohlig, »es war wild und hemmungslos. Animalisch.«

»Ich hoffe, wir waren nicht zu laut«, kicherte Gina.

Rupert ging ins Bad. Er wusch sich nur die Hände und das Gesicht. Es erschien ihm unangemessen, jetzt zu duschen. Er schnappte sich eine lila Zahnbürste, die dort im Glas wartete, und putzte sich gründlich die Zähne. Er vermutete, dass die Zahnbürste Gina oder Nadja gehörte, und während der Liebesnacht hatten sie sicherlich so viele Körpersäfte ausgetauscht, dass es jetzt keine Rolle spielte, wessen Zahnbürste er gerade benutzte.

Er sah sich im Spiegel an. Seine Bartstoppeln schrien nach einer Nassrasur. Er fand, er hatte heute etwas von Bruce Willis. Er schabte mit dem Handrücken über seine Wangen. Es klang männlich.

Rupert wurde jetzt ganz zum Ermittler. Er zählte sich die Fakten auf. Wenn niemand von außen eingebrochen war, dann gab es nur fünf mögliche Täter, nämlich alle die Personen, die die Nacht im Haus verbracht hatten.

Nadja. Gina. Fee. Ingo und ihn selbst.

Rupert inspizierte die unteren Räume. In der Küche, im Wohnzimmer und auf der Toilette waren die Fenster gekippt. Es wäre für jeden Einbrecher ein Leichtes gewesen, hineinzugreifen und ein Fenster mit einem Haken ganz zu öffnen. Aber das war nicht passiert, denn überall standen auf den Fensterbänken bepflanzte Blumenkästen, Figürchen, Nippes, radfahrende Clowns, Möwen auf Strandkörben oder kleine Leuchttürme. Die hätte ein Einbrecher umgeworfen und beim Rückzug auch nicht wieder so platzieren können.

Beide Türen waren verschlossen. Die Schlüssel steckten innen. Also musste der Täter sich noch im Haus befinden.

Ingo, der Fernsehkommissar, galt als Nachtmensch und Morgenmuffel. Das war geschmeichelt. In Wirklichkeit schien einer seiner Vorfahren mal Vampir gewesen zu sein, denn er fühlte sich nur in der Dunkelheit oder bei künstlichem Licht wohl. Er mochte heruntergelassene Rollläden und dicke Vorhänge. Er kam nicht ohne eine Kollektion von Sonnenbrillen aus. Je größer, desto besser.

Er hielt die Hände trotz Brille schützend vor sein Gesicht und drehte sich vom Ostfenster weg, durch das die Sonne hereinschien. Er wirkte auf Rupert merkwürdig desinteressiert und gleichzeitig gut informiert. Für ihn war die wichtigste Frage, ob es Espresso gebe, am besten einen doppelten mit aufgeschäumter Milch, oder ob er etwa diesen grässlichen Filterkaffee trinken müsse.

Er trug einen gestreiften Schlafanzug, der knitter- und faltenfrei war, aber an ihm wirkte wie Sträflingskleidung, wenn man mal außer Acht ließ, dass Gefängnisuniformen nur selten aus Seide hergestellt wurden. Er hielt sein Handy in der Hand und tippte immer wieder darauf herum, als sei das Display seines Handys spannender als alles, was hier im Raum geschah.

»Der Herr Fernsehkommissar«, sagte Nadja leise zu Rupert, »benimmt sich, als würde er jeden Morgen mit einer Leiche im Haus aufwachen.«

»Typisch Mann«, kommentierte Gina, »Hauptsache, cool bleiben.«

Fee saß mit an den Körper gezogenen Füßen auf dem Sofa. Sie umschlang ihre Beine mit den Armen und versteckte ihr Gesicht hinter ihren Knien, die Rupert jetzt sehr spitz vorkamen, als habe Fee in den letzten Stunden ein paar Kilo abgenommen.

Rupert stützte sich auf den Sessel, der am Abend der heiße Stuhl gewesen war und der immer noch in der Mitte des Raumes stand. Rupert machte eine klare Aussage: »Einer von uns ist der Mörder.«

Gina riss die Arme hoch: »Wie kannst du so etwas sagen, Rupert? Niemand von uns würde doch …«

Rupert unterbrach sie hart, lächelte sie dabei aber freundlich an, als habe er Angst, Porzellan zu zerschlagen. Er wollte ihr auf jeden Fall signalisieren, dass das, was er sagte, nichts mit ihr zu tun hatte.

»Einer, liebe Gina, hat es aber getan.«

Ingo Kuklinski gähnte. Es wirkte auf Rupert zu herausgestellt, um echt zu sein.

»Kollege Rupert, leitest du jetzt die Todesermittlungen? Bist du nicht befangen? Immerhin hast du …«

Rupert fuhr ihm gleich entschieden in die Parade: »Wir sind keine Kollegen! Ich bin ein richtiger Hauptkommissar. Sie sind nur eine Fernsehkopie. Und ich schlage vor, dass wir Sie zueinander sagen, denn richtige Kollegen sind wir nicht. Ich ermittle, und ich fürchte, Sie sind verdächtig …«

Gina nickte heftig, und auch Nadja gab ihm recht.

»Was heißt das jetzt?«, fragte Ingo angriffslustig. »Wer sagt uns, dass Sie, lieber Herr Kommissar Rupert, nicht selbst Hand angelegt haben? Immerhin hattet ihr zwei ein mächtiges Konkurrenzding laufen.«

»Was?«, empörte Rupert sich. »Das ist eine üble Unterstellung!«

Ingo ließ das nicht gelten. »Er hat Sie ›Versager‹ genannt.«

Rupert musste lachen: »Auf einer Loserparty ist das ja wohl so eine Art Kompliment.«

»Man kann«, dozierte Ingo, »etwas auf viele Arten sagen. Ironisch. Böse. Lieb. Gemein. Als Frage … Wie viele Bedeutungen kann es haben, wenn ein Kind ›Mama‹ ruft! Es kann sogar ein Hilfeschrei sein.« Er begann, es vorzumachen, und rief ›Mama‹ auf alle erdenklichen Arten: Stolz. Weinerlich. Panisch. Sauer. Müde …

Rupert wich vor Ingos Redeschwall einen Schritt zurück. Es sah fast so aus, als würde er hinter dem schweren Ohrensessel Schutz suchen.

Nadja stand ihm bei. Sie wies Ingo zurecht: »Wir sind doch hier nicht auf der Schauspielschule!«

Gina servierte Filterkaffee. »Braucht jemand Milch oder Zucker?«

Rupert entzog sich der Situation und ging ins Bad. Er wählte die Nummer der Polizeiinspektion in Aurich. Marion Wolters hob wie erwartet ab.

Rupert prägte sich die genaue Uhrzeit ein. Dieser Anruf würde später vielleicht wichtig werden, falls jemand behauptete, er habe die Kollegen nicht rechtzeitig informiert.

»Moin, Bratarsch«, sagte er. Sie ging sofort hoch. Diesen Anruf würde sie garantiert nicht vergessen. Ja, sie würde ihn weitermelden, und genau das wollte Rupert.

»Du glaubst wohl, du kannst dir alles erlauben, was?«, keifte sie.

Er sprach weiter, als sei nichts gewesen: »Was ist denn? Flipp doch nicht gleich so aus!«

»Du hast mich ›Bratarsch‹ genannt!«

»Nein, das habe ich nicht.«

»Hast du doch.«

»Du hast dich verhört. Die Verbindung ist schlecht.« Er riss Toilettenpapier ab und versuchte, damit vor dem Handy zu rascheln. »Ich bin auf Langeoog.«

»Ist mir völlig egal, wo du bist.«

»Ich will eine Meldung machen. Verstehst du mich, Marion? Es ist verdammt wichtig …« Er holte tief Luft. »Tot! Die Verbindung ist tot! Ja, Himmel, Arsch und Zwirn! Kannst du mich hören, Marion? Hallo? Marion? Kannst du mich hören?«

»Ja, ich höre dich gut! Was ist denn?«

Er klickte das Gespräch weg. So. Ab jetzt konnte er immer beweisen, dass er versucht hatte, die Kollegen vom K 1 einzuschalten.

Rupert ging ins Wohnzimmer zurück. Er war froh, dass Nadja und Gina nicht in einen von Eifersucht angeheizten Zickenkrieg verfielen. Ganz im Gegenteil. Die Exchefin und ihre ehemalige Untergebene hielten zusammen und spielten sich gegenseitig die Bälle zu.

Rupert fragte sich, ob er vielleicht nicht der Erste war, mit dem die zwei eine gemeinsame Nacht verbracht hatten. War das ihre Masche? Er stellte sie sich vor wie ein kleines Wolfsrudel, das gemeinsam Beute jagte und dann riss. Der Gedanke hatte etwas Prickelndes, aber gleichzeitig wehrte Rupert sich dagegen. Nein, es war alles ganz anders: Die Meerluft auf der Insel, die Drinks und seine animalische Ausstrahlung hatten zu dieser sehr speziellen Situation geführt.

Er reckte sein Kinn vor.

Fee hockte immer noch verkrampft auf dem Sofa.

»Ich weiß nur eins«, brüllte Gina, »ich war es nicht und Nadja auch nicht!«

Ingo verschränkte die Arme vor der Brust. »So, und warum nicht?«

»Weil«, half Nadja Gina aus, »wir zusammen in einem Zimmer geschlafen haben. Als wir hochgegangen sind, war Johannes noch wach. Er stand da und hat mit Fee gestritten.«

Fee wehrte sich: »Ihr seid gemein!«

Ingo lachte und zeigte auf Rupert: »Heißt das, weder unser kleiner Kommissar noch unser Finanzgenie sind gestern Nacht zum Schuss gekommen?« Kopfschüttelnd fuhr er fort: »Was für eine miese Party.«

Nadja warf Rupert einen Blick zu, der ihm sagen sollte: *Sei jetzt besser ruhig.*

»Also, ich habe die Kollegen informiert. Sie sind unterwegs. Bis sie hier sind, verlässt niemand den Raum, und ich nehme schon mal die Aussagen auf.«

Ingo lachte: »Wie lange soll das denn dauern, bis …«

»Ich schätze, zwei Stunden«, antwortete Rupert. »Vermutlich werden sie den Hubschrauber nehmen, und dann …«

Ingo schlug mit der Hand auf den Tisch. »Ja, sind denn hier auf der Insel keine Polizisten?«

Nadja lachte demonstrativ. »Das ist nicht sein Ernst!«

Rupert ging zum Schreibtisch, erkundigte sich mit einem Blick bei Nadja. Die war wortlos einverstanden, und er benutzte einen karierten Schreibblock und einen Patronenfüller, der malerisch neben einem Tintenfässchen lag, um seine Notizen zu machen.

»Wann ist der letzte Gast gegangen, und wo war Sinklär zu dieser Zeit?«

Ingo stichelte: »Der Herr Kommissar erinnert sich wohl nicht mehr.«

Gina stellte sich neben Rupert, als müsse sie ihn stützen: »Du warst sehr müde und bist hochgegangen, als die Ersten sich ins Hotel zurückgezogen haben. Die Party hat sich dann auch rasch aufgelöst. Irgendwie waren alle geschafft von dem Tag.«

»O Gott«, sagte Nadja erschrocken, »wir müssen die anderen informieren, die wissen ja alle noch gar nicht …«

Rupert wiegelte ab: »Bloß nicht! Wann wollen die denn alle wiederkommen?«

»Na, heute Abend, nach einem entspannten Inseltag«, antwortete Nadja.

Erleichtert fuhr Rupert fort: »Also machen wir jetzt einen Ablaufplan. Wann haben Sie diesen Sinklär zuletzt gesehen?«, fragte er den Fernsehkommissar.

Der zierte sich: »Ist das jetzt eine offizielle Zeugenaussage, wenn ich etwas sage, oder wird das hier so eine Art Verhör? Habe ich ein Zeugnisverweigerungsrecht? Sollte ich vielleicht einen Anwalt hinzuziehen? Oder ist das hier mehr ein privates Gespräch unter Saufkumpanen, morgens nach einer durchzechten Nacht? Obwohl wir uns jetzt siezen, was eigentlich dagegen spricht.«

Plötzlich rastete Fee aus. Sie bekam etwas Spinnenhaftes, fuchtelte mit den Händen durch die Luft und strampelte mit den Beinen. »Du hast ihn umgebracht! Du!«, kreischte sie. Sie war voller Energie, machte aber nicht den Eindruck, als wolle sie auf Ingo losgehen, sondern mehr, als habe sie vor, ihn mit unsichtbaren Fäden einzuspinnen und dann zu ersticken.

»Die zwei Herren kannten sich also schon vor dieser Party ...«, stellte Rupert fest und notierte sich etwas.

»Kannten?«, krächzte Fee heiser, als würde ihre Stimme jeden Moment versagen. »John hat Geld in dieses unsägliche Filmprojekt gesteckt. Sein eigenes und dann noch das von Leuten, die er beraten hat. Es waren zwei, vielleicht drei Millionen. Es ging um irgend so eine Steuersparscheiße.«

Ihre Worte saßen, und Ingo zeigte sich getroffen. Sein Gesicht versteinerte zum Pokerface: »Das war eine internationale Filmproduktion.« Er verdrehte die Augen. »Hollywood! Unser Sinklär brachte Ihnen ›silly money‹, wie sie die Abschreibungskohle aus Deutschland nennen. ›Dummes Geld‹! Ich habe ihm abgeraten, aber er ...«

»Er lügt, er lügt!«, rief Fee und hustete. »Er hat ihm das Projekt erst schmackhaft gemacht. John sollte seinen Einfluss geltend machen, um ihm die Hauptrolle zu besorgen. Der Drehbuchautor wurde sogar genötigt, die Rolle umzuschreiben, damit sie zu Ingo passte. Die Figur musste fünfzehn Jahre älter werden oder jünger, das weiß ich nicht mehr so genau, jedenfalls haben die beiden sich am Ende verkracht, und John hat sogar dafür gesorgt, dass Ingo die Rolle nicht bekam. Jawohl! Das hat er! Und dann war es aus mit der internationalen Kinokarriere. Ein Star bist du nur hier, fürs Pantoffelkino!«

Rupert konnte gar nicht so schnell mitschreiben. Es tat ihm leid, dass er kein Diktiergerät dabeihatte, und mit der Handyfunktion kannte er sich noch nicht so gut aus. Er brauchte schnelle Ergebnisse und stand kurz davor. Er wandte sich an Ingo: »Was haben Sie dazu zu sagen?«

»Das ist völliger Blödsinn!«

»Woher kannten Sie Sinklär?«

»Durch Nadja«, entfuhr es ihm.

»Und was hatten Sinklär und Sie dann miteinander zu tun?«

Fee schrie dazwischen: »Er hat ihn gebraucht, um Eindruck bei Investoren und Kunden zu schinden. Wenn so ein berühmter Schauspieler mit am Tisch sitzt, fühlen sich gleich alle wichtig und ganz besonders, und sie haben dann abends auch ihren Frauen was zu erzählen, und man macht Fotos, und in so einer Atmosphäre laufen die Geschäfte einfach besser.«

Ingo stöhnte. »Immer wieder diese öden Essen! Langweilige Gespräche. Ich war sein Vorzeige-Idiot.«

Rupert hakte nach: »Und was haben Sie dafür bekommen? So etwas macht man doch nicht ehrenamtlich, oder?«

Fee zeigte auf Ingo, und Speichel flog aus ihrem Mund, als sie giftete: »Dafür sollte er ihn nach Hollywood bringen!«

Ingo sah Rupert in die Augen. »Quatsch! Ich habe fünftausend pro Abend erhalten, Herr Kommissar.« Der Fernsehkommissar stolzierte durch den Raum, während er sprach. »Ja, da gucken Sie, was, Rupert? Fünftausend Euro für ein Abendessen. Und glauben Sie mir, es wurde immer fürstlich gespeist. Da hat sich John ja nie lumpen lassen. Was verdienen Sie an einem Abend, Rupert? Haben Sie sich das mal ausgerechnet? Aber jetzt im Ernst: Würden Sie jemanden erdolchen, der Ihnen fünftausend pro Abend zahlt? Dafür dass Sie essen, lächeln und mal eine Anekdote erzählen?« Er tippte sich an die Stirn. »Niemand würde so einen Goldesel schlachten.«

Rupert rutschte der Satz unkontrolliert heraus: »Da ist etwas dran!«

Das gefiel Fee überhaupt nicht. Sie attackierte Rupert: »Ach, geht das hier jetzt gegen mich?«

»Immerhin«, sagte Rupert, »hast du ihm vorgeworfen, er leide unter vorzeitigem Samenerguss.«

Sie zog, wie auf der Suche nach Komplizinnen, gestisch die anderen Frauen in ihre Rede mit ein: »Na und? Bringen wir Männer deswegen um? Dann würden von euch nicht mehr viele lebendig rumlaufen, Rupert, glaub mir!«

Es war ihm peinlich, und er wollte das Thema wechseln. Genau das hatte sie beabsichtigt.

Ingo ging Fee jetzt direkt an: »Mordmotiv Hass! Das ist so alt wie die Welt. Es gibt überhaupt nur zwei Mordmotive: Hass oder Gier. Und wie sehr du ihn gehasst hast, Fee, das durften wir alle gestern erleben.«

Rupert ging dazwischen. »Irrtum, Herr Fernsehkommissar. Es gibt viel mehr Motive. Zum Beispiel waren die meisten Morde, an deren Aufklärung ich maßgeblich beteiligt war, Verdeckungstaten. Die meisten töten die Frau, die sie vergewaltigt haben, nicht aus Mordlust, sondern aus Angst vor Entdeckung.«

Ingo deutete grinsend zur Decke, als würde der Tote über ihnen schweben. »Sieht der alte Sinklär aus, als sei er vergewaltigt worden?«

Es irritierte Rupert, dass Ingo dauernd mit seinem Handy herummachte.

»Legen Sie das Ding weg, wenn ich Sie verhöre!«

»Ach, werde ich verhört?«, gab Ingo zurück.

In Ruperts Hose tutete das Schiffshorn der Frisia V. Mit diesem Klingelton wollte Rupert ein klares Zeichen gegen Ann Kathrin Klaasens Seehundgeheul oder Wellers *Piraten ahoi!* setzen.

Rupert ging ran. Marion Wolters' nervige Stimme löste sofort einen Druck zwischen Ruperts Schläfen aus. Wenn er ihr zu lange zuhörte, bekam er zunächst Zahn- und später Kopfschmerzen. Er war – so vermutete er – gegen diesen Ton einfach allergisch.

»Wir sind vorhin unterbrochen worden. Du bist doch auf Langeoog, du Versager, oder?«

Er ging auf das Wort Versager nicht ein. »Ja, bin ich.«

»Bei euch ist was los. Ich habe hier zig Anrufe und E-Mails. Auf Facebook tobt der Bär. Dieser Schauspieler, der den Kommissar Lindemann spielt, dieser Ingo Kuklinski …«

»Ja, was ist mit dem?«

»Also, ich finde den ja ganz toll!«, schwärmte Marion Wolters. »Der hat schon ein paar hundert Gefällt-mir-Klicks für seinen *Mord auf Langeoog*. Du bist doch gerade da, und ich dachte … Wer weiß, ob das ein Publicity-Scherz ist oder nicht …«

Rupert klickte das Gespräch weg und riss Ingo Kuklinski

das Handy aus der Hand. »Pflegen Sie hier Ihre Facebook-Seite, oder was?«, fauchte Rupert. Er ahnte noch nicht, wie recht er damit hatte. Rupert sah auf dem Display die geöffnete Fanseite. Fassungslos las er, was dort stand:

Das Leben schreibt die besten Geschichten. Ich bin in einer Agatha-Christie-Situation. Ein einsames Haus auf einer Insel. Fünf Personen und eine Leiche. Einer von uns muss der Täter sein. Der trottelige ostfriesische Kommissar wird den Fall sicherlich nicht lösen, aber zum Glück bin ich ja vor Ort. Ein Fall für Kommissar Lindemann! Reality meets Fiction auf der schönen Pirateninsel Langeoog.

Ruperts Gehirn lief auf Hochtouren. Alles, was der Sauhund tut, macht er, um eine Außenwirkung zu erzielen. Er will den Mordfall für seine Publicity nutzen. Am Ende möchte er als der Typ dastehen, der den Täter überführt hat. Hat er den Mord vielleicht sogar begangen, um wieder in die Schlagzeilen zu kommen?

»Jetzt wird der trottelige ostfriesische Kollege dir mal zeigen, wo der Hammer hängt«, grummelte Rupert, und Nadja rief: »Bälle flach halten, Jungs!«

Rupert und Ingo standen sich wie zum Duell gegenüber.

»Keine Hahnenkämpfe!«, mahnte Gina.

Fee triumphierte: »Wenn das hier so eine Art Schwanzvergleich werden soll, wer den Längsten hat oder was, dann hat Rupert sowieso gewonnen!«

Einerseits zauberte sie damit ein Lächeln auf Ruperts Gesicht und gab ihm ein Überlegenheitsgefühl, das seinem Ego guttat. Andererseits kapierte Rupert jetzt, warum Sinklär Ingo am Ende bei diesem Hollywooddeal ausgebootet hatte. Niemand mag es, wenn sich einer an seine Ehefrau heranmacht.

Rupert zeigte auf Fee und dann auf Ingo: »Ihr habt also was miteinander laufen gehabt?«

»Nur ein-, zweimal«, beschwichtigte Fee Rupert.

Er grinste: »Dachte ich's mir doch!«

Nadja kommentierte hämisch: »Kein Wunder, dass Johannes dich aus dem Film gekickt hat. Der war so ein Urviech! Hinter jedem Rock her, aber wehe, einer guckte seine Frau an.«

Ruperts Handy tutete erneut. Er ging ran.

»Hier noch mal Marion. Also, du Versager: Wenn da was dran ist, dann bin ich mit Ann Kathrin ganz schnell da. Ich bitte sie, mich statt Weller mitzunehmen. Ich bin nämlich ein echter Fan von Kommissar Lindemann.«

Rupert tat so, als hätte er vorhin im Badezimmer eine ganz korrekte Meldung gemacht: »Heißt das, ihr seid noch gar nicht im Anmarsch? Hast du meine Meldung nicht weitergegeben?«

»Was für eine Meldung? O mein Gott, es stimmt also wirklich? Ingo Kuklinski alias Kommissar Lindemann ist in einen echten Mordfall verwickelt?« Plötzlich begann sie zu kichern. »Dann bist du der trottelige ostfriesische Polizist? Ich wusste gar nicht, wie viel Menschenkenntnis dieser Kuklinski hat!«

Rupert schnauzte jetzt los, so als sei er in der Lage, Befehle zu erteilen: »Beeilt euch! Ich erwarte hier das ganz große Besteck! Ich brauche die Jungs von der Kriminaltechnik, und zwar die besten! Ich halte den Täter hier fest, bis die Kollegen eingetroffen sind.«

Er drückte die rote Taste, um das Gespräch zu beenden, und steckte das Handy lächelnd ein.

Rupert sah auf die Wanduhr. Er vermutete, dass er von

jetzt an keine Stunde mehr hatte, um die Sache hier zu klären. Sie würden gleich in Aurich starten. Wenn er Pech hatte, war in zehn Minuten ein Hubschrauber bereit. Er nahm aber an, dass sie von Aurich mit Autos nach Bensersiel fahren würden, dafür brauchten sie mindestens dreißig Minuten, mit ein bisschen Glück sogar vierzig. Dann würden sie sofort einen Flieger nehmen und wären fünf Minuten später auf der Insel.

Die Zeit drängte.

Rupert zeigte auf Ingo Kuklinski: »Sie hatten etwas mit seiner Frau. Daraufhin hat er sich gerächt und Ihre Karriere zerstört.«

Der Fernsehkommissar lachte und zeigte seine unnatürlich weißen Zähne, mit denen er sich – bevor er eine Serienrolle ergatterte – in einen Werbespot für Zahnpasta gegrinst hatte. »Karriere zerstört? Hallo, Herr Kommissar?! Ich verdiene an einem Abend mehr als Sie im Monat. Alle Welt kennt mich. Alle Frauen lieben mich.«

»Ich nicht!«, giftete Fee.

»Sagt meine Ex«, konterte er grinsend.

»Wir haben eine Inselpolizistin. Sollen wir die nicht anrufen?«, fragte Nadja, und es klang wie ein dringender Vorschlag.

Rupert dachte angestrengt nach. Nadja und Gina mussten unschuldig sein. Es war undenkbar, dass eine von ihnen diesen Johannes-Großkotz-Sinklär umgebracht hatte und dann zu ihm ins Bett gestiegen war, um eine wilde Liebesnacht zu genießen. So abgebrüht war keine von den beiden. Er selbst fiel als Mörder auch aus, also mussten es entweder Fee oder Ingo gewesen sein.

»Die meisten Morde«, erklärte Rupert, »geschehen im Familienverbund. Man hat viel größere Chancen, von seinem besten Freund oder seinem Ehepartner umgebracht zu werden als von einem wildfremden Menschen.«

Fee beteuerte: »Ich war es nicht! O ja, ich habe ihn gehasst, aber ich habe ihn nicht umgebracht.«

»Was«, fragte Rupert, »wolltest du eigentlich morgens bei ihm im Zimmer? Du hast ihn doch gefunden.«

Ingo Kuklinski stieß Nadja an und flüsterte: »Mich siezt er, sie duzt er. Du bist mein Zeuge. Das kann noch mal wichtig werden.«

»Ich ...«, stammelte Fee verwirrt, »ich habe die Toilette gesucht.«

»Ist keine bei dir im Zimmer?«, hakte Rupert nach.

Sie schüttelte den Kopf. »Nein, ich dachte, hier auf dem Flur sei vielleicht ... Und dann bin ich aus Versehen ...«

Nadja griff ein: »Das sind Gästezimmer zur Vermietung. Natürlich hat jedes eine eigene Toilette und eine Dusche.«

Fee rührte mit ihren Armen in der Luft herum wie eine Ertrinkende im Wasser. »Ich ... ich war so verwirrt ... ich dachte ... Mein Gott, wir leben doch immer noch in Scheidung!« Sie zeigte auf Gina. »Ich dachte, du wärst bei ihm. Ich hab Geräusche aus dem Zimmer gehört!«

Empört brauste Gina auf: »Ich?«

»Ja, wer hat ihn denn den ganzen Abend angehimmelt?«

»Ich jedenfalls bestimmt nicht!«, behauptete Gina.

»Hast du doch!«

»Ich hab's auch gesehen!«, behauptete Kuklinski.

Mit zwei Schritten war Gina bei Rupert, legte einen Arm um ihn, zog ihn an sich und tönte: »Dein Typ, Fee, hat mich nicht die Bohne interessiert. Ich steh auf richtige Männer.«

Ingo Kuklinski klatschte demonstrativ Beifall: »Ach, ihr zwei habt … Na, dann war die Party ja gar nicht so öde, wie ich dachte.«

Rupert ärgerte sich über Gina. Jetzt war es ausgesprochen. Und einmal in der Welt, war die Nachricht kaum noch zu stoppen.

»Generalangriff«, sagte Rupert leise zu sich selbst und startete ihn augenblicklich: »Wenn du geschieden wirst, Fee, bekommst du laut Ehevertrag eine Viertelmillion. Ein hübsches Sümmchen, aber nicht vergleichbar mit – wie viele Millionen ist er inzwischen schwer?«

Gina half Rupert sofort: »Nach eigenen Angaben gestern Abend sechzig Millionen!«

Rupert nickte ihr dankbar zu. »Sechzig Millionen. Und ich vermute mal, weil die Scheidung noch nicht durch ist, bist du jetzt Witwe. Eine echt gute Partie …«

Ingo Kuklinski pfiff durch die Lippen. »Scharf kombiniert, Herr Kollege.«

Fee bekam vor Empörung kaum noch Luft. Dann stampfte sie mit dem Fuß auf und schnaubte: »Was bist du für ein Dreckskerl?!« Sie ging auf Rupert los. Sie griff ihm in die Haare. Seine Dauerwelle war geradezu eine Einladung, daran zu ziehen.

Fee kratzte, biss und riss Rupert Haare aus. Die zwei Kämpfenden fielen ineinander verkrallt zu Boden und stießen dabei den Ohrensessel um.

Es irritierte Rupert, dass niemand zu seinen Gunsten eingriff. Er bekam die tobende Frau nicht unter Kontrolle.

»Du willst mir das in die Schuhe schieben!«, kreischte sie.

Rupert sah zwischen ihren Fingern seine ausgerissenen Haare. Er packte ihren rechten Arm und drehte ihn ihr auf den Rücken, aber er hatte keine Handschellen, um sie zu bändigen.

Fee brüllte: »Hilfe! Hilfe! Er bricht mir den Arm!«

Ingo ergriff die Gelegenheit, den Helden zu spielen. Er schlug Rupert mit einem linken Aufwärtshaken k. o.

Rupert hörte noch Nadjas Schrei: »Bist du verrückt?!« Aber er wusste schon nicht mehr, ob er damit gemeint war oder Ingo oder Fee.

Er nahm sein eigenes Blutrauschen wahr, wie das Meer bei Sturmflut. Ihm wurde schwarz vor Augen, und seine Beine und Arme kamen ihm bleischwer vor.

Als Rupert erwachte, saß er auf einem Stuhl. Seine Hände waren hinten auf seinem Rücken zusammengebunden. Sein Kinn schmerzte, und seine rechte Gesichtshälfte fühlte sich taub an. Er erinnerte sich an den Fausthieb. Er konnte nicht glauben, was er sah: Ingo Kuklinski verhörte Fee.

Sie saß aufrecht am Tisch, ihre Hände lagen wie zum Gebet gefaltet vor ihr. Ihre Handgelenke waren mit einer rosa Filzkordel – offenbar eine Geschenkverpackung – zusammengebunden.

Nadja saß am Laptop und schrieb die Aussagen mit.

»Was soll das werden?«, fragte Rupert, und seine Kiefer knirschten bei jedem Wort wie eine Tür, die dringend geölt werden musste.

»Jeder Bürger«, dozierte Ingo Kuklinski, »darf Verhaftungen durchführen und eine Person, die dringend verdächtigt wird, eine Straftat begangen zu haben, festhalten, bis die Polizei eintrifft.«

Rupert zerrte an seinen Fesseln. »Irrtum, Herr Fernsehkommissar. Verhaftungen sind ein hoheitliches Recht. Eine Verhaftung ist der Beginn einer Haft. Das ist kein Jedermannsrecht! Lediglich eine Festnahme kann zur Feststellung der Identität oder bei Fluchtgefahr sogar ohne richterliche Anordnung jeder Bürger vornehmen. Der Festgenommene ist unverzüglich der Polizei zu übergeben.«

»Schön auswendig gelernt«, spottete Ingo.

»Ich bin Hauptkommissar. Machen Sie mich sofort los! Das hier ist Freiheitsberaubung, Nötigung und …« Ruperts Stimme krächzte. Er schluckte trocken.

Ingo Kuklinski zeigte auf Fee. »Die wollte abhauen. Die Polizei wird uns dankbar sein, dass wir sie nicht haben entkommen lassen. Mit ihrer Villa im Tessin und ihrer Finca auf Mallorca entzieht sie sich doch sofort durch Flucht den Behörden … Die Dame ist jetzt nämlich schwerreich.«

Nadja brachte ein Glas Wasser an Ruperts Lippen, streichelte über seinen Kopf und sagte laut: »Trink, Liebster.« Dann flüsterte sie: »Er hat eine Waffe.«

Rupert nahm einen Schluck Wasser und zwinkerte Nadja dankbar zu.

Ingo Kuklinski äffte Nadja nach: »Liebster! Jetzt verstehe ich … Ihr habt …« Er zeigte auf Gina, Nadja und Rupert. Er verzog den Mund: »Respekt, Herr Kommissar, Respekt!«

»Ja, ich weiß«, sagte Rupert, »ich führe ein schönes, wildes Leben. Eins, wovon Filmstars nur träumen können. Und jetzt machen Sie mich los, und ich bin bereit, den ganzen Ärger hier zu vergessen.«

Rupert reckte sich. Jetzt sah er die Waffe neben der Obstschale auf dem Tisch liegen. Da er die Aufmerksamkeit auf sich zog, bemerkte niemand, dass Fee sich weiter vorbeugte.

»Ich bin hier in ein verdammtes Intrigenspiel geraten«, behauptete Ingo Kuklinski. »Ihr macht doch alle gemeinsame Sache. Die ganze Fete habt ihr organisiert, um *John* Sinklär aus dem Weg zu räumen. Eine klasse Inszenierung für den Tod des Geisterjägers. Fee kassiert. Ihr bekommt alle eine dicke Abfindung, die für den Rest eures jämmerlichen Lebens ausreicht, und ich bin der auserkorene Schuldige! Ihr habt sogar dafür gesorgt, dass ein willfähriger Kommissar anwesend ist.«

In dem Moment warf Fee sich quer über den Tisch. Die Obstschale fiel um, Zitrusfrüchte rollten auf den Boden. Fee bekam die Beretta zu fassen und richtete sie auf Ingo Kuklinski. Sie vibrierte vor Aufregung. Beim Sprechen flogen Speichelbläschen aus ihrem Mund. Sie richtete die Waffe auf den Fernsehkommissar und befahl: »Hände hoch, du Drecksack! Du hast Johannes umgebracht, damit eure krummen Geschäfte nicht ans Licht kommen und sie deiner gottverdammten Karriere nicht schaden.«

Nadja riss die Arme hoch, und weil sie dabei noch das Wasserglas in der Hand hielt, klatschte eine Ladung auf Ruperts Haare.

Gina flüchtete zur Toilette und schloss sich ein.

Ingo Kuklinski hob lachend die Hände und bewegte dann spielerisch die Finger, als würde er eine Marionette führen. »Ich bin ein Fernsehkommissar, Fee. Schon vergessen? Wir erschießen keine Menschen. Wir arbeiten nicht mit echter Munition. Ich wurde schon dreimal in Filmen umgebracht. Einmal in diesem grässlichen Mantel-und-Degen-Film im Duell, erinnerst du dich? Und, schau doch, ich stehe immer noch lebend vor dir. Beim Film tun wir immer nur so als ob. Nichts ist echt. Auch die Waffe nicht.«

Sie war verwirrt, richtete die Mündung der Beretta mit ausgestrecktem Arm auf Rupert und dann wieder auf Ingo, schließlich sogar auf Nadja.

Fee schrie Ingo an: »Du verarschst mich doch nur, Kommissar Lindemann!«

»Ich bin nicht Kommissar Lindemann, ich spiele ihn nur. Wie gesagt, alles nur Show!«

Fee zielte auf eine Ananas und drückte ab. Der Schuss peitschte durch den Raum, und die Frucht zerbarst. Ein paar Spritzer landeten in Ruperts Gesicht und auf seinem Oberkörper.

»Von wegen, alles nur Show!«, brüllte Fee. »Die ist echt!«

Rupert wusste nicht, ob es an der Tür klingelte oder ob sein Trommelfell zu platzen drohte. Der Knall war in diesem Raum verdammt laut. Jetzt wusste Rupert wieder, warum man bei Schießübungen Ohrenschützer trug.

Nadja öffnete die Tür, als Kommissarin Ann Kathrin Klaasen sich gerade bereitmachte, sie gewaltsam zu öffnen. Rupert sah Ann Kathrin und hinter ihr Marion Wolters. Beide Frauen zusammen waren ein Albtraum für ihn.

Ann Kathrin hatte ihre schwarze Handtasche umhängen und hielt ihre Dienstwaffe im Anschlag. »Hände hoch und Waffen fallen lassen!«, kommandierte sie und ließ keinen Zweifel daran aufkommen, dass sie bereit und in der Lage war, ihre Forderungen durchzusetzen.

Rupert rief, gefesselt und mit tropfenden Haaren: »Ich hab die Sache hier voll im Griff, Ann!«

Fee legte die Pistole vorsichtig auf den Tisch und zeigte ihre mit Geschenkband gefesselten Hände vor.

Ann Kathrin nahm die Beretta an sich.

Marion Wolters drückte Ingo Kuklinski freundlich, aber bestimmt gegen die Wand und tastete ihn nach Waffen ab. Dabei bekam sie einen hochroten Kopf. Sie war noch nie einem Fernsehstar so nah gekommen.

Gina öffnete vorsichtig die Toilettentür und lugte raus. Als sie die Polizistinnen sah, zeigte sie auf Fee: »Die hat geschossen!«

»Weil Ingo gesagt hat, das ist eine Filmpistole, keine echte!«, verteidigte Fee sich.

Ann Kathrin stand jetzt vor Rupert. »Und du hast mal wieder alles im Griff?«

»Ja, sozusagen.« Er deutete mit dem Kinn auf Fee, dann auf Ingo. »Sie ist die Mörderin, oder er.«

Ann Kathrin schaute ihn nur missbilligend an. Diesen Blick kannte er von seiner Beate. Das war so ein typisches Frauending: Männer mit einem stummen Blick fertigzumachen. In diesen Augen lag so viel Verachtung. Er sollte sich wie ein Insekt fühlen.

»Verdammt, jetzt mach mal jemand meine Fesseln auf!«, schimpfte er.

Ann Kathrin sagte nur knapp: »Marion«, und schon war Marion Wolters bei ihm. Sie holte ihr Schweizer Offiziersmesser hervor. Darin eine Schere, ein Korkenzieher und eine scharfe Klinge. Sie wählte das passende Werkzeug und stellte sich hinter Rupert. Der bekam plötzlich Angst, Marion könne ihn absichtlich schneiden, um sich zu rächen.

»Wehe, du schneidest mir in den Finger«, drohte er.

Marion Wolters schob die Klinge unter Ruperts Fesseln. Er spürte das kalte Metall auf der Haut. Sie raunte in sein Ohr: »Jetzt musst du ganz tapfer sein, Versager.«

Er kniff die Augen zusammen und erwartete den Schmerz.

Die Fesseln fielen ab. Er riss die Hände nach vorne und schaute sie an. Die Finger waren geschwollen. Er brauchte noch einen Moment, um zu begreifen, dass Marion ihn nicht verletzt hatte.

Ann Kathrin fragte Rupert: »Hast du die Namen und Kontaktdaten aller Personen aufgeschrieben, oder warst du die ganze Zeit gefesselt?«

»Ich habe ... also ... Na ja, im Grunde ... Ich kenne ja die meisten ... Das da ist zum Beispiel die Gina, und ...«

Ann Kathrin unterbrach ihn scharf: »Gina? Nachname? Wohnort? Alter? Vorstrafen? Das kleine Einmaleins, Rupert!«

Rupert zuckte mit den Schultern.

Gina räusperte sich und hielt Ann Kathrin die rechte Hand hin. »Gina Saathoff.«

Ann Kathrin schüttelte die Hand freundlich. »Die Kollegin Wolters wird erst einmal von Ihnen allen die Personalien aufnehmen«, sagte sie und mit Blick auf Fee: »Und ich hoffe für Sie, dass Sie berechtigt sind, so eine Waffe bei sich zu führen.«

»Die gehört mir doch gar nicht!«, protestierte Fee. »Das ist seine.«

Ingo Kuklinski lächelte. »Selbstverständlich habe ich eine gültige Waffenbesitzkarte und einen Waffenschein. Meine Zulassungsprüfung ist kein halbes Jahr alt, Frau Kommissarin.«

Ann Kathrin taxierte ihn abschätzig. »Sind Sie so bedroht, dass Sie eine schussbereite Beretta mit sich führen müssen? Wann ist der letzte Fernsehstar in Deutschland ermordet worden?«

Ingo Kuklinski deutete zur Decke: »Johannes Sinklär war kein Fernsehstar. Aber tot ist er auf jeden Fall.«

Ann Kathrin gab Marion Wolters einen Wink: »Nimm das auf. Wer war wann wo. Rupert und ich schauen uns jetzt mal die Leiche an.«

Rupert ging neben Ann Kathrin die Treppe hoch. Die Tür stand offen. Ann Kathrin betrachtete den Toten ruhig und sah sich im Zimmer um, ohne etwas zu berühren.

Ihr Schweigen machte Rupert ganz rappelig. »Also, ich denke, die Gefühle waren hochgepusht. Der ganze Abend war ja sehr emotionsgeladen. Der hat noch einmal mit seinem Vermögen geprahlt, und Fee sollte durch diesen Ehevertrag praktisch leer ausgehen, also nur eine Viertelmillion erhalten. Vielleicht wollte sie einfach noch einmal mit ihm reden, wie Frauen eben so sind. Dann ist Fee hier rein, und dann hat ein Wort das andere ergeben, und schließlich hat sie ihren Mann voller Wut …«

Während Ruperts Redefluss hatte sich so viel Speichel entwickelt, dass er erst schlucken musste. Das war eine lange Rede für ihn gewesen. Trotzdem fuhr er fort: »Und dann hat sie, als sie rausging, eine Art Nervenzusammenbruch gekriegt und einfach zu schreien begonnen. Ich war dann ruck, zuck bei ihr.«

Ann Kathrin brummte: »Hm.«

Die Art, wie sie »Hm« sagte, drückte Rupert an den Rand eines Vulkans, und so, wie sie jetzt Luft holte, hatte sie vor, ihn gleich in den Abgrund zu stoßen.

»Ihre Hände waren also blutverschmiert, und ihre Kleidung befleckt und …«

»Ähm, nein, nein, so nicht, also, vielleicht hat sie sich ja vorher gewaschen und umgezogen.«

Ann Kathrin ließ nur wieder ein »Hm« ertönen. Es klang sehr missbilligend. Sie musterte Rupert und zeigte in Richtung Badezimmer: »Dann müssten wir Spuren am Handtuch im Bad finden. Das alles hier spricht überhaupt nicht für einen Nervenzusammenbruch. Guck es dir genau an, Rupert.

Jeder Tatort ist wie ein stummer Zeuge. Es kommt darauf an, ihn zum Reden zu bringen.«

»Ich quatsch nicht mit Möbeln.«

Sie lächelte milde. »Unsere Kriminaltechniker werden jede noch so kleine DNA-Spur auswerten, bis der Tathergang wie ein offenes Buch vor uns liegt. Aber der Tatort erzählt uns auch jetzt schon einiges.«

»So?«

»Ja. Hier ist nicht einfach jemand durchgedreht. Kein Streit ist eskaliert. Dann hätte der Tote ganz andere und viel mehr Verletzungen.«

»Du hättest das erleben müssen, Ann! Diese aufgeheizte Stimmung! Die hat einfach die Nerven verloren, glaub mir.«

»Nein, Rupert, das hier sieht nach gründlicher Planung aus.«

»Planung? Wie hätte sie das denn bitte schön planen sollen? Nein, das kann nicht sein, da irrst du dich, Ann. Sie wusste ja nicht mal, dass ihr Ex hier erscheint.«

Ann Kathrin seufzte. »Dann ist sie vermutlich unschuldig. Sieh dir mal das Kissen an, Rupert.«

»Ja, was ist damit?«

»Ich gehe davon aus, dass der Täter versucht hat, sein Opfer zu ersticken oder wenigstens am Schreien zu hindern.«

»Ja, kann sein.«

»Wo warst du zur Tatzeit, Rupert?«

Er führte sie in sein Gästezimmer. Es hätte eh keinen Sinn gehabt, dagegen zu protestieren. Diese Frau setzte sich seiner Erfahrung nach sowieso durch.

Ann Kathrin sah das Wasserbett und das zerwühlte Bettlaken. Ein rosa Damenslip mit schwarzen Rüschen lag auf dem Boden.

»Ich wusste gar nicht, dass du so etwas trägst«, sagte Ann Kathrin.

»Ich ... Also, das bleibt doch jetzt hoffentlich unter uns ... Ich habe diese Nacht hier nicht ganz allein verbracht.«

»Ach, der Slip ist gar nicht von dir?«

»Bitte, Ann, mach es mir jetzt nicht so schwer. Das hat doch mit dem Fall alles gar nichts zu tun.«

Sie schüttelte ihre blonden Haare. »Das sehe ich anders, Rupert. Also, wer war hier nachts bei dir?«

Er schluckte noch einmal und reckte sich. Seine Wirbelsäule tat weh. Er bekam Rückenschmerzen. Seine Frau behauptete ja, seine Rückenprobleme seien auf seelische Stresssituationen zurückzuführen.

»Bitte, Ann! Beate macht mir die Hölle heiß, wenn sie davon erfährt.«

Ann Kathrin blieb hart. »Wer?«

»Nadja und Gina.«

»Beide?«

»Ja, da staunst du, was?«

Ann Kathrin hatte Mühe, nicht in ihren Verhörgang zu verfallen. Drei Schritte, eine Kehrtwendung, drei Schritte. Nach jedem zweiten einen Blick auf den Verdächtigen.

Rupert bemerkte, dass sie sich schwer beherrschen musste, gleichzeitig hatte er dadurch das Gefühl, zu diesem Verdächtigen zu werden. So, wie sie jetzt guckte, sah sie Leute an, die sie der Lüge überführt hatte. Sie bereitete eine Falle vor. Und gleich würde sie ihn hineinstürzen. Sie konnte Menschen mit ein paar Fragen den Teppich unter den Füßen wegziehen. Er hatte das oft erlebt und meist klammheimlich bewundert.

»Was weißt du über die beiden Frauen, Rupert?«

»Wie meinst du das?«

»Wörtlich. Was weißt du über die beiden?«

»Na ja, die Nadja, also, der gehört dieses Haus hier auf Langeoog. Die kenne ich schon länger. Wir sind zusammen zur Schule gegangen. Damals hatten wir mal was miteinander. Sie hat wohl mal ein Seniorenheim geleitet, aber dann hat sie diese Bestseller geschrieben. Erotische Literatur ist das, glaube ich. Jedenfalls hat sie es voll drauf. Sie ist diese ›Madame X‹.«

»Die Bücher sind von ihr?«, fragte Ann Kathrin, ging einen Schritt zurück und nahm die Hände an ihren Körper, so als hätte sie beim Kartenspielen Sorge, dass Rupert in ihre Karten schielte. »Und mit der warst du im Bett?«

»Ja, ja, also, wir haben da wohl an alte Zeiten angeknüpft. Ich hatte ziemlich getankt, und …«

»Und diese Gina?«

»Also, die hab ich hier erst kennengelernt. Die beiden sind wohl miteinander befreundet, und das, obwohl Gina Saathoff mal eine Angestellte von Nadja war. Die hat Byzantinische Archäologie studiert und ist dann Altenpflegerin geworden.«

Ann Kathrin lächelte verschmitzt, und Rupert kam sich unter ihren Blicken vor wie ein Stück Butter, das in der Sonne zu schmelzen beginnt.

»Hab ich wieder was Falsches gesagt?«, fragte er.

»Nein«, sagte sie. »Aber bist du dir eigentlich ganz sicher, dass du mit den beiden hier auf dem Bett deine üblichen gymnastischen Übungen gemacht hast? Kamasutra rauf und runter, oder wie darf ich mir das vorstellen?«

»Ich, ähm … also, na ja, wenn du mich jetzt so fragst … Das wird doch später nicht in irgendwelchen Akten stehen oder so? Das spielt doch im Grunde keine Rolle … Ich war –

sagen wir mal – ziemlich blau. Also, die haben mich abgefüllt mit so Cocktails.«

»Wer hat die gemischt?«

»Die meisten Nadja. Sie steht da drauf. Die kann das unheimlich gut. Also, ich trinke ja eigentlich lieber Bier, aber ...«

»Bleiben wir bei der Sache. Sie hat also Cocktails gemischt, und du hast sie getrunken.«

»Ja, und? Ist das verboten?«

»Und dann?«

»Na ja, irgendwann haben die beiden mich nach oben abgeschleppt. Wahrscheinlich konnten sie sich nicht einig werden, wer mit mir ... Und dann ...«

»Dann hast du natürlich dein Bestes gegeben.«

Er lächelte. »Offen gestanden, hab ich keine Ahnung. Ich habe einen richtigen Filmriss. Das passiert mir bei Bier und Whisky nie.«

»Es ist also nicht so doll gelaufen mit euch?«

Rupert hob die Hände. »O nein, das verstehst du jetzt völlig falsch. Also, die beiden waren total begeistert. Du hättest sie mal hören sollen! Die schwärmen ja jetzt noch ... Aber ich kann mich halt nicht mehr dran erinnern.«

»Du hast nie eins ihrer Bücher gelesen, stimmt's?«

Er zuckte entschuldigend mit den Schultern. »Nein, das ist doch mehr so ... Frauenkram, denke ich mal. Ich guck ja auch mal einen Porno oder so, aber ich muss das doch nicht lesen.«

»Sie ist eine Lesbe. Sie hatte vor fünf, sechs Jahren ihr Coming-out. Es ging groß durch die Yellow Press. In ihren Büchern steht es direkt am Anfang in ihrer Kurzbiographie.«

»Eine Lesbe? Du meinst, ich habe sie bekehrt?«

Ann Kathrin verdrehte die Augen. »Nein, Rupert. Ich

glaube, dass sie dich reingelegt haben. Das alles hier ist eine große, wunderbare Inszenierung. Bis ins Detail geplant. Und dazu gehörte auch, dass du ein paar Drinks zu viel nimmst und in einen tiefen Schlaf fällst. Und dann mit dem Gefühl wach wirst, die Nacht mit zwei Frauen verbracht zu haben. Du kannst dich als toller Hecht fühlen, und die beiden haben ein Alibi. Ihr Männer seid doch so durchschaubar, so leicht zu *handeln*, und du ganz im Speziellen …«

»Das ist doch nur Theorie, Ann, es kann doch alles ganz anders gewesen sein.«

»Ja. Kann. Die Theorie wird im Labor durch Indizien sehr schnell untermauert werden. Ich vermute, nachdem du eingeschlafen warst und nicht nur du, sondern alle hier im Haus im Schlummerland waren, sind die beiden aufgestanden, haben Sinklär im Schlaf ein Kissen aufs Gesicht gedrückt, um ihn am Schreien zu hindern, und ihm dann ein Messer in die Brust gerammt. Sie haben sich ordentlich gewaschen, ihre Kleidung, falls sie schmutzig geworden ist, in die Waschmaschine gesteckt und sich dann zu dir ins Bett gelegt, um morgens neben dem Helden wach zu werden. Meistens benutzen Männer Frauen, Rupert. Hier war es, glaube ich, mal umgekehrt.«

»Ja, aber warum … Die haben doch gar kein Motiv. Die Fee dagegen oder dieser Fernsehkommissar …«

»Ich vermute, dass diese Fee nicht lügt, wenn sie sagt, dass sie keine Ahnung hatte, hier auf ihren Ex zu treffen. Die wurde eingeladen, um dir und uns eine Schuldige zu präsentieren.«

»Vielleicht hängt sie selbst mit drin, vielleicht hat sie selbst alles …«

»Nein, Rupert, dann wäre sie gar nicht gekommen. Die

Party hier hätte ohne sie stattgefunden. Sie hätte doch in Ruhe auf Mallorca Milchkaffee schlürfen können. Nein, wenn der Mord in ihrem Auftrag geschehen wäre, hätte sie sich ein Alibi besorgt.«

»Da hast du vermutlich recht, Ann. Aber welches Motiv sollten die beiden denn haben, um so ein Verbrechen minuziös zu planen und ...«

Ann Kathrin Klaasen ging zurück in den Flur und betrachtete ein paar kleine Flecken auf dem Boden. Dabei sprach sie zu Rupert: »Eine Beschäftigung mit dem Opfer wird uns das Motiv liefern. Die Begründung für ein geplantes Verbrechen liegt garantiert tief verankert in der Vergangenheit. Täter und Opfer kannten sich schon lange vorher.«

»So wirkte es auf mich nicht, es kam mir vor, als hätten sich Gina und John Sinklär, also, ich meine, unser Opfer, hier erst kennengelernt.«

Ann Kathrin nahm aus ihrer schwarzen Handtasche ein kleines Fläschchen Wasserstoffperoxid. Sie träufelte ein wenig auf die schwarzen Flecken, und gleich schäumte es.

»Na also«, sagte Ann Kathrin. »Dachte ich es mir doch. Blutflecken. Sie haben natürlich nicht hier geduscht, wo sie ihn umgebracht haben, sondern sind in ein anderes Zimmer gegangen.«

Rupert zeigte auf die Handtasche. »Und ich dachte«, sagte er, »Frauen führen in ihren geheimnisvollen Handtaschen Schminkutensilien mit sich.«

Ohne ihn anzusehen, sagte Ann Kathrin: »Ich bin Kriminalkommissarin, kein Model. Wo bleiben denn die Jungs von der Spurensicherung? – Also, was weißt du über das Opfer? Wie hat er sich hier präsentiert?«

Ann Kathrin erhob sich wieder und sah Rupert in die Augen. Rupert wedelte mit seinem Handy herum, als könne die Antwort dort herausfallen und sich dann einfach auf dem Boden vor ihm ausbreiten.

»Den haben viele gehasst. Ich hab sogar im Internet so einen Wutbrief gegen ihn gelesen, von einem Betriebsrat, weil er die Arbeitsplätze wegrationalisiert hat.«

Rupert suchte wieder bei Google. Der Name schrie ihn geradezu an, und er stieß den Namen aus, als hätte er gerade eine Idee zur Lösung des weltweiten Müllproblems oder als habe er zumindest die Elektrizität erfunden: »Saathoff! Der Betriebsrat hieß Saathoff!«

»Das ist auch der Nachname von dieser Gina, oder?«, stellte Ann Kathrin fest.

»Ja. Na klar!«

»Das ist ein alter ostfriesischer Name ...«

Ann Kathrin beugte sich übers Treppengeländer und rief nach unten: »Frau Saathoff? Kann ich Sie mal sprechen?«

Gina kam die Treppe hoch. Sie war nicht mehr so leichtfüßig wie am Abend zuvor, und Rupert hatte das Gefühl, die Frau sei schwerer geworden. Ihre Haare hingen jetzt in Strähnen herab.

Ann Kathrin und Gina standen sich jetzt wie zum Duell gegenüber und sahen sich in die Augen. Gina hatte Mühe, dem Blick standzuhalten. Sie kaute bereits auf der Unterlippe herum und fuhr sich mit den Fingern durchs Gesicht, als wolle sie Spinnweben wegwischen oder eine Fliege vertreiben.

»Kann es sein«, fragte Ann Kathrin Klaasen, »dass Ihr Vater Betriebsrat war, und ...«

Gina ließ Ann Kathrin gar nicht weiterreden. Sie nickte sofort, und ihre Bewegungen wurden unkoordiniert. »Mein Vater hat das alles nicht gut überstanden. Er hat sich die

Schuld an den gescheiterten Verhandlungen gegeben. Sinklär hat ihn erst hingehalten und dann vorgeführt. Da sind so viele Familien ins Unglück gestürzt worden ... Menschen, die glaubten, dass sie bis zur Rente einen festen Arbeitsplatz hätten, sind in Windeseile auf Hartz IV gelandet. Mein Vater war ein guter Kerl. Er hat erst angefangen zu saufen, und schließlich hat er sich umgebracht. ›Reaktive Depression‹ nannte es die Psychologin. Klingt toll, nicht? So schön klinisch sauber. In Wirklichkeit war mein Vater ein Opfer. Ein guter, sensibler Mensch, der von diesem Wirtschaftsgangster fertiggemacht wurde.«

Von unten rief Nadja hoch und stürmte die Treppe herauf: »Du sagst nichts, Gina! Kein Wort! Wir rufen jetzt sofort einen Anwalt!«

Aber Ann Kathrin kannte Menschen wie Gina Saathoff nur zu gut. Sie hatten eine Tat begangen und bis dahin alles ganz genau geplant. Nur etwas hatten sie nicht im Griff: Ihre eigenen Schuldgefühle danach. Sie wollten reden. Ein Verhör war gar nicht nötig. Ihnen musste nur die Möglichkeit eröffnet werden zu sprechen, damit sie sich alles von der Seele reden konnten.

»Sie und Madame X, wenn ich sie mal so nennen darf, sind ein Paar, stimmt's?«

Nadja kam jetzt oben an. Sie hatte den Satz gehört und schüttelte vehement den Kopf. Gina dagegen nickte.

Ann Kathrin nahm das stumm zur Kenntnis, Rupert dagegen entfuhr der Satz: »Ich habe die Nacht mit zwei Lesben verbracht?!«

Gina Saathoff wischte sich Tränen aus dem Gesicht. »Ich bin mit dem Tod meines Vaters nicht wirklich fertiggeworden. Wie denn auch? Ich bin doch nicht aus Holz!«

»Aber Sie haben Herrn Sinklär doch nicht zufällig hier getroffen.«

»Du bist jetzt ruhig«, mahnte Nadja.

»Nein«, sagte Gina. »Ich dachte, ich kann das. Verzeih mir, Nadja. Ich bin nicht so. Ich kann jetzt auch nicht einen anderen Menschen ans Messer liefern. Ich wäre doch dann genauso wie dieses Schwein Sinklär. Der ließ doch auch jeden über die Klinge gehen, nur zu seinem eigenen Vorteil. Und im Grunde ist es doch nicht anders, wenn wir Fee für uns in den Knast schicken.«

»Wie«, fragte Ann Kathrin, »ist Sinklär denn erneut in Ihr Leben getreten? Haben Sie einen Köder ausgelegt oder ...«

Gina wischte sich die Haare aus der Stirn und klemmte sich dicke Büschel hinter die Ohren, so dass sie jetzt abstehende Ohren hatte und ihr Gesicht merkwürdig nackt wirkte. Sie war blass um die Lippen.

»Nadja war noch nicht ganz weg bei uns, da erschien Sinklär mit seiner Truppe. Unser Seniorenheim sollte ganz neu gerechnet werden. Es sollte rentabler werden oder geschlossen oder verkauft. Wir waren einer Kette im Weg, und dann durfte ich noch mal miterleben, wie sie es mit meinem Vater gemacht haben. Das gleiche Programm lief ab. Ich kannte das ja schon in allen Einzelheiten und konnte jeden Schachzug vorausberechnen. Er hat natürlich nicht mit mir verhandelt. Die unteren Chargen interessieren den überhaupt nicht. Ich wusste, wohin das alles führt. Ich habe es Nadja erzählt ...«

»Und dann haben Sie beide eine Entscheidung gefällt«, sagte Ann Kathrin.

Gina sprach nicht weiter, sondern verbarg ihr Gesicht an Nadjas Schulter. Die legte beide Arme um sie und giftete Ann

Kathrin Klaasen an: »Frau Saathoff hat einen Nervenzusammenbruch, das merken Sie doch! Nichts von dem, was sie gesagt hat, entspricht der Wahrheit! Sie haben vergessen, sie darauf hinzuweisen, dass sie sich einen Anwalt rufen kann. Sie befinden sich ohne richterliche Anordnung in meinem Haus, und …«

Ann Kathrin unterbrach sie: »Ich nehme Sie wegen des dringenden Verdachts fest, dass Sie gemeinschaftlich Herrn Sinklär umgebracht haben.«

Gina versuchte, Nadja von sich wegzudrücken. Die Umarmung wurde jetzt fast zu einer Fesselung, gegen die Gina sich wehren musste.

»Ein Schwein weniger!«, schrie Gina. »Ja, verdammt, ich stehe dazu! Aber ich will nicht, dass jemand anders dafür leidet. Fee war es nicht! Ich war es!«

Nadja hob die Hände. »Ich habe nichts damit zu tun. Mir tut alles schrecklich leid, was hier in meinem Haus geschehen ist.«

»Du bist«, sagte Rupert, »ein berechnendes, eiskaltes Luder. Das warst du schon immer …«

Unten klingelte es, und Marion Wolters brüllte hoch: »Die Spusi!«

Rupert sah auf seine Uhr. »Na klasse«, sagte er, »die kommen wie immer zu spät. Wir haben den Fall schon gelöst, Jungs!«, rief er nach unten. Dann sah er Ann Kathrin an. »Wenn du nur ein bisschen später gekommen wärst, hätte ich dir die Lösung präsentieren können. Ich stand ja praktisch ganz kurz davor.«

Ann Kathrin klopfte ihm auf die Schultern. »Ja, Rupert. Das hast du mal wieder ganz toll gemacht.«

DER WUNSCH

Es war einer dieser Tage, an denen der liebe Gott vom Himmel auf die Erde schaut, die ganze Sinnlosigkeit sieht und sich fragt, ob er sich nicht einfach nach unten stürzen soll, um endgültig Schluss zu machen.

Krach! Peng! Ruhe! Ende! Aus!

Aber dann gab es etwas, das ihn aufhielt. Es war die Wut im Gesicht der vierzehnjährigen Kira. Sie starrte in ihrem Zimmer zur Decke hinauf, und es war, als würde ihr Blick die Wände aufreißen und ihren Zorn hoch durch die Wolken bis in den Himmel tragen.

Tonlos brüllte sie ihren stummen Schrei: »Warum lässt du das zu, lieber Gott?!«

Gleich korrigierte sie sich, ballte die Fäuste und schimpfte: »Warum nenne ich dich ›lieber Gott‹? Ist das einfach nur so ein Name wie Paul oder Kalle? Nein, du bist nicht lieb! Sonst würdest du das nicht zulassen! Ich habe alles getan! Alles! Und jetzt ist es wieder so weit!«

Kira wartete erst gar nicht auf eine Antwort von oben. Zu viel Zeit hatte sie damit vergeudet. Wie oft hatte sie in ihrem Bett gelegen und gebetet, auf einen Schutzengel gehofft, darauf, dass endlich ein Wunder geschah. Und jedes Mal wurde sie bitter enttäuscht.

Am schlimmsten, dachte sie, war eigentlich immer die aufkeimende Hoffnung, denn jede Hoffnung wurde grausam zunichtegemacht.

Sie hielt sich die Ohren zu, um das Weinen ihrer kleinen Schwester nicht länger zu hören. Alexa war gerade eingeschult worden. Die Schultüte hatte Kira im Supermarkt geklaut und das ganze süße Zeug darin natürlich auch. Ihre Schwester sollte nicht ohne etwas dastehen und von vornherein zur Außenseiterin werden.

Sie erinnerte sich noch gut an ihren eigenen ersten Schultag. Es war die Zeit, als der ganze Albtraum begann. Sie war morgens schon ganz früh wach geworden, als die ersten Sonnenstrahlen in ihr Zimmer schienen. Sie hatte sich angezogen und war aufgeregt ins Schlafzimmer gerannt, um ihre Mutter zu wecken.

Der erste Schultag. Welch ein Ereignis! Sie war stolz und freute sich auf das, was vor ihr lag.

Doch sosehr sie ihre Mutter auch schüttelte, sie wurde nicht wach. Sie lag im verschwitzten Bett. Ihr Gesicht war merkwürdig verzerrt, wie aus Wachs gegossen. Puppenhaft. Leblos. Sie war unten herum nackt. Ihr Slip lag vor dem Bett auf dem Boden. Das hellblaue T-Shirt mit der lachenden Sonne darauf war hochgerutscht bis über ihre Brüste. Neben ihr lag ein Mann, den Kira nicht kannte. Auf dem Nachttischschränkchen ein voller Aschenbecher.

Kira zerrte am Arm ihrer Mutter. »Mama, Mama! Aufstehen! Heute ist doch mein erster Schultag! Mama! Mama!«

Es gelang ihr, den Oberkörper der Mutter im Bett fast aufzurichten, doch als Kira den Arm losließ, plumpste die Mutter ins Kissen zurück. Ihr Kopf fiel zur Seite.

Für einen Moment befürchtete Kira, dass ihre Mama gestorben sei. Sie kreischte vor Angst. Der Mann neben ihrer Mutter wurde wach, stützte sich mit beiden Händen auf, sah Kira aus verquollenen Augenschlitzen an und schimpfte: »Halt's Maul, du blöde Göre! Spinn hier nicht rum! Siehst du nicht, dass wir schlafen?«

Kira stieß mit dem Fuß gegen etwas Hartes. Es lag unterm Bett und rollte jetzt ein Stückchen über die Steinfliesen. Kira bückte sich ein bisschen, um aus dem Gesichtsfeld des Mannes zu verschwinden. Sie hatte Angst vor ihm, ein bisschen aber auch, um zu schauen, was dort unten lag. Es war eine Spritze.

Ist meine Mama krank, dachte Kira. Muss ich den Arzt rufen? Lieber Gott, was ist hier los?

Ihre kleine Schwester war damals gerade mal drei Monate alt. Kira ging in die Küche und bereitete für sie ein Fläschchen vor. Sie kochte Wasser auf und rührte Milchpulver ein. Sie wusste genau, wie das ging, sie machte es nicht zum ersten Mal. Sie war stolz darauf, für ihre kleine Schwester die Fläschchen zubereiten zu können.

Sie kochte heute Morgen sogar die Sauger ab. Als die Flasche abgekühlt war, ging sie zum Bettchen von Alexa und hielt ihr die Flasche hin. Alexa schlief noch. Kira weckte ihre Schwester.

Du musst jetzt trinken, dachte Kira. Jetzt. Denn gleich bin ich weg, und dann kann ich dir kein Fläschchen geben. Ich kann dich ja schlecht mit in die Schule nehmen.

Kira zog sich an. Inzwischen erschien der fremde Mann in der Küche. Er machte die Schränke auf und suchte etwas. Mehrfach fluchte er. Er wollte wissen, wo »die Scheißfiltertüten« sind.

Kira gab sie ihm. Dann suchte sie ihre Schultüte. Sie fand

sie zusammengeknickt im Müll. Die Spitze ragte aus dem Abfall heraus. Kira konnte es nicht fassen. Sie begann sofort zu weinen.

»Ach«, sagte der Fremde, »war das deine?« Er kicherte. »Tut mir leid. Wir brauchten gestern Abend unbedingt was Süßes. Wir haben das ganze eklige Zeug aufgegessen. Sei froh, ist sowieso schlecht für die Zähne und macht nur dick.«

Er selbst war dürr. Seine Rippen bildeten sich deutlich unter dem Feinrippunterhemd ab.

»Komm, mach jetzt kein Theater, Kleine. Deine Mama kauft dir eine neue Tüte.«

»Aber ... aber ... Das war meine Schultüte! Heute ist mein erster Schultag. Ich will nicht ohne Schultüte in die Schule gehen.«

»Kein Mensch will in die Schule gehen. Nicht mit Tüte und nicht ohne. Bleib einfach zu Hause, deine Mama schreibt dir später eine Entschuldigung.«

Für einen Moment war es, als würde Kira ein Klirren hören. So eins, mit dem die ganze Welt zusammenbrach. Als sei sie nicht mehr gewesen als ein Glashaus.

Sie ging allein zur Schule. Sie wusste, wo das Gebäude war. Sie kannte sich gut aus in diesem Viertel. Direkt gegenüber war die Bäckerei.

Kira war das einzige Kind an diesem Tag, das allein, ohne Eltern, zur Schule kam und ohne Tüte. Das sollte Alexa nicht passieren. Deshalb war Kira in den Supermarkt eingestiegen. Im Klauen kleiner, höchstens handgroßer Sachen war sie eine Spezialistin. Ja, wenn sie irgendetwas konnte, dann das. In ihrer Klasse wurde sie deswegen auch *Die Zauberin* genannt.

Sie konnte Dinge verschwinden lassen und schließlich mit

der anderen Hand wieder hervorzaubern. Lippenstifte. Parfüm. CDs. Schokoriegel. Schwierig wurde es erst bei größeren Dingen, wie Tiefkühlpizzen oder Nudeln. Aber sie brauchte auch so etwas. Sie stahl vieles auf Bestellung, für ihre Klassenkameraden. Das Bargeld reichte aber nicht. Um die Familie mit Lebensmitteln zu versorgen, musste sie größere Dinge mit nach Hause bringen.

Der Supermarkt war videoüberwacht, auch nachts. Aber die Geräte hatten eine kleine Lücke. Einen toten Winkel. Wenn sie über dem Lüftungsschacht bei den Tiefkühltruhen einstieg und auf dem Boden entlangrobbte, konnte sie unbemerkt bis zur Getränkeabteilung gelangen. Dort wurde jeder Zentimeter beobachtet.

In die zweite Kühltruhe von rechts aber hatte sie freien Eingriff. Darin lagen Hähnchenflügel im Beutel, 400-Gramm-Packungen Hühnerfrikassee und 500-Gramm-Beutel mit Hühnchen indisch. Wenn sie sehr vorsichtig war, konnte sie auch die Pizzen erreichen, aber nur die obersten.

Sie durfte nicht in die Tiefkühltruhe gucken, dazu hätte sie sich aufrichten müssen.

Sie presste sich ganz fest gegen die Truhe und angelte mit der Hand darüber. Sie war sicher, dass diese kleine Bewegung niemandem auffallen würde. Hauptsache, man sah ihr Gesicht nicht.

So gab es zu Hause zwar oft Hühnchen, aber sie wurden satt.

Einmal, als die Tiefkühltruhen umgeräumt wurden, hatte sie fast vier Wochen lang nur Fischstäbchen mit nach Hause gebracht und Hechtklößchen. Ihre kleine Schwester behauptete schon, Flossen zu bekommen von dem einseitigen Essen.

Die Mutter fragte nie, woher das Essen kam. Vielleicht

wusste sie es und wollte nur nicht, dass es jemand aussprach. Sie aß nur selten mit. Manchmal war sie tage-, ja wochenlang überhaupt nicht da, und Kira und Alexa wussten nicht mal, ob ihre Mutter überhaupt noch lebte.

Dann erschien sie plötzlich, war aufgekratzt, versuchte, Regeln aufzustellen und ein neues Leben anzufangen. Sie versprach, dass »wir jetzt eine richtige Familie werden!«.

Das ging aber nie lange gut. In letzter Zeit wurde es schlimmer. Jetzt kam sie sogar, um Kira anzubetteln. Sie brauche dringend Geld, und Kira solle ihr etwas leihen.

»Du bist die Mutter, ich das Kind«, stellte Kira klar, doch sie war sich nicht sicher, ob sie ihre Mutter durch den Drogennebel überhaupt erreichte.

Manchmal schlief sie während des Gesprächs plötzlich ein. Dann zuckte sie hoch und redete wirres Zeug, lachte unmotiviert und verlangte einen Kaffee.

Sie begann, sich mit den Fingernägeln die Haut aufzukratzen, so als würde sie darunter etwas suchen. Sie hatte die großen, entzündeten Flecken zunächst nur an den Armen und an den Beinen, aber jetzt fing sie an, auch im Gesicht ihre Haut aufzuknibbeln.

Im Gegensatz zu Kira damals wollte Alexa heute Morgen gar nicht zur Schule. Sie hatte Angst davor. Vielleicht wusste sie, dass die Kinder, auf die sie dort treffen würde, bisher so ein völlig anderes Leben geführt hatten als sie, als kämen sie von einem anderen Stern.

Sie strampelte und wehrte sich: »Ich will nicht, ich will nicht, ich will nicht!«

»Aber Alexa, sieh doch, du hast bestimmt die tollste Schultüte. Und den Inhalt musst du erst mal sehen. Das wird eine Superüberraschung. Alles deine Lieblingssachen. Lübecker

Marzipan, Knallbrause, Leuchtlollis. Ich hab sogar Reservebatterien besorgt. Guck mal!« Kira packte eine Süßigkeit aus. »Die drehen sich im Mund, wenn man dran lutscht, und blinken und machen sogar Geräusche wie die Sirene in einem Polizeiauto.«

In Kiras Mund ertönte eine Alarmsirene, und durch ihre Wangen leuchtete glutrot der Kirschbrauselutscher. Aber all das beeindruckte Alexa nicht.

Ihre Mutter lehnte sich an den Türrahmen. Ihre Haare hingen in Strähnen fettig herab. Vorne fehlten ihr zwei Schneidezähne. Ihre Strumpfhose warf Falten, und von der rechten Hacke zog sich eine Laufmasche hoch über ihre Kniekehlen und verschwand unter ihrem schwarzen Lederrock. Milch oder Vanilleeis war in langen Streifen an dem Lederrock heruntergelaufen und angetrocknet. Sie trug das T-Shirt falsch herum. Das Etikett war vorne. Durch die kurzen Ärmel waren die Narben und Entzündungen auf ihren Armen gut zu sehen. Eine Kaffeetasse baumelte am Henkel an ihrem Zeigefinger, so als hätte sie vergessen, dass sie die Tasse in der Hand hielt. Ein bisschen Kaffee tropfte daraus auf den Boden.

Kira wusste genau, was ihre Schwester dachte. Sie hatte Angst, ihre Mutter würde sie in der Schule blamieren. Kira kannte diese Angst nur zu gut. Sie zog schon lange nicht mehr mit ihren Freundinnen durch die Stadt, hing nicht mit ihnen im Einkaufszentrum ab, verabredete sich auch nicht mehr fürs Kino. Sie fürchtete immer, irgendwo ihre zugedröhnte Mutter zu treffen.

»Mama«, sagte Kira so klar wie möglich, »du kannst so nicht zur Einschulung. Ich werde Alexa begleiten. Ich hab ihr auch eine Schultüte besorgt und ein paar Süßigkeiten. Es wird alles ganz normal aussehen. Keiner merkt was. Leg dich einfach hin und schlaf dich aus.«

Einen winzigen Moment lang schien die Mutter gerührt zu sein von den Worten ihrer großen Tochter. Ihre Mundwinkel verzogen sich zu einem fast liebevollen Lächeln. Doch dann schlug sie nach Kira: »Du freches Aas! Wie redest du mit deiner Mutter?«

Kira war schneller. Sie schnappte das Handgelenk ihrer Mutter und stoppte den Schlag, bevor er ihr Gesicht traf. Längst war Kira stärker.

Sie stieß ihre Mutter zurück.

Die krachte gegen den Türpfosten und versuchte, sich dort festzuhalten. In dem Zustand, in dem sie jetzt war, wankte sie hin und her und stürzte schließlich, ohne dass sie ein weiteres Mal gestoßen wurde.

»Was hab ich nur für Spießer großgezogen?!«, schrie sie und trat gegen die offene Tür. Die federte zurück und krachte gegen ihre Knie. Sie stöhnte vor Schmerz auf.

»Sieh nur, was du anrichtest«, beschwerte sie sich. »Du machst nur Mist, Kira, nur Mist. Wenn das so weitergeht, gebe ich dich in ein Heim!«

Alexa weinte. Wenn Kira und ihre Mutter sich stritten, wusste sie nie, zu wem sie halten sollte. Sie liebte ihre Schwester und wusste, dass sie ohne Kira nicht überleben konnten. Gleichzeitig hatte sie das Gefühl, ihrer Mutter helfen zu müssen. Insgeheim dachte Alexa, dass sie an allem schuld war. Niemand sagte es wirklich, aber irgendwie stand es für sie immer im Raum: Wenn sie nicht da wäre, hätte Kira die Mutter einfach verlassen und irgendwo alleine gelebt. Kira war schon fast vierzehn. Kira kam gut alleine klar.

Alexa erinnerte sich noch gut daran, wie ihr die Mutter in

einem schönen Augenblick von seltener Klarheit von ihrer Geburt erzählt hatte. Sie musste fürchterliche Schmerzen gehabt haben, und ihr Freund hatte sie verlassen, weil ihm ihr dicker Bauch nicht gefiel. Er stand auf junge, schlanke Mädchen, und davon gab es genug in der Stadt. Nach der Geburt sei sie »innerlich völlig abgestürzt«.

Sie sagte: »Alles um mich herum wurde dunkel. Ich hatte das Gefühl, in einem Loch zu versinken. Da hat mir dieser verfluchte Stoff geholfen. Ich bekam einen Kick, und plötzlich war alles ganz schön und einfach. Es begann die schönste Zeit meines Lebens für mich, meine Kleine. Ich hatte dich und den Stoff und Heiner. Oder nein, warte. Heiner, der Windhund war es nicht, sondern Jo. Ja, genau, ich hatte Jo. Das war ein guter Mann, weißt du noch? Der hatte sogar Arbeit.«

Seitdem wurde Alexa den Gedanken nicht mehr los, sie müsse der Mama diesen Jo ersetzen und dafür sorgen, dass sie nie, nie wieder diesen Stoff brauchte, den sie »Äitsch« nannten.

Sie wussten alle, dass es Heroin war, aber das Wort sprach niemand aus. Kira nannte den Stoff »Teufelszeug«.

»Kümmere dich lieber *darum* – wir haben die Kündigung für die Wohnung bekommen, Mama. Die Kündigung!«, keifte Kira und hielt ihrer Mutter den Brief hin. »Wir müssen in drei Wochen ausziehen!«

Die Augen ihrer Mutter verengten sich. »Hast du die Miete nicht überwiesen? Was hast du mit dem Geld gemacht?«, fragte sie misstrauisch.

Kira schüttelte den Kopf und antwortete spöttisch: »Unsere Miete, Mama? Die zahlen wir nicht selbst. Wovon denn? Glaubst du, ich klau auch das zusammen? Unsere Miete kommt vom Amt. Wir fliegen raus, weil«, Kira las es vom Zettel ab, *»die Zustände den anderen Mietern im Haus nicht länger zumutbar sind.«*

»Weil du den Flur nicht geputzt hast und hier immer so ein Lärm ist!«, brüllte die Mutter.

»Bitte hört auf zu streiten!«, flehte Alexa.

»Nein, Mama, das hat mit dem Flurputzen überhaupt nichts zu tun. Seitdem ich es mache, hat sich nie wieder jemand beschwert. Du weißt doch nicht mal, wann wir Flurwoche haben oder wo die Putzmittel stehen. Komm, sag's mir! Wo ist der Putzeimer? Wo?«

»Ich muss das nicht«, wehrte sich die Mutter. »Ich bin krank. Ich kann das nicht. Das ist zu viel für meine Nerven. Ich ... ich brauch dringend einen Schuss.«

»Ja klar, der Problemlöser Nummer eins. Du brauchst mal wieder einen Schuss. Das wird die kaum davon abhalten, uns hier rauszuschmeißen. Du hast zweimal zugeballert im Flur gelegen, Mama. Einmal hast du in den Flur gekotzt ...«

»Das war ich nicht, das war Harry!«

»Na klasse, aber weggewischt hab ich es. Allerdings erst am anderen Morgen, als der Vermieter hier stand und ein Riesentheater gemacht hat.«

»Du weißt doch gar nicht, was hier los ist, Kleine. Du denkst, du kennst was von der Welt? Du willst mir Vorschriften machen? Die schmeißen uns hier nie raus. Der Banjo geht mir jedes Mal an die Wäsche, wenn er mir begegnet. Vermieter, pah!« Sie spuckte aus.

»Hast du dir von ihm Geld geliehen, Mama?«

Sie starrte vor sich hin. Sie konnte sich nicht genau erinnern.

»Nicht viel. Höchstens ein- oder zweimal, für einen Schuss.«

Kira stöhnte. Sie kannte das. Männer liehen ihrer Mutter gerne Geld. Ihre Ma ließ sich von jedem ausnutzen.

Jetzt kämmte Kira sich mit beiden Händen die Haare nach hinten, zog ihre Kleidung glatt und räusperte sich. Dann nahm sie Alexas Hand und sagte: »Bitte lass uns jetzt gehen, Mama. Sonst kommen wir noch zu spät.«

»Ihr seid nicht anständig erzogen worden!«, schrie die Mutter. »Ich hätte viel strenger sein müssen! Ich hab euch viel zu viel erlaubt! Jetzt glaubt ihr, dass ihr mir auf der Nase herumtanzen könnt!«

Kira nahm die Schultüte und zog ihre Schwester an der Mutter vorbei in den Hausflur.

»Bleibt hier! Ihr sollt hierbleiben, hab ich gesagt! Wir können heute ja was Schönes machen! Einen Ausflug! Ja, wir machen einen Ausflug! Wir könnten ins Schwimmbad fahren oder ...«

»Wir fahren nicht ins Schwimmbad, Mama. Wir gehen jetzt zur Einschulung.«

Jetzt begann die Mutter zu weinen. »Ich meine es doch nur gut! Ich wollte doch nur was Schönes mit euch machen ... Warum seid ihr immer so abweisend? Was mache ich denn falsch?«

Alexa wollte am liebsten zu ihrer Mutter rennen und sie umarmen, aber Kira hielt sie zurück.

»Wenn du etwas Gutes für uns tun willst, Mama, dann geh zum Arzt. Mach eine Entziehungskur. Mach eine Therapie. Versuch, dein Leben wieder in den Griff zu kriegen! Du zerstörst nicht nur deins, sondern auch das von uns!«

Kira schob Alexa vor sich her durch die Tür. Hinter sich

hörten die Kinder das laute Jammern der Mutter. Dann warf sie etwas gegen die Tür. Kira vermutete, eine Kaffeetasse.

Die Mutter warf gern mit Kaffeetassen. Sie hatten überall in der Wohnung Flecken an der Wand. Mal war der Kaffee zu heiß, mal zu stark, mal zu schwach, mal zu süß. Manchmal warf sie auch einfach nur so. Aus Wut auf sich selbst und den Rest der Welt. Nie trank sie die Tassen vorher ganz leer. Ein Kaffeerest blieb immer drin und lief dann malerisch an der Wand herunter.

Eine Weile hatte Kira neben jeden Kaffeefleck an der Wand das Datum geschrieben. *Mama, Weihnachten 2008, 23.15 Uhr.* Irgendwann hatte die Mutter sich beklagt: »Das machst du nur, um mir ein schlechtes Gewissen zu machen. Muss denn jeder, der uns besucht, wissen, was hier los ist?«

»Uns besucht niemand«, hatte Kira klargestellt. »Ich lasse nicht mal meine beste Freundin hier rein. Ich bin doch nicht wahnsinnig.«

Aber dann hatte sie aufgehört, die Stellen zu beschriften.

Als Kira mit ihrer kleinen Schwester zusammen zur Schule ging, erwischte sie sich zum ersten Mal dabei, dass sie hoffte, ihre Mutter würde einfach sterben. Bisher war das ihre größte Angst gewesen. Wie oft hatten die beiden Schwestern gefürchtet, ihre Mutter sei irgendwo auf der Straße an einer Überdosis verreckt und bald käme jemand vom Jugendamt, um sie in ein Heim zu bringen. Inzwischen war es Kira egal. Lange würde sie ohnehin nicht mehr den Schein einer intakten Familie nach außen aufrechterhalten können.

Hauptsache, man reißt uns beide nicht auseinander, dachte sie. Wenn ich mit Alexa zusammenbleiben kann, ist es mir egal, wo sie uns hinbringen. Es muss überall besser sein als bei meiner Mutter.

Sie sah hoch zum blauen, wolkenlosen Himmel. Ein wundervoller Tag deutete sich an. Innerlich schrie sie nach oben: »Tu was, Gott! Lass mich nicht länger hängen! Was machst du eigentlich, während wir hier verrecken? Sitzt du da oben und bohrst dir in der Nase, während deine Engel sich die Nägel lackieren?«

Vor der Schule warteten die fröhlichen Familien, die herausgeputzten Kinder mit ihren Muttis. Einige wurden sogar von Mama und Papa begleitet. Ein paar Väter waren stolz darauf, sich für diesen großen Augenblick freigenommen zu haben. Die 4b führte ein kleines Theaterstück auf, der Direktor wollte eine Rede halten, Fotos wurden gemacht, der Schulchor sang.

Zu gerne hätte Alexa ihre Mutter dabeigehabt. Natürlich nicht in ihrem jetzigen Zustand, sondern anders. Sie wollte eine Mutter haben wie die anderen. Gut frisiert, in frisch gewaschenen Sachen, mit geputzten Zähnen.

Kira wurde schwindlig. Sie musste einmal kurz zur Schultoilette. Ihr Kreislauf spielte verrückt. Sie ließ ihre kleine Schwester mit der Schultüte stehen.

»Ich bin gleich wieder da. Ich muss nur ganz schnell …«

Alexa hatte heute die größte und schönste Schultüte, und sie war prallvoll mit Süßigkeiten. Darauf war Kira stolz.

Auf der Mädchentoilette erlebte sie einen Zusammenbruch. Sie sah in den Spiegel und fragte sich, werde ich auch eines Tages wie meine Mutter? Vererbt sich so was? Nie will ich so werden wie sie. Nie.

Vielleicht hatte der liebe Gott im Himmel in dem Moment ein Einsehen. Vielleicht war es auch der Zauber des Spiegels oder nur ihr eigener Wille. Jedenfalls veränderte sich Kiras Gesicht. Die kurzgeschnittenen schwarzen Haare wurden plötzlich lang und feuerrot. Um die Augen bekam sie Falten. Sie wurde ihrer Mutter immer ähnlicher. Ihr Spiegelbild alterte in Sekunden um Jahre. Und dann sah sie aus wie ihre Mutter.

Spinne ich, dachte Kira und hielt sich am Waschbecken fest. Was ist los mit mir? Was passiert hier? Sehe ich jetzt, was mir blüht, wenn meine Gene sich weiterhin voll entfalten können?

Doch so, wie Kira sich jetzt im Spiegel sah, war sie nicht die kaputte Junkiefrau mit der aufgeknibbelten Haut, den entzündeten Wunden und den fehlenden Schneidezähnen, sondern die strahlend schöne junge Frau, die ihre Mutter einmal gewesen war.

Kira hatte Angst, dass es jetzt weitergehen würde, doch der Veränderungsprozess stoppte genau an dieser Stelle.

Ja, dachte Kira, so muss meine Mutter gewesen sein, bevor sie mit dem Teufelszeug in Berührung kam. Sie hatte noch *eine* Erinnerung daran. Eine sehr frühe Erinnerung. Damals, als sie vier oder fünf Jahre alt war und die Welt noch in Ordnung. Da hatte ihre Mutter so ausgesehen.

Kira rannte zu einem anderen Spiegel, doch hier bot sich ihr dasselbe Bild. Sie betrachtete ihre Hände. Es waren nicht mehr die Hände einer Dreizehnjährigen, sondern die einer erwachsenen Frau, mit lackierten Nägeln. Kira trug ein Kostüm. Sie erkannte es sogar. Es war ein altes Kostüm ihrer Mutter. Eins, das sie damals gern zu Familienfeiern trug, als Oma und Opa noch lebten und an Weihnachten Gänse gebraten wurden.

Manchmal schaffte die Mutter es, sich vollständig aufzuraffen, färbte ihre Haare rot, schminkte sich, zog Kleider an, die Kira frisch gewaschen und gebügelt hatte, und sie wurde wieder zu einer richtigen Dame. So konnte sie ein paar Behördengänge erledigen oder eine Geburtstagsfeier besuchen.

Das Ganze hielt nicht lange an, dann kam wieder das große Zittern und die Angst. Sie brauchte den Stoff, und kurze Zeit später sah sie wieder aus wie ein Zombie. Das Gift in ihrem Körper führte auch dazu, dass sie zu riechen begann. Das ließ sich mit Parfüm nicht lange übertünchen. Natürlich litt sie darunter, dass ihr die Zähne ausfielen, doch die Angst vorm Zahnarzt war gewaltig. Das Heroin hatte ihren Körper gegen Schmerzmittel unempfindlich gemacht. Deshalb wurde jeder Gang zum Zahnarzt zum Albtraum für sie. Da lief sie lieber mit einem Gebiss herum, das nur noch aus Ruinen bestand.

Kiras Herz raste. Sie konnte im Spiegel das Klopfen des Herzens sehen. Sie bekam eine Gänsehaut.

Sie stürmte aus den Toilettenräumen, diesem verwunschenen Ort. Doch draußen war alles noch genauso wie vorher. Sie hatte keine Turnschuhe an, sondern Pumps mit zu hohen Absätzen.

Kira sah sich nach Alexa um. Sie stand ein bisschen verschüchtert in der Ecke, klammerte sich mit beiden Händen an ihrer Schultüte fest und kaute auf der Unterlippe herum. Beide Augen hatte sie fest geschlossen.

Kira näherte sich ihrer Schwester vorsichtig. Alexa schien sie gar nicht zu bemerken. Sie stand wie unter Strom und zitterte am ganzen Körper. Sie wirkte fiebrig auf Kira.

»Alexa.«

Langsam öffnete Alexa die Augen.

»Mama!«, sagte sie strahlend und umarmte Kira. »Ich hab's mir so sehr gewünscht, so sehr, Mama. Ich wollte, dass alles wieder so wird wie früher, dass du so bist wie auf den

Fotos! Ich hab immer gedacht, am Tag meiner Einschulung wird alles anders. Wenn ich in die Schule komme, dachte ich, dann, dann, an diesem großen Tag, dann wird alles wieder gut. Der liebe Gott hat mich erhört.«

Dann schlang sie beide Arme um Kiras Hals und drückte so fest zu, dass Kira kaum noch Luft bekam.

Kira konnte nicht anders. Wenigstens für diesen einen Auftritt war sie bereit, ihre Mutter zu sein.

»Komm, meine Kleine. Wir gehen jetzt rein. Ich bin so stolz auf dich!«

Als der Direktor seine Rede hielt, saßen sie in der dritten Reihe. Kira und Alexa hielten Händchen. Immer wieder sah Alexa hoch in das Gesicht ihrer Mutter. Sie war gesund, stolz und strahlend.

Die letzten Jahre schienen einfach vergessen zu sein. Sie hatte sie abgelegt wie ein altes Kleidungsstück, das gewaschen werden musste.

Mehrfach sah Alexa sich nach Kira um.

Kira beruhigte ihre Schwester: »Keine Angst. Sie ist dahinten, siehst du, an der Eingangstür, wo so viele Leute stehen. Sie schaut uns zu. Ich glaube, sie will noch mal kurz nach Hause, um einen Fotoapparat zu holen. Du möchtest doch auch ein Foto von diesem schönen Tag oder nicht?«

»Ja, Mama.«

So glücklich und zufrieden hatte Kira ihre Schwester seit Jahren nicht gesehen.

Kira fragte sich, ob sie sich verändern würde, wenn sie die Toilette noch einmal besuchte. Nach den Eröffnungsreden, dem Theaterstück und dem Gesang vom Schulchor gingen die Kinder zum ersten Mal allein mit ihrer neuen Lehrerin in die Klasse.

Kira lief zur Toilette. Sie sah immer noch genauso aus wie ihre Mutter. Dann rannte sie nach Hause und fragte sich, was geschehen würde, wenn sie ihrer Mutter begegnete.

Sie fand die Mutter vor dem Bett liegend. Die Spritze hing noch in ihrem Arm. Zwischen ihren nikotingelben Fingern war eine selbstgedrehte Zigarette verglüht.

Kira entfernte mit spitzen Fingern die Spritze, zog ihrer Mutter die dreckigen Klamotten aus, legte sie nackt ins Bett und deckte sie zu. Den Lederrock reinigte sie mit einem feuchten Tuch. Alles andere stopfte sie in die Waschmaschine und schaltete auf 95 Grad. Sie hatte sich daran gewöhnt, die Sachen ihrer Mutter auszukochen. So hoffte sie, sich nicht den ganzen Dreck ins Haus zu holen, mit dem ihre Mutter sich ständig umgab.

Noch einmal kontrollierte sie ihr Aussehen im Spiegel. Dann ging sie runter in den ersten Stock zur Wohnung des Vermieters. Er wurde von allen Banjo genannt, hieß aber in Wirklichkeit Benjamin Hinterberger.

Kira klingelte. Er sah zunächst durch den Spion in der Tür, dann öffnete er die Tür einen Spalt. Sie war immer noch mit einer Kette gesichert.

»Rieke?«, fragte er ungläubig. »Bist du's?«

»Ja«, sagte Kira. »Da staunst du, was?«

Er löste die Kette und ließ Kira herein. Er pfiff anerkennend.

»Was ist denn passiert? Wir haben uns ja eine Weile nicht gesehen, aber du hast dich ja völlig verändert! Du siehst aus wie …«

»Wie clean«, sagte Kira. »Stimmt's?«

»Ja, wie hast du das denn so schnell geschafft? Ich meine, du warst doch hochgradig …«

»Süchtig. Ich weiß.«

»Es ist noch keine vier Wochen her, da hast du hier heulend gesessen und mich um ein paar Euro angefleht.«

»Ja, so war es leider«, sagte Kira. »Aber das ist vorbei. Ich habe eine Entgiftungskur gemacht, und der Rest sind ein bisschen Rouge und Make-up. Außerdem, du glaubst gar nicht, was es ausmacht, wenn man dieses Zeug nicht mehr im Körper hat. Ein paar Vitamine, ein paar gute Mahlzeiten und ...«

Er breitete die Arme aus, setzte sich in den Sessel und bot Kira einen Platz auf dem Sofa ihm gegenüber an.

»Herrgott, es ist ja wie ein Wunder! Du siehst wirklich aus wie das blühende Leben.«

Im Aschenbecher auf dem Tisch schwelte eine Zigarette. Der Rauch zog in Kiras Richtung. Es war ihr unangenehm. Sie wedelte ihn mit der Hand weg.

»Jetzt sag bloß, du rauchst auch nicht mehr?«

»Nein«, sagte Kira und hüstelte. Ihre Mutter rauchte locker sechzig bis achtzig Zigaretten am Tag. Im Grunde hatte sie immer eine im Mund, solange ihr der Tabak nicht ausging.

»Ich bin gekommen, um mit dir über die Kündigung zu reden«, sagte Kira und schlug die Beine übereinander. Sie bemerkte natürlich, dass er auf ihre Knie starrte und sich anders hinsetzte. Vermutlich versuchte er, ihr unter den Rock zu gucken.

»Die Kündigung, ja ...« Er stammelte ein bisschen herum und zog mehrfach die Nase hoch, statt sich zu schnäuzen. »Also, die anderen Mieter haben sich beschwert. Nichts gegen deine Kinder, aber ...«

»Du hast immer pünktlich dein Geld gekriegt«, sagte Kira.

»Ja, das Sozialamt ist eine sichere Bank. Aber ... ich hatte eine Menge Schwierigkeiten deinetwegen. Die Schulzens aus dem dritten Stock sind ausgezogen, weil sie nicht länger in so einem Junkiehaus wohnen wollten. Deinetwegen ist im letzten Jahr dreimal die Polizei gekommen.«

»Ich hab sie nicht gerufen.«

Plötzlich beugte er sich vor. Kira konnte seinen Atem riechen. Eine Mischung aus Qualm, übersäuerten Milchprodukten und Kräuterschnaps. Er legte eine Hand auf Kiras Knie, als ob er eine Stoffprobe von ihrer Strumpfhose nehmen wollte.

»Wir können das alles regeln«, sagte er. »Es reicht doch, wenn du einmal pro Woche schön lieb zu mir bist ...«

Kira hatte das Gefühl, zu einem Eisblock zu erstarren. Ihre Muskeln und Gelenke wurden kalt und steif. Seine Hand schob sich unter ihren Rocksaum.

»Ich verzichte immerhin auf eine Stange Geld. Ich könnte die Wohnung viel teurer vermieten, aber das Amt zahlt nicht mehr. Wenn die wüssten, wie viel Quadratmeter die Wohnung wirklich hat, müsstest du sowieso mit deinen Gören raus ...«

Seine Hand tastete sich weiter vor. Kira schloss kurz die Augen, holte tief Luft, und dann schlug sie voll zu. Eigentlich wollte sie ihm nur eine Ohrfeige geben, aber irgendwie landete ihre Faust auf seiner Nase. Er stürzte und hatte sofort Nasenbluten.

Das schien ihn aber gar nicht besonders zu beeindrucken, er stand auf und sagte: »Du hast dich doch früher auch nicht so zickig angestellt. Es reicht ja, wenn du ein-, zweimal im Monat zu mir runterkommst.«

Er wischte sich die paar Blutstropfen mit dem Handrücken

von der Nase und öffnete seine Hose. »Wenn du dir jetzt zu gut dafür bist, kannst du mir stattdessen auch deine Tochter schicken. Für mich ist das o.k. Ich finde, die Kira hat einen ganz schön knackigen Arsch gekriegt.«

Kira sprang auf und trat ihm voll in die Eier. Jetzt wusste sie endlich, wozu solche spitzen Schuhe mit Absatz gut waren …

Banjo kniete am Boden und japste nach Luft. Kira blieb kampfbereit vor ihm stehen.

»Ich mach dich fertig, du kleine Schlampe!«, drohte er. »Ich krieg noch fünfhundert Euro von dir, und zwar sofort! Ich kann dich jederzeit hochgehen lassen! Meinst du, ich weiß nicht, wo du das Zeug bunkerst? Glaubst du, ich weiß nicht, warum du mit den Typen immer erst in den Keller gehst? Das ist alles bei den Einweckgläsern, neben den Gurken!«

Kira richtete ihren Zeigefinger auf ihn wie eine Waffe und sagte: »Du weißt, dass man nicht so schnell clean werden kann und wieder so aussieht wie ich jetzt. Das weißt du doch, du kleiner Idiot, oder nicht?«

Er nickte. »Ja, klar. Was ist denn wirklich passiert? Gibt es ein Wundermittel?«

»O nein«, sagte Kira. »Nicht irgendein Mittel. Diesmal ist es keine Chemie. Ich war bei einem alten Voodoopriester.«

Er schien sofort zu wissen, wovon Kira sprach. »Dem Typen an der Pommesbude? Bist du auf den hereingefallen?« Er lachte.

»Seh ich aus wie jemand, der auf etwas hereingefallen ist?«, fragte Kira scharf. »Die Kraft ist in mich übergegangen. Aus einer lebenden Leiche bin ich wieder zu der strahlenden Frau geworden, die ich mal war. Und ich sag dir eins:

Mit diesen Kräften kann man nicht nur heilen. Wenn ich dich dreimal verfluche, wird sich das Blut in deinen Adern in Qualm verwandeln, und du wirst elendig verrecken. Oder wäre es dir lieber, ich lasse deine Magengeschwüre platzen?«

Ängstlich wich er Kiras Finger aus. Als ob er sich aus der Schusslinie einer Pistole begeben würde, zog er sich hinter den Sessel zurück.

»Wenn du mir oder meinen Kindern noch einmal zu nahe kommst, verfluche ich dich! Dann sollst du das Wrack werden, das ich einst war.«

Kiras Worte erreichten ihn. Er begann zu jammern und zu weinen.

»Nein, nicht, um Himmels willen! Das kann doch nicht dein Ernst sein!«

»Warum nicht? Ich habe auch Jahre so dahinvegetiert.«

»Bitte, bitte tu es nicht!«, flehte Banjo. »Natürlich kannst du weiterhin hier wohnen, und das mit deiner Tochter, das war doch nur Spaß! Ich würde mich doch nie an Kindern vergreifen, ich ...«

Kira ließ ihn einfach in seiner Wohnung zurück. Sie war sich sicher, dass sie die Kündigung vergessen konnte. Außerdem hatte sie von ihm einen entscheidenden Hinweis bekommen. Ihre Mutter dealte also inzwischen, um ihre Drogensucht zu finanzieren. Und sie benutzte den Keller als Versteck für größere Mengen. Deshalb kam sie immer wieder hierher zurück.

Tatsächlich fand Kira im Keller den Stoff in einem durchsichtigen Plastikbeutel. Er sah aus wie brauner Staub, Kira schätzte, zwanzig, höchstens dreißig Gramm. Sie kannte den Verbrauch ihrer Mutter. Damit kam sie selbst vielleicht vierzehn Tage aus. Sie brauchte morgens einen kleinen Schuss, um überhaupt auf die Beine zu kommen, dann nachmittags noch einen, bevor das Zittern losging, und am Abend natürlich wieder etwas, um schlafen zu können. Und manchmal gab sie sich dann eine richtige Dröhnung, ballerte sich selbst weg, wie sie es nannte.

Wieder in der Wohnung zurück, rief Kira bei der Drogenberatungsstelle an, beim Arzt ihrer Mutter und in der Klinik.

Kira gab sich als ihre Mutter aus und gestand, vor der Droge kapituliert zu haben. Sie beantragte einen Therapieplatz und einen Entzug.

Das war gar nicht so einfach, wie es sich liest. Man schlug ihr vor, in die ambulante Aufnahme der Psychiatrie zu fahren, alles andere sei so kurzfristig nicht zu regeln.

Tolle Hilfe, dachte Kira, aber immerhin hatte sie jetzt eine Adresse.

Sie machte einen Putzeimer mit kaltem Wasser voll und reicherte es mit allen Eiswürfeln aus dem Kühlfach an. Dann kippte sie die Eimer über ihrer Mutter im Bett aus.

Die Mutter kreischte wie eine Furie, schlug in dem patschnassen Bett nach dem Kissen, rief sogar nach der Polizei, aber dann, als sie Kira richtig in die Augen sah, wurde sie still.

»Bin ich … bin ich tot?«, fragte sie.

»Fast«, antwortete Kira.

»Wer … wer bist du?«

»Ich bin die, die du mal warst.«

»Bist du ein Geist?«

»Wenn ich dich anschaue, kommst du mir eher wie ein Geist vor. Wie ein Schreckgespenst!«

»Ich weiß. Ich bin es nicht. Ich war mal anders. Es ist der

Stoff, der mich kaputtmacht. Erst war es ganz toll, der Problemlöser Nummer eins, aber dann, dann war da nur noch Angst. Die Angst, den Tag nicht zu überstehen, die Angst, keinen neuen Stoff zu bekommen, und wenn ich den Stoff habe, dann die Angst, dass er nichts taugt, dass er gepanscht ist ... Nur wenn ich die Nadel im Körper habe und der Kick kommt, dann geht es mir für kurze Zeit wirklich gut. Danach fühle ich mich dann schuldig, und es kommt wieder die Angst und ...«

»Wenn du den Kreislauf durchbrechen willst, dann ist dies hier deine letzte Chance.«

»Bist du deshalb gekommen? Bist du der Tod?«

»Frag mich nicht immer, wer ich bin. Frag dich lieber, wer du bist. Weißt du eigentlich, dass du zwei Kinder hast? Dringt das überhaupt durch dein benebeltes Gehirn? Die brauchen dich! Deine Jüngste wird heute eingeschult.«

»Ja, ich weiß, ich wollte eigentlich auch hin, aber ...«

»Mach dir jetzt um sie keine Gedanken. Deine Kinder lieben dich, sonst hätten sie dir längst im Schlaf die Pulsadern aufgeschnitten. Du wärst verblutet, ohne wach zu werden.«

»Ja, sie hätten ja recht damit gehabt. Ich weiß, was ich ihnen angetan habe. Aber der Stoff ist stärker als ich ...«

»Du versuchst ja nicht mal, dagegen zu kämpfen.«

»Doch, immer wieder, jeden Tag aufs Neue. Ich ...«

»Du weißt genau, dass du das nicht alleine schaffen kannst. Du brauchst Hilfe.«

»Ja, wer soll mir denn helfen?«

»Ich. Wir fahren jetzt zusammen in die Psychiatrie.«

»Psychiatrie? Ich bin doch nicht verrückt!«

»Ach nein, wie würdest du deinen Zustand denn sonst nennen? Findest du das normal? Ist das irgendwie cool? Glaubst du, du wirst später mal dafür Beifall bekommen? Ich bin jetzt hier. Ich weiß nicht, wie lange ich bei dir bleiben kann. Vielleicht bin ich schon in ein paar Sekunden weg. Vielleicht bleiben mir ein paar Stunden. Komm.«

»Ja, aber, ich …«

»Es gibt kein Aber. Wenn du dein Leben wegschmeißen willst, tu es doch. Aber du reißt auch deine Kinder mit in den Sumpf. Weißt du, woher die Schultüte von Alexa ist?«

Sie schüttelte den Kopf.

»Kira hat sie im Supermarkt gestohlen. Sie klaut dort so ziemlich alles, um sich und ihre Schwester zu ernähren. Eigentlich wäre das deine Aufgabe.«

Kiras Mutter schluckte. Sie streckte die Arme aus. Ihre Finger zitterten.

»Was willst du?«, fragte Kira.

»Ich … bitte … darf ich dich anfassen? Ich will wissen, ob du echt bist oder ob ich nur Hallus …«

»Aber sicher«, sagte Kira und reichte ihrer Mutter die Hand.

Als die beiden sich berührten, geschah etwas. Es war wie ein Stromschlag. Es tat so gut, dass es schmerzte. Eine Energie schoss aus Kira herüber zu ihr.

Kira konnte es in den Augen ihrer Mutter sehen. Da war noch etwas. Eine Hoffnung. Ein Flackern.

Kira brachte ihre Mutter in die Psychiatrie. Sie blieb noch bei ihr sitzen, während sie das Aufnahmeformular ausfüllte. Dann musste sie sich verabschieden.

Kira gab sich als Schwester ihrer Mutter aus. Ihre Mutter nickte, obwohl sie natürlich wusste, dass sie nie eine Schwester gehabt hatte.

Zu Hause wollte Kira das Lieblingsessen ihrer kleinen Schwester zubereiten. Eine geklaute Pizza Tonno lag noch im Eisfach. Sie schob sie in den Backofen. Kiras Gesicht spiegelte sich im Sichtfenster. Sie war wieder ein Mädchen in der Pubertät. Sie trug wieder Turnschuhe, eine ausgefranste Jeans und ein T-Shirt, auf dem stand: ›Finger weg, ich beiße‹.

Sie holte Alexa nicht von der Schule ab. Sie war zu erschöpft. Sie blieb auf dem Boden vor dem Backofen sitzen.

Alexa fand den Weg alleine. Sie war ihn schon oft genug gegangen. Sie rannte jubelnd die Treppe hoch und schloss die Tür auf. Dann rief sie: »Kira, Kira, schade, dass du nicht da warst! He, was ist? Bist du eingeschlafen? Warum hast du nicht den Fotoapparat gebracht? Ich dachte, du machst ein paar Bilder. Du glaubst nicht, was passiert ist! Ich hab mir so sehr gewünscht, dass alles wieder gut ist und dass unsere Mami wieder die Alte ist, und plötzlich, plötzlich stand sie da, und alles war gut und … Kira? Was ist mit dir?«

»Nichts. Ich fühl mich nur ein bisschen schlapp, und mir ist schlecht.«

»Hmm, die Pizza riecht aber klasse. Mensch, die brennt ja schon fast an. Ich hol sie aus dem Backofen. Geh mal ein Stückchen zur Seite.«

Kira machte Platz. »Es ist wirklich passiert«, sagte Kira merkwürdig kraftlos. »Unsere Mutter hat dich in der Schule besucht.«

Alexa nickte heftig. »Ja. Ja. Ich hab es mir ganz doll gewünscht und dann … manchmal hilft es doch, wenn man sich was wünscht. Du hast es doch oft gesagt. Wenn wir es uns ganz doll wünschen, dann wird es irgendwann wieder gut.«

Kira küsste ihre kleine Schwester und streichelte ihr über

die Wangen. »Wünschen alleine reicht aber nicht. Ich fürchte, wir müssen noch eine ganze Menge dafür tun. Aber jetzt lass uns erst mal Pizza essen. Die Stärkung haben wir uns beide verdient.«

METALLIC

Mein Papa ist ein Gangster. Ich fand ihn immer toll. Er war für mich der Größte. Er meckerte nicht so viel herum wie andere Väter. Dreimal wurde ich in Mathe beim Spicken erwischt. Mein Vater musste zur Schule kommen und sich von Herrn Reuter, meinem Mathelehrer, einiges anhören.

Ich bekam keinen Ärger deswegen. Papa sagte nur: »Irgendwas machst du falsch, Junge. Wie kann es sein, dass er dich dreimal erwischt hat? Er kennt all deine Tricks.« Dann erzählte Papa mir, wie er sich in der Schule durchgeschummelt hatte und wie sie ihn erwischt hatten. Mein Papa hat keinen richtigen Schulabschluss, wie ihr euch wohl denken könnt.

Schon als ich im Kindergarten war, merkte ich, dass mit meinem Papa etwas nicht stimmt. Ich geriet in der Puppenecke in Streit mit zwei Jungs, die größer waren als ich. Sie lachten mich aus, weil ich mit Mädchensachen spielte. Dem einen schlug ich ein blaues Auge, dem anderen brach ich den kleinen Finger. Andere Eltern hätten deswegen wahrscheinlich einen Riesentanz veranstaltet. Mein Papa schenkte mir fünf Euro. Er fand, dass ich mich tapfer geschlagen hatte. Zwei gegen einen, und immerhin hatte ich gewonnen.

Damals glaubte ich noch, dass mein Papa einfach Autoschlosser sei. Mit zwei Freunden zusammen betrieb er eine kleine Werkstatt im Hinterhof. Aber schon als ich im zweiten Schuljahr war, fiel mir auf, dass mein Vater merkwürdige Arbeitszeiten hatte. Die Väter meiner Klassenkameraden waren nachts meist zu Hause. Meiner ging immer erst los, wenn es dunkel wurde. Dafür schlief er morgens gern etwas länger.

Mein Papa war kein Mörder. Nein, nein. Er klaute nur Autos. Meist besonders tolle. Auf Bestellung. In der gleichen Nacht spritzten er und seine Kumpels dann den Wagen um, schliffen die Fahrzeugnummer vom Motor ab und verkauften die Kiste ein paar Tage später. Deshalb standen in Papas Werkstatt meist ungewöhnliche Autos. Sie waren selten länger als zwei Tage da. Manchmal nur eine Nacht.

Bei besonders tollen Schlitten nahm Papa mich manchmal zu einer Probefahrt mit. Ich habe schon in einem Jaguar XE gesessen, in einem Sondermodell von Ferrari, aber auch in einem Geldtransporter.

Manchmal musste mein Papa für längere Zeit in Urlaub. Ich wusste natürlich, dass er dann eine Haftstrafe absaß. Aber Mama blieb stets dabei: »Papa musste zu einem längeren Auslandsaufenthalt.« Nun, andere Väter waren auch nicht immer zu Hause.

Einmal habe ich mitgekriegt, wie mein Papa im Wohnzimmer von zwei Polizeibeamten verhört wurde. Es war mitten in der Nacht. Ich wurde von dem Lärm wach, ging zur Toilette und hörte, wie sie Papa ein Angebot machten. Sie versprachen, ihn laufen zu lassen, wenn er ein paar Namen von seinen Hintermännern nannte. Doch Papa lachte höhnisch: »Ein Mann verrät vielleicht sein Land, seine Partei, ja, sogar seine Religion. Aber er verrät niemals seine Kumpels.«

Sie nahmen Papa für vier Monate mit.

Meine Mama war das, was man eine ordentliche Hausfrau

nennt. Wir hatten ein ganz geregeltes Familienleben. Wenn ich von der Schule nach Hause kam, hatte sie bereits gekocht. Wir saßen zusammen am Tisch und aßen gemeinsam (falls mein Vater nicht zu einem längeren Auslandsaufenthalt weg war). Sie kontrollierte meine Hausaufgaben und förderte meine künstlerische Entwicklung. Ja, meine Mama hoffte, dass aus mir mal etwas ganz Besonderes wird. Sie hatte Angst, Papa könnte mein Vorbild sein. Ich weiß, bei den meisten ist das anders. Meine Freunde hörten von ihren Müttern ständig Sätze wie: »Nimm dir ein Beispiel an Papa.« Meine Mama sagte so etwas nie.

Jede Woche spielte meine Mama Lotto. Immer bat sie mich um die Zahlen. Sie hoffte, dass mir eines Tages die Siegeszahlen einfallen würden. Dann, so versprach Papa, würde er selbstverständlich ein ehrliches Leben führen und mit der Klauerei aufhören. Ich versagte Woche für Woche. Einmal hatten wir vier Richtige. Ein paarmal drei. Mehr war nie drin.

Ich hab schon im Kindergarten gern mit Puppen und mit Knetgummi gespielt. Ich hab versucht, Puppengesichter zu kneten. Teller, Vasen, kleine Häuser mit Menschen drin. Manchmal habe ich die Autos, die mein Papa umspritzte, kopiert, so dass wir zwar die großen Modelle weiterverkauften, ich aber Miniformate davon in meinem Regal stehen hatte. Das hat Papa mir eines Tages verboten. Er drückte all die Jaguars, Ferraris, 500er Mercedes und Geldtransporter zu einem großen Klumpen zusammen und bat mich zu kneten, wozu immer ich Lust hätte, aber bitte nicht seine Autos. Er wolle keine Modellausstellung für den Staatsanwalt im Haus haben.

Ich verstand ihn irgendwie. Besonders die kleinen Nummernschildchen hinten auf den Autos ärgerten ihn.

Inzwischen war ich von Knetgummi zu Ton übergegangen. Mama hatte mir versprochen, dass ich bald einen eigenen Brennofen bekommen würde. Im Jugendzentrum hatten sie einen Tonofen, und dort konnte ich einmal im Monat meine Sachen brennen lassen. Wenn Papa mal wieder zu einem längeren Auslandsaufenthalt unterwegs war, blieb mir immer noch die Büste, die ich von ihm gestaltet hatte. Sie sah ihm erschreckend ähnlich. Im Moment saß Mama mir Modell.

Ton war aber noch nicht das richtige Material für mich. Ich suchte etwas, das leichter zu formen war, dafür aber beständiger. Viele meiner Tonfiguren waren schon kaputtgegangen. Ihnen fehlte ein Arm, der Kopf, ein Bein – sie sahen aus wie die römischen Statuen im Museum, nur kleiner.

Der ganze Ärger begann dann, als Papa gerade von einem längeren Auslandsaufenthalt zurückkam und nachts einen Kühlwagen von einem Firmengelände stahl. Es war eine Bestellung von Paul, unserem Metzger. Ich weiß es ganz genau. Papa sollte den Kühlwagen so umgestalten, dass darin tiefgefrorene Schweinehälften transportiert werden konnten. Bei Paul hatte Mama – als Papa so lange weg war – ständig anschreiben lassen. Paul war ein dicker Mann mit roten Wangen und einem Dauerlächeln im Gesicht. Ein bisschen sah er aus wie die Schweine, die er schlachtete. Er mochte meine Mama wohl sehr, denn sie konnte dort ein halbes Jahr lang einkaufen, ohne zu bezahlen. Wie sollte Papa diesem Mann einen Wunsch abschlagen?

Eigentlich machte Papa so etwas nicht gerne. Es war zu nah. Pauls Laden lag gegenüber von unserer Wohnung auf der anderen Straßenseite. Papa mochte es lieber, wenn die Autos direkt in ein anderes Land verkauft wurden, zumindest aber in eine andere Stadt. Aber er war mächtig unter Druck. Was sollte er machen?

Ich besuchte ihn in der Garage, als sie gerade dabei waren, das Ding umzuspritzen. Ich brauchte eine Unterschrift unter meine Mathearbeit. (Ja, wieder eine Sechs.) Ich wollte Mama den Schock ersparen und ging deshalb zu Papa. Er nahm nicht mal die Schutzbrille ab, kritzelte nur schnell seinen Namen unter die Arbeit und maulte: »Es wird Zeit, dass du lernst, meine Unterschrift zu fälschen. In deinem Alter konnte ich so was schon perfekt.«

Er nieste zweimal.

»Ja, Papa«, sagte ich, »ich werde mir Mühe geben.«

»Das will ich auch hoffen.«

Er kramte nach seinen Taschentüchern und schimpfte: »Jetzt krieg ich auch diese Scheißgrippe!«

Insgeheim hatte ich gehofft, dass im Kühlwagen vielleicht noch eine Ladung Eiscreme gewesen wäre oder wenigstens ein paar Pakete Fischstäbchen. Manchmal bekam ich die Sachen, die in den Autos herumlagen. Puppen, angebrochene Kartoffelchipstüten, Krimis, Pralinen und Feuerzeuge – und zwar jede Menge Feuerzeuge. Einmal lag eine Damenunterhose auf dem Rücksitz, aber die passte Mama nicht. Sie weigerte sich sogar, sie auch nur anzuprobieren, und forderte Papa auf, »dieses Ding« sofort aus dem Haus zu schaffen. Schulterzuckend tat er es. Er tat meistens, was sie wollte.

Diesmal stand hinten im Kühlwagen nur ein Eimer.

»Kannst du haben«, lachte Papa. »Es ist so eine Art Knetgummi.«

Über meine Knetgummiphase war ich ja eigentlich hinaus,

aber anders als Mama mit der Unterhose lehnte ich Papas Geschenke niemals ab.

Ich nahm den Eimer mit in die Wohnung. Er war schwer. Gut vier oder fünf Kilo. Tatsächlich befand sich darin eine Knetmasse, aber eine, die ich nicht kannte. Sie glänzte wie Metall.

Ich schleppte den Eimer die Treppe hoch. Sagte ich schon, dass wir im dritten Stock wohnten und der Fahrstuhl fast immer kaputt war? Ich stellte den Eimer in meinem Zimmer auf den Schreibtisch, auf dem ich nie schrieb, aber oft Figuren gestaltete. Vorsichtig drückte ich den Zeigefinger in die Masse. Sie war weich und gab nach wie Wasser. Mein Finger sank ein, und dort, wo der Stoff meinen Finger berührte, nahm er die Farbe meiner Haut an.

Ich stand wie elektrisiert vor dem Eimer. Was war das? Weiches, fast flüssiges Knetgummi, das die Farbe meiner Haut annahm, wenn ich es berührte?

Vom Finger aus schoss eine wohltuende Wärme durch meinen Arm. Sie breitete sich im ganzen Körper aus, bis hin zu den Zehen. Es kribbelte. Ich wusste, dass ich hier den Stoff vor mir hatte, aus dem ich ein wirkliches Kunstwerk gestalten konnte. Vielleicht würde ich damit berühmt werden. Vielleicht könnte Papa aufhören, Autos zu klauen. Vielleicht könnten wir aus dieser erbärmlichen Siedlung ausziehen und dieses verrottete Haus für immer verlassen …

Ich schloss die Augen. Ich sah Museumsdirektoren, die sich um meine Arbeit rissen. Eine kleine Skulptur von mir, nicht größer als Figuren, wie man sie am Kaugummiautomaten ziehen kann, brachte auf einer Auktion eine halbe Million.

Ich weiß, ich war ein Träumer. Das hatte ich auch von meinem Papa.

Er stellte sich immer vor, eines Tages ein unscheinbares Auto zu knacken, in dem er dann einen Koffer mit mindestens einer Million in kleinen, nicht nummerierten Scheinen finden würde. Aber meistens waren doch nur die berühmten angebrochenen Chipstüten, Pralinenschachteln und vollgeschnupften Tempotaschentücher auf dem Rücksitz.

Ich untersuchte den Eimer. Wo gab es das Zeug zu kaufen? Es war ein ganz normaler Haushaltseimer, wie meine Mutter ihn für ihr Putzwasser benutzt.

Wenn ich für etwas Spezialist war, dann für Knetgummi, Ton, Fimo und alles, woraus man Figuren formen kann. Dieses Zeug hier gab es mit Sicherheit nirgendwo zu kaufen.

Wie kam es ins Auto? Wer hatte es hergestellt? All diese Dinge schossen durch meinen Kopf.

Da hörte ich Mamas Stimme. Sie musste mich schon oft gerufen haben, denn es lagen Zorn und Ungeduld in ihrem Ton.

Ich zuckte zusammen. Sie war ziemlich sauer. Ich wollte in die Küche rennen, um sie zu fragen, was los sei. Dabei warf ich den Eimer um. Auch das noch!

Der Stoff verhielt sich wie Wasser. In einer großen Lake ergoss sich alles über den Filzteppich in meinem Zimmer. Reflexartig packte ich den Eimer und stellte ihn wieder hin. Mindestens die Hälfte blieb so im Eimer.

Was dann passierte, raubte mir fast den Verstand. Die Pfütze auf dem Boden floss langsam weiter bis zur Tür. Ich befürchtete schon, das Ding könnte nun durch die Türritze in die Küche strömen, doch dann hielt es an, zuckte zweimal und zog sich langsam, mit einem glubschenden Geräusch, wie Wasser, das in einen verstopften Gulli sickert, in den Eimer zurück.

Ich sprang nach hinten. Ich wollte auf keinen Fall davon berührt werden. Das Ding war irgendwie lebendig.

Ich wusste, dass ich in Mathe und Physik ein Idiot war. Aber ich kannte die Gesetze der Schwerkraft. Dinge fallen nach unten. Wasser läuft nicht bergauf. Dies hier verhielt sich gegen alle Naturgesetze, die ich kannte. Kein Tropfen blieb auf dem Teppich. Die Masse zog sich zusammen, ohne Rückstände zu hinterlassen. Wie eine kleine Welle schwappte nun der letzte Rest in den Eimer zurück.

Mein Hals war trocken, als hätte ich tagelang nichts zu trinken bekommen. Meine Augen brannten. Meine Nase tropfte. Ich hatte das Gefühl, eine schlimme Grippe zu bekommen. Ich starrte den Eimer an und hoffte, dass alles nur eine Halluzination war.

Ich nahm mein Holzschwert von der Wand. Ich hatte es nicht mehr benutzt, seitdem ich in die dritte Klasse versetzt worden war. Mit dem Holzschwert berührte ich den Eimer. Ich wollte ihn einfach noch einmal umkippen, um zu sehen, was passierte. Daran hinderte mich die Stimme meiner Mutter.

»Markus, wenn du jetzt nicht sofort kommst, hast du drei Wochen Stubenarrest mit Fernsehverbot!«

Das saß. Ich war sofort bei ihr. Das Schwert hielt ich noch in der Hand.

Spaghetti mit Mozzarella standen dampfend auf dem Tisch. Mamas Wut verzog sich sofort, als sie mich ansah.

»Oje, du wirst krank. Du hast dich bestimmt in der Schule angesteckt. Es ist eine böse Grippewelle unterwegs. Ein gefährlicher Virus. Ich hab dir deine Lieblingsspaghetti gemacht ... Du musst aber nichts essen, wenn du keinen Hunger hast.«

Noch nie im Leben hatte ich Spaghetti mit Mozzarella stehen lassen. Aber jetzt hatte ich wirklich keinen Hunger. In meinem Körper war gar kein Platz für solche Empfindungen.

Während Mama mir das Fieberthermometer in den Mund schob und mich in eine Wolldecke hüllte, fragte ich mich, ob ich ihr sagen sollte, was sich in meinem Zimmer befand.

Wurde ich verrückt? Hatte Herr Reuter, der mich für einen entsetzlichen Spinnkopf hielt und immer wieder prophezeite, dass es mit mir noch mal ein böses Ende nehmen würde, vielleicht doch recht?

Ich beschloss, Mama zunächst nichts von der Sache zu erzählen. Ich wollte erst Näheres in Erfahrung bringen. Ich wusste nicht, ob ich damit mich oder sie schützte. Ich fragte mich auch, ob dieser Eimer für mich eine große Chance war oder nur eine riesige Gefahr. Manchmal liegt so etwas erstaunlich nah beieinander.

Mama war entsetzt. Ich hatte 40,7 °C Fieber. Sie packte mich in meinem Zimmer ins Bett und machte mir kalte Wadenwickel. Ich hasse das, aber sie steht auf Omas alte Hausmittel. Tatsächlich sank das Fieber sofort. Mama telefonierte mit Frau Dr. Michels. Sie versprach, noch heute vorbeizukommen, hörte sich aber selbst schon ziemlich verschnupft an, wie Mama betonte.

Dann war ich endlich mit meiner Zauberknete alleine. Ich steckte das Holzschwert hinein. Es blieb darin stehen. Es fiel nicht um. Wie konnte etwas, das so weich wie Wasser war, trotzdem dieses Holzschwert halten?

Ich stand in meinem Schlafanzug vor dem Eimer. Ich war klatschnass. Mit der rechten Hand griff ich hinein, quetschte das Ding mit den Fingern zusammen und zog es aus dem Eimer. Ich hatte eine Handvoll, etwa so viel wie ein Schneeball, hochgehoben. Zwischen meinen Fingern zog es lange Fäden nach unten. Die Masse versuchte, sich wieder mit dem Rest zu verbinden.

Dieses Zeug will einfach zusammenbleiben, wie ein Ameisenhaufen, eine Kaugummiblase, eine glückliche Familie ...

Da stand Mama schon mit Frau Dr. Michels vor meiner Zimmertür. Sie redeten über die Grippewelle. Ich machte einen Satz und lag im Bett.

Immer noch hatte ich ein paar Gramm von dem Zeug in der Hand. Die Fäden zum Eimer hin waren gerissen. Was sollte ich damit machen? Ich wollte es auf keinen Fall in der Hand halten, wenn Frau Dr. Michels sich an mein Bett setzte.

Ich schleuderte das Ding einfach in eine Zimmerecke. Es klatschte gegen die Wand und blieb dort kleben.

Schon war Frau Dr. Michels bei mir. Ich musste die Zunge herausstrecken, sie sah mir in die Augen, fühlte meinen Puls – all die Dinge, die sie immer tat, wenn ich krank wurde. Das Weiße in ihren Augen war ziemlich gerötet, und ich glaube, sie hatte höheres Fieber als ich.

Sie schrieb Tabletten auf, die meine Temperatur senken sollten. Ich war schon froh, weil ich hoffte, so um Mamas kalte Wadenwickel herumzukommen, doch als Frau Dr. Michels die sah, nickte sie freundlich: »Ja, ja. Das ist eine gute Idee. So kann man das Fieber auf natürlich Weise drücken.«

Während sie mich untersuchte, unterhielt sie sich weiter mit Mama. Ihr sei gestern Abend das Auto gestohlen worden, sagte sie (ich musste dringend mit Papa reden. Das ging doch nun wirklich nicht).

Hinter ihrem Rücken an der Wand begann sich die metallische Masse auszubreiten. Sie kroch langsam, fast vorsichtig, an der Wand entlang. Dort, wo ich sie hingeworfen hatte, blieb der Mittelpunkt kleben. Der Rest breitete sich gleichmäßig in alle Richtungen aus, wie Wasser in der Badewanne, wenn der Hahn aufgedreht ist.

Es war kaum zu sehen. Es nahm die Farbe der Tapete an. Jetzt kroch es über mein Clueso-Poster. Schon war es bei seinen Haaren angekommen.

»Gibt es Tabletten gegen galoppierenden Schwachsinn?«, fragte ich Frau Dr. Michels.

Sie lachte heiser. »Das brauchst du nicht, mein Junge. Dein Kopf ist völlig klar. Du hast nur hohes Fieber.«

»Aber ich sehe Dinge, die es nicht geben kann.«

»Jaja, das passiert. Im Fieber phantasiert man oft. Mach dir keine Sorgen deswegen. Es ist wichtig, dass du jetzt genug trinkst. Sonst trocknest du aus. Du verbrennst praktisch von innen.«

Genauso fühlte ich mich. Ihre Worte beruhigten mich ein wenig. Noch in ihrem Beisein trank ich fast einen halben Liter Mineralwasser, dann rülpste ich, wie noch nicht oft in meinem Leben. Mama versprach, mir Kamillentee aufzusetzen, weil das Blubberwasser nicht gut für mich sei.

Ich legte mich wieder zurück und starrte die Wand an. Das Ding hatte sich über zwei Wände ausgebreitet und kroch nun an der Decke zu meiner Zimmerlampe weiter. Cluesos Lächeln war glänzender geworden. Irgendwie strahlender. Seine Augen hatten ein betörendes Funkeln bekommen.

Ich hechtete aus dem Bett. Mir wurde sofort schwindlig. Ich musste mich an meinem Knettisch festhalten. Ich hatte wirklich nur ein paar Gramm von dem Zeug in die Zimmerecke geworfen, und jetzt war ich praktisch schon darin eingemauert. Die Schicht auf der Wand musste hauchdünn sein.

Wahrscheinlich reichte die Masse im Eimer aus, um die ganze Stadt zu überziehen.

Ich überlegte, ob ich das Clueso-Poster von der Wand nehmen sollte. Das Poster sah nicht dicker aus als vorher. Die Schicht war drauf. Aber nur so, als hätte man Haarspray darüber gesprüht.

Jetzt war das Zeug am Fenster angekommen. Die Scheibe blieb durchsichtig.

Warum zog das Ding sich nicht in den Eimer zurück, wie vorhin? Obwohl das Fieber mein Gehirn weich kochte, wusste ich die Antwort. Durch meine schnelle Flucht ins Bett waren die dünnen Fäden gerissen, und das Ding hatte den Kontakt zum Rest verloren. Es wusste nicht, wo sich der Rest befand. Deswegen breitete es sich aus.

Nun sah ich, wie sich dort, wo mein Bett stand, die Masse an der Wand von zwei Seiten näher kam. Die beiden Flächen strebten aufeinander zu und vereinigten sich mit einem kurzen Glitzern. Es war, als würden mehrere Wunderkerzen gleichzeitig angezündet, aber sofort verlosch alles wieder. Mein Zimmer sah aus wie immer.

Ich nahm das Clueso-Poster von der Wand. Die hauchdünne Masse befand sich vorne und hinten auf dem Poster. Auch die Wand dahinter war lückenlos bedeckt.

Ich mochte Clueso wirklich. Noch nie zuvor war ich auf die Idee gekommen, ein Poster von ihm anzuzünden. Überhaupt spielte ich in meinem Zimmer nicht gerne mit Feuer. Ich war Nichtraucher. Aber wahrscheinlich hatte kein anderes Kind in unserer Stadt so eine große Feuerzeugsammlung wie ich. Auf meinem Kleiderschrank stand eine Kiste, darin lagen mindestens zweihundert Stück. Die vergoldeten, wertvollen hatte Papa alle verkauft oder an Freunde zu Weihnachten verschenkt. Die Einwegfeuerzeuge landeten in dieser Kiste. Sollte es jemals eine Feuerzeugknappheit in der Stadt geben, hätte ich einen Handel eröffnen können.

Ich nahm ein beliebiges Feuerzeug heraus. Ich sah nicht mal genau hin. Sofort spürte ich, dass es ebenfalls von der Masse überzogen war. Das Zeug hatte sich also nicht mit der Wand zufriedengegeben. Es breitete sich weiter im Zimmer aus, überzog die Möbel, ja selbst die Feuerzeuge in der Kiste.

Was würde wohl Herr Reuter mit seinem logischen Verstand dazu sagen? Dies hier war keine Rechenaufgabe für Mathegenies. Oder zerstörte ein Virus mein Gehirn? Fand das alles nur im Fieberwahn statt? Oder war es Wirklichkeit? Gleich würde ich es wissen.

Das Feuerzeug funktionierte beim ersten Mal. Die Flamme war so lang wie mein kleiner Finger und unten bläulich. Irgendwie wirkte sie auf mich wie die Zunge eines gefräßigen Tieres, das nach Nahrung schnappte.

Ich hielt die Flamme gegen eine Ecke des Clueso-Posters. Wenn dieses Zeug so lebendige Eigenschaften hatte wie ein Tier, vielleicht reagierte es dann auch wie ein Tier. Ich hoffte, dass es Angst vor Feuer hätte und sich sofort zurückziehen würde, doch nichts dergleichen geschah. Stattdessen musste ich mit ansehen, wie die Flamme sich bemühte, das Poster anzubrennen. Sie schaffte es nicht. Die Flamme schien es ebenso wenig glauben zu können wie ich. Ich speiste sie mit Gas aus dem Feuerzeug, hielt das Feuerzeug so lange gegen das Poster, bis es in meinen Fingern so heiß geworden war, dass ich es loslassen musste, um mich nicht zu verbrennen. Ich ließ zuerst das Feuerzeug fallen, dann das Poster. Das Poster war nicht einmal angekokelt.

Jetzt spürte ich, wie die Masse unter meinen Füßen entlangkroch. Ich sprang in mein Bett zurück, die Beine an den Körper gepresst. Gleich würde es auch am Bett hochkriechen. Ich konnte es bereits sehen. Der Holzrahmen vom Bett hatte noch nie so geglänzt ... Was würde passieren, wenn das Zeug mich erwischte?

Meine Mutter öffnete die Tür und brachte mir den Kamillentee. Sie stand da wie eine Erscheinung. Der Lichtkegel aus der Küche strahlte sie von hinten an. Sie wirkte auf mich engelhaft, ein bisschen wie meine Rettung.

Sie bemerkte nichts Besonderes. Sie sah nur das Clueso-Poster in der Mitte des Zimmers liegen und daneben das Feuerzeug. Kopfschüttelnd sah sie mich an: »Was ist los mit dir?«

»Mama«, sagte ich und merkte, wie sehr ich zitterte, »Mama, darf ich heute Abend bei euch im Bett schlafen?«

Sie schüttelte den Kopf. »Nein, mein Junge. Ich versteh das natürlich. Du bist krank und willst jetzt nicht alleine sein. Ich werde jede Stunde nach dir sehen. Aber so heiß, wie du bist, ist es wohl besser, wenn du allein in deinem Bett bleibst.«

Sie bückte sich, um das Poster und das Feuerzeug aufzuheben. Das Feuerzeug war noch heiß. Streng sah sie mich an. »Was hast du gemacht?«

»Ich hab versucht, mein Clueso-Poster anzuzünden.«

»Was hast du?«

»Ja, Mama. Versuch du es doch auch mal. Du wirst staunen.«

Mama warf das Feuerzeug in die Kiste zurück. Dann schnappte sie sich die ganze Kiste und nahm sie mit aus dem Zimmer. In der Tür drehte sie sich noch mal um und sagte: »Es ist vielleicht doch besser, wenn du heute Nacht zwischen uns schläfst.«

»Mama, was machst du mit der Kiste?«

»Papa kann die Dinger wegschmeißen. Auf jeden Fall bleiben sie nicht bei dir.«

»Aber Mama, ich ...«

»Es ist wohl besser, ich nehm sie zunächst mal an mich.«

Während die Masse meine Bettdecke erreichte, fragte ich mich, ob sich das Zeug nun von der Kiste aus in der Küche und dem Rest der Wohnung ausbreiten würde, denn Mama hatte, als sie die Kiste aus dem Zimmer mitnahm, den Kontakt des Stoffes abermals durchbrochen.

Ich saß in meinem Bett, zusammengekauert wie auf einer kleinen Insel. Das Kopfkissen unterm Hintern. Ich konnte hier nicht raus, ohne das Zeug zu berühren. Mein Freiraum wurde immer kleiner. Die Masse würde meine kleine Insel gleich verschluckt haben. In der Küche hörte ich das Telefon klingeln.

»Mama!«, rief ich, »Mama!«

Sofort war sie da.

»Was ist?«

»Mama, ich will nicht in meinem Zimmer bleiben. Mama, ich will jetzt sofort zu euch ins Zimmer.«

»Gleich, mein Kleiner. Gleich. Ich habe gerade jemanden am Telefon.«

Schon leckte es an meinen Zehen, da stoppte die Fortbewegung.

Ein Teil der Masse hatte meinen Knettisch überzogen und war am Eimer hochgekrochen. Dort vereinigte sie sich mit dem Rest im Eimer. Augenblicklich begann die gesamte Masse, sich langsam zurückzuziehen. Sie wollte in den Eimer. Das war alles.

Erleichtert, aber völlig erschöpft, schlief ich in meinem

Bett ein. Ich hatte mich nicht zugedeckt. Trotzdem schwitzte ich, als sei mein Zimmer eine auf 90 Grad geheizte Sauna.

Ich wurde wach, als mein Papa unter mein Bett kroch. In meinem Zimmer war es dunkel.

»Pscht, Kleiner. Schlaf weiter. Es sind nur die Bullen.«

Ich kannte das schon. Es war also mal wieder so weit. Sie hatten Papa. Immer wenn sie bei uns auftauchten, verschwand er danach für eine Weile. Er versuchte, sich zu verstecken, sich herauszureden – es war immer sinnlos.

»Papa«, sagte ich, »sie wissen doch, dass du hier wohnst.«

»Sie dürfen mich jetzt nicht sehen. Ich hab noch Lack an den Fingern. Ich muss mich erst waschen. Schlaf jetzt.«

Mama versuchte, in der Küche die Polizisten loszuwerden. »Nein, mein Mann ist nicht zu Hause. Ich weiß nicht, wo er ist. Ich glaube, er hat eine Freundin. Ich sag ihm gerne, dass er sich bei Ihnen melden soll, wenn er nach Hause kommt, aber jetzt können Sie ihn hier wirklich nicht ... Nun lassen Sie doch meine Schränke in Ruhe! Glauben Sie etwa, er hat sich im Wandschrank versteckt?«

»Was ist da hinter der Tür?«

»Das Kinderzimmer.«

»Wir müssen uns das ansehen.«

»Lassen Sie das bitte. Mein Sohn Markus ist krank. Er liegt mit hohem Fieber im Bett. Bitte wecken Sie ihn nicht.«

»Ja, die Scheißgrippe. Meine Kinder hat's auch schon erwischt. Verzeihen Sie, aber ich muss dort nachsehen.«

»Bitte, bitte«, zischte Mama pampig, »wenn es Ihre Aufgabe ist, nachts kranke Kinder im Bett zu erschrecken, dann tun Sie nur Ihre Pflicht.«

Der Polizist öffnete die Tür. Ich blinzelte aus einem Auge

zu ihm herüber. Das schlechte Gewissen war ihm anzusehen.

Er wollte Licht machen, doch Mama patschte ihm auf die Finger. »Das geht doch wohl auch so. Sie sehen doch, dass der Kleine schläft.«

Der Polizist trat an mein Bett heran, wie vorher Frau Dr. Michels. Er fühlte sogar meine Stirn. Es war nur eine kurze Berührung, dann zog er die Hand zurück, als ob er sich verbrannt hätte.

»Ja, ihn hat es tatsächlich böse erwischt. Entschuldigen Sie bitte.«

Leise zog er sich aus meinem Zimmer zurück, da nieste Papa unter meinem Bett.

»Also doch!«

Jetzt ließ der Polizist sich nicht mehr von Mama hindern. Er schlug mit der Faust auf den Lichtschalter, als ob es dann besonders hell werden würde.

Papa kroch unterm Bett hervor und machte einen völlig sinnlosen Fluchtversuch. Er rannte zum Fenster und versuchte, es zu öffnen.

Als Autodieb war mein Papa wirklich gut. Als Fassadenkletterer vermutlich nicht. Wollte er wirklich aus dem dritten Stock nach unten springen? Hatte der wahnsinnig machende Grippevirus meinen Papa genauso erwischt wie mich? Zum Glück klemmte das Fenster. Papa kam nicht heraus.

»Nicht!«, rief Mama.

»Machen Sie doch keinen Blödsinn!«, schimpfte der Beamte.

Papa wollte auf keinen Fall mit bunten Fingern erwischt werden. Ich wusste, wie er tickte. Er hatte längst einen Plan. So unsinnig es sich anhört: Papa wollte an der Dachrinne nach draußen fliehen und sich dann bei seinen Freunden in Ruhe waschen. Später könnte Mama bei der Polizei erzählen, es sei keineswegs ihr Mann aus dem Kinderzimmer geflohen, sondern offensichtlich ein Einbrecher. Es stünde Aussage gegen Aussage. Wie sollte in der Hektik der Polizist meinen Papa schon richtig erkannt haben?

Papa griff auf den Knettisch und schnappte sich eine Skulptur von mir. Es war meine Biologielehrerin, Frau Ückerath. Nackt. Zugegeben, etwas verunglückt, aber es war auch mein erster Akt. Ich hatte sie nie nackt gesehen. Aber genauso stellte ich sie mir vor.

Papa nahm die Figur und schleuderte sie gegen das Fenster. Die Scheibe zerbrach nicht. Nur die Skulptur meiner nackten Biologielehrerin zerfiel in ein paar hundert bröselige Teilchen.

Staunend sah Papa die Scheibe an. Da packte der Polizist ihn, drehte Papas rechten Arm auf den Rücken und sagte: »Im Namen des Gesetzes. Sie sind verhaftet!«

»Lass meinen Papa los, du blödes Schwein!«, schrie ich und warf ihm mein Kopfkissen an den Kopf.

»Netter Junge. Können Sie stolz drauf sein«, sagte der Polizist zu Papa, und es klang nicht einmal spöttisch. Dann führte er ihn aus meinem Zimmer ab.

Papa kam in Untersuchungshaft. Diesmal hatten sie ihn ziemlich erwischt. Einer seiner Kumpels war zum Singvogel geworden. Fast hundertzwanzig Autodiebstähle in den letzten zehn Jahren lasteten sie meinem Pa an.

»Da kommen wir nie wieder raus«, sagte Mama. Ich hatte sie nie so weinen sehen. Da mein Papa ein Rückfalltäter war, musste er mit drei bis fünf Jahren Gefängnis rechnen. Ziemlich viel für einen Urlaub im Ausland.

Außerdem, sagte Mama, hätten sich nun die Versicherungen der Geschädigten zusammengetan und verlangten von uns Schadenersatz. Die Summe, die man von uns einforderte, war viel, viel höher als der Erlös, den Papa mit den geklauten Autos erzielt hatte. Er war nie reich dabei geworden. Sonst hätten wir nicht in dieser miesen Gegend und in diesem schäbigen Hochhaus gewohnt. Papa ernährte uns mit seiner Arbeit mehr schlecht als recht, wie Mama kleinlaut zugab. Für einen schönen, großen richtigen Urlaub reichten unsere Ersparnisse nie. Dafür konnte mein Papa, wenn ihm ein neues Ding geglückt war, sehr großzügig sein und mit mir auf der Kirmes locker für fünfzig Euro Karussell fahren.

Aber was nutzte einem der beste Papa, wenn er im Knast saß?

Meine Grippe hatte nachgelassen. Ich war zwar noch etwas schwach und nutzte Frau Dr. Michels' Attest, um nicht zur Schule gehen zu müssen, aber ich war gesund genug, um mich näher mit der Masse in dem Eimer zu befassen. Jetzt traute ich meinen Wahrnehmungen schon eher. Kein Fieber trübte meinen Verstand.

Das Zeug war auf irrwitzige Art lebendig. Alles, was es einmal überzogen hatte, wurde praktisch unzerstörbar, selbst nachdem das Zeug wieder in den Eimer zurückgekehrt war. Das Fenster, gegen das Papa meine nackte Lehrerin geworfen hatte, brachte mich darauf.

Ich versuchte, mit meinem Taschenmesser ein Stück aus meiner Bettdecke zu schneiden. Das Taschenmesser wurde stumpf dabei. Die Bettdecke blieb weich und kuschelig, ein wenig glänzender vielleicht als vorher. Sonst hatte sich nichts verändert. Nicht mal Mama bemerkte etwas.

Wenn sie irgendwann dieses miese Hochhaus abreißen

sollten (und ich hoffte, das würde bald passieren), würde als Letztes mein Zimmer übrig bleiben. Vielleicht kriegten sie noch die Wände kaputt, aber garantiert nicht die Tapeten.

Meine Fensterscheibe war zu kugelsicherem Panzerglas geworden. Ich hatte es mit meiner Steinschleuder versucht. Es war eine verdammt gute Steinschleuder. Ich hatte damit mehrere Fensterscheiben der umliegenden Häuser eingeschossen. Es gab nie ein Problem. Ein Schuss, ein Klirr und aus. Meine Scheibe hielt selbst große Kieselbrocken, aus zwei Metern Entfernung mit voller Wucht abgefeuert, aus. Ich hielt jede Wette, dass nicht mal die Salve von einer Maschinenpistole dieses Glas zerstören könnte.

Da mein Papa in Untersuchungshaft saß, meine Mama traurig war und die Wohnung kaum noch verließ und ich viel Zeit hatte, probierte ich aus, was das Zeug sonst noch für Eigenschaften hatte. Ich brachte winzige Tröpfchen davon an meinen Tonfiguren an. Sie überzogen die Figur vollständig und machten sie unzerstörbar.

Ich versuchte, das Zeug daran zu hindern, wieder in den Eimer zurückzufließen. Ich fand eine Möglichkeit. Mit Mamas Haarföhn. Wenn man die Masse mit Heißluft attackierte, hörte sie auf, sich fortzubewegen. Sie wurde hart und erstarrte. Sobald sie allerdings wieder nass wurde, machte sie sich gleich auf die Suche nach ihrem Rest.

Dann begann ich, aus dem Zeug selbst Skulpturen zu formen. Ich konnte das Material so lange bearbeiten, bis es hauchdünn wurde, um es dann hart zu föhnen. Ich schleuderte es mit meinem Holzschwert durch die Luft, so dass es lange, hauchdünne Spiralen zog, an denen metallische Tropfen hingen, und brachte es mit dem Föhn zur Erstarrung. Es entstanden Skulpturen, wie ich sie mir nie hätte träumen lassen. Nie zuvor hatte ich ein Material in Händen, das sich so leicht und schnell formen ließ, das so dünn und doch so unzerbrechlich war. Glitzernd wie Fischschuppen und von einer merkwürdigen Magie.

Meine neuen Kunstwerke rissen Mama sogar für kurze Zeit aus ihrer Traurigkeit. Sie fragte: »Wie machst du das, Markus? So etwas habe ich ja noch nie gesehen.«

Ich legte nur den Finger auf meine Lippen und sagte: »Künstler brauchen ihre Geheimnisse, Mama.«

Zu ihrem Geburtstag, zwei Tage vor Papis Prozess, schenkte ich Mama selbstgemachte Ohrringe, eine Halskette aus dem gleichen Material und ein Armband. Das Armband war eine Spirale, die sich wie eine Schlange um ihr Handgelenk wand, nicht einmal ein Gramm schwer.

Das hartgeföhnte Material veränderte sich, wenn Menschen es berührten. Die Farbtöne reichten von silbernem Metallic-Glanz bis hin zu Weinrot, Hellblau, Sonnengelb und giftigem Grün. Je nachdem, wie die Menschen sich fühlten, veränderte sich der Stoff.

Da Mama die meiste Zeit über traurig war, trug sie das Armband tiefschwarz. Doch sobald nur ein kleiner Hoffnungsschimmer Mamis Gemüt aufhellte, erstrahlten auch ihr Armband, ihre Ohrringe und ihr Halsschmuck auf sonderbare Weise.

Die wenigen Leute, die den Schmuck sahen, wollten gleich wissen, wie Mama daran gekommen war. In ihren Augen sah ich ein gieriges Feuer brennen. Sie wollten auch so etwas haben.

Dass ihr Sohn diese Dinge selbst gebastelt hatte, darüber konnten die Leute nur grinsen. Papa wurde sogar verdächtigt, nicht nur Autos geknackt, sondern auch noch Schmuck gestohlen zu haben. Nur: Kein Juwelier hatte solch kunstvolle Dinge als gestohlen gemeldet.

Am Tag der Urteilsverkündung war Mamas Schmuck schwarz wie Kohle. Dreieinhalb Jahre für Papa, und die Versicherung stand mit ihrer Forderung über 1,7 Millionen Euro da.

Ein breitschultriger Mann in hellblauem Anzug, der von silbrigen Fäden durchzogen war, verfolgte den gesamten Prozess stumm, aber sehr aufmerksam. Er schrieb nichts mit, doch er wirkte wie jemand, der sich alles merkte.

Abends erschien er bei uns in der Wohnung. Mama glaubte zunächst, dass er von der Versicherung sei, und wollte ihn nicht hereinlassen. Doch er sprach freundlich. Er wollte nur eins wissen: »Wo ist der Kühlwagen geblieben?« Darüber hatte Papa sich im Prozess ausgeschwiegen. Kein Wunder. Warum sollte er den Metzger verpfeifen, der die Familie versorgen würde, wenn er selbst im Knast saß? Dort konnten wir weiter bis ans Lebensende anschreiben lassen. Das war Mama und Papa völlig klar.

Der Mann im blauen Anzug sprach sehr vornehm, doch seine Stimme hatte einen metallischen Klang. So, als sei er mal am Kehlkopf operiert worden und man hätte einen Sprachverstärker in seinen Hals eingebaut.

Er drohte, wenn Mama ihm nicht sagen würde, was aus dem Kühlwagen geworden sei, käme das Jugendamt und würde mich mitnehmen. »Es ist ein Leichtes, den Jungen aus dieser kriminellen Familie herauszuholen.«

Während er sprach, schnitt Mama mit dem langen Messer Salamistücke ab. Ich hatte Angst, dass sie sich mit dem Messer auf ihn stürzen würde.

»Ich habe alles verloren«, sagte sie. »Aber meinen Sohn,

den behalte ich. Wir sind arm. Mein Mann ist im Gefängnis. Wir haben Schulden, die uns erdrücken. Das alles stimmt. Aber ich bin eine gute Mutter. Mein Sohn hat nichts mit Ihrem Wagen zu tun.«

»Woher haben Sie den Schmuck?«, fragte er.

Ich ahnte es gleich. Der Typ wusste genau, dass sich in dem Kühlwagen der Eimer mit dem Zeug befunden hatte. Der Kühlwagen war ihm egal. Ich wusste, was er suchte.

»Ich will nicht grob werden«, sagte er, »... ich könnte mich sogar erkenntlich zeigen. Die Information ist viel für mich wert.«

Seine Stimme hatte sich verändert. Er versuchte es jetzt auf die freundliche Tour.

Die Wurst stand mir sowieso bis zum Hals, und ich wollte den Kerl bloß loswerden. Ich schrie: »Der Metzger hat den Wagen!«

Mama ließ die Schultern sinken. »O nein, Markus. Wie soll ich uns jetzt einen Sonntagsbraten auf den Tisch stellen? Ich hab's doch wirklich schon schwer genug ...«

»Ich wollte sowieso Vegetarier werden.«

Der Mann im blauen Anzug sah mich an. Irgendetwas in seinem Blick ließ mich erschaudern, so als würden meine inneren Organe langsam gefrieren.

»Du bist ein braver Junge. Danke schön.«

Er verließ uns ohne ein weiteres Wort.

Mami weinte, legte ihren Schmuck ab und fragte mich, ob der aus dem Kühlwagen sei.

Ich schüttelte den Kopf. »Nein, Mami. Ganz so war es nicht. Den habe ich wirklich selbst gemacht.«

Minuten später hörten wir Schreie und großen Lärm. Eine Scheibe klirrte. Schüsse fielen.

Wir rannten zum Fenster und sahen nach draußen. Auf der anderen Straßenseite flog gerade unser fetter Metzger Paul aus seinem Laden heraus, durch die Schaufensterscheibe. Er nahm mehrere Rollbraten und Kotelettreihen mit. Zwischen diesen Fleischwaren lag er jetzt auf der Straße. Aus dem Fenster schritt der Typ in dem blauen Anzug. Er ging langsam, würdevoll und machte nicht eine schnelle Bewegung.

Paul zitterte und brüllte.

Jetzt sah ich im Schein der Laterne, dass der Anzugmann ein Fleischermesser zwischen den Schultern stecken hatte. Er schien es nicht einmal zu bemerken.

Anna, Pauls Frau, lud ihr Schrotgewehr erneut durch und feuerte auf den Eindringling. Die Schrotkörner prallten an ihm ab und erinnerten mich an die Skulptur meiner nackten Lehrerin, die an der Scheibe zerbrochen war.

»Nehmen Sie! Nehmen Sie alles, was ich habe! Nehmen Sie den Wagen! Nehmen Sie sich Fleisch! Sie können meine Kasse kriegen! Aber bitte lassen Sie mich leben! Lassen Sie mich leben!«

Langsam blickte der Anzugtyp an der Häuserwand hoch bis zu unserem Fenster. Seine Augen schienen die Mauern zu röntgen. Wahrscheinlich sah er mich gar nicht so, wie ich hier mit meiner Mama stand, sondern lediglich mein Skelett.

Er ließ den Metzger Paul auf der Straße liegen, kümmerte sich nicht um seine Frau und erst recht nicht um die Polizeisirenen, sondern betrat noch einmal unser Hochhaus und begab sich gemächlichen Schrittes in den dritten Stock.

Ich holte den Eimer aus meinem Zimmer. Er war nicht mehr ganz voll, aber was sollte ich machen?

Ich rannte ihm mit dem Eimer einfach entgegen. Mama wollte mich aufhalten, doch sie begriff im letzten Moment, dass das hier etwas war, in das sie sich besser nicht einmischte.

Auf der Treppe stand ich dem blauen Typen gegenüber.

»Das hier suchst du«, sagte ich. »Stimmt's?«

Er nickte und streckte die Hand aus. »Gib's mir.«

»Woher kommst du? Was soll das alles?«

Der Lärm der Polizeisirenen kam näher.

»Die Galaxie, aus der ich komme, liegt siebzig Lichtjahre von hier entfernt. Zweitausend Jahre nach deiner Zeit.«

Ich glaubte ihm aufs Wort.

»Wir sind auf eurem Planeten notgelandet. Wir wollen hier so schnell wie möglich wieder weg. Eure primitive Kultur gefällt uns ganz und gar nicht.«

»Was seid ihr? Götter?«

Er lachte. »O nein. Wir haben uns ein neues Schiff gebaut. Wir könnten sofort von hier starten. Was uns fehlt, ist da drin.« Er zeigte auf den Eimer.

»Ist das ein Antriebsstoff?«

Er schüttelte den Kopf. »Nein. Aber wir fliegen mit hundertfacher Lichtgeschwindigkeit. Jedes bei euch bekannte Material würde verglühen. Wenn wir das da haben, wird unser Raumschiff den Flug überstehen. Darauf ist unsere Zivilisation gegründet.«

»Ich … ich wollte das nicht stehlen.«

»Du bist ein guter Junge. Ich weiß. Die Erdbewohner müssen stolz sein, einen wie dich bei sich zu haben.«

»Nun, das kann man nicht gerade sagen. In Mathe bin ich der letzte Versager. Mein Papa sitzt im Knast und …«

»Ich weiß.«

Er nahm mir den Eimer aus der Hand und sagte: »Du hast dir die Hälfte genommen. Das macht nichts. Was hier drin ist, reicht aus. Das, was du noch hast, darfst du behalten. Koche es bei hundert Grad und atme die Dämpfe ein.«

»Und dann? Gehe ich dann auf einen Trip?«

»O nein.«

Polizisten stürmten unten ins Haus.

»Dann wirst du so unverwundbar wie ich«, sagte er und zeigte auf das Fleischermesser zwischen seinen Schulterblättern.

»Was ist, wenn ich krank werde? Man kann dann meine Haut nicht mehr aufschneiden. Was, wenn ich operiert werden muss? Wenn ich eine Blinddarmentzündung habe oder ...«

»Wir kriegen so etwas nicht.«

»Ja, aber wir hier auf der Erde.«

»Du kannst natürlich auch etwas anderes damit tun.«

»Was denn?«

»Du kannst mir alles zurückgeben.«

Ich schluckte.

»Hast du einen Wunsch, Junge? Ich erfülle ihn dir.«

»Die Polizisten. Sie wollen dich holen.«

»Nicht mit ihren Waffen«, lächelte er.

Er drehte sich um, sah sie an, zeigte mit dem Finger auf jeden einzelnen Beamten, und sie erstarrten in der Bewegung wie Schaufensterpuppen, die jemand originellerweise in Polizeiuniformen gesteckt und dann in unserem Flur abgestellt hatte.

Ich rannte in mein Zimmer, holte alle Skulpturen für ihn, und meine Mama legte ihren Schmuck auf den Tisch.

»Alles klar«, sagte sie. »Ich kapier schon.«

Sie kapierte gar nichts. Ihr Verstand weigerte sich aufzunehmen, was gerade passierte. Sie ließ sich einfach von dem leiten, was ich tat. Wie gut, dass Eltern manchmal auch auf ihre Kinder hören.

»Du hast einen Wunsch frei. Sag ihn mir. Wenn ich es kann, werde ich ihn dir erfüllen.«

Einen Wunsch frei. Bin ich hier in einem Märchen? Wenn eine Fee kommt, hat man doch immer drei Wünsche frei, dachte ich, wagte es aber nicht, das zu sagen.

»Ich ... ich will, dass mein Papa wieder aus dem Knast kommt. Ich will, dass wir ordentlich leben können, wie andere Menschen auch. Ich will, dass die Versicherung uns nicht arm machen kann. Die sollen ihr Geld zurückkriegen. Ich will ...«

»Das sind ziemlich viele Wünsche. Du bist ein guter Junge. Doch an den Gesetzen kann ich nichts ändern. Deinen Vater aus dem Gefängnis zu befreien wäre ein Kinderspiel für mich. Aber dann wärt ihr für den Rest eures Lebens auf der Flucht.«

Mama nickte. »Jaja, Sie haben recht. Es ist besser für ihn, wenn er die Strafe absitzt. Er hat mir versprochen, danach ehrlich zu werden. Diesmal wird er es sich eine Lehre sein lassen. Aber wie soll er das tun, wenn er herauskommt? Wir haben 1,7 Millionen Euro Schulden, und wer weiß, was jetzt noch dazukommt?«

»Schulden?«, fragte er. Er schien das Wort nicht zu kennen. »Ihr meint Geld? Dieses Papierzeug, hinter dem hier alle so her sind?«

Mama nickte.

»Davon kann ich euch geben, so viel ihr wollt«, grinste er, griff mit der freien Hand in seine Anzugtasche und holte ein Bündel Hunderteuroscheine hervor. Im anderen Arm hielt er meine Skulpturen.

»Das reicht nicht«, sagte ich frech und laut. »Wir brauchen mindestens 1,7 Millionen. Und noch etwas, damit wir die Zeit überstehen, bis Papa aus dem Knast kommt. Und dann, dann muss er eine Werkstatt aufmachen. Er braucht eine Chance für einen Neuanfang. Er …«

Mama sah mich sauer an. Sie hatte mir beigebracht, bescheiden zu sein. Doch heute Abend zählten die alten Spielregeln nicht. Es kommt nicht immer ein Außerirdischer und bittet einen um Hilfe.

Er zeigte auf die Geldscheine, die auf dem Tisch lagen und sagte: »Bevor wir abfliegen, bringe ich euch eine ganze Kiste davon. Fünf, sechs Kilo. Wie viel wollt ihr? Wir nehmen den Plunder sowieso nicht mit zurück. Was sollen wir bei uns damit?«

»Man wird uns fragen, woher wir das Geld haben«, sagte Mama. »Bitte nehmen Sie es. Ich will es nicht. Man wird es wissen wollen. Wie stehen wir dann da? Wie Diebe. Niemand glaubt mir, dass ein Außerirdischer …«

Er nickte. »Ihr Menschen habt komische Gesetze. Ein Glück, dass wir jetzt von hier abhauen können.«

Er ließ die Geldscheine auf dem Tisch liegen und bewegte sich nach draußen. Ich begleitete ihn die Treppe hinunter, vorbei an den erstarrten Polizeibeamten.

»Mach dir keine Sorgen«, sagte er. »Sie werden bald auftauen. Ich habe sie nur schockgefroren.«

»Sag mir: Kannst du in die Zukunft sehen?«

»Ich komme aus der Zukunft«, lachte er. »Und dahin fliege ich jetzt auch zurück.«

Ich begann zu stottern. »K…k… kannst du mir einen Tipp geben?«

»Einen Tipp?«

»Weißt du die Lottozahlen von nächster Woche? Oder kannst du mir sagen …«

»Aber natürlich«, nickte er. Er flüsterte mir eine Zahlenreihe ins Ohr.

Im Matheunterricht konnte ich mir Zahlen nie besonders gut merken. Diese vergaß ich nicht. Ich schrieb sie auf einen Lottoschein. Ich tippte dreimal dieselben Zahlen. Mama gab den Schein für uns ab. Wir hatten dreimal sechs Richtige. Die Zeitungen schrieben, es sei wie ein Wunder.

Das alles ist nun schon ein paar Jahre her. Ich habe inzwischen meinen Schulabschluss gemacht. Papa ist längst aus dem Gefängnis heraus. Das Geld hat auch noch gereicht, um für ihn eine schöne Werkstatt einzurichten. Dort verkauft er besonders edle Modelle. Jaguar. Ferrari. Mercedes. Porsche. Lamborghini. Papa arbeitet an einem System, sie einbruchsicher zu machen. Er ist kurz vor dem Durchbruch. Ich habe bei ihm eine Lehre angefangen.

Den Typ im blauen Anzug habe ich nie wiedergesehen. Manchmal glaube ich, dass mir mein Verstand einen Streich gespielt hat oder der Grippevirus. Vielleicht war alles nur ein Fiebertraum, aber wie soll ich dann auf die richtigen Zahlen gekommen sein? Und wer hat die Metzgerei zerstört?

TOM

Es kam ein Neuer in unsere Klasse. Die Mädchen fuhren sofort tierisch auf ihn ab. Er hatte pechschwarze Haare und hellgrüne Augen, makellos weiße Zähne und einen schlanken, irgendwie drahtigen Körper. Er bewegte sich mit merkwürdiger Leichtigkeit. Für einen Jungen in seinem Alter war er sehr behaart.

Er hieß Thomas, aber wir nannten ihn Tom.

Die Mädchen sahen ihn an, als sei er ein besonders leckeres Stückchen Sahnetorte. In seinem Beisein lachten sie lauter als sonst, putzten sich heraus, waren charmant, wie wir sie kaum kannten. Jeder von uns Jungen spürte, dass der Neue uns mit Leichtigkeit die Freundin ausspannen konnte. Deshalb kam er auch zunächst in keine Clique hinein. Die Mädchen wollten ihn gern dabeihaben, wir aber nicht. Zum Glück war er viel zu schüchtern, um sich an eine heranzumachen.

Mein Freund Rick meinte, das sei nur eine ganz ausgefuchste Masche von Tom. »Er spielt das Mauerblümchen und zieht hier die Nummer ab: stille Wasser, die sind tief. So braucht er sich selbst keine Mühe zu geben, und die Mädchen tänzeln um ihn herum, weil sie es süß finden, wie schüchtern er ist. Und irgendwann, wenn ihm danach ist, kann er sich die Beste aussuchen.«

Rick hätte ihn am liebsten vorbeugend verprügelt, denn noch hatte Tom ja gar nichts angerichtet. Er benahm sich wirklich in jeder Hinsicht korrekt.

Weil ich ihn nicht so offensichtlich ablehnte wie die anderen Jungen, tauschten wir manchmal Blicke miteinander aus. Ich glaube, er mochte mich.

Tom war ein mittelmäßiger Schüler, in keinem Fach auffallend gut oder schlecht. Während der Mathearbeit hat er mir zweimal mit Ergebnissen ausgeholfen. Ich weiß so etwas zu schätzen. Ich ließ es mir danach nicht nehmen, ihn zu meiner Geburtstagsparty einzuladen. Rick und die anderen waren deswegen sauer auf mich. Für die Mädchen war ich aber eine Weile der King.

Anna, die zu der Zeit gerade mit mir ging, sagte sogar, ich sei der einzige Junge, mit dem man überhaupt vernünftig reden könne.

Zum Glück habe ich im Sommer Geburtstag. Die Grillparty konnte also bei uns im Garten stattfinden. Wir haben Platz, und ich lud fast die ganze Klasse ein. Meine Eltern wollten uns eigentlich alleine lassen, entschieden sich aber im letzten Moment dagegen, wahrscheinlich aus Angst, die Bude könnte in Flammen aufgehen. Dabei hatten wir uns so auf ein sturmfreies Haus gefreut.

Es wurde dann trotzdem ganz lustig. Mein Vater stand am Grill und drehte Würstchen um, und meine Mutter passte auf, dass keiner heimlich Alkohol in die Fruchtsäfte goss.

Dann geschah etwas, das ich niemals vergessen werde. Mein Vater bat mich, Nachschub für den Grill aus dem Kühlschrank zu holen. In dem Moment kamen aber neue Gäste, die ich begrüßen musste. Tom übernahm es für mich, Frischfleisch heranzuschaffen. Ich begrüßte in der Zeit die beiden Jungs aus der Parallelklasse. Sie waren älter als ich, denn sie waren schon zweimal sitzengeblieben. Einer von ihnen, wir nannten ihn Bukowski, schob mir eine Flasche Wodka zu. Ich ging damit gleich in die Küche durch, um sie ins Eisfach zu legen, bevor Mutter sie einkassieren konnte.

Als ich in die Küche kam, sah ich Tom mit rundem Rücken auf dem Boden knien. Das Gesicht fast auf den Fliesen. Die Kühlschranktür stand offen, die Schüssel, in der die Koteletts und Rippchen lagerten, lag umgedreht auf dem Boden.

Im ersten Moment dachte ich, ihm sei die Schüssel hingefallen, und kniete mich zu ihm, um ihm beim Aufsammeln des Grillfleisches zu helfen. Doch was ich sah, ließ meinen Atem stocken: Tom aß rohes Fleisch!

Noch nie habe ich einen Menschen mit solcher Gier und mit solcher Geschwindigkeit Fleisch essen sehen. Er hatte die Fingernägel hineingekrallt und riss mit den Zähnen Fleischfetzen vom Knochen. Dabei machte er Geräusche, wie ich sie nur von der Raubtierfütterung aus dem Zoo kannte. Er hatte mich noch nicht bemerkt, denn er kniete mit dem Rücken zu mir und wirkte, als sei er wie von Sinnen.

Ich wollte ihn ansprechen, doch ich zögerte. Ich schämte mich irgendwie, als sei ich Zeuge einer ganz intimen Handlung geworden, als gehöre es sich nicht, ihm beim Essen zuzusehen. Ich kam mir vor, als würde ich vor einem Schlüsselloch knien und jemanden auf der Toilette beobachten.

Ich schluckte. Ich räusperte mich. Mit einer katzenhaften Bewegung floh er unter den Tisch, ließ dabei das Fleischstück aber nicht los. Er schleuderte den Kopf hin und her, der Knochen baumelte dabei, nur noch an zwei blutigen Eckchen hängend, von seinen Lippen herab.

»Tom? Tom, ist dir nicht gut?«

Er zog sich noch weiter unter den Tisch zurück.

Ich kroch nun selbst auf allen vieren hinterher. Kaum war ich unterm Tisch, schnappte er nach mir. Ich starrte in sein aufgerissenes Gebiss. Er fauchte.

Ich erschrak so sehr, dass ich aufspringen wollte. Dabei schlug ich mit dem Kopf unter die Tischplatte und knallte wieder nach unten. Ich hielt mir den Kopf mit beiden Händen.

Sofort veränderte Tom sich. Er wischte sich das Blut von den Lippen und sah mich bedauernd an. »Hast du dir wehgetan?«

Ich schüttelte den Kopf.

Er begann, heiser zu lachen. »Dann ist es ja gut. Es war nur ein Scherz! Ein Scherz. Ich wollte mir einen Spaß mit dir machen. Du kannst doch Spaß verstehen, oder nicht?«

»Ja, Tom, das kann ich«, sagte ich.

Ich bin schon oft im Leben reingelegt worden, und meine Freunde haben schon einige grobe Scherze mit mir gemacht. Rick zum Beispiel hat mal vor meinen Augen ein Stückchen Würfelzucker geschluckt. Er behauptete, es sei Ecstasy. Es war in der Schulpause. Dann bekam er Zuckungen, verkrampfte sich, krümmte sich wie ein Embryo auf dem Boden und drohte zu ersticken. Als ich es mit Mund-zu-Mund-Beatmung versuchte, bekam er einen Lachkrampf.

Aber dies hier war irgendwie anders. Der Anblick des fleischfressenden Tom verfolgte mich in meinen Träumen. Dort wurde alles ein bisschen größer. Vor allem sein Gebiss.

In den nächsten Tagen beobachtete ich Tom besonders genau. Ich begegnete ihm mit einer Mischung aus Respekt, Angst und aufkeimender Freundschaft.

Wenn Tom auch in allen Fächern nur mittelmäßig war, in Sport war er echt ein Ass. Der Beste in unserer Klasse. Ich sprang drei Meter fünfzig, an guten Tagen drei Meter sechzig weit. Tom hüpfte lässig über fünf Meter.

Als er die Begeisterung unseres Sportlehrers sah, erschrak er. Auch unser Beifall gefiel ihm nicht. Er tat nur so, als ob er stolz auf seine Leistung wäre. In Wirklichkeit – so war mein Gefühl – schämte er sich eigentlich, war sauer auf sich selbst, ganz so, als hätte er irgendetwas verpatzt.

Unser Sportlehrer, Volker Jakobs, gierte seit Jahren danach, endlich einen Schüler zu haben, der unsere Schule – das heißt, eigentlich ihn selbst – bei landes- oder gar bundesweiten Meisterschaften vertreten konnte. Bei Tom war er sich ganz sicher: Mit dem konnte er es schaffen. Er beschloss sofort, Tom zu trainieren.

Beim nächsten Sprung sahen wir alle Tom zu. Vielleicht war ich der Einzige, dem es auffiel. Es klingt absonderlich, aber es sah für mich ganz so aus, als würde Tom versuchen, seine Kraft zu bremsen, um nicht zu weit zu springen. Auf keinen Fall wollte er irgendwelche Rekorde brechen. Vielleicht hatte er Angst, Eifersucht auf sich zu ziehen oder den Neid der weniger Erfolgreichen. Mir war jedenfalls klar, wenn der wollte, konnte er sieben Meter weit springen, vielleicht sogar zehn.

Er hob mit katzenhafter Leichtigkeit vom Boden ab, so als würde die Schwerkraft für ihn kurzfristig aufgelöst. Dann, in der Luft, streckte er plötzlich alle viere nach vorn, so als würde er versuchen zu bremsen. Trotzdem war sein Sprung weiter als alles, was wir je bei Bundesjugendspielen gesehen hatten.

Dann verpatzte er alles. Er ließ sich auf den Rücken fallen.

Alle schrien bedauernd: »O nein!«, »Scheiße!«, »Schade, das hätte so ein schöner Sprung werden können!«, »Rekordverdächtig!«

Doch ich wusste, das hatte er extra gemacht.

Seine Eltern erschienen an keinem Elternabend, obwohl sie mehrfach eingeladen wurden. Auch niemand meiner Mitschüler bekam sie je zu Gesicht. Nie wurde einer von uns zu Tom nach Hause eingeladen. Es kursierten schon die merkwürdigsten Gerüchte über Tom. Sein Vater sei ein prügelnder Alkoholiker, den er deswegen nicht herumzeigen könne, seine Mutter säße im Knast, und so weiter.

Tom versuchte, mit allen gut auszukommen und niemandem Ärger zu machen. Aber es gab einen Lehrer an unserer Schule, mit dem konnte man nicht gut auskommen. Er hieß Hans Ebbinghaus und unterrichtete Chemie.

Ebbinghaus war an mindestens drei Tagen im Monat ungenießbar. Man konnte nicht voraussagen, wann so ein schlimmer Tag für ihn kam, doch wenn er da war, sah man es sofort, noch bevor er die Klasse betreten hatte. Seine Lippen wurden schmaler, seine Augen verengten sich zu Schlitzen, sein Ton hatte etwas Gereiztes an sich, das sehr schnell in Bösartigkeit umschlagen konnte. Er ging nicht wie sonst, sondern er stolzierte.

An so einem Tag konnte einem nichts Besseres passieren, als von Ebbinghaus übersehen zu werden. Wenn man aber drankam, dann war man schon so gut wie geliefert. Niemand, auch nicht der beste Schüler unserer Schule, hätte dann Ebbinghaus' Kritik überstanden. Er holte jemanden zur Tafel und machte ihn dort exemplarisch fertig. Niemand wusste, warum er das tat, aber jeder, dass es geschehen würde.

Einige nannten ihn deswegen ein sadistisches Schwein.

Vielleicht war er das auch, obwohl, selbst darin war er gerecht. Sein Zorn traf einen nie zweimal. Jedes Mal war ein anderer dran. Jungen machte er lieber fertig als Mädchen. Vielleicht, weil die nicht so schnell heulten und er länger seinen Spaß an ihnen hatte. Mich hatte er am Ende des letzten Schuljahres drangenommen. Ich wusste also, dass ich noch für einige Zeit meine Ruhe haben würde.

Als Ebbinghaus Tom aufrief, herrschte betretenes Schweigen in der Klasse. Anna streichelte ihm über den Rücken, als er an ihr vorbei nach vorne ging. Fast beneidete ich ihn darum, diesmal dran zu sein. Ich konnte mir gut vorstellen, wie liebevoll die Mädchen ihn danach trösten würden. Angeblich hat Ebbinghaus Rick, den coolen Rick, mal so fertiggemacht, dass Rick sich vor versammelter Klasse in die Hose gepisst hat. Ich weiß nicht, ob das stimmt, ich kenne die Geschichte nur vom Hörensagen. Aber Ebbinghaus muss sich damals ähnlich schlimm aufgeführt haben wie bei Tom.

Er versuchte es mit den miesesten Tricks, stellte Fangfragen, ließ Tom nicht ausreden, drehte ihm die Worte im Mund herum, lachte über ihn und versuchte immer wieder, uns alle dazu zu bewegen, ebenfalls über Tom zu lachen. Einige von den ganz feigen Schweinen taten es sogar, um bei Ebbinghaus Pluspunkte zu sammeln. Das war sehr blöd von ihnen, denn man kann bei diesem Mann keine Pluspunkte sammeln. Er wird sie trotzdem fertigmachen. Irgendwann. Er wird sie auch demütigen. Seinem Zorn kann man nicht entgehen, egal, ob man versucht, ihm in den Arsch zu kriechen, oder nicht.

Tom blieb die ganze Zeit gleichbleibend freundlich. Er tat, als sei alles ganz normal, als würde er die Aggressivität in Ebbinghaus' Fragen nicht spüren. Er ließ sich zu keiner frechen Aussage hinreißen, zu keiner schnippischen Antwort, er wurde nicht patzig, er gab nur manchmal zu, etwas leider nicht zu wissen.

Als ihn die Klingel erlöste, hatte er seine Fünf und durfte sich setzen. Ebbinghaus sah sich in der Klasse um. Das machte er danach jedes Mal so. Er sah jedem Einzelnen in die Augen.

Siehst du, schien sein Blick zu sagen, das kann dir auch passieren, wenn du nicht vorbereitet bist. Arbeite, arbeite, arbeite. Mein Fach ist das wichtigste aller Fächer. Wenn du irgendetwas nicht weißt, nehme ich das als persönliche Beleidigung. Wenn du keine Zeit hast, alle deine Hausaufgaben zu machen, dann lass etwas anderes weg, aber versäume es niemals, für Chemie die Formeln zu pauken.

Als Ebbinghaus mich ansah, brach mir der Schweiß aus. Ich kann die ersten hundertzwanzig Seiten in unserem Chemiebuch auswendig aufsagen. Aber ich weiß, dass es mir nichts nutzt. Beim nächsten Mal wird er mich trotzdem in die Pfanne hauen. Der Mann kann einen so kirre machen, dass man am Ende nicht mal mehr weiß, wann man Geburtstag hat oder wie die eigene Mutter heißt.

In der folgenden Nacht starb Ebbinghaus einen furchtbaren Tod. Er wurde abends in seinem eigenen Garten von einer Raubkatze zerfleischt.

Es ging groß durch die Presse. Die Stadt stand unter Schock. Kein Raubtier war aus dem Zoo entwichen. Doch offensichtlich trieb sich in der Stadt ein Tiger oder ein Panther herum.

Natürlich war unsere ganze Klasse bei der Beerdigung von Ebbinghaus anwesend. Viele von uns gönnten es ihm, aber das wagte niemand zu sagen. Wir wussten, wir würden jetzt

Fräulein Muhs in Chemie kriegen, und die war eine nette, liebenswürdige ältere Dame. Niemand musste irgendetwas von ihr befürchten.

Ebbinghaus war so entstellt, dass wir ihn in der Leichenhalle nicht anschauen durften. Der Sarg war geschlossen. In der Zeitung stand, der rechte Arm sei vom Körper abgetrennt worden und die Hälfte vom Gesicht würde ebenfalls fehlen.

Nachts patrouillierten jetzt mit Betäubungsgewehren bewaffnete Polizeibeamte durch die Straßen. Man ging davon aus, dass irgendwo ein verrückter Tierliebhaber wohnte, der in seiner Wohnung außer Raubkatzen möglicherweise noch andere gefährliche Tiere hielt. Vielleicht würde es bald schon Krokodile in den Abwasserkanälen geben, Skorpione im Kindergarten oder giftige Schlangen im Park. Es gab Hausdurchsuchungen, und einige stadtbekannte »Tierfreunde« wurden wegen artfremder Tierhaltung vor Gericht gestellt. Den Besitzer der vermeintlichen Riesenraubkatze fand man aber nie.

Gegen Ende des Schuljahres spannte Tom mir meine Anna dann doch noch aus. Ich musste mit einer schweren Grippe eine Woche lang das Bett hüten. In der Zeit ging er mit ihr ins Kino, und danach wollte sie nichts mehr von mir wissen. Ich war nicht allzu sauer auf ihn, denn im Grunde ging sie mir schon eine ganze Weile auf den Wecker. Außerdem hatte ich längst ein Auge auf Tina geworfen, doch die ging zu der Zeit mit Rick, und mit dem wollte ich mich nicht gerne anlegen.

Zum Abschluss unseres Schuljahres wurde dann ein Klassenfoto gemacht. Tom kam zu spät. Wir befürchteten schon, dass er nicht mehr aufs Bild käme. Als er dann da war, zierte er sich, wollte nicht mit drauf, er müsse ja schließlich sowieso die Klasse verlassen, weil seine Eltern und er in eine andere Stadt zögen. Wir überredeten ihn, ja, wir zerrten ihn an den Klamotten, bis er dabei war. Er stand ganz rechts außen, und aus irgendeinem Grund schwitzte er so sehr, dass er stank wie ein nasser Gorilla.

Das Foto wurde gemacht. Schon am nächsten Tag kam Tom nicht mehr in die Schule. Da er zu niemandem einen besonders intensiven Kontakt hatte, war es für uns alle nicht schlimm, ihn zu verlieren. Lediglich Anna erschien mit verheulten Augen. Sie hatte einen Abschiedsbrief von ihm erhalten, wollte aber nicht darüber reden. Ja, sie leugnete sogar, dass ihre Tränen etwas damit zu tun hätten.

»Wegen dem Arsch heule ich doch nicht«, sagte sie, aber das glaubte ihr keiner. Nicht einmal seine neue Adresse hatte er ihr hinterlassen.

Als eine Woche später das Klassenfoto kam, waren wir baff. Unsere Klasse hatte siebenunddreißig Schüler. Zwanzig Mädchen und siebzehn Jungen. Doch auf dem Foto waren nur sechsunddreißig zu sehen. Zwanzig Mädchen, sechzehn Jungen und rechts außen, direkt neben mir, ein großer, schwarzer Panther.

DER WÄCHTER DES TORES

Alle sehnten die Ferien herbei. Nur ich nicht. Einige meiner Freunde fuhren mit Jugendgruppen weg. Da wäre ich nur zu gerne mit dabei gewesen, aber meine Eltern meinten, da würde doch nur heimlich gehascht und gesoffen. Wo so viele Jugendliche auf einem Haufen wären, da könne keiner mehr wirklich die Kontrolle ausüben, sagten sie. Deshalb durfte ich nicht mit.

Meine Freundin Anna fuhr mit ihren Eltern nach Paris. Den Louvre besichtigen und den Eiffelturm und natürlich zwei Tage Eurodisney. Das fanden meine Eltern viel zu teuer.

Rick fuhr an die See und machte einen Tauchlehrgang.

Simon flog mit seinem Vater nach Japan.

Ich hingegen sollte zu meiner Uroma nach Ichtenhagen. Ja, danke. Wenn ich Ichtenhagen ein Scheißkaff nenne, dann ist das noch geschmeichelt. Ichtenhagen! Wie das schon klingt! Da möchte man nicht tot überm Zaun hängen, so langweilig ist es da.

Meine Uroma war damals fünfundneunzig, sah aber schon mindestens aus wie hundert. Eine kleine, runzlige Frau mit langen, weißen Haaren, zu einem Dutt hochgesteckt. Meistens hingen ihr ein paar Strähnen wirr herunter, was ihr ein leicht wahnsinniges Aussehen verlieh. Sie hatte Warzen an den Fingern, obwohl eine an der Nase besser zu ihr gepasst hätte. Wie die meisten Frauen in ihrem Alter trug sie selten farbige Klamotten, sondern fast nur schwarze Sachen. Solange ich mich erinnern kann, lief sie immer in den gleichen Schuhen herum. Schwarze Lederstiefel, vorne zum Zuschnüren. Inzwischen sind die Dinger wieder modern. Anna hat auch solche.

Meine Uroma wohnte etwas außerhalb von Ichtenhagen in einer baufälligen alten Villa auf einem Hügel, umgeben von alten, morschen Eichen. Wenn der Wind mit den Baumkronen spielte, ächzten die Bäume, das Holz knarrte und knackte, und man bekam das Gefühl, jeden Moment könne der Wind einen dieser schweren Bäume umknicken und auf das Haus stürzen lassen. Früher musste es einmal ein sehr schönes, herrschaftliches Gebäude gewesen sein. Der verwilderte Garten hatte sicherlich auch schon bessere Zeiten erlebt. Vielleicht war er sogar mal ein richtiger Park gewesen.

Das Haus war viel zu groß für meine Uroma. Es hatte sechsundzwanzig Zimmer. Die meisten davon hatte sie seit Jahren nicht mehr betreten. Sie lebte in der Hoffnung, dass wir irgendwann zu ihr ziehen würden, aber es war klar, dass niemand in unserer Familie, nicht mal mein Vater, dazu bereit war. Er versuchte, sie immer wieder zu überreden, in ein Altersheim zu gehen und sich dort pflegen zu lassen, bevor ihr das Haus überm Kopf zusammenstürzte. Doch meine Uroma blieb stur.

Der Bürgermeister von Ichtenhagen hatte uns vor ein paar Jahren einmal zu Hause besucht. Ich war damals noch zu klein gewesen, um genau mitzukriegen, was er wollte. Jedenfalls hatte das Städtchen offenbar den Entschluss gefasst, ein

Industriegebiet anzusiedeln. Nur die Villa meiner Urgroßmutter und ihr ungepflegtes Grundstück standen diesem Projekt im Weg. Die Stadt bot meiner Uroma Geld, doch sie beantwortete die Anfragen nicht einmal.

Der Bürgermeister besprach mit meinem Vater, ob man die alte Dame nicht entmündigen lassen könne, es sei doch schließlich besser für sie, und für meinen Vater sollte ein hübsches Sümmchen dabei herausspringen.

Ich will meinem Vater nichts Böses unterstellen. Ich habe keine Ahnung, ob er dieses Angebot ernsthaft in Betracht gezogen hat. Kurze Zeit später wurde das Ganze sowieso hinfällig, denn der Bürgermeister von Ichtenhagen, sein Stellvertreter, der Baudezernent und drei Stadträte verunglückten tödlich. Es war tragisch. Fast eine Katastrophe für Ichtenhagen. Die Stadt war über Nacht führungslos geworden. Die Stadtherren waren bei einem Ausflug in einem Kleinbus nachts von der Fahrbahn abgekommen, sie durchbrachen die Leitplanken und stürzten gut hundert Meter in die Tiefe. Von ihnen blieb kaum etwas übrig, das man beerdigen konnte.

Gut ein Jahr später brach ein Teil der Außenfassade von Uromas Villa zusammen. Sie fand das nicht weiter dramatisch, da sie ohnehin nicht das gesamte Haus bewohnte, aber die Ichtenhagener Bauaufsichtsbehörde schickte jemanden vorbei, der prüfen sollte, ob das Haus eine Gefahr für die Allgemeinheit darstellte.

Der Typ vom Bauamt schilderte meine Uroma nach seinem Besuch als eine verwirrte alte Frau, um die sich unbedingt mal jemand kümmern müsste. Drei Tage später warf sein Lieblingspferd ihn ab, und er brach sich das Genick. Er war ein begeisterter Reiter gewesen, der schon einige Turniere auf Landesebene gewonnen hatte.

Die Verwaltung schickte einen Arzt zu meiner Uroma, der sie auf ihren Geisteszustand untersuchen sollte. Nett, wie die alte Dame war, lud sie ihn zu einer Tasse Tee ein. Meiner Uroma ging es blendend, doch der Arzt verlor kurze Zeit darauf den Verstand. Er rannte einige Zeit lang brüllend durch Ichtenhagen, pinkelte vor der Schule in die Blumenbeete und lief wie eine Kuh auf allen vieren durch den Park, um dort zu grasen, bis sich ein Kollege bereitfand, für ihn die Einweisung in eine Nervenheilanstalt zu unterschreiben.

Warum ausgerechnet ich in diesen Ferien zu meiner Urgroßmutter sollte, war mir schleierhaft. War es eine Strafe für mein Verhalten in den letzten Monaten? Oder war es einfach nur der Geiz meiner Eltern, weil ein richtiger Urlaub schließlich Geld kostete?

Vater brachte mich gar nicht bis ins Haus. Er hielt mit dem Wagen unten am Hügel, täuschte einen dringenden Termin vor und schärfte mir ein, keinen Mist zu bauen. In spätestens einer Woche wollte er mich abholen.

»Sei nett zu ihr, du wirst sie mal beerben«, sagte Vater schließlich noch. »Und vergiss nicht, sie ist eine alte Dame.«

Uroma stand schon hinterm Fenster und wartete auf mich. Sie bewegte sich puppenhaft langsam. Ihre Haut wirkte auf mich, als sei sie gerade einem Wachsfigurenkabinett entsprungen und nicht wirklich lebendig, sondern ausgestopft.

Sie hatte eine krächzende Fistelstimme. Ich verstand sie kaum. Doch ich glaube, sie sagte nur die üblichen Nettigkeiten. Sie fasste mich ständig an, so als müsste sie sich vergewissern, dass ich wirklich da war.

Es war schwül im Haus. Die Temperatur war mindestens fünf Grad höher als draußen. Außerdem herrschte eine fast unerträgliche Luftfeuchtigkeit. Das Klima kam mir irgendwie tropisch vor. Vielleicht gediehen ihre dickblättrigen Pflanzen deshalb so gut. Die schweren Vorhänge vor den Fenstern ließen kaum Licht durch, trotzdem wucherten in den Innenräumen Gewächse, die man nur im Dschungel vermuten würde. Allein das Gießen musste jeden Tag Stunden beanspruchen.

Urgroßmutter hatte Tee für mich gekocht und Kuchen gebacken. Sie selbst aß und trank nichts, schenkte mir aber fleißig nach und forderte mich dauernd auf, noch mehr zu essen, schließlich sei ich jung und müsse stark werden.

Der Tee roch nach Kräutern, die ich nicht kannte. Sie warf drei dicke Kandisklumpen in die Tasse. Als sie den heißen Tee eingoss, zersprangen die Zuckersteine. Der Kuchen schmeckte betörend gut, obwohl, wenn ich jetzt überlege, kann ich gar nicht mehr sagen, wonach. Er klebte irgendwie im Hals, man hatte einen langanhaltenden Nachgeschmack nach getrocknetem Obst und schwefelhaltigen Rosinen.

Auch wenn alles im Haus ein bisschen altertümlich aussah, dass die alte Dame alleine nicht zurechtkam, konnte man wirklich nicht behaupten. Zumindest oberflächlich gesehen, war alles ordentlich und sauber.

Ihre Augen waren ein wenig trübe und wässrig, doch sie brauchte keine Brille, und sie schien alles genau mitzubekommen. Sie war sogar verkabelt und besaß drei Fernsehgeräte. Eins stand in meinem Zimmer. Sie zeigte es mir nicht ohne Stolz.

Na bitte, ganz so trostlos scheint es ja doch nicht zu werden, dachte ich und probierte die Fernbedienung aus.

Es war schon spät geworden. Ich behauptete, müde zu sein. In Wirklichkeit wollte ich nur allein auf dem Bett liegen und mir einen Film nach dem anderen reinziehen. Uroma hatte Verständnis dafür und schickte mich zum Zähneputzen ins Badezimmer.

An den Wänden waren große Kacheln. Jede davon war mindestens vier- bis fünfmal so groß wie die in unserem Badezimmer. Alle Kacheln zusammen ergaben ein Bild. Es sah aus wie ein Riesenpuzzle. Eine Landschaft, die ich noch nie gesehen hatte. Ich war mir sicher, dass es so eine Landschaft auch nirgendwo gab. Von den gemalten Bäumen ging eine merkwürdige Leuchtkraft aus. Früher muss dieses Kachelpuzzle einmal so eine helle Kraft gehabt haben, dass man das Badezimmer vermutlich nur mit der Sonnenbrille betreten konnte. Jetzt waren die Farben schon etwas verblichen.

Das Wasser wurde in einem großen Behälter heiß gemacht. Er war mit Kupfer verkleidet und glänzte, als hätte jemand noch vor kurzem stundenlang daran herumpoliert. Der Ofen unter dem Behälter wurde mit Holz beheizt. Ein kleiner Stapel gehacktes Holz lag davor sowie ein Hauklotz und ein kleines Beil. Wer hat so etwas schon im Badezimmer, außer meiner schrulligen, alten Urgroßmutter?

Ich fragte Uroma, wer das Holz für sie hackte. Sie kicherte nur.

Ich bot ihr an, das morgen für sie zu erledigen. Sie war einverstanden. Es schien ihr geradezu eine diebische Freude zu bereiten. Sie nahm meine Hand und tätschelte sie. Ihre Finger kamen mir sehr knochig vor. Es hing viel Haut daran, aber unter der Haut war kaum Fleisch zu spüren. Ihre Fingernägel hätten eine Maniküre vertragen können.

Das Bemerkenswerteste an diesem Badezimmer aber war der Spiegelschrank. Ich verliebte mich sofort in dieses Ding.

Sollte sie jemals sterben und dieses Haus unter den Hammer kommen, ich wollte nichts haben – nur diesen Schrank. Das war mir sofort klar.

Sie freute sich darüber, dass ich den Spiegelschrank so sehr bewunderte. Er war sehr alt, und auch auf ihm lag kein einziges Staubkörnchen. Das massive Holz wurde offensichtlich ständig gepflegt. Es roch nach Bienenwachs. Die Gläser der einzelnen Spiegel waren ziemlich dick, und sie stellten die Gesichter ein wenig verzerrt dar. Man bekam einen langen Hals und einen eierförmigen Kopf, aber das fand ich ganz lustig. Schließlich weiß ich ja, wie ich in Wirklichkeit aussehe.

Ich fragte mich, ob Uroma diesen Schrank selbst poliert hatte oder ob eine Haushaltshilfe zu ihr kam. Bewundernd wollte ich meine Hand auf eine der vier Holzsäulen legen, die den Spiegelschrank einrahmten wie einen Tempel. Doch Urgroßmutter hielt mich mit einer barschen Bewegung zurück. Ihre dünne Stimme wurde kräftiger, und ihre wässrigen Augen funkelten plötzlich auf. Diese Augen konnten unmöglich zu einer fünfundneunzigjährigen Frau gehören. Sie passten besser zu einem fünfzehnjährigen Mädchen.

»Du darfst den Spiegel nicht anfassen. Hör mir zu. Berühre ihn nie!«

»Ja, Uroma, ich sehe, er ist wirklich wertvoll. Aber ich werde ihn doch nicht zerstören, nur weil ich ihn berühre.«

Wieder streckte ich meine Hand aus. Sie schlug mir mit den knochigen Fingern aufs Gelenk.

»Lass das! Ich verbiete es dir!«, schrie sie barsch. Dann wurde ihre Stimme wieder versöhnlicher. »Sei ein guter Junge.«

Ich nickte. »Jaja, schon gut. Na klar. Keine Sorge. Ich werde so gut wie nichts hier im Haus anfassen. Ich bin ja schließlich nicht mehr im Krabbelalter. Ich mach dir schon nichts kaputt, keine Sorge.«

Sie nickte zufrieden und reichte mir ein Wasserglas mit einer Zahnbürste.

Es war ein dickes geschliffenes Kristallglas, das eine aufwendige Gravur hatte. Ich kannte solche Gläser. Man sieht darauf normalerweise Jagdszenen oder irgendwelche Ornamente. Manchmal sind Tiere eingraviert. Je nachdem, ob die Gläser einem Angler oder einem Jäger gehören, sind Fische, Wildschweine oder Hirsche darauf.

Dieses Glas wurde rundherum von einer idyllischen Friedhofsszene geziert. Das störte mich wenig, doch die Zahnbürste darin jagte mir einen Schrecken ein. Vermutlich war sie älter als meine Uroma. Die meisten Borsten waren bereits ausgefallen. So eine Zahnbürste hatte ich überhaupt noch nie gesehen. Wahrscheinlich waren die Borsten von irgendeinem Tier oder aus Uropas Bart gemacht. Ich war auf keinen Fall bereit, dieses Ding in meinen Mund zu stecken.

Zum Glück hatte ich meine Zahnbürste von zu Hause mitgenommen. Wenn meine Mutter auf irgendwas achtet, dann darauf, ob ich eine Zahnbürste dabeihabe, wenn ich verreise. Ob mein Taschengeld reicht, interessiert sie längst nicht so brennend.

Jetzt war ich ganz froh darum. Ich holte meine neonblaue Zahnbürste, zeigte sie meiner Uroma und ließ die Borsten über meinen Daumen sausen. Sie nickte. Sie war wohl nicht beleidigt. Dann ließ sie mich im Badezimmer alleine.

Ich brauchte kein heißes Wasser. Ich hatte auch keine Lust, den Ofen anzuzünden. Ich drehte den Wasserhahn vor dem Spiegelschrank auf. Ein quietschendes Geräusch folgte, dann geschah eine Weile gar nichts.

Ich fürchtete schon, ohne Wasser auskommen zu müssen, da erklang ein gurgelnder Laut. Allerdings nicht direkt im Wasserhahn, sondern irgendwo weit weg in den Wänden des Hauses. Das Wasser stieg wenig später mit einem Rülpsen durch die Kupferrohre in den Wasserhahn. Dann platschte die braune Brühe ins Waschbecken.

Na gut, dann eben nicht, dachte ich. Ist ja nicht das erste Mal, dass ich ohne Zähneputzen schlafen gehe.

Ich fuhr mir mit der Zunge über die Schneidezähne, um die Reste von Uromas Früchtekuchen herauszupulen. Da verwandelte sich der Wasserstrahl. Erst wurde er milchig und schließlich völlig durchsichtig und klar.

Ich hielt das Glas darunter. Noch traute ich der Sache nicht so ganz. Ich hielt das Glas hoch und betrachtete es.

Mit spitzen Lippen probierte ich ein Schlückchen. Das Wasser schmeckte mineralisch. Ein bisschen so wie abgestandenes Sprudelwasser. Ich tunkte die Zahnbürste ein, benutzte mehr Zahnpasta als sonst und putzte los. Schon stand mir dicker, weißer Schaum vor dem Mund.

Ich betrachtete mich im Spiegel. Mein Oberkörper war dort klein und dick, mein Kopf etwa doppelt so lang wie sonst, dafür sehr schmal, und mein Augenpaar verschmolz zu einem einzelnen Auge, das mir mitten auf der Stirn klebte. Ich sah aus wie ein Zyklop, und ich gefiel mir so. Ich bewegte den Kopf hin und her. An den Außenseiten des Spiegels sah ich wieder ganz normal aus. Wenn ich einen Schritt zurückging, wirkte ich gedrungener.

So ein abwechslungsreiches Zähneputzen hatte ich schon lange nicht mehr erlebt. Ich nahm die Zahnbürste aus dem Mund, um sie auszuspülen. Da passierte das Unglaubliche. Mein Spiegelbild putzte sich weiter die Zähne!

Ich erschrak so sehr, dass ich mir unwillkürlich an die Hose fasste, weil ich befürchtete, dass ich mich vor Schreck vollgepinkelt hatte. Dann erschrak mein Spiegelbild auch und machte mir die Bewegung nach.

Das gibt's doch nicht!, dachte ich. Das ist unmöglich. Ein Spiegel spiegelt doch nur. Es kann nicht Sekunden später geschehen. Es muss gleichzeitig passieren. Völlig egal, ob der Spiegel hundert Jahre alt ist oder nicht.

Ich erwartete, gleich von irgendjemandem ausgelacht zu werden, und blickte mich um. Doch das hier war kein Gag. Niemand versuchte, mich hereinzulegen. Ich war allein in diesem Badezimmer und stand vor meinem Spiegelbild.

Ich beschloss, mein Spiegelbild zu täuschen. Ein wenig lächerlich kam ich mir schon dabei vor. Ich tat so, als sei nichts gewesen. Ich führte die Zahnbürste in meinen Mund und putzte erneut los. Dabei beobachtete ich mein Spiegelbild aus den Augenwinkeln. Es vollzog jede meiner Bewegungen nach. Alles war, wie es sein sollte. Vielleicht hatte ich mich gerade doch nur geirrt.

Wer weiß, was Uroma für Kräuter in den Tee gemischt hatte. Früher sollen sie ja hier Hanf angebaut haben. Papa hat erzählt, daher käme der Ausdruck »starker Tobak«.

Hielt Uroma etwa diese Tradition aufrecht? Ich musste lachen. Wer bekam von seiner Urgroßmutter schon einen Haschischtee angeboten?

Jetzt putzte ich mir die Zähne von oben nach unten, um besser in die Zahnlücken hineinzukommen, in denen noch etwas von dem Kuchen klebte. Doch mein Spiegelbild machte weiter wie bisher, ließ die Bürste nicht von oben nach unten, sondern von rechts nach links in die Backen sausen.

Ich sah mein Gegenüber streng an. Mit entschuldigendem

Schulterzucken begann es nun, sich die Zähne so zu putzen wie ich.

Dann bekam ich den zweiten Schock. Die Zahnbürste! Mein Spiegelbild benutzte nicht die neonblaue mit dem zahnschonenden Schwingteil in der Mitte, sondern die widerliche alte Zahnbürste mit dem chronischen Haarausfall, die Uroma mir angeboten hatte.

Ich ließ mich einfach auf den Boden fallen, so dass mein Spiegelbild mich nicht mehr sehen konnte. Das heißt, eigentlich durfte ich selbst ja im Spiegel nicht mehr zu sehen sein, denn ich lag flach auf den Kacheln. Von dort robbte ich zur Tür.

Den Rücken gegen die Tür gepresst, richtete ich mich langsam und schwer atmend auf. War ich dabei, den Verstand zu verlieren?

Ich machte einen Hechtsprung und landete wieder vor dem Spiegelschrank. Ich sah mich aber keineswegs ins Spiegelbild hineinfliegen, o nein. Ich sah mich dort mit idiotisch langem Kopf und gedrungenem Körper am unteren Rand kleben und zur Tür starren. Ich hatte mich selbst durch den Sprung wohl mächtig überrascht, denn mein Spiegelbild brauchte einige Zeit, um in eine ähnliche Position zu kommen wie die, in der ich mich gerade befand. Dabei ließ es aus Versehen die Zahnbürste fallen.

»Wer bist du?«, fragte ich.

Zunächst antwortete mein Gegenüber nicht.

Ich nahm das Beil, stellte mich damit breitbeinig vor den Spiegel und drohte: »Verarsch mich nicht länger, oder ich schlage den Spiegel ein!«

Das Spiegelbild hob abwehrend die Hände. »Das kannst du doch nicht machen!«

»Und ob ich das kann. Ich heiße Alexander Blau, und ich lasse mich von dir nicht zum Narren halten.«

»Aber Alexander, bitte tu mir nichts. Ich bin du.«

»Du bist nicht ich. Ich bin ich.«

»Du irrst dich. Du bist nicht du. Ich bin du.«

»Das reicht!«

Meine Beine zitterten vor Aufregung. Das Beil vibrierte in meiner Hand. Ich holte aus.

»Nicht, Alexander! Du wirst mich töten!«

»Ein Spiegelbild kann man nicht töten. Einen Spiegel kann man nur zerdeppern, und dann kauft man sich einen neuen.«

»Das ist Mord!«

»Das ist kein Mord! Dagegen gibt es auch keine Gesetze. Niemand wird mich verurteilen. Und wenn schon – einen Spiegel ersetzt meine Haftpflichtversicherung.«

»Deine Uroma wird aber mächtig wütend auf dich sein, wenn du ihr wertvollstes Stück zerstörst.«

Das sah ich nun ein. Ich ließ das Beil sinken und stand breitbeinig vor dem Spiegelschrank.

»Ich hätte einen Vorschlag, wie wir die Sache hier klären können«, sagte der Typ im Spiegel.

»Ach ja? Da bin ich aber mal gespannt.«

»Komm einfach rein zu mir. Guck dir an, wie es hier aussieht. In der richtigen Welt.«

Ich schüttelte den Kopf. »Die richtige Welt ist hier«, sagte ich und klopfte mit dem Beil einmal fest auf den Boden, wie um mir selbst zu beweisen, dass ich recht hatte.

Mein Gegenstück bog sich vor Lachen. »Du glaubst, dieses kleine Badezimmer ist die richtige Welt? Du hast ja überhaupt keine Ahnung!«

»Nein«, sagte ich. »Nicht nur dieses Badezimmer. Die

Welt ist viel größer. Ich kann durch diese Tür da nach draußen gehen. Dann stehe ich mitten in der alten Villa. Ich kann aus der Villa gehen, runter nach Ichtenhagen. Vielleicht hat dort noch eine Disko auf. Verstehst du? Ichtenhagen ist auch nicht die Welt. Es liegt höchstens am Arsch der Welt.«

»Alles, was es in deiner Welt gibt, gibt es in meiner Welt auch«, behauptete mein Spiegelbild und lockte mich mit dem Zeigefinger wie die Hexe Hänsel und Gretel.

Ich tippte mir gegen die Stirn. »Ich bin doch nicht blöd. Was erwartest du? Dass ich in den Spiegel hineinspringe, und dann lachst du dich kaputt, weil ich mir das Gesicht zerschnitten habe, oder was?«

»Nein, du kannst den Spiegelschrank öffnen, und dann – komm herein. Ich lade dich ein. Wir essen gleich zu Abend. Bist du nicht hungrig? So etwas Gutes hast du bestimmt noch nie bekommen.«

Ich hatte keine Ahnung, ob ich noch hungrig war oder nicht. Aber ich musste zugeben, dass das, was hier im Badezimmer passierte, wesentlich spannender und interessanter war als alles, was mir die Kabelprogramme in den nächsten Stunden hätten bieten können. Folglich blieb ich im Bad.

Ich nahm den Kupfergriff an der Seite des Spiegelschranks in die Hand und drehte ihn um. Knarrend öffnete sich der Schrank. Dahinter war ein schwarzes Nichts.

Ich sah mein Spiegelbild nicht mehr, hörte aber seine lockende Stimme. »Komm, Alexander Blau. Komm.«

Nun, man kann mir viel nachsagen, aber sicherlich nicht, dass ich feige bin. Ich kletterte auf das Waschbecken und stieg von dort aus in den Schrank.

Ich sah zunächst nichts. Mit ausgestreckten Armen tastete

ich mich vorsichtig in eine Dunkelheit, die mir irgendwie dick vorkam. Als könnte man sich ein Stück herausschneiden und es mit nach Hause nehmen.

Die Stimme von meinem Spiegelbild klang jetzt anders. Tiefer und gleichzeitig auch klarer. »Nun komm schon!«

»Ich sehe nichts!«

»Das ist gleich vorbei. Nur noch ein paar Schritte.«

Ich nahm mich bei der Hand und zog mich fort. Tatsächlich, die Dunkelheit löste sich auf. Es war, als würde ich selbst sie erleuchten, als sei ich eine Lichtquelle, wie ein Glühwürmchen, das durch die Nacht fliegt. Mein Spiegelbild aber leuchtete nicht selbst. Es reflektierte nur meine Helligkeit, so wie der Mond die Sonnenstrahlen. Ich konnte meinen Führer also gut sehen. Er war mir jetzt noch ähnlicher. Ja, ich sah überhaupt keinen Unterschied mehr. Das war ich. Oder zumindest eine hervorragende Kopie von mir.

Irgendwie gewann ich Vertrauen zu meinem Spiegelbild. Ich denke, das geht jedem so. Sich selbst bringt man nicht allzu viel Misstrauen entgegen, oder?

Jetzt wurde die Landschaft, in die wir traten, deutlich. Es war die, die ich bereits auf den Kacheln in Urgroßmutters Badezimmer gesehen hatte. Nur heller und strahlender. Mit phosphoreszierenden Farben. Eine Landschaft mit kräftigen Strichen, von einem wilden Maler hingeklatscht, der es mit den Proportionen nicht ganz genau nahm.

Ich zeigte dorthin. »Es … es gibt sie wirklich, die strahlenden Bäume. Das … das ist doch das Bild von Uromas Kacheln.«

»Das ist ihr Spiegelbild.«

Ich drehte mich um. Tatsächlich. Dies hier war nichts weiter als das Spiegelbild von Urgroßmutters Badezimmer. Vor mir breitete sich keine Landschaft aus. Ich war nur von der plötzlichen Helligkeit geblendet.

»Es gibt also zwei solcher Badezimmer. Eins vor dem Spiegel und eins dahinter. Stimmt's?«

Ich nickte mir wohlwollend zu. Mein Spiegelbild machte mir jetzt nicht mehr jede Bewegung nach. Es sah irgendwie nachdenklich aus, fast ein bisschen traurig. Natürlich hatte ich eine Menge Fragen und wollte sie alle auf einmal stellen.

»Wie heißt du eigentlich?« fragte ich.

»Wie du.«

»Alexander Blau?«

»Genau. Alexander Blau.«

»Nennen sie dich Alex oder Lexi?«

Meine Kopie überlegte.

Ich wunderte mich. Muss man wirklich überlegen, welchen Spitznamen man hat? Oder versuchte mein Spiegelbild, nur zu erraten, welche Antwort richtig war?

»Alex. Man nennt mich hier Alex.«

»Mich nennen sie überall Lexi«, log ich. »Na, wenigstens gibt es jetzt einen kleinen Unterschied zwischen uns.«

Alex fasste an die Badezimmertür und öffnete sie. Wir standen in Uromas alter Villa. Hier sah die Villa noch etwas neuer aus. Die Dschungelpflanzen waren noch nicht ganz so groß entwickelt, zumindest kam es mir so vor.

Staunend schritt ich die Treppe hinunter.

»Es gibt hinterm Spiegel die ganze Villa noch einmal?«, fragte ich Alex.

Er nickte. »Alles gibt es hinter dem Spiegel noch einmal. Es gibt alles doppelt.«

»Du meinst, wirklich alles? Also Ichtenhagen, Weierstädt, mein Elternhaus – ja, die ganze Welt?«

»Klar. Was dachtest du denn?«

»Ja, aber ... das heißt, meine Urgroßmutter wohnt hier in diesem Haus?«

»Ihr zweites Ich. Ihr Spiegelbild.«

»Ja, meine ich ja. Aber warum? Was soll das alles?«

Meine Kopie zuckte mit den Schultern. Es schien Alex überhaupt nicht zu interessieren.

Für mich war im Augenblick nichts wichtiger, als alles über dieses merkwürdige Phänomen in Erfahrung zu bringen. Ich fühlte, dass das für Alex anders war. Das tat mir gut. Er war also nicht wirklich ich. Er sah zwar aus wie ich, bewegte sich wie ich, sprach wie ich, aber er fühlte nicht wie ich.

Er trat einen Schritt zurück, so dass seine Gestalt für mich dunkler wurde. Verschwommener. Nur wenn ich nah bei ihm war, konnte ich ihn wirklich gut sehen.

»Kann ich zu deiner Uroma gehen? Kann ich mit ihr sprechen?«

»Klar. Sie hat das Essen zubereitet. Lass uns nur runtergehen. Sie wird sich freuen, dich kennenzulernen.«

Mit rasendem Herzen, wie nach einem Dauerlauf, folgte ich meinem Abbild. Dabei gingen wir durch den Teil des Hauses, der eigentlich gar nicht mehr hätte existieren dürfen. Den Teil, der vor einiger Zeit eingestürzt war.

Ich sprach Alex darauf an.

Er drehte sich zu mir um und schüttelte bedauernd den Kopf. »Tut mir leid, Lexi, aber wir konnten es nicht verhindern. Wir sind nicht allmächtig.«

»Nicht verhindern? Was heißt das? Beeinflusst ihr manchmal Dinge, die draußen geschehen?«

»Aber klar«, lachte Alex. »Dazu sind wir doch da.«

Wir betraten die Küche. Dort saß die Kopie meiner Urgroßmutter am Tisch und rührte einen Kartoffelsalat an. Es standen bereits drei tiefe Teller auf dem Tisch, außerdem mein Lieblingsketchup und zwei Dosen Cola. In der Bratpfanne brutzelten zwei Rindswürstchen.

Mit großzügiger Geste bot das Spiegelbild meiner Urgroßmutter mir einen Platz an. Ich setzte mich und muss sie wohl ziemlich dämlich angeglotzt haben. Sie fasste meine Nase, bog sie einmal krumm, ließ sie wieder los, tätschelte mir dann die Wange und lachte: »Na, lerne ich dich auch mal kennen, du alter Schlawiner.«

»D… das ist mein Lieblingskartoffelsalat …«, stammelte ich. Sie lud mir eine Riesenportion auf den Teller und schob mir den Ketchup rüber.

»Ich weiß, ich weiß. Iss nur, damit du groß und stark wirst.«

Sie hatte sogar die gleichen Sprüche drauf wie meine Uroma.

Der Kartoffelsalat roch wunderbar. Die frische, selbstgemachte Mayonnaise, die kleingehackten Zwiebeln, dazu feingewürfelte Fleischwurst mit einem Hauch Knoblauch – es war perfekt. Der rote Ketchup versank in der weißen Soße des Kartoffelsalats, ganz so, wie ich es liebe. Ich schob mir sofort ein paar große Löffel davon in den Mund. Ich baggerte so richtig los.

»Da staunst du, was? Dass es bei uns richtig was zu essen gibt. Du hast gedacht, wir sind wie die Leute im Fernsehen, was? Aber so ist das nicht. Wir essen, trinken, furzen. Wir lassen es uns gutgehen.«

Alex legte die Füße auf den Tisch und stopfte sich den Mund voll Kartoffelsalat.

»Ich habe nie verstanden, warum du immer Ketchup draufkippst«, sagte er. »So schmeckt es doch viel besser.«

»Wie schön«, sagte ich mit vollem Mund, »noch etwas, das uns unterscheidet.«

Uromas anderes Ich drehte die Bratwürstchen um.

»Nun mal raus mit der Sprache«, drängte Alex. »Wie bist du eigentlich mit unserer Arbeit zufrieden?«

»Häh? Mit eurer Arbeit?«

Er grinste. »Na, wie war es zum Beispiel für dich beim letzten Mathetest?«

Ich überlegte. »Der letzte Mathetest? Der fand doch gar nicht statt. Unser Mathelehrer brach sich auf dem Weg zu unserer Klasse das Bein. Oberschenkelhalsbruch, um genau zu sein. Er wurde direkt ins Krankenhaus eingeliefert. Der Test fiel aus.«

»Eben«, grinste Alex. »Und? Das hat dich doch gerettet, oder nicht?«

Ich nickte. »J… ja, schon. Ich war an dem Tag überhaupt nicht vorbereitet und hatte ein verdammt mulmiges Gefühl. Ich war mir ziemlich sicher, die Arbeit in den Sand zu setzen.«

»Siehst du! Wie warst du also mit meiner Arbeit zufrieden?«

»Heißt das, du hast ihm ein Bein gestellt? Oder irgendwie dafür gesorgt, dass er sich den Oberschenkelhals gebrochen hat?«

Ich stellte den Teller hart auf dem Tisch ab und ließ den Löffel sinken.

Alex nickte stolz. »Ja. Gute Arbeit, was? Sonst wärst du klebengeblieben, stimmt's? Eine zweite Fünf hätte deine Versetzung gefährdet. In Deutsch stehst du ja auch nicht gerade glänzend«, warf er mir tadelnd vor und wackelte mit dem Zeigefinger.

Ich konnte überhaupt nichts sagen. Ich holte nur tief Luft, sah von der Kopie meiner Urgroßmutter zu Alex und konnte es nicht fassen.

Alex winkte ab. »Aber mach dir keine Sorgen. Das mit Deutsch kriegen wir auch noch hin.«

»Iss nur deinen Salat«, warf Uromas Spiegelbild ein. »Er macht wirklich stark. Wir werden dafür sorgen, dass du alt wirst. So alt wie deine Urgroßmutter. Das willst du doch, oder nicht?«

Ich wusste nicht ganz, ob ich wirklich vorhatte, so alt zu werden. Ich staunte einfach nur. Ich schluckte die Reste, die ich im Mund hatte, hinunter, ohne sie durchzukauen. Dann sagte ich: »Habt ihr etwa auch den Bürgermeister von Ichtenhagen und die Leute vom Stadtrat auf dem Gewissen?«

Mir war klar, wie ungeheuerlich der Verdacht war, den ich da äußerte. Es tat mir schon fast leid. Doch das Spiegelbild meiner Urgroßmutter kicherte. »Jaja. Es war nicht ganz einfach. Aber wir haben es geschafft.«

»Nicht ganz einfach?«

»Der Wagen war mit diesen neuartigen Airbags ausgestattet. Aber zum Glück hatte sich der Bürgermeister nicht angeschnallt. Wir wollten den Wagen eigentlich nur gegen eine Litfaßsäule sausen lassen. Doch das erschien uns dann zu unsicher, und wir warfen ihn die Felswand hinunter.«

»Das ist ein Scherz, nicht wahr?«

»Sieh es mal so«, erklärte sie mit freundlicher Miene und streichelte mir dabei mit einer Hand über die Haare. »Wir sind so eine Art Schutzengel.«

Ich sprang auf, beugte mich über den Tisch und brüllte die

alte Frau an, so wie ich es mich bei meiner richtigen Uroma niemals getraut hätte: »Schutzengel? Aber Schutzengel legen doch keine Leute um!«

Alex gab mir recht. Er schüttelte bedauernd den Kopf und sagte: »Ich fand das auch übertrieben. Es wäre wirklich nicht nötig gewesen.«

Ich muss hier raus, dachte ich.

»He, was ist? Du willst doch nicht etwa schon gehen? Gerade sind die Würstchen fertig.«

Der Duft der Würstchen war wirklich verlockend. Ich starrte auf meinen Teller. Ich traute meinen Augen nicht. Mit beiden Fäusten rieb ich mir die Augäpfel. Im Teller bewegte sich etwas. In der weißen Soße glitschte und krabbelte etwas herum. Das waren keine kleingeschnittenen Kartoffeln. Das waren auch keine feingewürfelten Fleischwurststückchen. Ich wischte mit dem Finger durch die Schüssel. Ein Mehlwurm kringelte sich um meine Fingerkuppe, und zwei Maden krochen auf meinem Fingernagel nach oben.

»Was … was habe ich da gegessen?«, keuchte ich und würgte bereits.

»Den gesunden Madensalat!«, jubilierte das Gegenstück meiner Urgroßmutter nicht ohne Stolz.

Ich putzte mir den Finger an der Tischdecke ab und hielt mir einen anderen in den Hals.

»Aber Junge! Wie willst du ein stattlicher Mann werden? Das Zeug, das ihr drüben esst, ist doch überhaupt nicht nahrhaft. Da könnt ihr gleich Zeitungspapier essen oder die Tapeten von den Wänden lutschen.«

Ich würgte, aber nichts kam raus.

Ich rannte aus der Küche. Ich wollte die Treppe hoch ins Badezimmer, um sofort durch den Spiegelschrank in die

Wirklichkeit zurückzuspringen. Doch Alex rannte hinter mir her und hielt mich fest.

»Warte! Warte! Nicht so schnell! Das alles hier erschreckt dich ein bisschen. Ich kann das verstehen. Aber wir haben dich nicht grundlos hierhergeholt. Es ist eine große Ehre für dich. Wir brauchen dich. Deshalb bist du hier.«

»Ihr braucht mich? Wofür? Plant ihr ein Attentat auf den Präsidenten? Oder soll ich ein Kochbuch über eure Essgewohnheiten schreiben?«

»Es ist ernst, Lexi. Sehr ernst.«

Ich weiß, wie ich aussehe, wenn ich traurig oder nachdenklich bin. Genauso wirkte Alex jetzt. Er spielte mir nichts vor. Das spürte ich sofort.

»Unsere Welt ist bedroht, Lexi. Sehr bedroht. Wir haben euch jahrelang beschützt. Okay, okay –«, er hob abwehrend die Arme, »manchmal haben wir das vielleicht übertrieben oder aus deiner Sicht auch falsch gemacht. Aber wir haben uns Mühe gegeben, eure Freunde zu sein. Eure Schutzengel. Und jetzt brauchen wir selbst Hilfe, sonst sind wir verloren.«

»Um das gleich klarzustellen: Ich werde niemanden umlegen!«, fauchte ich wütend.

»Darum geht es nicht. Urgroßmutter hat überreagiert, als das Haus abgerissen werden sollte. Ich hätte es auch auf die sanfte Tour geschafft.« Er grinste. »Du kennst ja meine Methoden. Aber diesmal haben wir nicht nur deine Urgroßmutter beschützt, sondern auch uns selbst. Wenn das Haus abgerissen wird, sind wir erledigt.«

»Warum?«

»Der Spiegelschrank ist unser einziges Tor zu eurer Welt. Deshalb können wir deine Urgroßmutter nicht sterben lassen. Sie ist die Wächterin des Tores.«

»Und du? Was machst du hier?«

»Ich bin hier, weil du hier bist.«

»Was heißt das?«

»Es heißt, dass du der nächste Wächter des Tores sein wirst. Deine Urgroßmutter kann es nicht mehr viel länger schaffen. Selbst wenn sie noch länger am Leben bliebe – irgendwann wird jemand dieses Grundstück planieren.«

»Und was soll ich dagegen tun?«

»Du musst den Spiegelschrank retten, Lexi. Nur darauf kommt es an.«

»Warum sollte ich das tun? Was habe ich davon?«

»Vielleicht wirst du deswegen versetzt werden, und wir kriegen das mit deiner Deutschnote hin.«

»Danke, das schaffe ich schon selbst.«

»Überleg dir genau, was du tust. Wir können dir eine große Hilfe sein. Du bist der Wächter des Tores. Wir werden dir ein langes Leben bescheren. Wir werden dich vor Unfällen bewahren. Wir passen auf dich auf, wenn du schläfst. Wenn das Haus über deinem Kopf abbrennt, werden wir dich wecken. Falls du Feinde hast, zum Beispiel später im Berufsleben, dann werden wir sie –«

»Hör auf«, sagte ich. »Ich will es gar nicht wissen.«

»Wirst du uns helfen?«

»Ich weiß es nicht. Ich brauche Bedenkzeit.«

»Du kannst jederzeit zu uns kommen. Überleg nur – du bist der Einzige auf der Welt, der von uns weiß. Du bist der Wächter des Tores.«

»Ich muss jetzt wirklich gehen. Mir ist kotzübel, und mir trudelt der Kopf.«

Noch einmal versuchte Alex, mich zu überzeugen. »Weißt du noch, was geschah, als du so klein warst?« Er machte mit dem Arm eine Bewegung, als würde er eine Puppe oder ein Baby wiegen.

»Nein, weiß ich nicht.«

»Du warst klein und blöd, und niemand hat auf dich aufgepasst. Du bist zum Gartenteich gekrabbelt und …«

Ich winkte ab. »Jaja. Mutter hat mir die Geschichte tausendmal erzählt. Sie hat mich aus dem Wasser gezogen, sonst wäre ich ertrunken.«

Alex nickte und kaute auf seiner Unterlippe herum. »Ja, so war es. So ähnlich. Sie hat dich aus dem Wasser gezogen. Aber da lagst du schon fast eine halbe Stunde lang drin. Ich stand unter dir und habe deinen Kopf hochgehalten.«

Er ahmte die Bewegung nach. »Ich habe dafür gesorgt, dass du kleines, strampelndes Ungeheuer weiteratmen konntest. Mein Gott, hast du jämmerlich geschrien, und sie haben dich nicht gehört. Als sie endlich erschien, bin ich abgetaucht. So habe ich dir das Leben gerettet. Ohne mich wärst du nie alt genug geworden, um sprechen zu lernen. Es gibt eine Menge solcher Geschichten. Soll ich dir noch ein paar erzählen?«

»O nein, danke«, sagte ich und schüttelte energisch den Kopf. »Du lügst doch. Wenn ich so klein war, warst du auch so klein. Wie willst du mich denn dann gehalten haben? Du wärst doch selbst ertrunken.«

Alex grinste überheblich. »Du wurdest mit Milch gesäugt. Ich aß damals schon Maden und Spinneneier. Wir sterben nicht, und wir ertrinken nicht, solange unser Gegenstück lebt.«

»Das heißt, du hast dir damals selbst das Leben gerettet.«

»Na ja, wenn du so willst, schon.«

»Ich danke dir trotzdem«, sagte ich, und ich glaube, das

war sogar ehrlich. Dann öffnete ich die Tür zum Badezimmer und trat ein. Ich sah das Beil unter dem Kessel stehen, meine neonblaue Zahnbürste, den Kristallbecher mit dem eingravierten Friedhof, die Zahnbürste mit Haarausfall – alles war da.

»Bleib doch noch ein bisschen. Lass uns reden«, bat Alex, doch ich konnte nicht mehr. Mir war schwindlig. Ich spürte meine Füße kaum noch. Von den Knien an abwärts stand ich wie auf Watte. Ich befürchtete schon, nicht mehr genug Kraft zu haben, um den Spiegelschrank öffnen zu können. Das knarrende Geräusch der Scharniere kam mir vor wie eine Erlösung.

»Vergiss uns nicht!«, rief Alex hinter mir her. »Wir zählen auf dich. Ich lass dich auch nicht hängen, wenn deine Deutscharbeit …«

Ich hörte nicht weiter zu. Ich stieg in das richtige Badezimmer zurück und schloss die Spiegelwand. Dann ließ ich Wasser ins Waschbecken laufen und schaufelte es mir ins Gesicht.

Ich sah in den Spiegel. Ich war kreidebleich. Oder war es Alex?

Ich floh fast aus dem Badezimmer, rannte in mein Schlafzimmer und warf mich aufs Bett. Die Fernbedienung benutzte ich nicht. Ich lag nur da und starrte an die Decke. Nie wieder würde ich unbefangen in einen Spiegel gucken können. Nie wieder würde die Welt für mich die gleiche sein wie noch vor ein paar Stunden. Alles hatte sich geändert. Ich war nicht mehr einfach Alexander Blau. Ich war der Wächter des Tores.

Langsam begann ich, auf eine unheimliche Art Gefallen daran zu finden. Ich fühlte mich allen anderen überlegen. Erhaben. Wie von Geburt an geadelt. Wer außer mir konnte schon mit sich selbst befreundet sein?

In den frühen Morgenstunden muss ich dann eingeschlafen sein. Als durch die dicken Vorhänge bereits die Mittagssonne drang, erwachte ich. Ich glaubte, die Stimme meiner Urgroßmutter zu hören. Es roch nach Toast, Kaffee und Eiern mit Speck.

Ich reckte mich und stand auf. Ich spürte die Füße fest auf dem Boden. Ich ging nicht mehr auf Watte. Ich war wieder richtig in dieser Welt. Ich freute mich auf ein Glas Orangensaft und auf ein gutes Frühstück. Üblicherweise putze ich mir vor dem Frühstück die Zähne, aber an diesem Tag verzichtete ich darauf.

Als ich in die Küche kam, sah ich, wie die Eier in der Pfanne anbrieten. Sie waren schon schwarz. Eine Weißbrotscheibe lag angekokelt vor dem Toaster. Sie war wohl herausgesprungen.

Ich blickte mich nach Uroma um. Ich sah sie nicht. Dann stieß ich mit dem Fuß gegen etwas Weiches. Ich wusste sofort, dass sie es war.

Ich bückte mich. Sie lag mit dem Rücken zu mir, zusammengekrümmt, aber mit einem Lächeln auf dem Gesicht.

»Uroma? Uroma? Was ist mit dir?«

Ich versuchte, ihren Puls zu fühlen, fand ihn aber nicht. Ich tastete nach ihrem Herzen, doch auch da war nichts. Ich wusste, dass man, um festzustellen, ob jemand gestorben ist oder nicht, ihm einen Spiegel vor den Mund halten kann. Wenn er lebt, beschlägt der Spiegel. Aber mein Verhältnis zu Spiegeln war im Augenblick gerade ein wenig gestört.

Ich überwand mich und versuchte es mit Mund-zu-Mund-Beatmung. Komischerweise musste ich, als meine Lippen die meiner Urgroßmutter berührten, an meine Freundin Anna denken.

Ich blies in Uromas Brustkorb wie in einen Ballon. Aber ich wusste, dass es keinen Sinn hatte. Sie war tot. Alex hatte es gewusst und mich deswegen hinter den Spiegel gelockt. Er wusste, dass die Zeit für die Wächterin des Tores abgelaufen war. War nun auch ihre Kopie hinter dem Spiegel tot, oder lebten sie dort etwas länger? Immerhin war das Haus dort auch noch nicht zusammengefallen.

Mit merkwürdiger Ruhe ging ich zum Telefon und rief im Krankenhaus an. Ich bat um einen Notarztwagen. Dann informierte ich meine Eltern.

Das alles ist nun schon ein paar Monate her. Meine Urgroßmutter haben wir längst beerdigt, und die alte Villa ist von Baggern dem Erdboden gleichgemacht worden. Dort wird nun ein Industriegebiet entstehen, ganz so, wie der Bürgermeister von Ichtenhagen es sich gewünscht hatte.

Von Uromas alten Möbeln haben wir fast nichts behalten. Ein paar Bücher, die Papa antiquarische Kostbarkeiten nannte, nahm er mit.

Ich wünschte mir den Spiegelschrank.

Zunächst waren meine Eltern dagegen. Sie fanden das Ding potthässlich. Aber ich setzte mich durch. Wahrscheinlich bin ich der einzige Junge in Westeuropa, der in seinem Zimmer zwischen den Postern an der Wand einen antiken, von Holzsäulen eingerahmten Spiegelschrank stehen hat.

Ich habe mich dran gewöhnt. Manchmal, wenn mich Klassenkameraden besuchen, betrachten sie sich im Spiegel und lachen darüber, dass sie so lange Gesichter haben oder so gedrungene Körper. Anna liebt diesen Spiegel. Sie dreht sich davor und hat einen Riesenspaß an ihrem verzerrten Bild.

Das mit meiner Deutscharbeit hat übrigens geklappt.

Mein Deutschlehrer kam mich ein paar Tage vorher zu Hause besuchen. Er hatte gehört, dass ich krank im Bett lag, und wollte mir Lesestoff vorbeibringen. Ist das nicht nett?

Er war von dem Buch, das er mir überreichte, ganz begeistert und hatte es erst vor kurzem selbst gelesen.

»Es wird dir gefallen«, lachte er spitzbübisch. Damit hatte er recht. Auf den letzten Seiten fand ich einen zusammengefalteten Zettel, den er wohl darin vergessen haben muss. Auf dem Zettel stand unser nächstes Aufsatzthema.

Der Rest war ein Kinderspiel für mich …

»SCHREIBEN IST FÜR MICH WIE ATMEN – ICH LIEBE ES!«

Bettina Göschl und Klaus-Peter Wolf trafen sich in Norden im Café ten Cate mit dem Journalisten Holger Bloem. Bei Ostfriesentee und Apfelkuchen sprachen sie über das Leben und das Schreiben.

Holger Bloem (Chefredakteur ›Ostfriesland Magazin‹): *Wenn ich mir Ihren Terminkalender anschaue, dann haben Sie im Frühjahr ein geradezu mörderisches Auftrittsprogramm hinter sich gebracht: Fast jeden Abend standen Sie woanders vor Publikum, von Norddeutschland bis Sankt Gallen in der Schweiz. Ausverkaufte Häuser überall. Das muss doch an den Kräften zehren?*
Bettina Göschl (lacht): Ja, direkt nach Erscheinen eines neuen Ostfriesenkrimis ist bei uns immer richtig viel los!
Klaus-Peter Wolf: Und dann ist auch noch Bettinas CD »Ostfriesenblues« erschienen mit ihren Krimiliedern …

Dazu die Lesungen in Schulen, Interviews. Wenn ich Sie so anschaue, dann sitzen Sie aber beide recht locker und entspannt vor mir …
Klaus-Peter Wolf: Diese Veranstaltungen machen uns viel Freude. Sie kosten nicht nur Kraft, sondern sie laden uns auch mit Energie auf. Wir lieben, was wir tun.

Bettina Göschl: Wenn so ein Publikum wirklich Spaß hat, lacht und klatscht, dann findet auch ein Energieaustausch statt. Das kann einen ganz schön hochpushen.
Klaus-Peter Wolf: Stimmt, selbst wenn ich heiser und mit Kopfweh auf die Bühne gehe, dann bekomme ich so einen Adrenalinschub, oder was auch immer es ist, jedenfalls bin ich dann fit und gesund. Fühle mich wohl. Es ist ein Glücksgefühl!
Bettina Göschl: Das kennt wohl jeder Künstler.

Und danach im Hotelzimmer kommt der Absturz?
Klaus-Peter Wolf: Das Runterkommen kann schwer sein. Auch für eine Rampensau wie mich. Als junger Autor habe ich mich dann manchmal mit ein paar Schnäpsen abgeschossen. Heute nutze ich die Power lieber und schreibe die halbe Nacht im Bett.

Immer noch mit einem Füller in ein Heft?
Klaus-Peter Wolf: Wie denn sonst?
Bettina Göschl: Es hilft natürlich auch, dass wir als Paar unterwegs sind. Einer kann den anderen auffangen. Jeder weiß genau, was mit dem anderen los ist, kennt die Höhenflüge und die Absturzstellen.
Klaus-Peter Wolf: Ich liebe es, mit Bettina gemeinsam auf der Bühne zu stehen. Jeder macht sein Ding, aber es ergänzt sich für die Fans ganz wunderbar. Bettina singt in ihren »Krimisongs«, wie sie ihren Mann erlebt, wenn er schreibt und zu einer anderen Person wird.
Bettina Göschl (lacht): Ja, davon kann ich ein Lied singen!

Das Ganze kommt so leicht daher, selbstironisch, witzig. Aber man erfährt auch viel über Schaffensprozesse.

Klaus-Peter Wolf: In ihren Liedern erzählt sie herrliche Geschichten. Für die Fans meiner Ostfriesenkrimis ist es ein besonderer Spaß, weil Bettina über Figuren singt, die sie aus den Büchern kennen, wie Peter Grendel oder Rupert.

Bettina Göschl: Und natürlich über Ann Kathrin Klaasen …

… und über das gemeinsame Künstlerleben.

Bettina Göschl: Unser Alltag ist spannend und voller Geschichten.

Es gab einige berühmte Künstlerpaare. In Schweden die Krimiautoren Per Wahlöö und Maj Sjöwall zum Beispiel.

Klaus-Peter Wolf: Die haben die schwedische Kriminalliteratur erst berühmt gemacht. Leider ist Per sehr jung gestorben.

Und in Deutschland?

Klaus-Peter Wolf: Alexandra Cordes und Michael Horbach. Ich habe die beiden noch in Frankfurt kennengelernt. Sie hatten Millionenauflagen, sie waren reich und berühmt, ein Glamourpaar. Aber es endete wie viele Künstlerehen: tragisch!

Wie?

Klaus-Peter Wolf: Er hat sie erschossen und dann sich selbst.

Bettina Göschl: Große Leidenschaft schafft auch oft großes Leid.

Sie leben und schreiben zusammen. Aber große Skandale sind nicht bekannt (lacht).
Klaus-Peter Wolf: Wir toben uns kreativ aus.
Bettina Göschl: Die Verbundenheit befruchtet.

Wie kann ich mir das gemeinsame Schreiben vorstellen?
Klaus-Peter Wolf: Beziehung ist ja sowieso Dialog. Da ist das gemeinsame Schreiben wie ein Tanz. Eine große Freude. Zum Beispiel in unserer Kinderkrimireihe »Die Nordseedetektive«, da hat Bettina – sozusagen – die Patenschaft für eine Hauptfigur übernommen: Emma! Und ich für ihren Bruder Lukas.
Bettina Göschl: Jeder kämpft dann für seine Figur, versucht, das Optimum herauszuholen. So werden die Dialoge besonders spitz auf den Punkt gebracht. Wir steigern uns gegenseitig. Das ist sehr dynamisch.

Und wer entscheidet am Schluss, wenn Sie sich nicht einig werden?
Bettina Göschl: Es geht nicht darum, recht zu behalten, sondern es geht immer nur darum, das beste Kunstwerk zu schaffen. Die größte Wirkung beim Leser zu erzielen.
Klaus-Peter Wolf: Genau! Und bei den vielen Veranstaltungen, die wir machen, können wir alles vorher testen. Das ist sehr wertvoll für uns. Wir kennen unsere Leser. Sind ständig bei der Zielgruppe.
Bettina Göschl: Und wenn wir denen etwas vorlesen, das wir für witzig halten, aber keiner lacht, dann feilen wir so lange daran, bis der Gag schließlich funktioniert.
Klaus-Peter Wolf: Wenn wir unser Manuskript an den Verlag schicken, haben wir es immer zigmal vorher getestet. Das ist ein wichtiger Prozess.

Gilt das nur für die Kinderliteratur?

Klaus-Peter Wolf: Nein! Meine Kriminalromane lese ich vor der Veröffentlichung einmal Bettina laut vor. Das dauert bei einem 500-Seiten-Roman schon mal zwei, drei Tage.

Bettina Göschl: Nur durch Essen und Schlafen unterbrochen.

Klaus-Peter Wolf: Das laute Vorlesen ist ein wichtiger Prozess. Manchmal ist mir ein holpriger Satz schon beim Vorlesen peinlich, so dass ich ihn gleich verbessere, flüssiger, mundgerechter mache.

Bettina Göschl: Ein Kritiker hat mal geschrieben: Wenn ich einen Wolf-Roman lese, habe ich das Gefühl, der Autor steht neben mir an der Theke und erzählt mir das. Ich glaube, der hat beim Lesen gespürt, dass in diesen Ostfriesenkrimis etwas anders ist. Sätze, die sich gut sprechen lassen, machen auch beim Lesen Freude.

Und dann lesen Sie Ihre Kriminalromane auch noch selbst im Studio ein?

Klaus-Peter Wolf: Und zwar sehr gerne! Das ist sehr konzentriertes Arbeiten. Studioarbeit ist etwas sehr Intimes. Da bin ich gerne mit einem Team, dem ich vertraue. Mein Regisseur Ulrich Maske ist Deutschlands dienstältester Hörbuchproduzent. Er bringt auch Bettinas CDs heraus und singt auf der Platte »Ostfriesenblues« das berühmte »Supi-Dupi-Rupi-Lied«. Den Titelsong: »Ostfriesenblues« hat er für Bettina geschrieben. Er gehört ja zur Band die »Komplizen«, die Bettina im Studio und manchmal auch live unterstützen.

Ich habe viele Ihrer Veranstaltungen erlebt. Sie haben einen hohen Unterhaltungswert, und Sie wurden dabei von Ihren Fans wie Popstars gefeiert. Ich selbst bin ja als Journalist

Holger Bloem eine Figur der Ostfriesenkrimis und werde oft darauf angesprochen. Das muss für Sie doch noch viel heftiger sein. Hat dieses Leben nicht auch negative Begleiterscheinungen?

Bettina Göschl: Und ob! Für viele Menschen sind wir als öffentliches Paar ja auch eine Herausforderung und Projektionsfläche – im Positiven wie im Negativen. Wir müssen nun lernen, damit umzugehen.

Klaus-Peter Wolf: Seit meine Bücher die Bestsellerlisten bevölkern, wird die Kritik härter. Ulrich Maske sagte, als »Ostfriesenangst« in den Top Ten startete, zu mir: Den ersten Bestseller verzeiht man dir, den zweiten nicht mehr.

Und inzwischen haben Sie ja weitere Platz-1-Bestseller abgeliefert. »Ostfriesenmoor«, »Ostfriesenfeuer«, »Ostfriesenwut« und »Ostfriesenschwur« waren viele Monate in den Top Ten.

Bettina Göschl: Das kriegt Klaus-Peter auch zu spüren. Das Internet bietet ja jedem die Möglichkeit, Leute wie uns öffentlich und anonym an den Pranger zu stellen – und dann hat jeder drei Wurf frei …

Verletzt Sie das nicht auch?

Bettina Göschl: Das ist das Ziel. Manchmal gibt es Rückschlüsse auf den Verfasser, da oft Neid und Missgunst dahinterstecken.

Klaus-Peter Wolf: Natürlich darf jeder doof finden, was wir tun, und das auch öffentlich sagen. Das gehört heutzutage vielleicht zum Erfolg dazu, als eine Art Hintergrundgeräusch. Mein Freund, der Schriftsteller Max von der Grün, sagte zu mir: »Wenn du merkst, Klaus-Peter, dass der Kritik an deinem

Werk oder deiner Person der Wunsch nach Vernichtung innewohnt, dann weißt du, dass du es geschafft hast.«
Bettina Göschl: Da hatte dein alter Freund ja recht. Geschafft hast du es wirklich!

Einige Kritiker werfen Ihnen vor, Unterhaltungsliteratur zu schreiben. Für andere haben die Krimis Kultstatus.
Bettina Göschl: Das ist typisch deutsch, die Unterscheidung zwischen E- und U-Literatur und -Musik.
Klaus-Peter Wolf: Schön, wenn bemerkt wird, dass ich die Menschen gut unterhalte. Nennen Sie mir einen großen Roman der Weltliteratur ohne Unterhaltungswert? Alexandre Dumas. Dostojewski. Hemingway. Simenon. Die wollten nicht ihre Bildung beweisen, sondern Leser unterhalten.
Bettina Göschl: Und es ist ihnen gelungen!

Viele Personen aus den Ostfriesenkrimis gibt es ja wirklich: den Maurer Peter Grendel zum Beispiel.
Bettina Göschl: Ja, den lieben die Leser. Mit seiner bodenständigen Art und seinem trockenen Humor.

Außerdem Monika und Jörg Tapper vom Café ten Cate, wo wir gerade sitzen. Sie, Frau Göschl, spielen als ostfriesische Sängerin und Nachbarin von Ann Kathrin Klaasen ja auch mit. Wie gehen die Menschen damit um, wenn sie zu Vorlagen in Ihren Büchern werden, Herr Wolf?
Klaus-Peter Wolf: Ich frage sie vorher. Ich fiktionalisiere ja ihr Leben. Sie erleben bei mir Dinge, die sie nie wirklich erlebt haben, aber sie reden und verhalten sich so, wie ich sie kenne. Ich erzähle eben meine ostfriesische Welt. Mit realen Orten, realen Personen, aber erfundenen Verbrechen. Das

macht für viele Leser den Reiz aus. Alles ist überprüfbar. Echt. Es gibt Stadtführungen zu den Schauplätzen. Ich nutze die Schönheit Ostfrieslands für gruselige Verbrechen. Die meisten sind stolz darauf. Werden oft angesprochen.

Das kann ich wirklich nur bestätigen (lacht)!
Klaus-Peter Wolf: Wenn ein neuer Roman erscheint, erhalte ich in den ersten Wochen zwischen 150 und 200 E-Mails am Tag. Das sind Menschen, die sich sehr ernsthaft mit den Büchern auseinandersetzen. Solche Post nehme ich sehr ernst. Die Menschen sagen mir, was sie nachdenklich macht, was ihnen gefällt, wovon sie sich mehr wünschen (lacht): Beate soll sich endlich von Rupert scheiden lassen! Neulich schrieb eine Frau: Seit ich den Chef der ostfriesischen Kripo, Ubbo Heide, kenne, weiß ich erst, wie scheiße mein Chef wirklich ist!

Und beantworten Sie alles?
Bettina Göschl: Ja, das tut er! Liebevoll und mit einer Engelsgeduld – oft die halbe Nacht lang.

Sind Sie Nachtarbeiter?
Bettina Göschl: Er schreibt praktisch immer, oft auch nachts.
Klaus-Peter Wolf: Und ich werde ab und zu nachts wach, weil sie gerade einen neuen Song komponiert. Sie kann um vier Uhr morgens eine Melodie ausprobieren …
Bettina Göschl (lacht): Im Hotel ist das manchmal ein Problem. Da klopfen schon mal Leute gegen die Wand. Nicht immer ganz im Takt …
Klaus-Peter Wolf: Schreiben ist für mich wie atmen. Ich liebe es, und ich brauche es! Wenn man mich lange genug daran hindert, werde ich unausstehlich.

Bettina Göschl: Stimmt. Er braucht das, ganz in seine Figuren zu versinken und aus ihrer Sicht die Welt zu sehen. Dann ist er nicht immer ganz alltagstauglich, weil ein Teil von ihm immer im Roman ist.

Das haben Sie, Frau Göschl, zum Beispiel in Ihrem Song »Wenn mein Mann einen neuen Krimi schreibt« thematisiert.

Klaus-Peter Wolf: Meine Bücher sind ja eigentlich Perspektivenarbeiten. Mal sieht man die Welt aus der Sicht des Täters, dann aus der des Opfers. Und immer sieht die Welt anders aus. Ich muss rein in all diese Figuren und aus ihrer Sicht die Welt sehen. Ich wollte nie reich oder berühmt werden. Ich wollte immer nur meine Geschichten erzählen. Es gab Zeiten, da wusste ich nicht, wie ich die Miete bezahlen sollte. Da lagen meine Bücher wie Steine in den Regalen, und niemand hat sie gekauft.

Bettina Göschl: Das ist heute zum Glück anders.

Klaus-Peter Wolf: Ja, was ich jetzt habe, ist die Krönung eines langen, nicht immer einfachen, Schriftstellerlebens. Ich lebe in gutem Kontakt mit den Figuren meiner Bücher. Ich genieße es und hoffe, dass es noch lange anhält.

Wie wird der nächste Roman heißen? Ist er da in der Kladde?

Klaus-Peter Wolf: Das ist mein aktuelles Arbeitsbuch. Ich bin schon sehr weit. Der neue Roman, der elfte Ostfriesenkrimi, wird – wenn ich den Täter rechtzeitig erwische – im Februar 2017 erscheinen und »Ostfriesentod« heißen.

Bettina Göschl: Noch ist er nicht fertig. Der Mörder läuft noch frei herum …

Frau Göschl, Ihr Mann bringt uns in seinen Büchern zum Lachen, und ehe wir uns versehen, stecken wir in gruseligen Verbrechen. Haben Sie nicht manchmal Angst, wenn Ihr Mann sich solch schlimme Sachen ausdenkt?
Bettina Göschl: Nein, bestimmt nicht. In seinen Büchern erleben die Leser eine Achterbahnfahrt der Gefühle. Das macht wahrscheinlich die Faszination aus. Er nutzt das Lachen als Fallhöhe für den Grusel – und umgekehrt. Er selbst ist ein sehr witziger, lebensfroher Typ und ein liebevoller Partner. Ich wundere mich auch manchmal, dass er solche Sachen schreiben kann.
Klaus-Peter Wolf: Um Kriminalliteratur zu verfassen, muss ich in die Abgründe der menschlichen Seele blicken und dann beschreiben, was ich sehe. Es ist eine Art Exorzismus gegen die eigenen Ängste.

Ich danke Ihnen für dieses Gespräch. Die Zeit ist wie im Flug vergangen.

Klaus-Peter Wolf

Neongrüne Angst

Thriller

Band 19587

»Du hättest zur Brücke kommen sollen
heute Nacht, Johanna. Dann wäre das alles nicht passiert.
All diese unschuldigen Opfer – ein Jammer! Aber wir
können es ja noch einmal versuchen....«

Der neue Jugendthriller von Klaus-Peter Wolf mit den Protagonisten Leon und Johanna handelt von einem anonymen Anrufer, der Johanna zu einer Marionette seines Willens machen will. Superspannend und topaktuell!

fi 19587 / 1